Lorianeth Guilde

Tome 1 : les héritiers de la lumière

DEJA PUBLIES CHEZ DOSHIN EDITIONS :

*** Dans la collection Dôshin – mangas :**
– Yggdrasil Sentai (Romain Huet) – Série terminée en 5 tomes
– My Magical Girlfriend (Romain Huet) – Intégrale

*** Dans la collection Dôshin – roman graphique :**
– Tombés au combat (Romain Huet)

*** Dans la collection Encre de Shin – romans :**
– trilogie #TOUSVACCINÉS (Anne-Sophie Billet)
– La machine à explorer les dimensions (Geoffrey Claustriaux)
– Les chroniques de Wefa - T.1 : l'ordre des Arcanes (Korrigane)

Retrouvez l'ensemble de nos titres aux formats broché et numérique sur :
www.doshin-editions.com
www.amazon.fr

L'AUTRICE

Sophie est mi-bretonne mi-normande, un peu comme le Mont Saint-Michel. Habitant à Angers, elle adore saluer tous les animaux qu'elle croise et imaginer de longues histoires fantastiques. Après avoir aidé les autres à être publié en travaillant en maison d'édition, elle a eu envie de suivre son rêve et de partager ses récits à son tour.

Sophie Grognec

Lorianeth Guilde

Tome 1 : les héritiers de la lumière

Encre de SHIN

Je dédie cet ouvrage à toi, ma petite étoile, toujours à mes côtés même si je ne te vois pas.

DÉCOUVRE LE FABULEUX MONDE D'ISEN

EN TÉLÉCHARGEANT LA CARTE

DIRECTEMENT SUR TON ORDINATEUR OU

TON TÉLÉPHONE !

PROLOGUE

Le feu brûlait encore à cette heure avancée de la nuit. Sa flamme vive dansait au cœur des ténèbres, illuminant une petite clairière. Non loin du foyer se trouvait un groupe de cinq individus, dont quatre étaient allongés, endormis. Assis sur un rocher, le dernier remuait les braises à l'aide de son épée. Ses traits fatigués le vieillissaient d'une dizaine d'années et sa peau bleue écailleuse luisait dans la pénombre à la lueur des flammes. Tout son physique reflétait le parfait vierak : mi-humain, mi-lézard, la quarantaine passée, avec de grands yeux verts, un corps fin, musclé ainsi qu'une crête sur le dessus de sa tête et une longue queue. Il luttait contre le sommeil, mais ses yeux n'y trompaient pas. Le moindre bruit le mettrait en alerte et son épée semblait prête à l'emploi.

Il releva la tête et huma l'air en fixant les étoiles. Le ciel s'éclaircissait à l'est, mais la forêt demeurait silencieuse. Pas de danger, du moins pour le moment, mais le vierak savait que l'imprévu pouvait survenir à chaque instant. L'endroit était dangereux. Trop près encore de ce lieu maudit. Des souvenirs le firent frissonner et il préféra les oublier. Pour l'instant, son rôle était de veiller sur le groupe endormi. D'aucuns auraient pu dire qu'allumer un feu n'était pas prudent, mais le brasier avait le mérite de les protéger de certaines menaces de la forêt. Voilà pourquoi la troupe avait instauré un tour de garde, pour pouvoir se réchauffer près d'un foyer, malgré le risque lourd qui pesait sur eux.

Le vierak tourna la tête vers ses compagnons d'infortune et remarqua qu'il en restait plus que trois, à la respiration lente et silencieuse. Le quatrième s'était glissé à côté de lui sans faire de bruit, peut-être grâce à sa jeunesse, mais surtout parce qu'il appartenait à la race des ojiars, des êtres mi-hommes mi-félins. Le vierak regarda le nouveau venu s'installer à ses côtés, avec ses cheveux bruns en bataille, sa petite taille, son corps trop maigre pour une personne de son âge et ses oreilles de chat de couleur écaille de tortue. Ses yeux noisette brillaient dans la nuit comme des pierres précieuses. La fougue de la jeunesse émanait de lui, il n'avait pas plus de quatorze ans et pourtant, son air malicieux ne parvenait pas à masquer ses multiples égratignures ni ses cernes. Voilà tant de jours que le sommeil manquait à l'appel et cela ne s'arrangerait peut-être pas tout de suite. L'ojiar observa son aîné avec attention, ses oreilles demeuraient néanmoins à l'affût du moindre bruit suspect.

« Vous voulez que je vous remplace ? proposa-t-il, d'une voix de petit garçon.

– Je te remercie, mais je préfère rester éveillé. De toute façon, je n'arriverai pas à dormir.

– Je vois, souffla l'ojiar en tendant ses mains au-dessus du feu.

– D'ailleurs, voilà plusieurs jours que nous sommes ensemble, mais j'ignore ton nom.

– Arkling, Messire. Comme mon grand-père. Et vous, comment vous appelle-t-on ?

– Folc, tout simplement, Folc, murmura le vierak, laissant sa phrase en suspens, comme attendant une suite qui ne viendrait jamais.

– Folc, elle va survivre l'humaine ? » questionna Arkling.

Le plus âgé se tourna vers les trois personnes encore allongées et plus particulièrement vers une des silhouettes. C'était la seule femme du groupe, une humaine, aux longs cheveux châtains, lisses. À l'instar de tous les membres de la troupe, elle était vêtue pauvrement, de vieilles fripes de lin beige et d'une cape miteuse de même couleur, trouée en maint endroit, qui laissait entrevoir son corps frêle. Elle n'avait rien d'anormal du reste, si ce n'était une étrange marque noire sur son épaule qui semblait s'étendre petit à petit, une malédiction des bois. On pouvait voir qu'elle respirait avec difficulté et que son visage se tordait en un rictus de douleur.

Folc le savait : avec des soins, elle aurait pu guérir et sourire à nouveau, mais il n'y avait aucun moyen de la traiter correctement ici. Il fallait fuir vers la ville ou le village le plus proche, et ne jamais se faire rattraper par leurs poursuivants. Le vierak frissonna de nouveau en pensant à tout ce qu'ils avaient laissé derrière eux. De terribles images revinrent le hanter, lui remémorant la fuite à travers le dangereux bois. Plus jamais Folc ne voulait revivre cela et il se demandait si le groupe avait vraiment une chance de s'en sortir. Quoi qu'il en soit, il devait tenter de rassurer l'ojiar, lui donner au moins un peu d'espoir.

« Si nous arrivons rapidement dans une ville, sa survie sera garantie.

– Et c'est loin la prochaine ville ?

– Un peu, mais une fois qu'on aura passé le fleuve, ce sera bon, affirma Folc. D'après les étoiles, il doit être à une heure de marche tout au plus.

– J'espère qu'on pourra la sauver, murmura l'adolescent, les yeux dans le vague. Tu sais, j'ai prié les dieux tous les soirs de me rendre à ma famille, mais je crois qu'ils n'ont pas entendu.

– Ils ne se soucient guère de nos affaires, petit, soupira le vierak, ses mains jouant avec la poignée de son épée. Il faut se fier à leurs envoyés, c'est tout ce que nous pouvons faire.

– Les héritiers de la lumière ? Mes parents m'ont dit qu'ils n'en avaient que pour leurs intérêts personnels et qu'ils ne servaient à rien.

– Je ne partage pas ce point de vue, mais je ne blâmerai pas tes proches.

– Dis, tu as une famille qui t'attend ?

– Bien sûr. J'ai un frère, une femme et un fils, qui doit avoir ton âge.

– Vraiment ? Il s'appelle comment ? Euh, si ce n'est pas indiscret.

– Non, ne t'inquiète pas. Il se nomme Narcisse. Comme la fleur, tu vois à quoi elle ressemble ?

– C'est un beau prénom. J'aimerais bien le rencontrer, je crois, pour lui dire que son père est quelqu'un de formidable. C'est grâce à toi qu'on a réussi à s'enfuir.

– Oh Arkling, il ne faut pas que tu… tu as entendu ?

– Oui, on aurait dit un bruit de sabot. C'est eux ? demanda le jeune, tremblant de peur.

– Réveille les autres, on lève le camp ! » ordonna Folc sur un ton qui ne souffrait pas de reproches.

Il se releva, sa vieille épée brandie, scrutant les ténèbres avec méfiance. Être rattrapé maintenant, alors qu'ils étaient si près du fleuve, c'était trop bête. Arkling secoua les deux autres compagnons, ainsi que l'humaine, interrompant leur somnolence.

Le premier était un faune, aux cornes de bouc et au bas du corps poilu, de la taille jusqu'aux pieds. Pourvu de jambes de chèvres au poil brunâtre, ainsi que de sabots, il portait une lance à son côté, avec l'espoir vain de ne pas avoir à s'en servir. Les hommes cornus, comme on appelait parfois les faunes, étaient un peuple exclusivement masculin qui adorait célébrer et aucune race n'égalait leur réputation viticole. Le combat n'était pas leur compétence la plus reconnue, contrairement à l'autre membre du groupe.

C'était un rynan, un être mi-humain, mi-dragon aux écailles rouge sang et possédant deux larges ailes dans le dos. Portant deux petites cornes blanches bien droites sur la tête, seule sa bipédie le rapprochait des hommes, à l'instar de Folc, le demi-lézard. Il portait une longue lame d'une grande finesse, suspendue à un vieux ceinturon de cuir. Mieux valait ne pas avoir à l'affronter en combat singulier, car personne ne surpassait un rynan dans un duel à l'épée sur toute la surface d'Isen. Folc se réjouissait de l'avoir pour compagnon.

Malgré les efforts de l'ojiar, l'humaine ne s'était pas réveillée. Sa respiration ralentissait progressivement et pour les trois autres, son sort était scellé.

« Folc, aide-moi à la réveiller, s'il te plait, supplia Arkling, désespéré.

– C'est inutile, elle ne se réveillera pas, répondit tristement le vierak.

– Mais on ne peut pas la laisser là, s'insurgea l'ojiar, tenant la main de l'humaine.

– Si tu veux survivre, la laisser est ta seule chance », rétorqua le rynan d'une voix grave et profonde.

Avec rudesse, il éloigna le garçon du corps et l'obligea à le suivre. Folc fut soulagé que l'autorité naturelle de son compagnon ait remis le jeunot dans le droit chemin. La pitié ne les sauverait pas cette fois. Après un dernier regard empli de regrets à la jeune femme, le groupe se détourna et s'enfonça au pas de course dans la noirceur du bois maudit. Plus jamais l'humaine ne leur offrirait son sourire, plus jamais ils ne la reverraient rire, mais il fallait continuer, ne pas se retourner.

Ils s'élancèrent de conserve dans les ténèbres. Un sentier improbable, qui serpentait entre les arbres, accéléra grandement leur progression, mais ils durent peiner pour maintenir une cadence rapide. Cela faisait près d'une heure qu'ils couraient et le ciel prenait la couleur de l'aube quand un bruit de poursuite clair et distinct retentit derrière eux. Le groupe hâta le pas autant qu'il pût, mais les poursuivants, à cheval, galopaient furieusement à leurs trousses.

La petite troupe continuait son avancée plus vite que jamais, sans se soucier des buissons épineux qui leur griffaient les jambes ou des pierres tranchantes du chemin qui malmenaient leurs pieds. Mais, le sombre pouvoir de la forêt les laissait en paix. Mais subitement, le bois cessa et la lumière du soleil levant les éblouissait. Ils se trouvaient au bord d'une falaise, qui surplombait le fleuve, leur dernier espoir. Mais, depuis leur promontoire vierge de végétation, aucun moyen de descendre. Ce n'était qu'un cul-de-sac. Et le bruit des sabots se rapprochait…

«Nous aurions dû prendre plus au nord-ouest, se maudit Folc, dépité.

– Non, regardez ici ! s'écria Arkling en désignant une petite sente rocailleuse, couverte de pierres instables et d'arbustes nus, difficilement repérable au premier coup d'œil.

– Bien joué, petit ! assura le faune, sans se montrer trop optimiste.

– Pars devant, jeune ojiar, nous suivrons ! » ordonna le rynan, le regard brillant.

Folc comprit alors. Seul Arkling traverserait la rivière, eux n'auraient jamais le temps. À peine le benjamin de la bande s'aventurait-il sur le chemin que les poursuivants les rejoignaient. Il y avait six cavaliers, quatre loups-garous et deux modenmés, mi-humains, mi-porcs, légèrement armés. Peut-être que la chance était encore avec eux après tout.

Avec prestance, le rynan se faufila entre deux loups-garous tandis que Folc se jetait sur un des modenmés. Dans le même temps, le pauvre faune fut fauché par une lame courbe. L'homme-dragon s'était déjà débarrassé de ses deux agresseurs avec l'agilité des membres de sa race et se lançait sur un troisième loup-garou pendant que le vierak tuait le modenmé en le désarçonnant, avant de s'attaquer à l'autre. Le combat ne semblait pas si mal engagé pour les fugitifs quand surgit le septième cavalier.

Vêtu d'une lourde armure et monté sur un étalon gigantesque, il tenait une épée aussi haute que lui. Sans hésiter, le rynan se jeta sur l'assaillant, sa fine lame au poing. Ce fut un affrontement éclair et jamais Folc n'avait vu quelqu'un infliger une telle défaite à un homme-dragon. Son compagnon s'effondra sans un cri, tandis que son adversaire descendait de sa monture.

Le loup-garou et le modenmé survivants se saisirent du vierak et l'enchaînèrent comme un moins que rien. Les bras collés au corps par une corde rugueuse, Folc regardait, impuissant, ses amis, ses frères fugitifs, morts. Il ne restait que lui et Arkling, mais seul l'ojiar trouverait le chemin de la liberté. Ses deux geôliers l'emmenèrent devant le géant en armure et le poussèrent à genoux, la tête basse. La manière douce ne devait guère avoir de sens pour eux. Le vainqueur du rynan nettoya sommairement une tache de sang de sa sobre armature grise avant d'ôter son heaume.

Le dégoût saisit Folc, mais il n'en laissa strictement rien paraitre. Celui qui se tenait devant lui était un hybride. Moitié rynan, moitié vierak, il s'agissait d'un monstre en puissance aux écailles rouges et bleues, mais sans ailes dans le dos. Son visage couvert de cicatrices et ses yeux jaunes n'inspiraient guère la sympathie. Il toisa le prisonnier d'un regard qui aurait pétrifié sur place n'importe qui, mais pas Folc. Ce dernier demeura sans expression, cachant toute émotion. Il connaissait ce personnage depuis bien longtemps maintenant. C'était Dzor l'hybride.

« Eh bien, vous n'avez guère été facile à rattraper, Messire Folc. Ou peut-être devrais-je dire Messire Colbaro, cela vous siérait mieux non ?

– Vous êtes trop aimable, ironisa le vierak. Cependant, pardonnez-moi de vous décevoir, mais un des nôtres a certainement passé le fleuve à l'heure qu'il est.

– Vous croyez donc vraiment que nous laisserions le fleuve sans surveillance ? » s'amusa le géant, en prenant un grand sourire carnassier qui faisait froid dans le dos.

Les traits de Folc se figèrent subitement et la tristesse l'envahit. Ainsi donc, Arkling ne serait pas sauvé et avait même couru à sa perte. Une larme de regret glissa lentement sur sa joue, mais ses yeux étaient trop secs pour en fournir d'autres. Remontant le chemin rocailleux, un loup-garou armé d'un long arc surgit. Il lança un signe de tête à son chef. Son carquois semblait bien vide.

Sans s'occuper des corps de leurs camarades, les trois sbires de Dzor récupérèrent les chevaux encore valides après la bataille et juchèrent le captif sur l'un d'entre eux. Entouré par les quatre geôliers, le vierak perdit tout espoir. La nouvelle troupe reprit le chemin en sens inverse, laissant le carnage derrière eux. Folc songea qu'il allait retrouver tout ce qu'il avait fui, qu'il allait retourner dans un enfer peut être plus terrible que ce qu'il avait connu. Il pensa à tous ceux qu'il avait abandonnés : sa femme, son fils, son frère, et même Arkling. Le petit ojiar avait été capturé en même temps que lui, il y a bien quatre ans de cela.

« Tu repenses au petit chat ? minauda l'hybride. Mais nous n'allons pas nous embarrasser d'un déserteur ni de fuyards d'aucune autre espèce. Toi, tu ne dois ta survie qu'à ton sang royal, cracha-t-il, oubliant toute politesse. Et aux informations que tu détiens.

– Je ne sais rien, affirma Folc, gardant un air aussi digne que possible dans sa position.

– Mais tu ne peux nier ton ascendance, elle parle toute seule.

– Puisque vous connaissez ma haute naissance, vous seriez donc à même de comprendre que ce tutoiement discourtois ne me convient guère.

– Voilà bien les nobles en cage. Mais après le traitement qu'on te réserve, je ne suis pas sûr que tu te soucies encore longtemps de la politesse.

– Permettez-moi au moins de m'entretenir avec votre maître. J'ignore ce qu'il me veut et ne pas avoir eu le plaisir de le rencontrer durant ces quatre années m'ennuie assez. Si j'ai la valeur que vous dites, il devrait être intéressé.

– Si tu as des informations pour lui, cela pourrait s'arranger.

– Puisque je vous assure que je ne sais rien.

– Oh que si, Messire Colbaro. Celui qui aurait dû être roi des vieraks ne peut être un ignare.

– Certes, mais je ne suis pas roi. Tout cela, c'est du passé, soupira le captif.

– De toute manière, tu finiras bien par nous dire si ta foutue maison possède un héritier de la lumière.

– Vous désirez donc les reliques sacrées…

– Exact. Et toi, tu nous fournis un excellent moyen de pression et d'information. »

Folc déglutit tout en conservant un visage neutre. Ses geôliers recherchaient le pouvoir des reliques antiques que possédaient les héritiers de la lumière. Ces derniers étaient globalement bien protégés, mais il ne put s'empêcher de songer à sa propre famille et se jura d'en découvrir plus sur ce fameux Dzor, son maître et tout ce qu'il pourrait apprendre. Cela n'avait peut-être aucun sens, mais c'était le moins qu'il pouvait faire, maintenant que son futur se trouvait compromis.

L'ILE DE SAKERO

~ Gabriel ~

La brume matinale se dissipa et le jeune homme finit par apercevoir un bout de terre poindre à l'horizon. Enfin ! Voilà trois jours que le bateau faisait voile vers l'ile de Sakero et il allait atteindre son but. Sur le pont depuis le petit jour, Gabriel n'avait cessé de scruter l'est dans l'espoir d'entrevoir l'ile le premier. Déjà, l'embouchure de la rivière de l'âme se dessinait au loin, ainsi qu'un paysage vaguement forestier et il en était transporté. Un large sourire apparut sur son visage pâle, que couronnaient de magnifiques cheveux blonds. Enroulé dans une cape de voyageur d'un vert sombre, il cachait en dessous deux grandes ailes blanches aux plumes de cygne ainsi qu'une tenue foncée, défraîchie, annonçant pourtant une certaine richesse. C'était un ange à n'en pas douter, ou relon en ancien langage, et ses yeux d'un bleu pur ne niaient en rien cette théorie. C'était un grand jour pour lui. Depuis plus d'un mois qu'il avait quitté sa famille à Zéphyr, sur l'ile Céleste, il avait vécu uniquement dans l'attente de ce moment. La voix de son grand-père résonnait encore dans ses oreilles.

« Fais ce que tu aimes dans ta vie, n'aie jamais de regrets. »

Son grand-père paternel avait toujours été très gentil avec lui. Jean Luz se présentait comme un relon parmi les plus respectables, ayant officié en tant que commandant du détachement des relons du Sud. Un poste brillant, légué à son fils unique, Michel Luz, mais pas à son petit-fils. Gabriel avait voulu faire plaisir à son aïeul, mais son père s'opposait fermement à le voir prendre sa succession. Il le savait, il était la honte de son géniteur, car ses compétences en magie n'étaient pas à la hauteur pour un habitant de l'ile Céleste.

« Cela ne fait rien, souriait Anne, sa mère. Tu trouveras bien ta voie.

– Sans magie ? fulminait Michel. Laissez-moi rire, tu ne seras jamais bon à rien, Gabriel ! Si encore tu avais un quelconque talent… Regarde ta sœur, par exemple ! »

Sa sœur, la belle Séraphina, un exemple de réussite s'il en était un. Dotée d'un immense potentiel magique, elle était douée dans tout ce qu'elle entreprenait, encore plus belle que sa mère et intelligente, pour le plus grand bonheur de Michel. Par-dessus tout, elle était promise au souverain de l'ile Céleste, le plus prestigieux honneur qu'une femme relon puisse obtenir, selon son père. Oui, Séraphina avait vraiment tout pour réussir et Gabriel l'avait beaucoup admirée.

« Gabriel, n'oublie pas. Tu auras un grand destin. »

La jeune femme à la chevelure aussi blonde que son frère avait toujours été une grande sœur aimante pour lui, d'une bonté d'âme plus brillante que le soleil, mais pour l'instant, il ne voulait plus y penser. Gabriel essayait de se concentrer sur son objectif : atteindre la guilde Lorianeth sur l'ile de Sakero. Il rêvait de la rejoindre depuis des années et en forçant un peu le destin, il y était. Bien sûr, il avait dû laisser son foyer derrière lui, mais peu lui importait. À dix-sept ans, le relon n'aspirait que d'aventures.

« Messire, l'interpella un des membres de l'équipage, intimidé sans doute par sa tenue vestimentaire qui, même défraichie, en disait long sur ses origines nobles. Nous accostons bientôt.

– Ah, merci, je vais me préparer ! »

Retournant dans sa cabine, il attrapa son baluchon qui contenait quelques vêtements, des vivres et ses dernières économies puis ceignit son épée à sa taille, héritage précieux de son grand-père. Le combat à l'épée était la seule chose qu'il maîtrisait un peu et pour son peuple, il était doué.

Sans plus s'attarder, il suivit les autres passagers, assez peu nombreux compte tenu de la taille du navire, et prit la direction de la cale où les attendaient leurs montures, pour ceux qui en avaient. Gabriel passa devant deux stalles contenant des juments de la race des arcanes, fierté des elfes sylvains, le peuple des bois, pour rejoindre celle de Slei. Ce dernier, c'était son grand ami, un étalon de race inconnue dont la robe isabelle aux reflets dorés n'avait d'égale que la profondeur de ses yeux verts.

« Quelle magnifique monture ! » s'exclamait-on en le voyant.

En effet, Slei attirait le regard par sa grande stature, son équilibre parfait et l'intelligence qui se lisait dans ses yeux. Le cheval avait également quelque chose de magique. Depuis qu'il l'avait rencontré dans la forêt Ancestrale, après avoir quitté l'ile Céleste, Gabriel s'était senti lié à l'étalon, ce dernier ayant accepté de le suivre.

Le relon sentit le navire s'immobiliser et une large porte s'ouvrit sur le côté de la cale, permettant à la lumière du matin d'entrer. Une passerelle fut installée et le débarquement commença. Le seul mot que Gabriel trouva pour décrire ce qui se passait sous ses yeux était : cohue organisée. Tout le monde descendit dans le plus grand calme, le nombre de passagers ne devait pas excéder la cinquantaine. L'ange les suivait, se tenant bien contre Slei. Pas question de se perdre, même si la foule n'était pas immense. Quand il posa enfin un pied sur l'ile de Sakero, il eut l'impression qu'un Nouveau Monde s'ouvrait à lui. Zéphyr, sa ville, était si loin ! Tout de gris vêtu, le port n'avait pourtant rien d'exceptionnel, avec ses maisons de pierres uniformes, collées les unes aux autres, mais cela sonnait comme un début d'aventure.

« Tu imagines Slei ? On va bientôt arriver à Lorianeth !

– Oui, petit ange. Bientôt. »

Cela surprenait encore un peu Gabriel, cette voix résonnant dans sa tête, mais il avait fini par s'y faire. Pour une raison mystérieuse, Slei était capable de communiquer mentalement, envoyant des messages directement dans l'esprit de son interlocuteur. À la connaissance du jeune homme, aucune monture était capable d'un tel exploit, et il se demandait si l'étalon lui réservait d'autres surprises. Déjà, il employait le mot ange plutôt que le traditionnel relon !

Lentement, les voyageurs se dispersèrent dans le petit port, disparaissant derrière l'enfilade des habitations encore endormies et il ne resta bientôt plus que le relon sur les quais. L'adolescent se sentit tout d'un coup perdu et ne sut absolument pas quelle direction prendre. Comment faire pour se rendre à la guilde ? Fallait-il la trouver soi-même ou obtenir une quelconque autorisation pour en devenir membre ? Il l'ignorait et se maudit de ne pas avoir posé la question avant. Le relon tenta bien d'interroger quelques marins qui s'affairaient à débarquer des marchandises, mais aucun ne daigna lui répondre, tous étant visiblement trop occupés. Un peu dépité, Gabriel ne se découragea pas pour autant et monta sur le dos de Slei d'un bond agile, aidé par ses ailes.

Il se mit donc à déambuler dans la zone portuaire, en quête d'un moyen de repérer le chemin de la guilde. L'endroit possédait des activités tournées vers le domaine maritime, rien de plus naturel avec la mer Azurée et ses poissons multicolores. Espérant trouver de l'aide, l'adolescent dut admettre que les autochtones paraissaient peu enclins à sortir de chez eux et il finit par croire qu'il continuerait à errer sans fin, sans pouvoir réaliser son rêve.

Rentrer dans la guilde Lorianeth, voilà un grand projet. Selon la rumeur, la guilde avait été fondée en l'an 3072 par un groupe d'aventuriers, soit il y a vingt-deux ans. Au début de simple campement isolé, l'endroit s'était petit à petit agrandi, jusqu'à s'ancrer dans d'autres lieux d'Isen, l'ile de Sakero ne suffisant plus. En effet, le but de Lorianeth était d'aider les gens, quelle que soit leur origine. N'importe qui pouvait envoyer des requêtes à la guilde mais attention, pas de n'importe quel genre. Lorianeth n'acceptait que des contrats qui nécessitaient la capture, le domptage ou l'abattage de créatures magiques. Cela pouvait aller d'un inoffensif cheval un peu récalcitrant à une dangereuse manticore ou wyverne sauvage, la liste comportant une myriade d'autres monstres. Gabriel se voyait déjà combattant un tel animal, gagnant haut la main, même si ce n'était encore que dans sa tête. Il avait bien retenu la leçon de son grand-père : ne rêve pas de ta vie, vis ton rêve !

Le relon s'était bien renseigné sur la guilde et ses différents points d'attache à travers le continent. À Goldo, on trouvait les missions terrestres, à Catcha les missions aquatiques, à Sombrale les missions aériennes et à Locksley les missions en terrains spécialisés, comme les volcans par exemple. Seuls les plus braves pouvaient accomplir les quêtes du quartier général de l'ile de Sakero, les plus difficiles et c'était pour celles-là qu'allait la préférence de l'adolescent. Des années qu'il s'entraînait en secret à manier l'épée pour vaincre griffons et autres tarasques. Pour l'instant, il lui fallait dénicher un moyen de se rendre à Lorianeth et ce n'étaient pas les solutions qui allaient le submerger. Toujours personne pour le renseigner dans la zone portuaire. Le désespoir le gagnait tandis qu'il continuait d'arpenter les rues avec Slei, suivie par une furieuse impression de tourner en rond.

« Hé, mon gars, tu ne chercherais pas Lorianeth par hasard ? »

Gabriel se retourna vivement, peu habitué à ce qu'on l'appelle aussi familièrement. Il vit un ganak, un humain en plus petit, presque chauve, portant une courte barbe blanche mal taillée et des habits d'un vert délavé, usés par le temps, juché sur une manticore, animal à corps de lion au pelage rougeâtre, queue de scorpion et ailes de chauve-souris. L'ange demeura sur le qui-vive, peu rassuré par le monstre, mais Slei ne broncha pas. Cependant, le ganak présentait une mine joviale, aussi finit-il par se détendre alors que l'inconnu se rapprochait. De toute manière, il lui faudrait bien parler à quelqu'un pour se rendre à la guilde et ce ganak semblait avoir deviné pourquoi il était venu ici.

« C'est exact, fut tout ce que put articuler l'adolescent.

– Je m'en doutais ! Les gens qui nous cherchent, tous comme toi ! T'as de la chance de tomber sur moi, j'y allais, lança le petit homme. Les gens d'ici ne sont pas du genre à aider. Ils ne sont pas nombreux les pauvres. Tu as dû tourner longtemps, j'me trompe ?

– Oui, en effet, admit le relon. Je croyais ne jamais y parvenir. Je me nomme Gabriel Luz et je souhaiterais aller à Lorianeth, s'il vous plait. À qui ai-je l'honneur ?

– Gabriel hein ? Bien un nom d'relon ça… Moi, je suis Galbon, mon gars. Et arrête un peu avec ta politesse, c'est pas utile.

– Je vous prie de m'excuser, Messire, bredouilla le jeune homme, confus.

– Un fils de bonne famille que v'là pour sûr ! Mais on fera bien quelque chose de toi, comme on a fait des autres. Allez, viens, suis-moi que j'te conduise devant le patron. Et défense de m'appeler Messire : Galbon suffira. Sinon, tu vas voir ! »

Sans un mot de plus, il fit faire un leste demi-tour à sa manticore qui poursuivit d'une démarche chaloupée. Sans attendre, Gabriel pressa les flancs de Slei pour ne pas se laisser distancer. Quel étrange personnage, ce ganak ! D'après son allure, le relon s'imagina avoir affaire à un simple passeur, chargé uniquement de conduire les nouveaux venus à la guilde. Un petit vieux comme ça ne devait guère pouvoir se battre, bien que l'adolescent possédât bien peu d'informations sur lui.

« Tu crois qu'on peut lui faire confiance, Slei ? pensa Gabriel.

– Je pense que oui, mais restons sur nos gardes quand même. »

Ils quittèrent donc le port et longèrent la rivière de l'âme par sa rive nord, prenant plein est. Cette rivière était légendaire et même Gabriel avait entendu parler du mythe qui l'entourait. On racontait qu'il y a bien longtemps, les dragons peuplaient l'ile de Sakero et en étaient même les seuls habitants. Leur premier roi, Balmung, aurait créé en périssant la fameuse rivière, qui charriait depuis des pierres semi-précieuses de toutes les couleurs et en forme de petites écailles de dragon. Ce n'était qu'une légende et le relon savait que les grands reptiles volants avaient disparu depuis l'exode, mais c'était une autre histoire.

Tout le long du trajet, Gabriel s'émerveillait devant la beauté des paysages, composés en majorité de vertes collines et de forêts de conifères. De temps à autre, une colline plus grande et rocailleuse apparaissait à l'horizon avant de disparaître derrière les arbres. Cette succession se répétait invariablement, mais cela changeait de l'ile Céleste et Gabriel était heureux de découvrir ce lieu sauvage. Même la route se voyait à peine, recouverte parfois d'une mousse vert émeraude, qui rappelait que la nature pouvait reprendre ses droits. L'adolescent avait l'impression que son aventure commençait vraiment et son compagnon de voyage aidait un peu en ce sens.

Certes, Galbon ne parlait guère, mais expliquait de temps à autre à Gabriel les noms des collines ou des créatures que l'on rencontrait sur l'ile. Le midi, il offrit même au relon de la panse de mouton persillée et des fraises des bois. C'est à ce moment-là que l'adolescent remarqua une immense hache qui pendait à la ceinture du ganak, sertie d'un saphir sur son manche, d'une taille considérable. Cela donnait un sentiment de sécurité au plus jeune, mais la manticore ne devait pas y être étrangère non plus. Toute peur de l'ange pour la créature avait désormais disparu.

« Votre hache doit être redoutable en combat.

– Ah ça oui, elle l'est ! se rengorgea le ganak. Taillée dans du minerai des monts Orageux, mon gars. Avec ce bijou, on brise des os en moins de deux.

– J'imagine oui, sourit Gabriel, peu convaincu que son compagnon s'en serve encore.

– Et toi, t'as une arme quelconque, tout relon que t'es ?

– Juste cette épée fit l'adolescent avec modestie, tendant sa fine rapière au ganak.

– Mouais, pas trop mal pour un travail de relon, cracha le plus âgé en examinant la lame. Quand on sera à Lorianeth, on te trouvera quelque chose de mieux.

– Les épées de mon peuple ont donc une si mauvaise réputation ?

– En principe, ton espèce utilise plus la magie que le métal. Je suis d'ailleurs surpris de te voir armé.

– Aussi étrange que cela puisse paraitre, je n'utilise guère la magie.

– Tu es vraiment un gars surprenant, Gabriel. Un relon avec une épée, mais sans magie. Et en plus, tu rejoins Lorianeth. Les relons n'y sont pas très nombreux, à peine… J'sais même plus s'il y a un seul des tiens ! D'ailleurs, pourquoi veux-tu rejoindre notre guilde ? J'aurais dû poser la question avant, mais les gens de bonne famille comme toi n'aiment pas trop se salir.

– Eh bien, je serais bien embêté de vous répondre clairement. Disons que j'avais envie de changer d'air et…, commença-t-il, mais les mots se perdirent dans sa gorge.

– Je vois, mettons cela sur le compte du destin. Tu ne parais pas un mauvais bougre, p'tit. Bon, v'la le soleil qu'est encore haut, nous allons en profiter pour avancer un peu. On devrait continuer un bout de chemin pour pouvoir camper dans un coin pratique. Avec ça, la guilde sera en vue demain soir si tout se passe bien. En route ! »

Les deux hommes ramassèrent rapidement leurs affaires et éteignirent le feu de camp. Sa chaleur était fort appréciable, surtout en ce froid début d'année. Pourtant, l'ile de Sakero disposait tout de même d'un climat doux, grâce à un courant chaud de la mer Azurée, bordant son littoral. Pas aussi agréable que l'ile Céleste, cela dit. Galbon sauta sur le dos de sa manticore qui émit un feulement terrifiant. Slei ne broncha toujours pas et laissa son maître se mettre en selle sagement, tandis que le ganak l'observait avec un intérêt non dissimulé.

« Un bon cheval pour sûr, commenta-t-il, et Gabriel sentit Slei “sourire”. De quelle race ?

– Je n'en sais rien. Il s'appelle Slei et je l'ai trouvé sur ma route pour venir à Lorianeth. Il ne m'a pas quitté depuis. Je n'y connais pas grand-chose en équitation, mais je l'apprécie pour son confort et son caractère doux. Béni soit le hasard qui me l'a fait rencontrer.

– Ce n'est peut-être pas un hasard, remarqua Galbon d'un ton mystique. Je crois que c'était mon destin de rencontrer ma manticore Topaze, pas vraie, ma belle ?

– C'est une fille ?

– Oui mon gars ! Mais je parle trop, partons ! »

Le duo reprit donc la route, confronté aux mêmes paysages que dans la matinée. Le ciel se couvrait un peu tout en laissant une clarté suffisante. Une brise légère refroidissait l'air, mais la chevauchée demeurait agréable. Suivant une allure soutenue le long de la rivière de l'âme, ils parcoururent une bonne distance durant l'après-midi. Quand le soir tomba enfin, Gabriel était épuisé, les cuisses meurtries. Jamais il n'avait fait autant de route à cheval en une journée. Le ganak se portait très bien et s'empressa de préparer un feu de camp avant que le soleil ne disparaisse. Ils s'installèrent dans une petite clairière non loin du chemin. L'ange enleva le harnachement de Slei avant de le laisser libre, Galbon ayant fait de même pour sa monture. Le repas du soir permit de terminer la panse de mouton et fut accompagné de délicieuses petites baies endémiques de l'ile, inconnues du relon. Ils mangèrent en silence puis se préparèrent à dormir. La nuit paraissait calme, mais cela ne rassura pas l'adolescent qui s'allongea en se demandant s'il allait pouvoir s'endormir. Pourtant, le sommeil parvint à le vaincre. La dernière image qu'il emporta fut celle de Galbon, assis à côté du feu et fredonnant un air de sa voix grave.

« Il y avait un foyer, au brasier toujours chaud
Perdu dans la vallée, sur l'ile de Sakero… »

Et le reste de la chanson se perdit dans la nuit.

Lorsqu'il se réveilla le lendemain, le campement était déjà rangé et le ganak l'attendait, prêt au départ. Galbon lui donna une pomme appétissante en guise de petit déjeuner. Le relon se prépara rapidement et ils reprirent la route. Le chemin se faisait plus sauvage, des ronces apparaissaient sur le bas-côté, mais le ciel était d'un bleu clair, vidé de toute tâche grisonnante de la veille.

« Galbon, ce que tu chantais hier, c'était quoi ?

– Ah, la politesse semble disparaître, v'la une bonne chose ! rigola le ganak. Continue de te relâcher ainsi, mais garde ta politesse pour le maître surtout, ajouta-t-il subitement. Le chant d'hier, vois-tu, c'était l'hymne de Lorianeth. Ouais, mon gars.

– Pourrais-tu me l'apprendre ? demanda l'adolescent, les yeux pétillants.

– Tout doux, petit ! Attends de savoir si tu vas rester avec nous ou non. De toute façon, tu auras bien le temps de la connaître, nous la chantons souvent. »

La chevauchée continua dans un silence plutôt pesant que, seul, venait troubler l'écoulement tumultueux de la rivière toute proche. Le relon sentait de plus en plus ses cuisses le brûler, mais ne se plaignait pas. Après la pause du midi, le ganak fit accélérer l'allure, souhaitant arriver avant la nuit. Celle-ci tomba relativement tôt et ils continuèrent un moment dans le noir. L'adolescent s'endormait sur sa selle quand la voix de son compagnon de route le réveilla, débordant d'enthousiasme.

« Mon gars, nous y sommes ! Voici Lorianeth. »

Gabriel n'en crut pas ses yeux. Il se trouvait sur un pont de bois franchissant la rivière de l'âme et à ses pieds, le sol descendait en pente douce, menant dans une vaste clairière entourée de chênes, dont la beauté était rehaussée par la lumière des étoiles. Plusieurs bâtiments de bois se trouvaient là, dont le plus grand sur la droite devait être le principal de l'ensemble, au vu des lumières et des bruits qui s'en échappaient. Le relon était comblé, même si la nuit et la fatigue l'empêchaient de bien voir. Son voyage touchait à sa fin, il avait trouvé la fameuse guilde Lorianeth. Il fallait espérer qu'il pourrait y rester.

LE MESSAGER ROYAL

~ Peleor ~

Le soleil venait à peine de commencer sa course dans le ciel, mais déjà, un cavalier descendait en trombe le bras de terre en direction de Forte, la grande ville portuaire. Il dépassait au grand galop de nombreux champs dans lesquels des paysans, originaires des villes libres, travaillaient. En ce mois froid de janvier, ils commençaient à travailler la terre et déposaient du fumier le long des sillons. Leurs tâches les occupaient tant qu'ils ne remarquèrent pas le coursier. Après tout, il n'avait rien de particulier, ni d'effrayant, aucune raison de s'en soucier.

Le cavalier en question portait une armure grise lui couvrant le torse, ciselée grossièrement, des jambières et un casque léger, cachant son visage, laissant à peine entrevoir ses yeux. Ses bras étaient couverts des manches d'une chaude chemise violette. Brodé au fil d'or, le fin soleil au niveau de son épaule ne permettait pas de douter qu'il venait du pays des magiciens. Ces êtres dotés de puissants pouvoirs magiques vivaient loin au nord, et tout portait à croire qu'il était un messager. Peut-être même un messager royal, car ses vêtements et son armure n'étaient pas dépourvus de valeur.

Pour le moment, le coursier forçait l'allure de sa fine monture, un hongre royalti d'un blanc immaculé, une race magicienne connue pour son port altier. Celui-là s'appelait « Or des dieux », un nom bien pompeux que son propriétaire transformait souvent en « Or ». Voilà cinq jours qu'il avait quitté Harpag, une grande ville renommée pour la détente et les plaisirs qu'on y trouvait. Il ne s'y était attardé qu'une nuit, le temps de se reposer et de glaner quelques informations. La ville s'était révélée calme et il semblait que rien de particulier ne s'y était produit ces derniers temps. Quelques ragots de commères tout au plus.

« Courage Or, nous arrivons bientôt » encouragea le cavalier d'une voix douce.

Les champs se succédaient les uns après les autres, au rythme d'un galop effréné ou au moins d'un trot soutenu. La vitesse avait toujours fait partie intégrante du métier du messager, il y était habitué. Cette fois, la requête venait de la reine en personne, pas question de faiblir. Sincèrement, le cavalier espérait trouver le destinataire rapidement. Il redoutait de devoir tourner en rond dans la ville ou que celui qu'il cherchait n'y soit pas, mais se résignait à ces éventualités. Cela faisait aussi partie de son quotidien.

Machinalement, il vérifia la présence du parchemin à sa ceinture et se concentra à nouveau sur la route. Le chemin de terre serpentait à présent, mais le messager ne se contraignait pas à suivre ses méandres et continuait tout droit, profitant de la plaine, Forte apparue au loin, se dressant devant la mer. C'était une ville dite libre, n'appartenant à aucune royauté, mais son port faisait sa renommée. Des tonnes de marchandises y transitaient chaque année, venant de la mer des Voiles ou même de contrées plus au nord. Placée au bord d'un littoral à la navigation aisée, sa position n'était certes pas la plus stratégique, mais son histoire avait permis d'instaurer une tradition commerciale. Tous les peuples venaient profiter du calme et de la chaleureuse atmosphère qui régnait dans le lieu. Les grandes bâtisses au toit de chaume de couleur aussi claire que le sol, rendu poussiéreux et friable par tant de passages, donnaient un certain charme à l'endroit.

Le cavalier se félicita intérieurement d'être arrivé aussi rapidement. Les routes étaient plutôt sûres, mais ce n'était pas une raison pour réduire sa vigilance. Par chance, il n'était pas tombé sur une période de foire ou d'intenses échanges, la ville ne serait donc pas trop bondée par des badauds un peu trop curieux. Retrouver quelqu'un se révèlerait bien plus facile. Le coursier galopa presque jusqu'à l'entrée de la ville, entourée de simples palissades en bois. Les habitants ne craignaient pas trop une attaque visiblement. On y pénétrait en passant sous une grande arche en bois, haute d'au moins six mètres. Le style restait néanmoins assez sobre et le bois clair donnait un aspect plus gai à l'édifice. Immobile au milieu du chemin, un garde, un loup-garou, le regardait arriver. Le cavalier fit repasser son hongre au pas et s'avança lentement. Devant l'air méfiant de la sentinelle, il ne releva pourtant pas son casque. Rien ne l'obligeait à révéler son identité après tout. Le bas de son visage affichait un air neutre et l'homme-loup fit un pas vers lui.

« Qui va là ? lâcha-t-il avec force, refermant sa main sur sa grande hallebarde.

– Je croyais que vous ne craignez pas les attaques à Forte.

– La vigilance n'est jamais de trop. Réponds-moi !

– Je viens du pays des magiciens délivrer un message à un des miens qui se trouve dans votre ville, déclara-t-il solennellement, montrant le sceau sur le parchemin.

– Hum, cela me semble en règle. Qui cherchez-vous ?

– Un dénommé Peleor, si ce nom vous dit quelque chose.

– Vous voulez parler de Peleor Oïmos ?

– C'est ainsi qu'il se prénomme en effet.

– Vous ne devriez guère avoir de mal à le trouver alors. Peleor est bien connu dans le coin, demandez aux habitants, il y en a bien un qui vous l'indiquera, affirma le garde en s'écartant un peu. Messire, ajouta-t-il, car il parlait après tout à un messager royal.

– Je vous remercie, mon brave. Bonne journée », ajouta-t-il avant d'entrer dans la ville.

Comme il l'avait supposé, peu de monde dans les rues, mais des chalands de toutes origines s'affairaient autour des nombreuses boutiques. La ville ne comptait pas que le commerce maritime comme atout, se tournant également vers les voies terrestres, malgré sa localisation à l'extrémité d'Isen. Un immense marché avait lieu régulièrement, envahissant les rues de toute la cité.

Forte était agréable, il y flottait une bonne odeur de pain chaud et de sel qui donnait envie de se reposer. Malgré cette incitation à la paresse, le cavalier ne perdit pas de vue son objectif et interrogea de nombreuses personnes pour localiser son destinataire tandis qu'il guidait son cheval le long de la rue principale qui descendait à la mer.

« Peleor ? Il doit surement être au port. »

C'était la réponse invariable qu'on lui fournissait et il finit par se persuader que son homme se trouvait là. D'un petit trot, le cheval franchit les derniers mètres de la rue sablonneuse et se retrouva sur les pavés du port. L'air marin lui fouetta le visage avec force, faisant même s'ébrouer son hongre. Les quais s'étendaient à perte de vue, mais seuls quatre énormes bateaux étaient actuellement amarrés, sans compter les petites embarcations. Il se dirigea vers le plus proche des grands navires, dont il ignorait la provenance. De nombreux marins déchargeaient de lourdes caisses de bois. Peut-être des denrées ou des soieries du royaume dont le bateau venait ? C'était le plus probable, mais tout restait possible, car il y avait absolument tout type de commerce à Forte.

« Excusez-moi, mais je recherche un certain Peleor, demanda-t-il à un des dockers.

– Le magicien ? Il n'est pas là. Pour sûr, il doit être avec l'Écailleuse à l'autre bout du quai, aujourd'hui, marmonna-t-il. C'est tout droit, le vaisseau avec une proue en forme de dauphin. Pouvez pas vous tromper, c'est le dernier.

– Merci pour l'information, belle journée. »

Décidément, il se laissait désirer ce Peleor ! Or des dieux commençait à fatiguer de son long trajet, mais son maître l'encouragea mentalement d'une brève saccade magique et le hongre repartit d'un pas allongé. Le messager avait beau venir du pays des magiciens, il n'avait pas les plus grands pouvoirs, mais ce sort simple, il en était capable.

Le cavalier et la monture longèrent un nombre impressionnant de débarcadères avant d'arriver à la fameuse Écailleuse. Cette fois, le doute n'était pas permis, c'était un vaisseau sirin, provenant du peuple de la mer. Cela se voyait à la proue d'une grande magnificence sculptée en forme de dauphin et aussi au grand requin blanc plongeant, peint sur la grande voile bleue. Le cavalier regarda parmi les marins qui déchargeaient et le vit.

Le magicien portait une lourde caisse sur l'épaule en descendant une étroite passerelle et plaisantait avec un autre homme. Il avait les cheveux d'un brun assez clair, un visage couvert de sueur, mais avenant, des yeux bleu foncé et un corps très bien proportionné, quoique de taille moyenne. Son habit était constitué d'une chemise blanche entrouverte, d'un pantalon de cuir marron ainsi que de hautes bottes noires. Cela surprit le messager de le voir vêtu aussi simplement, mais il décida de ne pas s'en soucier. Son destinataire était de haute naissance, mais rien ne l'empêchait de faire ce qui lui plaisait. Le cavalier devait effectuer son travail sans poser de question, aussi s'avança-t-il, toujours juché sur Or des dieux.

« Messire Peleor ? s'enquit-il poliment, gardant cette réserve dans la voix qu'on adressait aux personnes de haut rang.

– Oui, c'est bien moi, que me voulez-vous ? répondit-il

joyeusement en posant sa caisse.

– Je vous apporte un message de la famille royale du pays des magiciens.

– Je vous écoute, déclara Peleor, croisant les bras sur son torse.

– Au nom du roi Aeros Raïsen, de sa femme la reine Inmaya et du conseiller royal Galaad Oïmos, vous êtes convoqué au palais de Majora pour une affaire politique de la plus haute importance.

– Seule ma sœur requiert réellement ma présence, j'imagine. Le reste n'est que politesse sans aucun fondement. Mais je te suivrai néanmoins, Sigmal Tark, messagère royale.

– Vous m'avez reconnue, Messire ? » s'exclama-t-elle, surprise.

D'un geste rapide, le cavalier enleva son casque pour l'accrocher à la selle et se révéla être une femme. Une demoiselle au visage rond qui possédait des yeux marron et des cheveux d'un brun sombre qui lui arrivaient presque aux épaules. Une femme qui faisait un métier d'homme, voilà quelque chose de peu banal pour une magicienne. Sigmal avait tendance à cacher le fait qu'elle était de sexe féminin et il fallait être observateur pour le remarquer… Observateur ou la connaître, comme c'était le cas ici.

« Bien évidemment, sourit Peleor. Mais dis-moi, sais-tu pourquoi on m'appelle à la Cour ? Cela m'interroge grandement, je dois avouer. Je savais qu'on finirait bien par me faire revenir, mais je ne m'attendais pas à ce que cela se fasse si tôt…

– Je n'en ai absolument aucune idée, Messire. Je sais simplement qu'il s'agit d'une affaire de haute importance et qu'elle a un lien possible avec le royaume des humains… des Djens pardon. On ne m'a rien confié de plus, hélas !

– J'aurais dû m'en douter, ils ne t'ont donné que le message sous sa forme la plus simple, soupira-t-il, sans se montrer violent envers son interlocutrice.

– Vous m'en voyez navrée, Messire, s'excusa-t-elle, réellement confuse de lui déplaire.

– Ne t'en fais pas, va. Et ne te force pas à m'appeler Messire à tout bout de champ, je vois bien que c'est difficile avec ma tenue. Peleor, c'est aussi bien.

– Je ne fais que marquer le respect dû à votre rang. En tant que frère cadet de la reine Inmaya.

– Mon rang, mon rang, mais ai-je vraiment un rang ? Et puis, je ne suis pas roi. Il n'y a qu'un seul Sire ici et c'est mon cheval. »

À ces mots, il siffla une note aiguë trois fois. Peu après, un robuste étalon arriva. Une impression de puissance émanait de lui et il paraissait immense en comparaison du fin hongre qu'était Or des Dieux. Il était un alezan brûlé, crins presque blancs et robe noisette foncée. Sa carrure indiquait un étalon de la race des chevaux coronalais, de l'élevage des humains. Quel comble pour un magicien de ne pas posséder une monture originaire de son propre royaume ! Cependant, Sigmal savait que le frère de la reine s'était toujours montré excentrique sur certains points. Disons du moins hors des normes de son peuple. La messagère s'en souciait peu, il avait réussi à la reconnaitre après deux ans sans la voir, et cela lui faisait extrêmement plaisir.

« Quand devons-nous partir pour Majora ?

– Le plus tôt serait le mieux, si cela vous convient. L'affaire semblait urgente.

– Dans ce cas, attends-moi ici, je reviens vite ! » lança-t-il en s'éclipsant vers une maison toute proche, ouvrant la porte à la volée et courant presque.

La jeune femme en profita pour descendre de sa monture afin de se dénouer un peu les jambes, tenant toujours la bride. À côté, l'étalon ne bougeait pas et la dévisageait avec curiosité. Après avoir offert une friandise à son hongre, elle remonta en selle et c'est le moment que choisit Peleor pour revenir, portant dans ses bras une petite selle et sur son dos, un sac de voyageurs. Une épée pendait désormais à sa ceinture, cachée dans un fourreau de cuir. Il ne s'était en revanche pas changé. Avec prestance, il installa la selle de son cheval, accrocha son baluchon à l'arrière de celle-ci, mais ne mit pas de bride. Sigmal songea que c'était là une autre excentricité de sa part. Puis, le magicien sauta sur le dos de Sire avec aisance et souplesse.

« Je suis prêt, Sigmal. Au revoir, compagnons et pardon de ne pouvoir rester vous aider plus longtemps, ajouta-t-il à l'adresse des autres marins. Le devoir m'appelle ailleurs.

– Ne t'en fais pas, Peleor, c'était déjà bien gentil de nous donner un coup de main, assura un des marins d'un grand sourire. On te paiera un coup à ton retour.

– Reviens vite nous voir ! lui cria une femme, surement d'une lignée de fées, les femmes magiques des bois aux belles ailes.

– Je ferai de mon mieux ! Portez-vous bien en mon absence et au plaisir ! »

Sigmal ouvrit alors la marche, suivie du magicien, qui avait une trentaine d'années tout au plus selon ses souvenirs. Ils passèrent le long des quais à nouveau puis remontèrent la rue principale. Tout au long du trajet, les personnes qu'ils croisaient saluaient Peleor avec enthousiasme et il répondait à chacun avec gentillesse. À croire qu'il connaissait tout Forte et que tout Forte le connaissait. Même les enfants courraient autour de son cheval en riant aux éclats. La cavalière demeura silencieuse, mais cette popularité faisait rayonner une aura de bienveillance autour du magicien, une aura.... royale. Elle garda cette réflexion pour elle, néanmoins. Finalement, la ville se retrouva derrière eux et les effluves marins se raréfièrent.

« Vous aviez l'air d'être apprécié, déclara la messagère.

– C'est normal, je leur rends service et puis ils me sont sympathiques. Eux au moins. On ne peut pas en dire autant de notre pays.

– Vous devez vous méprendre, sans doute…

– Oh non, Sigmal, c'est la triste vérité ! Ma sœur est la seule qui ait de l'affection pour moi, le reste n'est que mensonges drapés dans des convenances toutes faites.

– Dans ce cas, ajoutez-moi au nombre, répliqua la jeune femme avec conviction. Vous avez eu la bonté de vous souvenir de mon nom alors que votre propre frère n'en a cure… Je ne devrais pas parler comme cela du grand conseiller royal, excusez-moi.

– Je garderai ton secret, ne t'en fais pas. Pourtant, voilà cinq ans que tu es messagère royale.

– Messire Galaad a d'autres priorités que de retenir mon prénom.

– Hélas, mon frère se moque de tout ce qui ne concerne pas son honneur ou la famille royale. C'est ainsi depuis toujours. Il ne se souvient même pas que ton frère ait perdu la vie et que tu aies dû prendre sa place, c'est triste quand même. Comment s'appelait-il déjà, ton frère ? C'était un grand magicien, dans bien des domaines.

– Reylod. Les choses sont ainsi, Messire Peleor, mais je vous remercie de votre soutien.

– Tu es drôlement courageuse en tout cas, Sigmal.

– Vous êtes trop gentil. Mais si je puis me permettre, ne vous souciez pas de moi.

– Que veux-tu dire ?

– Je sais très bien que vous avez la capacité de vous téléporter à Majora. N'hésitez pas à le faire, cela sera plus rapide pour vous.

– Et que comptes-tu faire si je me téléporte ?

– Je rentrerais avec Or des dieux, certes beaucoup moins vite, mais cela ne me dérange pas. Les retours sont souvent plus rapides dans mes missions, car je connais mieux le chemin. Donc je vous en prie, faites-le sans tenir compte de ma modeste personne.

– Certes, je peux me téléporter, mais dans ce cas, je te téléporterai aussi !

– Vous plaisantez, rigola la cavalière. Il est déjà assez difficile de se téléporter, pour preuve, je n'y arrive pas moi-même. La distance est très importante en plus d'ici à la capitale du pays magique. Un magicien normal ne peut guère transporter deux personnes dans ces conditions, sans vous offenser !

– Mais je ne suis pas un magicien normal, mademoiselle ! »

Tout en disant ces mots avec malice, mais sérieux, il tendit sa main devant lui et une lumière apparut dans les airs, au milieu de la route. Les chevaux ne bronchèrent pas tandis qu'un tourbillon dimensionnel d'un rose hypnotisant se formait sous leurs yeux, à l'apparence irréelle et instable. Sigmal en resta sidérée. Elle n'avait jamais été témoin d'un tel sortilège, cela existait seulement dans les contes que son frère lui lisait quand elle était petite. Pourtant, elle en avait vu de grands magiciens dans sa vie, mais jamais un de cette puissance. Décidément, ce Peleor était un être hors du commun, mais il ne semblait pas en avoir conscience. Elle entra sans peur avec le sorcier dans le tourbillon. Le retour serait réellement plus rapide.

LE RÊVE

~ Fluiseje ~

Titan s'entraînait dans l'arrière-cour du château de Coronal. Fend-la-pierre, son épée, se mouvait dans l'air avec légèreté et précision. Presque chaque jour, l'homme répétait inlassablement les mêmes mouvements, seul. Comme cela arrivait souvent, Fluiseje le regardait depuis son balcon du deuxième étage, appuyée contre la rambarde de granit. Ses longs cheveux blonds flottaient au vent, se mariant avec sa longue robe en lin beige aux longues manches. Une simple ceinture de cuir était nouée autour de ses hanches et une ferronnière constituée d'un fil de cuir marron lui entourait la tête. Ses yeux bleus achevaient de lui donner une allure de petite princesse. En tant qu'héritière du royaume des humains, elle se devait d'avoir une présentation irréprochable en toute circonstance.

« Mademoiselle Fluiseje ? appela son camérier, pénétrant dans sa chambre.

– Oui, qu'y a-t-il ? fit-elle en se retournant, perdant de vue l'entraînement de Titan.

– Sa Majesté Radoc et Dame Anis souhaiteraient s'entretenir avec vous.

– Très bien, merci de m'avoir prévenue.

– À ce propos, votre leçon d'équitation ne pourra être assurée, j'en suis navrée. Le maître des écuries est débordé par le travail que lui a confié votre père.

– Entendu. Néanmoins, j'irai quand même faire une balade avec Ella ce soir», déclara-t-elle en quittant sa servante pour se rendre auprès de ses parents.

Ella, c'était sa jument, d'un blanc presque parfait, de pure race royalti. Les humains avaient d'habitude une préférence pour les coronalais, l'élevage robuste de leur pays, mais il y avait ici une raison à ce choix. L'animal était un cadeau de Roland. Et c'était loin d'être n'importe qui ! Roland n'était personne d'autre que le prince-héritier du trône des magiciens et, accessoirement, son fiancé.

Fluiseje se souvenait très bien de ses cheveux courts châtain clair, trop parfaits, de ses yeux verts qui la dévisageaient avec orgueil, de ce petit air fier et agaçant. Pour être honnête, elle ne l'aimait guère, mais ils étaient fiancés depuis qu'elle avait quatre ans. À présent, elle en avait quinze. La princesse s'était néanmoins fait une raison, consciente de ce qu'impliquait cette union. Elle ne comptait pas briser la paix entre les deux royaumes, même si elle eût aimé pouvoir donner son avis sur la question. Pour son avenir, elle se voyait mal rester toutes ses journées au palais à s'occuper des enfants, coudre et subir le sort des dames de la Cour.

Non, ce qu'elle souhaitait, c'était vivre une aventure. Partir à cheval, visiter des contrées éloignées, rencontrer d'autres peuples, dormir à la belle étoile, voilà un futur qui lui plaisait bien plus. Cependant, elle savait que ses rêves n'aboutiraient jamais nulle part, parce qu'elle était de haut lignage. La jeune fille doutait en plus de réussir à se débrouiller seule dans la nature, dans la mesure où elle ne savait ni se battre ni utiliser de magie, comme l'écrasante majorité des humains pour ce dernier point. Très peu de personnes de son peuple possédaient un pouvoir magique et pour ceux qui en étaient dotés, il n'avait généralement rien de spectaculaire. Voilà pourquoi d'autres peuples les appelaient les Djens, les sans-magies.

« N'y pense plus, tu te fais du mal pour rien », songeait-elle, un peu triste.

Elle traversa le couloir de l'aile ouest, à l'arrière de laquelle se trouvait sa chambre puis se rendit dans l'immense hall principal, d'où elle rejoignit le premier étage. La salle du trône se trouvait derrière la porte sur sa droite, en face des marches provenant du rez-de-chaussée. Après une grande inspiration, la princesse y entra, optant pour un port droit qu'elle abandonna vite en constatant que seuls ses parents se trouvaient là. Une discussion privée, cela cachait quelque chose d'important. De très important même. Sa servante ne l'ayant pas suivie, elle franchit seule la distance séparant la porte des trônes, dans un silence pesant.

Fluiseje parvint au pied des trois marches couvertes de tapis anciens qui donnaient de la hauteur aux sièges. Pour le reste, la salle était immense, les murs peu décorés, mis à part la reprise du motif du drapeau humain, un cavalier en armure portant une lance sur un cheval cabré. De nombreuses fenêtres, en hauteur comme au niveau du sol, offraient une intense luminosité. La princesse avait l'habitude de ce lieu et s'empressa de s'incliner, se postant même à genoux. Ils avaient beau être ses parents, c'était avant tout les souverains du royaume des humains.

À gauche, Radoc, son père, fils de Sarok et actuel roi. Sur ses cheveux blond foncé reposait une belle couronne dorée qui faisait ressortir ses yeux bleus. Fluiseje s'était convaincue qu'elle tenait de lui, car sa mère, Anis, avait certes les yeux bleus, mais plus foncés et sa longue chevelure auburn ne rappelait en rien sa fille, pas plus que ses traits marqués.

« Relève toi, Fluiseje, ordonna le roi avec puissance, sa

voix résonnant dans toute la salle.

– Père, mère, vous m'avez fait appeler ?

– Oui, nous avons des informations importantes à te communiquer, confirma sa mère.

– Je vous écoute, dit-elle tout en montant les trois marches pour se trouver plus près d'eux.

– Tu n'es plus une enfant maintenant, ma belle, commença le roi. À présent, nous pouvons parler librement avec toi des affaires du royaume.

– Oui père, je suis prête, assura l'adolescente en le regardant droit dans les yeux.

– Dans ce cas, écoute-moi attentivement. D'ici quelques semaines, aura lieu à Rum Cay, un grand conseil des nations d'Isen. Cela faisait tellement longtemps qu'il n'y en avait pas eu. Quelque chose comme huit ou neuf ans non ? Ce doit être ça. »

Les yeux de la princesse s'illuminèrent soudainement. Le grand conseil des nations, bien sûr qu'elle en avait entendu parler puisqu'un de ses rêves était de s'y rendre. Cela consistait en une réunion des vingt-deux royautés d'Isen à Rum Cay, la plus grande des villes libres. C'était là que les rois et les reines débattaient des problèmes du continent et essayaient de trouver des compromis, de régler leurs différends. Il fallait noter que cet événement n'arrivait pas très souvent, le dernier remontant à neuf ans. Fluiseje en avait alors six et avait été jugée trop jeune pour y assister. Comme elle en avait été courroucée à l'époque, sachant que des personnes plus jeunes qu'elle parmi les autres peuples pouvaient s'y rendre ! La princesse avait néanmoins pris son mal en patience, se disant que l'occasion d'aller à une telle réunion finirait par se présenter à un moment ou à un autre, malgré la rareté de l'événement. Cela n'avait pas été le cas avant aujourd'hui.

« Cela fait neuf ans, père, lui rappela-t-elle poliment.

– Déjà tant de temps ? C'est vrai que je ne vois pas de raison assez importante pour nous avoir réuni depuis, bien que je ne connaisse pas les problèmes de chacun. Les villes libres trouvaient qu'un long moment sans conseil n'était pas bénéfique, mais elles n'ont guère leur mot à dire.

– On peut tout de même leur concéder cela, tenir un conseil régulièrement est important, ajouta la reine d'un hochement de tête. Au moins pour nos relations.

– Certes, approuva le roi. Si je t'ai convoquée, Fluiseje, c'est pour te proposer de venir à ce conseil, en tant qu'héritière du royaume.

– Ce serait pour moi une grande joie !

– Attention cependant, il ne s'agit pas d'un jeu. Il faut représenter dignement notre beau pays et tout particulièrement la lignée des Bléos. Même si c'est difficile, il faut se montrer parfait en toute circonstance et ne jamais céder à la facilité, quand bien même d'autres souverains le feraient. Les langues de vipères peuvent déverser leur venin.

– Je tâcherai de me montrer à la hauteur du nom que j'ai l'honneur de porter, déclara l'adolescente, sans sourciller, en s'inclinant légèrement. Je ferai honneur au premier roi de notre lignée, le grand Disen.

– Tu feras donc partie du voyage », affirma Anis, visiblement satisfaite.

Fluiseje se retint tant bien que mal de sauter de joie et garda un calme parfait. Elle ne put malgré tout empêcher ses lèvres de s'étirer en un radieux sourire. Enfin, elle allait pouvoir assister au grand conseil des nations, à Rum Cay ! La princesse allait pouvoir rencontrer tant de personnes différentes, découvrir maintes choses nouvelles. Bien sûr, cela signifiait aussi qu'elle devrait supporter le prince Roland, mais elle se disait qu'elle ne devrait pas être constamment collée à lui. N'est-ce pas ?

Fluiseje n'avait pas très envie de supporter ses manières et son côté orgueilleux, mais elle consentait à faire un effort, quoique cela ne lui plaise guère. Une foule d'idées lui traversait l'esprit et cela la rendit d'excellente humeur. L'adolescente trouva cependant fort étrange que ses parents ne cessent d'échanger des regards et ne la congédient pas. Pouvaient-ils avoir encore autre chose à lui dire ?

« Puis-je prendre congé ? s'enquit-elle, cherchant à déclencher une réaction.

– Nous avions autre chose à te dire, ma fille, la retint la reine.

– Quelle autre nouvelle importante pouvez-vous m'annoncer après le grand conseil ?

– Ne joue pas plus bête que tu ne l'es, tu savais parfaitement que la conversation n'était pas finie, fit remarquer Radoc en riant doucement. Enfin, allons à l'essentiel. Tu rêves de voyager, ma petite princesse, je ne me trompe pas ? »

Le cœur de Fluiseje se mit à battre comme un tambour dans sa poitrine. Pourquoi son père évoquait-il ce sujet ? D'habitude, il ne voulait pas en entendre parler et s'offusquait qu'une jeune noble comme elle puisse avoir de telles aspirations, indignes de sa condition. Le voir en parler, c'était tellement inattendu que la stupeur l'empêcha tout simplement de parler.

« Eh bien, aurais-tu perdu ta langue ? se moqua Anis, un sourire complice envers son mari.

– Non, mais c'est tellement… tellement soudain ! Vous ne voulez jamais en entendre parler d'habitude et là… je suis surprise !

– Et c'est bien normal qu'elle réagisse ainsi, déclara le roi à sa femme. Après tous les efforts que nous avons faits pour endiguer tes envies d'aventure. Mais cela n'a fait que grandir encore et encore, sans jamais s'arrêter. Je me trompe ?

– Vous m'en voyez navrée, cela n'a pas diminué.

– Après tout, tu as ça dans le sang, soupira sa mère.

– Pardon ? Qu'est-ce que cela signifie ?

– Tu as hérité cette envie de voyage de ton vieil ancêtre, le noble Disen Bléos, conta la reine. Ne me dis pas que tu n'avais jamais fait le lien avec lui ?

– J'admets que non. Mais c'est vrai qu'il était un grand

voyageur !

– Ah la jeunesse ! fit le roi en partant d'un petit rire discret.

– Tu sais, malgré son ascendance inconnue, ce fut le premier roi de notre pays et il se caractérisait par son immense goût pour l'aventure. Des centaines d'années vous séparent, mais tu dois bien tenir de lui. C'est l'humain qui a le plus voyagé et c'est probablement grâce à lui que nos relations à travers Isen sont ce qu'elles sont. Je suis certaine que ce goût pour l'aventure est son héritage… ce qui n'est pas un mal, je crois, mon roi.

– Ta clairvoyance peut m'impressionner parfois, ma reine. Mais peu importe d'où elle tient ce penchant, elle le possède, il faut l'admettre.

– Alors de quoi voulez-vous me parler ? Sauf votre respect.

– Si cela t'était proposé, voudrais-tu vivre une aventure ? »

La question de son père était ferme et attendait une réponse claire, sans détour. Nulle question de tergiverser, mais l'héritière savait parfaitement ce qu'elle voulait.

« Sans hésitation, je partirais, déclara-t-elle, le regard sûr.

– Ta détermination semble sans failles, observa le maître de Coronal. Puisque tel est ton souhait, nous allons l'exaucer, ma fille.

– Vraiment ? s'écria la princesse, totalement abasourdie par ces paroles.

– Oui, tu as bien compris, tu as la permission de vivre une aventure, confirma son père.

– Je ne sais que dire devant tant de bonté. Mais…

– Nous répondrons à tes questions, la rassura Anis avec tendresse.

– Naturellement, ton départ se fera après le grand conseil, continua le roi. Nous te permettrons ainsi d'aller t'aventurer dans des contrées lointaines d'Isen. Malgré tout, tu seras escortée par une unique personne, appartenant à une grande famille de magiciens. Nous lui ferons parvenir des directives quant à certains lieux où tu ne devras jamais aller, pour ta sécurité. Ah, tu ne pourras aussi partir qu'à une seule condition. À ton retour, tu devras célébrer ton mariage avec le prince Roland, tu es en âge pour cela maintenant. Cela te convient-il ?

– Plus que je ne saurais le dire, répondit-elle, l'idée de l'union ne lui plaisant guère. Mais qui sera donc la personne qui m'accompagnera ?

– C'est une surprise, décréta Anis avec un clin d'œil. Sache seulement que nous l'avons choisi avec le plus grand soin et que nous avons longtemps réfléchi.

– Très bien. Je vous soumets tout de même une dernière question, osa-t-elle, tant la joie qui l'habitait lui donnait des ailes. Pourquoi me permettre de réaliser cela ?

– Hum, je me doutais bien que tu en arriverais là, soupira le roi. En vérité, cela m'a paru une expérience profitable, car un jour, tu seras reine. Alors voyage à travers des contrées mystérieuses, observe les dirigeants de tous ces royaumes et ainsi pourras-tu en retirer un grand enseignement, particulièrement en matière de justice.

– Oui, pour devenir une reine juste et protéger notre peuple.

– D'autres penseraient probablement que nous sommes irresponsables de laisser notre unique héritière partir ainsi à l'aventure, avoua Anis. Mais je pense que cela te sera profitable. Ne crois pas que nous étions enchantés par cette idée, mais… parfois, même un roi et une reine peuvent changer d'avis, ma chérie.

– Bien, notre conversation est donc terminée cette fois. Nous partons pour Rum Cay d'ici peu, aussi commence dès à présent à préparer tes affaires. Nous avons également du travail de notre côté et les serviteurs seront débordés, essaie donc d'anticiper.

– Je n'y manquerai pas. Encore merci de votre générosité et de votre confiance. C'est l'un des plus beaux jours de ma vie ! »

Après une profonde révérence, elle quitta la salle d'un pas sautillant. La princesse ne parvenait pas à réaliser ce qui lui arrivait. D'abord, elle pouvait assister au grand conseil et puis ses parents l'autorisaient à partir à l'aventure. C'était probablement un des jours les plus incroyables de sa vie. Elle savait cependant que son père ne lui avait pas tout dit quant aux raisons de cette proposition, mais sa bonne humeur chassa ce détail. Peut-être que lui aussi aurait voulu partir dans sa jeunesse, mais qu'on l'en avait empêché ? Il descendait de Disen aussi après tout. Oui, c'était peut-être un moyen de réaliser son rêve, par personne interposée.

Sans réfléchir, Fluiseje se dirigea vers les écuries. Là, elle trouva Ella, qui l'attendait en piaffant dans son box, déjà sellée et bridée. Sa servante avait dû parler avec le garçon d'écurie et l'adolescente l'en remercia beaucoup. Sans prendre la peine de se changer, la demoiselle sortit sa jument dans la cour arrière du château où donnaient les boxes des coursiers de la famille royale. Avec effort, elle parvint à monter sans aide sur le dos de sa jument, prête pour quelques tours dans le petit espace qui s'offrait à elle. Monter en robe, il fallait vraiment être une princesse pour savoir le faire et elle ne cessait de s'améliorer. Une autre raison de sourire.

Sans le maître d'écurie, personne ne la laisserait sortir du palais, que ce soit pour galoper dans les plaines avoisinantes en vue du château ou même longer une ruelle adjacente aux remparts. Sans personne pour la surveiller, c'était toujours ainsi, à son grand regret. C'est alors qu'elle remarqua Titan, toujours là où elle l'avait vu un peu plus tôt, occupé à son entraînement. Tenant à saluer le capitaine de la garde, elle s'avança vers lui au petit trot. Sa bonne humeur la rendait radieuse. L'homme avait tant d'honneur qu'il ne voudrait probablement pas lui permettre de sortir et elle le savait assez occupé pour ne pas lui demander de l'accompagner.

« Messire Titan, l'appela-t-elle. Vous vous entraînez encore à cette heure ?

– Ah, mademoiselle Fluiseje, bonjour ! Je dois devenir plus fort afin de vous défendre. Fend-la-pierre est redoutable et je dois être à sa hauteur, expliqua l'homme massif en désignant sa lame, une épée dépourvue de finesse, mais qui paraissait robuste.

– Oui, j'entends bien. Mais n'est-ce point l'heure de la relève de la garde sur les remparts ?

– Ah, vous avez raison, princesse. Je ferais mieux d'y aller, sinon, quel genre de capitaine suis-je donc ? Mais dites-moi, vous me paraissez d'extrême bonne humeur, aujourd'hui, remarqua le chevalier, essuyant rapidement la sueur qui coulait sur sa nuque.

– En effet, Messire. Je ne peux le cacher, je crois bien.

– Si cela n'est pas indiscret, pourrais-je connaître la cause de ce bonheur ?

– Mes parents m'autorisent à me rendre au grand conseil de Rum Cay ! Pour la première fois !

– Je vois, c'est une bonne chose. Mais je devine que ce n'est pas tout. Vous n'avez pas pris le temps de vous changer pour monter à cheval, cela cache quelque chose d'autre. Vous ne seriez pas si étourdie pour un conseil, fût-il le grand conseil, ou alors, Titan ne vous connaît plus.

– C'est un secret, mon chevalier ! Pour le moment ! »

Sans plus attendre, elle mit sa monture au petit galop autour de la cour, laissant le capitaine de la garde la regarder d'un air amusé. Elle avait du caractère cette princesse, mais cela ne la rendait que plus attachante. Fluiseje profitait du confort d'Ella et du vent dans ses longs cheveux blonds. L'aventure allait enfin lui tendre les bras, comme dans ses rêves les plus fous, mais ce serait, cette fois, bien réel. Elle ferma les yeux, se laissant porter par sa jument. Avait-elle le droit d'être aussi heureuse ? De toute façon, elle le prenait.

LES MENTORS

~ Gabriel ~

Gabriel se réveilla dans un lit bien chaud. Les rayons du soleil filtrant par la fenêtre venaient réchauffer doucement sa peau. Ses grands yeux bleus s'ouvrirent et il lui fallut un peu de temps pour se rappeler où il était. Bien sûr, il se trouvait à Lorianeth et un toit de bois lui masquait le ciel, seule la fenêtre sur sa gauche permettait d'observer la pureté du firmament. La veille au soir, Galbon et lui étaient arrivés dans ce lieu féérique qu'était la guilde. Cependant, à cause de la fatigue, Gabriel ne se souvenait pas comment il avait atterri sur ce matelas de plumes.

Il se leva avec difficulté, étira ses ailes puis s'habilla d'une chemise de lin et d'un pantalon en cuir noir, le plus beau qu'il possédait. Le relon remarqua également qu'on lui avait déposé des fruits et du lait pour le petit déjeuner. Quelle prévenance ! Il mangea rapidement avant de sortir de la pièce où il se trouvait, une chambre avec un simple lit. L'adolescent découvrit un grand couloir pourvu de nombreuses portes, selon toute probabilité des chambres comme la sienne. Il longea le couloir, puis emprunta un escalier pour se diriger vers l'entrée. Le bâtiment devait être un dortoir, car le rez-de-chaussée était construit de la même façon que le premier étage. Gabriel poussa une grande porte de bois, sans plus s'attarder à l'intérieur, et se retrouva dehors.

Sans la lumière des étoiles, la clairière changeait du tout au tout. Face à lui, il vit le chemin qui montait en pente douce d'où il était arrivé la veille, entouré de sapins sombres. Sur sa droite, il entendait la rivière, qui passait sous le pont d'accès et l'adolescent compris qu'il se trouvait sur sa rive sud. Une jolie rivière qui méritait même le nom de fleuve. Toujours sur sa droite, deux autres bâtiments, l'un était surement un autre dortoir et l'autre probablement une grande écurie. Enfin, sur sa gauche, devant une vaste forêt de chênes, le bâtiment principal. La construction, haute de trois étages, toute en grands rondins de bois sombre, comportait quelques fenêtres larges. Au-dessus, un drapeau flottait, représentant un marteau et une lance noirs se croisant sur un fond rouge. Ce cadre émerveilla tellement Gabriel qu'il ne parvint plus à bouger jusqu'à ce qu'une voix connue l'interpelle.

«Alors mon gars, Lorianeth te plait?» lança Galbon en s'approchant d'un pas boiteux.

Le relon trouva étrange de le voir avancer ainsi, sans sa manticore, mais remarqua immédiatement la hache à sa taille, plus brillante qu'auparavant. Gabriel vérifia mentalement que sa monture allait bien. Slei se trouvait dans les écuries et profitait du calme des lieux, il n'y avait donc aucune inquiétude à avoir. L'absence de monde sur la place aurait dû faire tiquer le jeune relon, mais la féérie du lieu l'empêchait de se concentrer sur de tels détails. Il était à Lorianeth, voilà l'important.

«Plus que je ne saurais dire, répondit-il, un large sourire aux lèvres.

– Tant mieux alors! Mais tu n'as encore rien vu, tu viens d'arriver. De toute façon, par rapport à là… d'où tu viens quoi… je suppose que ça doit te changer !

– En effet. Mais est-ce normal qu'il y ait si peu de gens au quartier général ?

– Beaucoup sont partis en mission actuellement. Ou dans un autre de nos postes sur Isen. Ou au port de l'ile même. Là, j'dirais qu'on est une vingtaine sur Sakero, c'est courant qu'on soit si peu nombreux. Mais ça peut changer rapidement, pour sûr.

– D'accord. Au fait, où est mon cheval ? demanda-t-il quand même pour ne pas révéler qu'il communiquait télépathiquement avec sa monture.

– Après que tu te sois endormi, il s'est rendu seul aux écuries. Sacrée bête que t'as là, j'ai l'impression qu'elle a un truc, d'la magie ou je m'y connais pas.

– Ce petit ganak a le sens de l'observation, intervint mentalement l'étalon.

– Plus que tu ne peux l'imaginer, pensa Gabriel à l'attention de son aîné. Je suis rassuré pour Slei en tout cas, merci beaucoup, Galbon.

– Bah, de rien, mon gars, c'est normal. Mais maintenant, il est temps qu'on te présente au patron !

– Le patron ? répéta le relon, encore un peu endormi.

– Nous avons un maître ici, oui. Une personne sage à qui tu devras un grand respect. Ne t'avise pas de mal te comporter avec lui ou t'auras des ennuis avec moi.

– Je tâcherai d'être à la hauteur.

– Bien, en ce cas, allons-y ! » s'exclama Galbon, retrouvant subitement sa bonne humeur.

Il ouvrit la marche de son pas claudicant et le relon resta bien derrière lui, de peur de se trouver seul dans cet endroit inconnu. Leurs pas les menèrent rapidement devant la large porte du bâtiment principal. Le ganak la poussa sans ménagement et Gabriel dut se montrer rapide pour ne pas se prendre un battant en pleine figure. Une fois à l'intérieur, c'était un autre monde.

Les deux se trouvaient dans une immense pièce, occupée par des tables et des bancs en bois foncé, dont la majorité était vide. Seulement trois tables étaient occupées par des personnes de races différentes, discutant joyeusement. Le ganak et le relon ne semblèrent pas les intéresser, même quand ils passèrent à côté d'eux dans l'allée centrale. Au fond de la salle se trouvait un grand bar où un modenmé nettoyait quelques verres tandis qu'une fée assise sur le comptoir jouait de la lyre. Sur la gauche, un escalier menant aux étages supérieurs et encore plus à gauche, un grand panneau sur lequel était accroché un grand nombre de parchemins. Probablement les offres de contrats pour la guilde, songea Gabriel.

Le ganak entraîna son protégé vers la droite où ce dernier remarqua un sublime centaure, se tenant devant une porte ancienne. Ce dernier portait de longs cheveux bruns noués en queue de cheval, assortis à ses yeux et ses joues étaient peintes de signes blancs. Une écharpe rouge vif habillait son cou et un simple gilet de cuir cachait son torse. Le bas de son corps était celui d'un cheval bai, soit une robe alezane et des crins noirs, avec en plus des balzanes blanches à chaque membre. Il donnait au relon une étrange impression de douceur. Un loup était roulé en boule non loin de ses pieds et dormait paisiblement.

« Maître, voici le p'tit nouveau, s'inclina Galbon, et Gabriel l'imita.

– Relève-toi jeune homme. Plutôt relon. Dis-moi, comment t'appelles-tu ?

– Je me nomme Gabriel Luz, enchanté de faire votre connaissance.

– Bien. Je suis Pharos Cien, fondateur de cette guilde. Ton nom m'est familier. Ne serais-tu pas le frère de Séraphina par hasard ?

– Oui, Messire, articula le relon qui ne s'attendait pas à cette question, mal à l'aise.

– Comment ? s'exclama le ganak. Lui, le frère de… oh,

j'aurais dû faire le lien !

– Nous en parlerons plus tard mon ami, l'interrompit le centaure. Eh bien, Gabriel Luz, bienvenue à la guilde Lorianeth. Puisses-tu t'y sentir chez toi !

– C'est tout ? Je veux dire, je n'ai pas de tests à passer ? Pas de questions ? Rien ?

– Tu as réussi à venir ici, ce n'est déjà pas si mal à mes yeux.

– Et tu as supporté un ganak irascible sur la route, il faut de sacrés nerfs ! » rigola Galbon.

L'adolescent ressentit une sensation agréable en lui, comme si une pression invisible venait de disparaître. Ça y est, il était enfin accepté dans la guilde, son rêve devenait une réalité ! Gabriel trouvait étrange l'allusion à sa sœur, mais il se fit une raison. Séraphina avait été connue à travers tout Isen. Maintenant, il fallait qu'il sorte ses mauvaises pensées de sa tête. Si le souvenir de son aînée lui revenait, cela compliquerait grandement les choses. Au moins, les premiers membres de la guilde rencontrés paraissaient accueillants. Quand même, il était légèrement déçu que les choses soient aussi simples.

« Je vous remercie de me considérer aussi rapidement comme l'un des vôtres, déclara le plus jeune avec émotion, la bonne humeur surpassant les doutes.

– Ce n'est rien, répondit Pharos, avec un large sourire.

– Maître, je vais rester quelque temps à la guilde, lança alors Galbon. Si vous avez du travail pour un vieux comme moi, je l'accepterai volontiers.

– Tu ne voudrais donc pas entraîner notre nouvel ami ?

– C'est un honneur qui ne m'irait guère, je suis trop vieux pour un jeunot comme lui. Confiez cette tâche à quelqu'un d'autre, plus jeune que moi par exemple.

– Soit, dans ce cas, je te charge de motiver les personnes de cette salle et de les mettre au travail. Peu importe ce que tu leur trouves à faire, je te fais confiance.

– C'est comme si c'était fait ! Gabriel, on risque de se revoir souvent, entraîne-toi bien, mon gars !

– Je n'y manquerai pas, Galbon ! » lui promit le relon d'un ton sérieux.

Le ganak lui fit un dernier signe de la main puis s'éloigna vers les tables occupées, houspillant les personnes qui s'y trouvaient. Presque aussitôt, son autorité naturelle les fit fuir en dehors du bâtiment, le plus vieux sur leurs talons. Même le barman et la chanteuse s'éclipsèrent en silence. Décidément, Galbon savait y faire ! Il ne resta bientôt que le relon et le centaure.

Un silence pesant régnait désormais dans la grande salle, mais il n'était pas gênant pour autant. Gabriel en était heureux sinon, il aurait risqué de se tortiller sur place s'il avait été mal à l'aise. Il resta bien droit face à Pharos, attendant qu'il lui adresse la parole. Le maître de Lorianeth semblait plongé dans une profonde réflexion, se tenant le menton d'une main. Quel problème accaparait ainsi son esprit ? Ce devait être important, mais tout aussi difficile à résoudre, car il demeura absorbé un long moment. Patienter demeurait de rigueur, car à la guilde, Pharos était le maître et un immense respect lui était dû, selon ce qu'avait compris Gabriel avec Galbon. Au bout de quelques minutes, il parut sortir de ses pensées et fixa le relon de ses yeux marron, toujours en proie au doute.

« Tu me poses une grande interrogation Gabriel. J'avais imaginé que Galbon s'occuperait de ton apprentissage, mais cela ne semble guère dans ses projets. Il va donc falloir te trouver un autre maître. Ne connaîtrais-tu pas quelqu'un à la guilde ?

– Je suis navré, maître, mais je crois que tous ici me sont étrangers.

– Ne t'inquiète pas pour ça, tu n'y peux rien. Bon, à qui pourrais-je te confier ? En ce moment, beaucoup de membres sont partis en mission en plus, donc Lorianeth est vide. Et je ne pense pas pouvoir être ton mentor à temps complet… »

Des bruits de pas discrets se firent entendre à l'étage, juste au-dessus d'eux, surprenant le jeune relon qui tressaillit. En revanche, une lueur s'alluma dans le regard du centaure. Il regarda tour à tour le plafond et son interlocuteur puis s'arrêta vers ce dernier, affichant un air résolu.

«Hum, je crois que j'ai une idée. Gabriel, réponds-moi en toute honnêteté. Peu importe l'origine de ton mentor ou son genre, tu le respecteras ?

– Oui, maître. Je saurai me montrer digne de son enseignement.

– Ainsi donc, tu as parlé en digne frère de Séraphina, et avec honnêteté. Ton mentor sera une noble personne, courageuse et juste. Te sens-tu prêt et méritant pour un tel honneur ?

– Je ferai de mon mieux pour ne pas vous décevoir, maître.

– Qu'il en soit ainsi. Saphir, je sais que tu as tout entendu, déclara-t-il soudain en s'adressant au plafond. Aussi, j'aimerais que tu deviennes le maître de ce novice si cela t'agrée. Et toi aussi, Ajonc puisque tu es là aussi. Montrez-vous ! »

Un léger silence se fit, puis de nouveaux bruits de pas se firent entendre à l'étage. Bientôt, quelqu'un descendit les marches avec finesse. Quelques secondes passèrent, interminables pour le relon et bientôt, une silhouette se dessina derrière la rambarde. Les yeux de Gabriel s'ouvrirent tout rond devant le spectacle qui s'offrait à lui.

C'était un elfe, ses oreilles n'offraient aucun doute possible, et surement un elfe sylvain, car sa peau n'était pas très pâle, malgré le fin reflet bleu qu'elle offrait, étrange d'ailleurs. Sa démarche fière et gracieuse était produite par des hanches très féminines et bien sculptées. Ses longs cheveux bruns, retenus par un sobre ruban de cuir, n'empêchaient pas des mèches de tomber sur les côtés de son visage. Mise en valeur par sa gorge, elle portait trois pierres précieuses en pendant d'une chaîne d'argent, une améthyste au centre et deux saphirs sur les côtés. Saphir comme son beau prénom qui ne seyait pas à ses yeux vert émeraude. Pour le reste, sa tenue montrait bien qu'elle était une chasseresse, au moins par la présence du grand arc dans son dos et de l'épée à sa ceinture. L'elfe portait un haut plutôt court en cuir de wyvern sombre, une jupe mi-longue cousue de tissus aux couleurs vives, ainsi que de fines ceintures décoratives. En un mot, elle était un modèle de beauté et l'on ne pouvait que s'extasier devant elle, de l'avis évidemment objectif de Gabriel. L'elfe le dévisagea des pieds à la tête et garda une expression parfaitement neutre. Ses yeux brillaient et elle semblait voir quelque chose chez Gabriel qui l'intéressait.

« Maître, vous souhaitez que ce relon soit sous ma responsabilité ?

– Oui, je pense que tu pourrais te montrer efficace à cette tâche.

– Eh bien, qu'il en soit ainsi. Enchanté Gabriel Luz, je me nomme Saphir Actar et je tâcherai de t'enseigner l'art de la chasse ainsi que tout ce qui pourrait t'être utile à la guilde.

– Je m'en remets à vous, mademoiselle Actar, s'inclina à son tour le relon, cherchant où il avait déjà entendu ce nom de famille.

– Madame serait plus appropriée non ? rit doucement une voix derrière Saphir.

– Ce n'est qu'un détail, Ajonc. Présente-toi plutôt, au lieu de rester dans l'ombre ! »

Derrière la jeune femme apparut un vierak aux écailles bleues et aux doux yeux verts, portant également un arc dans son dos et une dague, accrochée en bandoulière. Il portait un pantalon de cuir clair et son torse musclé était dénudé. Il n'avait fait absolument aucun bruit en arrivant et le relon ne l'avait pas remarqué avant, trop subjugué par l'elfe. Sans savoir pourquoi, Gabriel n'aimait guère le personnage malgré son air amical. Non, ce nouveau venu lui laissait une mauvaise impression, sans raison valable. Néanmoins, Gabriel tâcha de faire bonne figure et s'inclina devant le nouveau venu, mais pas très bas. Le vierak, qui devait avoir dans la vingtaine tout comme l'elfe, le salua d'un sourire bienveillant qu'il n'aimât guère. Les relons n'avaient rien de précis contre les vieraks pourtant, si ce n'est que les êtres volants n'appréciaient guère l'apparence de cet autre peuple.

« Enchanté également, Gabriel Luz. Je suis Ajonc Colbaro.

– Il sera comme un second maître pour toi, dans la mesure où Saphir et lui forment un de nos meilleurs duos de chasseurs, expliqua Pharos.

– Je m'en réjouis, mentit le relon du mieux qu'il put.

– Maître, avez-vous une mission à nous confier ? Nous n'avons rien trouvé de bien intéressant sur le tableau des missions aujourd'hui.

– Vous avez déjà réglé l'histoire du golem de Kita ?

– Ce n'était qu'un mirage créé par la neige, expliqua Ajonc, déçu. Mais au moins, nous avons pu voir Kita sous son manteau blanc et cela valait bien le détour.

– Tant mieux en ce cas. Voyons, qu'est-ce que j'aurais à vous confier ? réfléchit à voix haute le maître de la guilde. Oh, je sais. Puisque vous êtes avec notre petit nouveau, je ne vais pas vous donner quelque chose de trop compliqué ni de trop éloigné, vous comprenez ?

– Oui, c'est normal. Sur l'ile de Sakero donc.

– Allez donc vérifier la forêt Ombrageuse à l'ouest de la guilde. Un de nos patrouilleurs a repéré un tréant il y a deux jours à quelques heures d'ici, au Sud-Ouest. Il avançait vers le nord à ce moment et j'aimerais avoir la certitude qu'il a bien regagné les profondeurs des bois.

– Un tréant ? Vous voulez dire un arbre qui bouge ?

– On peut les décrire ainsi en effet, rigola Pharos. Ce ne sont pas des créatures dangereuses, mais elles possèdent une grande force et ils arrivent qu'elles n'y fassent pas attention.

– Nous accomplirons cette mission volontiers, confirma Saphir.

– Cela fera du bien de pouvoir rester un peu dans le coin, ajouta Ajonc.

– Je ne me fais aucun souci pour vous dans l'exécution de

cette mission. Gabriel, familiarise-toi avec la guilde et apprends à la connaître à ton rythme.

– Je ferai de mon mieux, maître, affirma le relon, tentant de s'en conforter lui-même.

– Fort bien, je te laisse entre les mains de Saphir et Ajonc. D'autres tâches m'attendent.

– Peut-être pourrons-nous vous aider à votre retour? proposa Ajonc.

– Oh, je pourrai me débrouiller seul, prenez votre temps. Une lettre en provenance de Rum Cay requiert d'abord, une étude de ma part.

– Des nouvelles importantes pour les royaumes? hasarda Saphir.

– Tu es un peu trop curieuse parfois, sourit-il. Filez à présent! »

Sans plus de cérémonie, il tourna le dos et se dirigea vers une porte ancienne. C'était probablement son bureau et ses sabots claquèrent tandis qu'il disparaissait. Le loup se releva et le suivit. Gabriel se sentit un peu seul sans Galbon ni Pharos, mais il suivit ses nouveaux maîtres sans protester. En sortant du quartier général, ils trouvèrent un air frais, mais agréable malgré tout. Le relon se félicita d'avoir mis des vêtements bien chauds et se demanda comment faisaient les deux autres pour ne pas trembler avec leurs tenues si légères, mais il n'osa rien demander.

Leurs pas les menèrent aux écuries et Gabriel vit qu'il ne s'était pas trompé dans ses déductions sur l'endroit. Une forte odeur de foin s'en dégageait, mais il n'y avait pas énormément de boxes par rapport à ce que s'était imaginé le relon. Il s'attendait à quelque chose d'immense, au vu de la réputation de la guilde. Il garda le silence, car critiquer Lorianeth devant ses membres alors qu'il venait d'arriver serait déplacé. Slei se trouvait là, immobile dans un box. Gabriel alla à sa rencontre, content de retrouver au moins une tête connue et rassurante. Ajonc quant à lui sortit une jeune jument alezane dont une tache blanche couvrait une bonne moitié de la tête. C'était une très jolie créature à la silhouette fine.

« On doit te le dire souvent, mais ton étalon est superbe ! s'exclama le vierak.

– Ta jument est belle aussi, rétorqua le relon, se sentant obligé de rendre le compliment.

– Nveja est une jument solienne, une jument de mon peuple si tu ne savais pas. Je l'aime beaucoup, petite, mais vive, sourit-il en flattant l'encolure du cheval. Allons rejoindre Saphir dehors.

– Elle ne prend pas son cheval ici ?

– Non, elle a déjà dû le trouver à l'extérieur. »

Ajonc n'ajouta pas un mot de plus et se mit en selle. Le novice l'imita, constatant en même temps la souplesse impressionnante du vierak, qui se servait de sa queue comme d'un balancier. Cela déconcerta un peu le relon et un sentiment d'infériorité s'empara de lui. Gabriel se tint aussi droit que possible sur Slei en sortant de l'écurie et les deux hommes retrouvèrent effectivement Saphir sur sa monture. Ce n'était pas un cheval, comme le nouveau l'avait pensé, oh non !

Cela y ressemblait, mais Gabriel ne put définir ce que c'était, il n'avait jamais rien vu de tel. La créature, sans doute deux mètres au garrot, possédait une crinière verte, se rapprochant du bleu selon la lumière, et une robe de couleur lilas. Son dos était muni d'ailes d'envergure impressionnante, la forme rappelant celles d'une chauve-souris. Le plus étonnant restait ses yeux sans pupilles, brillants d'un éclat argenté. L'elfe sur son dos semblait parfaitement à l'aise, sans rênes ni selle.

« Vous voilà, s'exclama-t-elle, comme si elle les avait attendus longtemps. Ta monture a l'air solide, Gabriel, tu devrais nous suivre sans aucun problème. Quel est son nom ?

– Slei répondit le relon, intimidé par la prestance de son interlocutrice.

– Un bon nom et plein de sens. Tu as bien choisi.

– Ce n'est pas lui qui a choisi, déclara la grave voix de Slei dans la tête du relon. Et pour le sens dont elle parle, je t'expliquerai un jour, petit ange.

– Ah oui, bredouilla Gabriel, se demandant ce qu'on lui cachait encore. Mais qu'est-ce qu'est exactement ta monture ? Je n'ai jamais rien vu de tel.

– Étoile ? Ah oui, il n'est pas très commun, l'excusa Saphir. Il s'agit d'un Bayard, un être mi-cheval, mi-dragon, du moins en apparence. Il n'en existe presque pas, même à l'état sauvage, et ils sont difficiles à domestiquer. Le mien fait figure d'exception.

– Je crois en avoir entendu vaguement parler, se rappela le relon.

– Il n'y a que peu d'histoires sur eux, alors forcément, ils ne sont pas très connus, expliqua Ajonc avec évidence. Il en restait dans une forêt à l'ouest, sur le continent, mais aussi sur l'ile Céleste, je crois. C'est là d'où tu viens non ?

– Peut-être, mais je n'en ai jamais vu. Je sais qu'il y a des pégases, des rocs et même des griffons dans ma patrie, mais des bayards…

– Ne t'en fais pas, au cours de tes chasses, tu auras bien le temps d'apprendre la localisation et le nom des créatures d'Isen. Il te faudra connaître cela au mieux, car c'est d'une grande utilité pour la réussite de nos quêtes.

– Et comme rien ne vaut mieux qu'un exemple, en route ! lança Ajonc. D'après le maître, nous avons intérêt à galoper une heure vers l'ouest, sur la rive sud. Le chemin déjà tout tracé devrait faire l'affaire, au moins dans un premier temps.

– Oui, nous allons procéder ainsi. Prêt à partir, Gabriel ?

– Plus que jamais ! répondit-il du tac au tac, d'un air qui se voulait sûr.

– Dans ce cas, dépêchons-nous ! » ordonna-t-elle en lançant sa monture au galop.

Ajonc et Gabriel vinrent à sa suite, reprenant le chemin que le relon avait emprunté la veille. Bien vite, ils bifurquèrent sur la gauche, franchirent un passage à gué de la rivière de l'âme et s'enfoncèrent dans un bois clairsemé où le soleil pénétrait. L'adolescent aima tout particulièrement sentir le vent lui caresser le visage. Tout s'était enchaîné si vite depuis qu'il s'était levé, mais pour le moment, il ne regrettait rien. C'était son aventure qu'il vivait, pas celle d'un autre, et il songea que Séraphina serait surement heureuse pour lui.

Il se laissa porter par le galop très rapide et confortable de Slei, ne pensant qu'à l'instant présent. Certes, ce serait très dur pour un citadin comme lui de vivre dans un lieu éloigné de tout, mais il fallait bien consentir à quelques sacrifices pour réaliser ce qui lui tenait à cœur. S'il était resté sur l'ile Céleste, il n'aurait eu aucun avenir de toute façon.

LA MISSION

~ Peleor ~

Cela faisait bien deux ans qu'il n'était pas revenu et Peleor trouvait que Majora, capitale des magiciens, n'avait pas vraiment changé. Malgré sa localisation au nord du continent, la ville jouissait d'un climat plutôt doux et la mer de la Sérénité y était pour quelque chose. Entre l'archipel des Étoiles et Pointe, la chaleur était toujours au rendez-vous. Les alizés se plaisaient à balayer la côte et aucun habitant ne s'était jamais plaint du vent. Ici, la pierre noire était le fondement même de chaque demeure. Ces dernières étaient de formes rectangulaires, peu hautes, mais allongées. Et au nord de ce lieu austère et sans grande végétation, le palais royal s'élançait comme une flèche vers le ciel. Surplombant une cour pavée à la grandeur presque indécente, sa forme sombre ne donnait guère envie d'y pénétrer.

Du reste, la ville donnait une impression étrange aux visiteurs avec son ambiance maussade et son incroyable système de protection magique, quoiqu'invisible, qui décourageait d'éventuels malfrats. La cité s'avérait donc très peu vivante, surtout quand il n'y avait pas de marché. C'est du moins ce qu'en pensa le magicien en entrant dans l'enceinte du château à la suite de la messagère. Des serviteurs vinrent immédiatement à leur rencontre pour conduire leurs montures aux écuries, s'éclipsant sans prononcer une parole. Froid représentait bien l'endroit, sauf en température.

« Votre sort de téléportation nous a fait gagner énormément de temps, le remercia Sigmal.

– Ce n'était rien. Tu avais déjà fait un si long voyage pour me rejoindre, je n'allais pas t'infliger un retour inutile quand même.

– Vous êtes trop bon, Messire Peleor. Peut-être souhaiteriez-vous vous reposer un peu ? Vous devez être épuisé par la quantité de magie que vous avez utilisée…

– J'ai beaucoup de ressources, ne t'inquiète pas. Je suis en pleine forme alors conduis-moi auprès de ces hautes personnes. Les connaissant, elles sont probablement déjà en train de m'attendre. Et pas la peine de me changer, ils devront se débrouiller avec ça.

– Comme vous voudrez, Messire ! »

Comment avouer à Sigmal qu'il n'avait presque pas utilisé de magie ? Peleor préféra se taire et gravit quelques marches aux côtés de la messagère pour se retrouver devant la porte principale gardée par pas moins de huit soldats. La sécurité n'était pas un sujet de plaisanterie à Majora, mais on les laissa entrer, car leurs visages n'étaient pas inconnus. Encore heureux ! Ils traversèrent le grand hall comportant une pléthore de tapisseries à la gloire des magiciens, généralement sur fond rouge. De temps à autre, on voyait la bannière du pays, un soleil stylisé d'une grande finesse bordé d'un liseré gris sur fond écru, tranchant avec le reste. Au fond de cette pièce immense se détachait une porte de chêne entourée de plusieurs escaliers imposants.

Une légère pression prit le trentenaire, mais il se calma

d'une brève onde mentale. La cause de son angoisse était de retrouver son frère qui ne lui avait pas manqué, même après deux ans de séparation. Galaad, de sept ans son aîné, n'avait jamais été du genre bienveillant à son égard. Peleor songea que tout irait bien, il n'était plus l'enfant impressionnable d'autrefois. Sigmal ouvrit la porte de chêne et ils pénétrèrent dans la salle du trône. Les murs surchargés de tapisseries et de tableaux, dans la continuité du hall, rendaient presque invisibles les trônes richement sertis de dorures. Avançant derrière la messagère royale, il distingua les trois sièges, tous occupés, et une personne debout sur la droite. À croire qu'on l'attendait, comme il l'avait supposé. Les nouvelles allaient décidément bien trop vite dans ce pays !

« Que de beau monde pour moi, un honneur », songeait-il non sans une certaine amertume.

Il commençait à se demander la raison de cette convocation et regrettait Forte avec sa tranquillité, son bon air et ses habitants de bonne humeur. Au lieu de cela, il trouvait ici d'autres « spécimens » qu'il identifia, pour anticiper l'entrevue. Au milieu, sur le plus grand trône, siégeait le roi des magiciens en la personne d'Aeros Raïsen, un châtain aux yeux verts doté d'un port altier irréprochable. À sa gauche, sa femme, Inmaya Oïmos, la propre sœur de Peleor, et il fallait être aveugle pour ne pas le voir. Même couleur de cheveu, mêmes yeux, ils auraient pu être jumeaux si deux ans ne les séparaient pas. Comme à son habitude, elle était coiffée avec simplicité, mais sa perfection et sa sombre robe violette s'accordaient naturellement avec l'habit de son seigneur. Elle adressa un sourire à Peleor, ce qui le mit bien plus en confiance que tout autre chose, car sa sœur avait toujours été une source de réconfort.

Toutefois, il n'y avait pas qu'elle, ici. À la droite du roi, sa copie miniature, le prince Roland Raïsen, l'héritier dont le regard luisait d'orgueil. Il avait les yeux de sa mère, pour le reste, il n'y avait pas à douter quant à l'identité de son géniteur. En arrivant auprès de ces royales personnes, Sigmal et Peleor s'inclinèrent. Ce dernier, en se relevant, fit mine de remarquer pour la première fois l'homme debout à côté du prince, un magicien à la chevelure d'un brun presque noir et aux yeux de même couleur qui le fixaient avec sévérité. C'était Glaad Oïmos, le grand conseiller royal et accessoirement son frère, bien que Peleor se serait fort bien passé d'un tel lien de parenté. Ce n'était pas sa faute si son aîné semblait le détester depuis toujours. Tout ce qu'il y avait à faire était de rester calme et d'attendre. Galaad fixait la tenue de son cadet et l'on sentait qu'il n'approuvait pas ce type d'accoutrement pour un noble. Tant pis pour lui, Peleor avait cessé de chercher son approbation depuis bien longtemps.

« Mon Seigneur, Ma Dame, Mon Prince, Messire, voici Peleor Oïmos, comme vous me l'aviez demandé, annonça Sigmal avec le souci du protocole.

– En effet. Je t'en suis extrêmement reconnaissant. Tu peux disposer. J'aurai du travail pour toi dans les jours à venir, ordonna le roi d'une voix monocorde.

– Merci, Seigneur, fit-elle en de se dirigeant vers la sortie, après avoir adressé un sourire à Peleor.

– Approche Peleor, je te prie. Voilà longtemps que nous ne t'avions vu à la cour.

– Je suis au service de Votre Majesté, déclara le magicien, se faisant le plus courtois possible.

– Majesté, êtes-vous sûr que c'est la personne qu'il fallait ? demanda Galaad, avec un dédain à peine déguisé pour son frère.

– J'en suis pleinement convaincue pour ma part, répondit timidement la reine.

– Voilà qui devrait vous rassurer, Messire Galaad, sourit Aeros.

– Je vous prie d'excuser ma question déplacée, mentit le conseiller, mais seul Peleor le sut.

– Ce n'est rien, voyons. Abordons sans tarder les affaires importantes plutôt que de nous disperser en sujets inutiles.

Messire Peleor, connaissez-vous notre lien politique avec le pays des humains ou faut-il vous le rappeler ?

– S'il s'agit du mariage entre votre fils le prince et l'héritière des humains, je suis naturellement au courant. Voilà déjà quelques années que vous avez forgé cette alliance, récita le magicien avec un air figé, essayant de se souvenir de ce qui ne l'intéressait guère, mais dont la connaissance était ici, vitale. Mais le nom de la demoiselle a échappé à votre serviteur, hélas…

– Elle se nomme Fluiseje Bléos, lança le prince.

– Un bien joli nom, affirma son oncle d'un faux sourire. Vous devez être bien heureux, Prince.

– Je l'aurais été bien plus si notre mariage n'avait pas été reporté.

– Allons, le roi Radoc a surement ses raisons, intervint sa mère avec douceur. Et puis, vous êtes encore bien jeunes, tous les deux.

– Mais de quel droit nous donnent-ils des dates ? s'emporta le jeune magicien. Ils devraient plutôt nous être redevables de leur offrir un tel privilège ! Offrez des honneurs à des Djens et regardez comment ils vous le rendent après !

– Il suffit, Roland ! intima fermement son père. Personne n'est supérieur à personne, même s'il est vrai que la magie confère un certain avantage. Mais les humains ne sont pas tous dépourvus de magie, alors tiens ta langue. Enfin, toujours est-il que si nous vous avons convoqué, Messire Peleor, c'est justement en lien avec ce mariage.

– Souhaiteriez-vous que je négocie une date plus précoce ? hasarda son interlocuteur, ne voyant pas d'autre utilité de sa personne dans le projet.

– Non pas, nous aurions pris quelqu'un d'autre pour cela, renifla Galaad.

– Je n'en doute pas, mais je ne comprends pas la raison de ma présence ici en ce cas.

– Nous allons y venir, rassurez-vous. La tâche que nous

devons vous confier se passera après le prochain conseil des nations qui aura lieu sous peu, expliqua le roi.

– Un conseil des nations ? s'étonna Peleor. Cela faisait bien longtemps que cet événement n'avait pas eu lieu. Qui donc l'organise si ce n'est indiscret ?

– Je ne sais plus exactement, réfléchit Aeros. Certainement Ridor de Soito ou Atalante de Pallas, motivée par son mari Minos. À moins que Malwen d'Ansem… Les rynans, les amazones et les elfes sylvains sont presque toujours les initiateurs de ces grandes réunions interpeuples.

– De bien sages peuples que ceux-ci, j'en suis convaincu.

– Ceci n'est pas le sujet, répliqua Galaad avec sévérité. Le roi n'a pas à répondre à toutes vos interrogations tant que vous n'aurez pas satisfait sa demande.

– En effet, vous m'en voyez désolé, Messire, approuva Peleor. Je serais ravi de savoir quel est le rôle que je dois tenir à ce conseil.

– Il ne s'agit pas du conseil en lui-même, mais d'une mission ultérieure, précisa Inmaya.

– Exactement. Si cela vous est agréé, vous assisterez au conseil et remplirez ensuite votre mission, décréta Aeros. Nous souhaiterions que vous vous rendiez dans le royaume des humains où vous servirez de guide à la jeune princesse Fluiseje dans son voyage autour d'Isen.

– Une princesse qui voyage ? s'étonna Peleor, peu sûr d'avoir bien compris.

– Ma future femme partira dans ce périple parce qu'elle souhaite voir d'autres horizons que son petit royaume a priori. C'est cela qui retarde notre mariage.

– Votre tâche sera donc de l'accompagner et de lui servir à la fois de guide et de protecteur. Le roi Radoc vous en dira plus en temps voulu. La mission risque d'être très longue.

– J'entends bien, mais pourquoi m'avoir choisi ? osa demander Peleor.

– Ce n'était pas de gaité de cœur, siffla Galaad entre ses

dents.

– Parce que vous avez beaucoup voyagé et que vous connaissez beaucoup de peuples, c'est du moins ce que m'a certifié la reine. Est-ce vrai ?

– Je m'en porte garante, sourit son épouse, avec un clin d'œil pour son petit frère.

– Dans ce cas, ainsi soit-il ! Messire Peleor, acceptez-vous votre mission ?

– Je me ferai un honneur de la remplir, Votre Majesté.

– Essayez de la remplir vite alors ! bougonna Roland, une moue orgueilleuse au visage.

– Je mets toutes mes compétences à votre service, mon Seigneur. C'est là une confiance immense que vous placez en moi et je ne la décevrai à aucun prix.

– Dans ce cas, vous pouvez vous retirer, déclara Aeros en le congédiant d'un signe de la main qui aurait pu paraitre insultant pour un autre que Peleor.

– Je vous laisse également, mes seigneurs, je souhaiterais m'entretenir avec mon frère» déclara subitement Inmaya, quittant son trône pour se rapprocher de son cadet.

Ce dernier effectua tous les saluts nécessaires pour se retirer puis il prit congé, tenant le bras de son aînée, la robe de cette dernière l'empêchant d'avancer très vite. Bientôt, la salle du trône et le vaste hall furent derrière eux. À l'extérieur, ils retrouvèrent l'air agréable et l'atmosphère froide de Majora. Le magicien soupira : enfin débarrassé de Galaad, même si son comportement n'avait pas été aussi désagréable que d'habitude. Peut-être grâce à la présence du roi et de la reine. C'est ce dont il se persuada alors qu'avec Inmaya, il entamait une série de tours de la cour extérieure du château. Sa sœur était vraiment une des meilleures compagnies qu'il pouvait espérer en terre magicienne.

«Je suis contente de te revoir, avoua Inmaya d'un sourire.

– Moi aussi. Et même après ces deux ans, tu es toujours aussi rayonnante.

– Et toi, tu es toujours le même. Qu'as-tu donc fait pendant tout ce temps ?

– J'ai voyagé aux quatre vents et fait tant de choses qu'aucun noble ne voudrait faire. Forte, la dernière ville que j'ai vue était, d'ailleurs, un bel endroit. J'aurais presque pu m'y installer. Presque. Et toi, gouverner le royaume n'est pas trop pesant ?

– Certes non. Aeros et Galaad font presque tout, je n'ai qu'à m'asseoir et sourire. Voilà qui résume bien mon travail. Si tant est qu'on puisse appeler cela un travail…

– Ce n'est déjà pas si mal, l'encouragea Peleor avec sincérité.

– Tu sais, c'est moi qui ai proposé ta candidature pour la mission, déclara-t-elle en jouant avec ses doigts, le regard ailleurs. J'ai pensé qu'ainsi, tu pourrais briller aux yeux de tous et même remonter dans l'estime de Galaad…

– C'est une noble intention, mais vouée à l'échec, ma sœur.

– Et pourquoi donc ? Je suis sûre que notre frère peut changer, objecta la reine avec conviction.

– Inmaya, Galaad ne m'aime guère et cela sera toujours ainsi. J'ai tué notre mère en naissant, c'est un crime qu'il ne me pardonnera pas.

– Enfin, tu n'es pas responsable ! Et puis, il est si protecteur envers moi !

– Oui, mais ce n'est pas la même chose. Toi, tu as réussi. Socialement, surtout.

– Tu t'en sors très bien aussi, à ta manière certes, mais ce n'est pas honteux ! Alors pourquoi cette haine sans fondement contre toi et non envers moi ?

– Parce que tu es une…, commença Peleor, mais n'osant continuer. Enfin, tu sais bien ce que tu représentes à ses yeux.

– Et tu sais bien que c'est faux ! Ce n'est qu'un mensonge bâti de toute pièce !

– Notre frère l'ignore, Inmaya. Et même s'il le savait, il ne voudrait jamais nous croire. Les choses sont ainsi, nous devons continuer à jouer cette histoire.

– Peleor, c'est toi qui as les grands pouvoirs magiques, pas moi. »

Il y avait une telle tristesse dans sa voix que le brun cru que sa sœur allait se mettre à pleurer. Par prévention, il lui serra la main très fortement. C'était plus pour se rassurer lui-même, mais la reine retrouva des couleurs. Peleor se sentit bête d'avoir cru qu'elle pourrait pleurer. Inmaya gouvernait le royaume des magiciens après tout et une reine ne pleure pas. Le secret devait lui peser sur les épaules, mais elle n'avait pas le choix.

« N'en parlons plus, je ne veux pas te faire du mal.

– Je ne supporterai pas d'être surestimée toute ma vie, petit frère. Un jour, quand les temps le permettront et que je considèrerai qu'il sera l'heure, ils sauront.

– Ce jour n'est pas près d'arriver, tu peux me croire.

– Cela se peut, accepta la reine. Mais ils sauront un jour que c'est toi qui as les pouvoirs et non moi. Je suppose que tu as dû te téléporter pour venir aussi rapidement avec Sigmal ?

– On ne peut rien te cacher, c'est la vérité.

– Tu connais beaucoup de magiciens capables de s'envoyer instantanément d'un bout à l'autre d'Isen ? Qui plus est, avec une autre personne ?

– Je connais d'autres grands magiciens, répondit-il du tac au tac. Pour commencer…

– Toujours à esquiver mes questions ! Mais j'aurai le dernier mot un jour, je saurai te faire dire que tu es un grand sorcier.

– Qui a encore beaucoup à apprendre !

– Et pas seulement sur la magie, puisque tu en parles. Quand donc comptes-tu-te…

– Votre Altesse, s'exclama un serviteur qui arrivait en courant. Le roi vous réclame !

– Déjà ? Cela ne peut-il donc attendre ? demanda la souveraine en se tournant vers le nouveau venu.

– Je crains que non, s'excusa-t-il, essoufflé. Sa Majesté

entend changer certains membres du personnel et ne saurait se passer de votre avis.

– Je comprends bien, je suis indispensable hélas ! Dites-lui que j'arrive !

– Fort bien ! s'inclina le servant en repartant au pas de course.

– Peleor, je crains que nous devions remettre notre entretien. Je suppose que cette affaire doit être urgente, fit-elle avec ironie, sachant que c'était probablement Galaad qui l'avait fait appeler. Je te ferai mander dès que possible, tu n'échapperas pas à cette conversation. Et je sais que tu vois très bien de quoi je veux parler.

– Oui, je vois très bien ce que tu veux dire, rit-il. Mais laisse-moi te poser une question avant de te quitter, s'il te plait.

– Je t'écoute.

– Y avait-il de l'amour dans ton mariage avec Aeros ?

– Oh… C'est donc cela que tu voulais savoir… pour être honnête, sache qu'il n'y en avait pas vraiment au départ… simplement, j'ai eu la chance que l'amour naisse après. Mais j'aimerais que tu ne comptes pas sur cette chance-là, si tu vois ce que je veux dire.

– Je comprends, Inmaya.

– Ah, Peleor, comme j'aimerai être sûre. Mais je dois y aller. J'espère que nous nous reverrons rapidement et que nous pourrons reprendre notre conversation.

– Je l'espère de tout cœur aussi. »

La démarche de la reine était si gracieuse qu'elle semblait tout droit sortie d'un conte de fées. Sa sœur était le genre de femme pour laquelle on doit se battre. Sauf qu'Aeros en était tombé amoureux au premier regard et sa condition de roi avait suffi. Peleor repensa à la phrase interrompue de son aînée. La phrase n'était que trop simple à terminer et le mot manquant était « marier » bien évidemment. Même Galaad avait réussi cela alors que la reine des magiciens se demandait tout naturellement pourquoi son petit frère n'avait pas encore rencontré l’âme sœur, à trente ans sonnés.

« La réponse est simple, douce sœur, murmura-t-il pour lui-même. Mon cœur a déjà choisi quelqu’un, mais pour l’avoir à mes côtés, il me faudrait être roi. »

Roi, c’était certain, il ne le deviendrait jamais. Alors, cette personne qu’il aimait d’un amour fou, jamais il n’obtiendrait sa main. Sa bonne naissance ne suffisait pas.

Le soleil de l’après-midi lui rappela qu’il se trouvait à Forte le matin même. Peleor décida de retrouver son cheval aux écuries et de partir arpenter les rues de la capitale, en quête d’occupations. Il n’avait vraiment rien de mieux à faire de toute façon.

LE TRÉANT

~ Gabriel ~

Cela faisait près d'une heure qu'ils chevauchaient et le Frelon commençait véritablement à sentir une douleur dans les muscles de ses cuisses. Les deux journées d'équitation précédentes lui revenaient petit à petit, sous la forme d'une sensation de brûlure, mais il n'en montra rien. Pas devant Ajonc et Saphir. Gabriel était un peu déçu, car autant le vierak tentait de temps à autre d'engager la conversation, autant l'elfe demeurait silencieux, se contentant de montrer le chemin. C'était pourtant avec elle que Gabriel aurait souhaité parler. Il espérait de tout cœur que leur trajet toucherait bientôt à sa fin et son vœu fut exaucé, lorsque le bayard de la jeune femme ralentit progressivement, imité par les deux autres montures.

« Nous y sommes, déclara Saphir. Le tréant ne doit pas être loin. »

Le lieu en question était une clairière assez grande, entourée par une forêt relativement clairsemée. Un endroit sauvage où seul résonnait le chant des oiseaux, sans la moindre trace d'une quelconque créature magique à première vue. Pourtant, il y avait quelque chose dans l'air, même un débutant comme Gabriel pouvait le remarquer. Tout était trop calme.

« Méfiez-vous, je le sens. Sa magie est toute proche. »

L'air avait effectivement un petit quelque chose d'électrique, ce qui n'empêchait nullement les oiseaux de s'égosiller. Les trois cavaliers se positionnèrent en formation serrée, chacun ayant la main sur son arc ou son épée. Une tension désagréable s'installa alors que le lieu continuait de préserver son apparente tranquillité, ce qui n'arrangeait rien à l'affaire.

« Nous devrions laisser nos montures ici, proposa l'elfe.

– Bonne idée, nous serons ainsi plus discrets et ce sera plus facile d'avancer entre les arbres, approuva Ajonc en descendant de sa jument.

– Le tréant n'est pas menaçant en soi, expliqua Saphir à son disciple, mais sa magie pourrait attirer d'autres choses dans ces bois et les tréants n'ont pas toujours conscience de leur force, surtout si on les dérange. C'est la raison de notre prudence.

– Je comprends » confirma Gabriel d'un hochement de tête, descendant du dos de Slei.

Les autres choses, il ne tenait pas à savoir ce que c'était pour le moment. Peut-être le demanderait-il plus tard, mais la question pouvait attendre. Après avoir laissé leurs montures, ils continuèrent dans le sous-bois. Saphir venait en tête, les oreilles aux aguets, Ajonc la suivait de près, la main sur son arc et Gabriel fermait la marche, pas rassuré du tout. Il serrait fortement la poignée de son épée, mais sa main tremblait un peu trop à son goût. Ses deux maîtres paraissaient si calmes et lui si pleutre en comparaison. Pourtant, ses mentors ne devaient pas être tellement plus vieux que lui, peut-être cinq ans tout au plus, et puis, le relon avait dix-sept ans, presque dix-huit, il devait montrer son courage.

« Il arrive, murmura Saphir avec excitation. Le perçois-tu,

Gabriel ?

– Pas du tout, avoua honteusement le relon. Je… je ne ressens strictement rien.

– Ce n'est que ta première chasse, cela n'a rien d'anormal, l'encouragea Ajonc. Ce fut pareil pour nous deux… sans doute.

– Oui, mais quel âge avaient-ils alors ? songea Gabriel.

– Je crois qu'il est seul et plutôt calme. Une chance. »

À peine avait-elle prononcé ces mots que la créature surgit de la mer d'arbres. Gabriel n'avait jamais rien vu de tel de sa vie. C'était un arbre avec un long visage de vieillard, au feuillage dru et au tronc épais. Deux grandes branches s'étiraient sur plusieurs mètres, formant ses bras et il se déplaçait à l'aide de nombreuses racines. Malgré sa lenteur, une impression de majesté se dégageait de cet être qui ne datait pas du dernier printemps. Le géant ne sembla pas les voir et poursuivit paisiblement sa marche sous le regard subjugué du relon qui en oublia sa peur.

« Tu n'avais jamais vu de tréant, j'imagine ? sourit Saphir.

– Non et c'est… je ne trouve pas les mots pour le décrire.

– On les appelle les mémoires de la forêt, car ces créatures peuvent vivre très longtemps, expliqua Ajonc. Celui-ci a peut-être vu l'exode des dragons.

– Je n'imaginais pas cela aussi doux. Il a l'air si calme.

– Mais il l'est ! approuva le vierak. Du moins, tant que tu ne le mets pas en colère. Ces arbres sont dotés d'une force prodigieuse.

– Notre mission est de l'obliger à retourner dans la forêt ? Enfin, de l'autre côté.

– Exact, approuva Saphir. Il ne ferait pas grand mal à rester ici, mais il ne faut pas qu'il s'approche du port. Il sera bien mieux là d'où il vient, au cœur de la forêt Ombrageuse.

– Mais qu'est-ce qui l'a conduit ici alors ?

– Je suppose qu'il a été effrayé par une puissance magique. Pour l'heure, accomplissons notre tâche et rentrons à la guilde au plus vite. Gabriel, à toi l'honneur.

– Comment ? manqua-t-il de s'étrangler. Vous voulez dire que… moi, je dois le faire ?

– C'est ta première mission, nous serons indulgents, promit Ajonc.

– Alors il faut juste que je lui fasse faire demi-tour ?

– Cela résume bien la chose. À présent, vas-y ! » ordonna Saphir.

Gabriel s'était rarement senti autant perdu qu'en cet instant. Ce qu'il devait faire, il n'en savait rien, mais il devait au moins tenter quelque chose. Il serra plus fort son épée qui certes n'était pas de bonne facture, mais avait au moins le mérite de le rassurer. L'adolescent s'avança alors vers l'arbre, ses ailes blanches déployées pour paraitre plus intimidant. Une chance que l'arbre ne se meuve pas vite, car c'était lentement que Gabriel se planta en face de lui. La créature ne semblait pas avoir remarqué l'intrus et continuait son chemin. Le relon pointa son épée dans la direction de sa cible, le regard déterminé, mais le tréant ne changea pas de trajectoire.

« S'il te plait, noble tréant, retourne au cœur des bois ! » supplia-t-il à voix haute.

Mais c'était vain, de toute évidence. La créature n'entendit rien et marcha droit sur lui. Gabriel put voir qu'elle avait de magnifiques yeux d'or entourés de rides. Un véritable vieillard, qu'il fallait arrêter. Par réflexe, le relon s'élança sur le tréant et le frappa d'estoc dans la partie basse de son tronc, sa lame butant sur le bois dur, enlevant à peine un soupçon d'écorce. Alors, les yeux dorés se posèrent enfin sur lui et étincelèrent d'une étrange façon. L'homme-arbre s'immobilisa, aussi Gabriel prit le parti de se retirer, reculant de plusieurs mètres d'un battement d'ailes. Bien lui en prit, car un des bras-troncs s'abattit avec violence là où il se trouvait quelques secondes plus tôt. Le choc fit même trembler la terre et le garçon n'était plus sûr de croire à la placidité de la créature. Le tréant posa à nouveau son regard sur lui et une colère sourde s'y lisait. Les racines glissèrent agilement vers lui et un bras d'écorce tenta de le faucher. Gabriel l'esquiva de justesse, encore une fois grâce à ses ailes. Les arbres étaient décidément bien susceptibles.

« Il ne faut jamais attaquer de la sorte un tréant, lui cria Ajonc.

– J'aurais aimé le savoir avant, maudit le relon intérieurement.

– Je vais m'en occuper, laisse-moi faire ! »

Saphir avait parlé avec tellement d'autorité que Gabriel ne songea pas à la contredire. Il se plaça de mauvaise grâce auprès d'Ajonc tandis qu'elle prenait sa place face au tréant en furie qui avançait droit sur elle. C'est alors que Gabriel constata que Saphir n'était pas armée, son épée reposant au pied du vierak. Était-elle donc folle ? Le relon jeta un coup d'œil à Ajonc, mais ce dernier paraissait serein, il décida donc d'en faire autant.

L'arbre n'était qu'à deux pas de la jeune femme et un de ses bras se trouvait prêt à l'écraser quand l'elfe fit apparaitre des flammes entre ses mains. Petites d'abord, elles dansèrent dans les airs, grandissant au fur et à mesure. Cela stoppa net le tréant qui ne bougea plus, comme hypnotisé. De la magie élémentaire. D'un geste de la main, Saphir dirigea les flammes vers l'homme-arbre, sans le toucher pour autant. Les flammèches dansaient autour de lui, ne l'effleurant même pas, mais l'encerclant au plus près et les yeux dorés ne les lâchaient pas.

La scène demeura ainsi suspendue un long moment avant que la créature ne prenne le parti de faire un lent demi-tour pour s'en retourner parmi les arbres, en direction de la forêt profonde. L'elfe fit disparaître le feu, mais le trio suivit le géant pendant un certain temps, pour être bien sûr de ne pas le voir obliquer de nouveau dans l'autre direction. L'homme-arbre ne dévia pas et sa démarche paisible se perdit bientôt au milieu de ses semblables, immobiles. La mission était accomplie, mais Gabriel n'était pas très fier. Il avait mis en colère une douce créature, aussi s'attendait-il à voir ses maîtres de la guilde le réprimander à tout instant. Il crut même que ce moment était arrivé quand Saphir vint le voir après avoir récupéré sa lame, Ajonc à ses côtés. Son visage neutre empêchait de savoir ce qu'elle pensait et cela déstabilisa Gabriel.

« Ce n'était pas trop mal pour une première fois, déclara-t-elle en lui posant une main sur l'épaule. À présent, tu sais comment t'y prendre avec les tréants.

– Je sais très bien que notre mission a failli être désastreuse à cause de ma réaction stupide, soupira Gabriel en l'interrompant, honteux de recevoir un compliment.

– Gabriel, personne n'est parfait la première fois. Nos actes prouvent qui nous sommes et la première chose que tu aies faite pour stopper ce tréant n'était pas de l'attaquer.

– J'ai essayé de lui parler, oui. Mais cela n'a servi à rien…

– Tu as néanmoins essayé. Et à mes yeux, cela veut dire beaucoup.

– Crois-moi, si tu avais déplu à Saphir, tu le saurais. Elle est plutôt franche. Bon boulot Gabby !

– Je vous remercie de votre indulgence, s'inclina le relon, s'adressant uniquement à Saphir, mais il garda ce détail pour lui. J'ai appris que le feu tient à distance les tréants.

– C'est la seule chose qu'ils craignent réellement. Alors, les magies élémentaires, c'est très pratique.

– En plus, c'est simple à utiliser ! ajouta le vierak

– Pour toi, peut-être, faillit répondre Gabriel. C'était impressionnant à voir quand même.

– Ah ça, c'est parce que le feu est la magie élémentaire avec laquelle j'ai le plus d'affinités. Je ne t'apprends rien en te disant que chacun possède une magie de prédilection.

– Pour ma part, il s'agit de la lumière, s'exclama avec fierté Ajonc. Et toi ?

– Il me semble que c'est celle de la foudre » hasarda le relon.

Gabriel n'osa cependant pas ajouter que c'était là l'unique magie dont il parvenait à se servir, et encore, pas très bien.

Ses deux maîtres de la guilde se lancèrent un regard entendu que le novice ne comprit pas, mais il devina que son affinité élémentaire devait être lourde de sens pour eux. Même en y réfléchissant, la raison demeurait obscure à ses yeux.

« C'est rare un relon usant de la foudre. Ton peuple n'aime guère cette magie d'habitude, constata Ajonc, portant une main sur son menton.

– Il est des choses inexplicables en ce monde et qui pourtant ont du sens, souffla Saphir.

– Certainement… Mais dites-moi, que craigniez-vous de voir arriver avec le tréant tout à l'heure ? questionna-t-il, changeant de sujet habilement.

– Ces bois regorgent de créatures anciennes, présentes depuis bien avant la création de Lorianeth, expliqua l'elfe. Elles étaient même probablement déjà là du temps des dragons et hantent encore les profondeurs de la forêt Ombrageuse. Tu as entendu parler des élémentaires ?

– Ces êtres de feu, d'eau, de terre ou de vent ?

– Exactement, belle mémoire. Ils sont très dangereux, car leur magie les rend quasiment invincibles, d'autant plus si on les attaque sans rien savoir sur eux. Les grandes sources de magie les attirent et ce tréant en était une. Pour les vaincre, il faut soit être meilleur magicien qu'eux, soit posséder une arme magique. La force est inutile contre eux.

– Et ils ne s'attaquent jamais à la guilde ? s'enquit Gabriel. Je veux dire, il y a des gens avec de grands pouvoirs, donc ça devrait les attirer.

– Notre maître a placé lui-même des protections, sourit Saphir. Son pouvoir est grand et même les élémentaires le craignent. La guilde peut rester en paix.

– Il ne faut pas non plus relâcher notre vigilance, nota le vierak.

– Oui, lui concéda Gabriel. Messire Pharos est vraiment quelqu'un de surprenant.

– Plus que tu le crois. Peu de gens sont craints des élémentaires, les dragons mis à part bien sûr.

– Mais les dragons ont disparu de toute manière, non ?

– Il est vrai qu'ils ne sont ni sur l'ile de Sakero ni sur Isen. Peut-être sont-ils tout simplement cachés un peu plus loin ?

– Plus loin ? répéta le novice, essayant de comprendre ce que cela impliquait.

– Des rumeurs disent qu'ils seraient peut-être sur l'archipel des étoiles, expliqua Ajonc.

– Rien n'est certain, s'entêta Gabriel, n'aimant pas voir remit en cause un élément de l'Histoire qu'il tenait pour acquis et classé.

– Toute rumeur a un fond de vérité, Gabriel Luz. Retiens bien ceci. Un jour, les dragons reviendront sur Isen et peut-être même sur cette ile.

– Pourtant, personne n'en a revu depuis plus de mille ans. Depuis leur exode ! Pourquoi voudraient-ils revenir alors qu'ils ne sont plus les bienvenus ? »

Le regard que posa l'elfe sur lui était mélancolique et nostalgique. Une fois encore, il eut l'impression qu'elle voyait quelque chose en lui, qu'elle le reconnaissait. Gabriel aurait tant aimé comprendre ce que signifiait cette expression chez elle.

« Les dragons vivent vieux et ils n'oublient pas, murmura Saphir. C'était ici chez eux, alors c'est certain, ils reviendront. Demain ou dans cent ans, nul ne le sait.

– Saphir est attachée à sa théorie. Mais chacun est libre de croire ce qu'il veut, ne t'en fais pas.

– Nous ferions mieux de rentrer à la guilde. Le soleil est presque à son zénith et Pharos pourrait avoir besoin de notre aide tant qu'il fait jour.

– Oui, allons-y. Nous pourrons même manger en compagnie du maître, qui plus est. Tu n'as pas faim, Gabriel, après toute cette aventure ?

– Un peu, avoua le relon, sentant son estomac manifester en silence.

– Moi aussi, tiens ! Retrouvons nos montures et allons-nous-en.

– Cet endroit n'a plus besoin de nous » murmura Saphir.

En quelques minutes, ils retrouvèrent Slei, Étoile et Nveja, qui n'avaient pas bougé. Sans un mot, chacun monta sur le dos de son cheval et ils partirent au galop en direction de Lorianeth. Essayant d'oublier ses cuisses, Gabriel repensait à ce que Saphir avait dit sur les dragons. À bien y réfléchir, il était comme eux. Lui aussi, on l'avait chassé de chez lui. Comme les dragons, même si la comparaison était un peu exagérée dans le sens où il avait vraiment voulu rejoindre la guilde. Il aimait tout de même l'ile Céleste, avec sa mère, son grand-père, sa sœur et tous les souvenirs qui lui restaient. Ce devait être pareil pour les dragons. Sauf que lui rentrerait voir sa famille un jour, du moins une partie de sa famille, mais pour les reptiles volants, c'était une autre histoire même si Saphir semblait y croire dur comme fer.

Les elfes étaient réputés pour leur proximité avec la nature et leur amour pour toute créature vivante, les elfes sylvains bien plus que les elfes noirs. Ces deux peuples s'étaient affrontés il y a fort longtemps, avant l'exode des dragons. Ce fut selon les dires une guerre sanglante qui dura très longtemps et dans laquelle les dieux eux-mêmes durent intervenir pour éviter la catastrophe. Au bout du compte, les elfes sylvains s'étaient emparés de la forêt du Silence et leurs cousins sombres durent s'exiler sur la banquise d'Oduin, la rage au ventre et un désir de vengeance jamais vraiment éteint en eux. Les siècles ne détruisent pas toujours la haine. Gabriel n'osa pas parler d'un tel sujet dont il ne connaissait que ce que son grand-père avait bien voulu lui apprendre. Pour le reste, les relons étaient un peuple trop narcissique, n'apprenant que leur propre histoire à leurs enfants, à son grand désarroi.

Une onde mentale lui fut subitement envoyée par Slei et il esquiva de justesse une branche basse. Son cheval était prévenant et son intelligence dépassait l'entendement de l'adolescent. Toujours est-il que ce dernier se concentra plus sur le chemin et non plus sur le désordre de ses pensées.

Le retour dura un peu moins d'une heure, plus rapide que l'aller, mais aucune parole ne fut prononcée par un des trois chasseurs. Le silence ne fut cependant pas gênant et même, en un sens, reposant. Des oiseaux chantaient autour d'eux et de temps à autre, l'un d'entre eux voletait à leur hauteur, petite boule de plumes colorées. C'est alors que se présenta un rapace gris de la taille d'une buse, à la tête fine surmontée d'une houppette blanche et noire. Le plus étonnant demeurait sa queue de serpent vert pâle. D'un vol vif et rapide, le curieux volatile se posa sur l'épaule d'Ajonc, émettant un son mélodieux qui fit sourire le vierak.

« Gabriel, je te présente Nuit, le caladre de Lorianeth ! » s'exclama l'homme à la peau bleue, se tournant légèrement vers le relon.

Un oiseau rare qui soigne d'un regard et apporte la santé, voilà ce qu'était le fameux rapace. Gabriel fut impressionné, car c'était la première fois qu'il en voyait un en dehors des livres d'images. Après le bayard, le caladre. Les membres de la guilde possédaient décidément des créatures bien rares et, si c'était un critère de sélection pour entrer à Lorianeth, Slei devait parfaitement faire l'affaire. Le novice trouva étrange que Pharos ne possède qu'un loup. Peut-être qu'un autre membre avait déjà capturé un petit dragon ? Tout était imaginable après tout ! Il rêva de cela durant toute la fin du trajet et songea qu'il aurait regretté toute sa vie de ne pas être venu ici. Son premier jour demeurait positif et lui-même ne comprenait pas exactement ce qui le rendait tout à coup si heureux.

LE PARIA

~ Peleor ~

Peleor regardait la mer par une fenêtre du palais. Elle était azur et scintillante, comme toujours selon les habitants de Majora. Le magicien lui trouvait cependant un air trop calme, comme si on l'avait domptée, ce qui lui enlevait sa beauté sauvage. Son peuple avait toujours voulu se rendre maître des éléments au point de les dénaturer, mais ce n'était pas ce qui lui importait le plus pour le moment. Son frère se trouvait dans la même pièce que lui et le dévisageait comme s'il était une bête particulièrement repoussante. Peleor se demandait pourquoi Galaad l'avait fait venir si c'était uniquement pour lui lancer des regards noirs et se retourna bientôt vers son aîné, excédé.

La pièce où ils se trouvaient était sombre, garnie d'une table en bois foncé ainsi que de quelques meubles de même couleur, en mauvais état. On ne pouvait pas dire que c'était un endroit accueillant pour une pièce d'un palais royal, mais il se situait au moins à l'abri des oreilles indiscrètes. Son frère devait certainement avoir quelque chose d'important à lui dire pour prendre de telles précautions ou alors, la misère de la pièce symbolisait ce qu'il pensait de son cadet. Une idée à creuser.

« Si tu n'as rien à me dire, je ferais mieux d'y aller, déclara Peleor, souhaitant déclencher une réaction chez son frère.

– Tu as quelque chose de mieux à faire peut-être ? questionna froidement Galaad.

– Aussi étonnant que cela puisse paraitre, j'ai en effet d'autres tâches qui m'attendent. En premier lieu, me préparer pour notre départ demain. Je ne comprends pas pourquoi nous n'utilisons pas la magie pour aller à Rum Cay, ce serait tellement plus pratique…

– Nous devons faire grande impression en arrivant comme les autres, pour montrer que le pays des magiciens ne se repose pas uniquement sur la magie. Nous avons un honneur à sauvegarder et je ne tolèrerai pas que notre nom soit souillé.

– Fort bien, mais de quoi voulais-tu m'entretenir alors ?

– Qu'as-tu fait durant les deux dernières années ? »

La question était tombée nette, tel le couperet d'une guillotine et le magicien fut pris au dépourvu par les grands yeux sombres qui le dévisageaient avec plus de froideur que la glace, attendant une réponse précise, sans détour.

« Nous y voilà, songea le plus jeune, en quête d'une réponse satisfaisante.

– Alors, n'as-tu donc rien à me dire ?

– Je voyageais Messire, ne vous en déplaise.

– Mais que faisais-tu pour payer tes vivres ? Tu ne me feras pas croire que l'argent que tu possédais a suffi pour te permettre de vivre décemment.

– Certes non. Cependant, nombre de mes connaissances ont eu la gentillesse de m'offrir le gîte et le couvert, ce qui m'a plutôt bien aidé, je le concède.

– Des connaissances ? Qui donc ? Des gens pleins de pitié sans doute.

– Minos Aïakos de Pallas, roi des amazones, en fait partie, déclara fièrement Peleor, espérant faire taire les remarques de son aîné. Il y a aussi Pharos Cien de Lorianeth.

– Tu as des liens avec la guilde, toi ?

– J'ai eu l'occasion de travailler pour eux à plusieurs reprises. Je ne suis pas un trop mauvais guerrier et les membres de la guilde sont très amicaux.

– Prêt à tout pour recruter le premier idiot venu, maugréa Galaad. Mais tu n'as certainement pas fait que cela, mon frère.

– Comme je te le disais, j'ai voyagé…

– Un navire est rentré au port il y a deux jours. Il ramenait des épices et du vin de Forte. L'Endurant est son nom, un de nos plus grands bateaux de commerce avec une cinquantaine d'hommes d'équipage. Le genre qu'on n'oublie pas. »

Peleor déglutit. Il croyait savoir où son frère voulait en venir, mais espérait se tromper. Évidemment qu'il connaissait l'Endurant, puisqu'il avait travaillé sur son pont à peine quatre mois plus tôt à Forte. Le navire était cependant arrivé après lui dans la capitale magicienne. Galaad ne devait à aucun prix savoir ce qu'il avait fait dans le Sud, le plus jeune savait très bien comment il réagirait en l'apprenant.

« Je suis allé voir ce bateau, poursuivit le plus âgé et chacun de ses mots sonnait comme une sentence. J'ai également pu discuter avec des marins. Il est stupéfiant de voir le nombre de rumeurs et d'histoires qu'ils ont à raconter.

– As-tu appris quelque chose d'intéressant avec eux, mon frère ?

– Cela se pourrait bien. Un marin me disait t'avoir vu aider à décharger les caisses de L'Endurant à Forte. Est-ce vrai, Peleor ?

– Pourquoi nier ? Cette activité m'avait permis d'obtenir de l'argent, lâcha le plus jeune avec plus d'assurance qu'il en avait, la peur au ventre. C'est une activité comme une autre. »

Un silence pesant tomba sur la pièce pendant quelques secondes où plus rien ne bougea.

« Une activité comme une autre ? répéta furieusement Galaad en frappant du poing sur la table. Te rends-tu compte de ce que tu dis ?

– Bien sûr, osa affirmer Peleor, sentant le courage fuir hors de lui.

– Idiot ! Ne sais-tu donc pas que nous avons un rang à tenir ? Et toi, tu vas porter des charges, comme une vulgaire bête de trait.

– Cela fait partie des moyens les plus efficaces pour gagner de l'argent à Forte, si tu veux tout savoir. La vie de marin est dure, même à quai, et elle n'a rien de déshonorant.

– J'imagine que tu vas finir par devenir comme eux ! Toi aussi tu hantais les bars toute la nuit ? Tu dormais sur de la paille avec des rats et de la vermine pour toute compagnie ? Ah, mais non, j'oubliais, mon seigneur avait de l'argent, loué soit le panthéon ! Avais-tu au moins de quoi te payer une chaufferette à ton goût ?

– Jamais je ne ferais une telle chose !

– Pourtant, certains marins m'ont assuré le contraire. En les interrogeant, j'ai entendu parler d'une femme. Une certaine Calypso si mes souvenirs sont bons, alors ne me mens pas ! As-tu payé cher pour cette putain ? T'a-t-elle plu au moins ? »

Calypso. Le nom pénétra dans la tête de Peleor et le paralysa. Ainsi donc, son aîné tenait juste à l'humilier, voilà pourquoi il l'avait convoqué. En plus, Galaad avait fait un effort de recherche en se renseignant auprès de nombreux navires pour espionner son petit frère, à l'affût de la moindre rumeur. N'avait-il donc aucun cœur ? Pas même un petit soupçon de bonté d'âme ou de compassion ? Le pire restait qu'il avait traité la dame de ses pensées comme une moins que rien et cela n'était pas tolérable ! Calypso n'était pas une putain et elle ne méritait pour rien au monde une telle appellation.

« Ne parle pas de ce que tu ne connais pas ! Calypso est de haute naissance !

– Dans ce cas, présente-la et épouse-la ! lâcha son frère.

– Il faudrait être roi pour l'épouser, pensa-t-il très fort. Je ne le puis, Messire Oïmos, fit-il d'un ton cassant, inhabituel chez lui. Je ne saurais lui présenter un tel beau-frère. »

Peleor regretta aussitôt ce qu'il venait de dire en voyant le regard de son aîné. Ses yeux lui apparurent aussi noirs que le charbon et leur façon de le fixer était mauvaise. La peur déferla en lui, exactement comme lorsqu'il se faisait gronder durant son enfance. Il pensait avoir surmonté tout cela, mais malgré le temps qui passe, un petit frère demeure toujours un petit frère. Ses mains se mirent à trembler et seule l'angoisse trouva une place dans son esprit.

Galaad s'approcha de lui, brutal, imposant, et une main vola vers sa joue. Le choc fut si rude qu'il se retrouva par terre, un goût de sang dans la bouche, incapable de contrôler le frisson qui le parcourait. La douleur était plus psychique que physique pour lui.

« Retiens bien ceci, petit frère ! Un Oïmos, un vrai, jamais ne tolèrera qu'on l'insulte.

– Oui, Messire, murmura le plus jeune, plaquant une main contre sa joue.

– Mais on ne devrait pas s'attendre à mieux de toi. Tu as tué notre mère, la pauvre dame Mirne, en naissant, les dieux ont jeté l'opprobre dans ton cœur depuis lors. Maintenant, disparais, cela m'écœure de t'avoir sous mon nez.

– Tout de suite, Messire, fit-il en se relevant péniblement et en se dirigeant vers la porte, obéissant par pur réflexe de survie.

– Encore une chose, le retint son frère. Inmaya mérite d'être traité avec plus de respect. Elle t'a prise en pitié, mais ce n'est pas une raison pour lui raconter ce que tu veux. J'ai bien vu l'autre jour comme elle avait l'air soucieuse après t'avoir parlé. Que cela ne se reproduise plus.

– Inmaya n'aura plus à se plaindre de moi, affirma le magicien, la bouche pleine de sang.

– Dans ce cas, disparais ! »

La porte claqua avec violence, laissant Peleor seul dans le couloir désert. Le magicien vérifia son état, mais ne prit pas la peine de se soigner magiquement. Perdu, il ne retourna pas vers ses appartements, de peur d'y croiser des connaissances ou pire, Inmaya. Il ne voulait pas l'inquiéter, Galaad ne le lui pardonnerait jamais. Il erra dans le château un long moment, pour finalement déboucher sur la cour extérieure d'où il rejoignit les écuries. La nuit tombait et le magicien décida de dormir avec un des seuls êtres qui l'appréciaient dans son pays : Sire, son cheval. L'étalon alezan brûlé paraissait l'attendre, les yeux brillants dans la pénombre. Peleor entra alors dans son box et passa les bras autour de son encolure.

« Toi au moins, tu me comprends, Sire. »

Son compagnon soupira bruyamment pour toute réponse et s'allongea sur le sol, les membres repliés sous lui, tandis que son cavalier s'installait contre son flanc. Il se rappelait encore le jour de leur rencontre, cinq ans auparavant, dans les bas-fonds de Coronal. Sire n'était alors qu'un poulain sauvage capturé sur les bords du Grand Fleuve et son destin semblait le diriger vers l'abattoir, car les hommes n'en avaient rien obtenu. Trop indomptable, disaient-ils. En le voyant, Peleor n'avait pas hésité une seconde et avant qu'il ait eu le temps de comprendre pourquoi, son hongre royalti s'était retrouvé échangé contre le sauvage coronalais.

Tout de suite, le courant s'était établi entre eux et une confiance mutuelle profonde les reliait désormais. Ainsi, il n'avait pas besoin de bride pour le monter et la selle n'était là que pour le confort. Ensemble, le duo avait parcouru un long chemin. Le magicien se souvenait du moment où il avait dû choisir un nom pour sa monture et qu'il avait opté pour Sire, car c'était ce qu'il ne serait jamais. Le port altier du cheval l'avait conforté dans ce choix. Peleor savait qu'il avait au moins quelqu'un sur qui compter à Majora et s'endormit blotti contre lui, rêvant du doux visage de Calypso.

Quand il se réveilla le lendemain, les palefreniers s'affairaient déjà dans les boxes voisins. C'était le grand jour du départ pour Rum Cay avec tout le gratin de Majora. Peu soucieux de son apparence en temps normal, le magicien décida quand même d'y regarder d'un peu plus près exceptionnellement et se téléporta dans ses appartements. Pas question que son frère sache qu'il avait dormi dans les écuries ! Il se lava rapidement, s'habilla d'un chemisier blanc, d'un pantalon noir et d'une tunique bordeaux, revêtant par-dessus une grande cape sombre et chaussant de hautes bottes noires. Il avait plus l'allure d'un voyageur quelconque que d'un homme de haute naissance, mais cela lui allait très bien ainsi. Peleor rassembla ses quelques affaires et retourna aux écuries, à pied cette fois.

Les pages et les autres serviteurs s'affairaient, courant d'un côté à l'autre comme des fourmis ouvrières, sans même le remarquer. Ce n'était pas plus mal. Il se faufila entre deux chevaux réticents dans les écuries, qui subissaient les injures des palefreniers, et retrouva sa propre monture, toute sage. Le magicien sella tranquillement Sire, si bien que le reste de l'immense bâtiment se trouva vide quand il eut terminé. Quel calme subitement !

« Allez Sire, rejoignons-les ou ils vont partir sans nous. »

Peleor aurait très facilement pu se téléporter à Rum Cay, mais il se faisait un devoir à présent d'y aller à cheval, afin de prouver quelque chose à son frère. Quoi exactement, il ne le savait pas très bien. Il sauta en selle avec la souplesse d'un chat puis se dirigea vers la sortie des écuries. L'air frais aurait pu leur faire grand bien si la poussière soulevée par tant de cavaliers ne s'y mêlait pas. Peleor fut d'ailleurs surpris de constater la grandeur du cortège pour une réunion entre souverains. Il devait être composé d'au moins une centaine d'individus, nobles et soldats mélangés, qui n'auraient pas la chance d'assister au grand conseil. Chacun arborait ses propres couleurs, mais le soleil de la bannière magicienne se retrouvait absolument partout.

La plupart étaient à cheval, mais certains avaient choisi

d'exhiber des montures plus extraordinaires, comme Issac Keltcha et sa wyvern. Il s'agissait du fils de Midia, la sœur cadette du roi Aeros et c'était un bel homme, fort sympathique à Peleor puisqu'il était un membre haut placé de la guilde Lorianeth. Cela demeurait néanmoins une autre histoire et pour l'heure, le magicien ne l'apercevait qu'au loin, derrière les deux carrosses destinés au confort de la famille royale.

Peleor se rendit compte qu'il ignorait tout de la place qu'on lui avait attribuée dans cette cohue et chercha une personne capable de le renseigner. Manque de chance, ses yeux tombèrent sur Galaad. Il soupira et obligea Sire à s'approcher du conseiller royal, malgré la peur qui lui nouait le ventre.

« Messire, je m'excuse de vous déranger, mais j'aurais une question à vous soumettre.

– Fais vite, je n'ai guère de temps pour toi.

– Comment le cortège sera-t-il composé ? demanda Peleor, sans se spécifier lui-même, pour être certain d'obtenir une réponse.

– Notre roi Aeros viendra en tête avec sa messagère en porte-bannière, se remémora Galaad et cela se voyait qu'il n'appréciait pas Sigmal. Son fils, le prince Roland, chevauchera à ses côtés et derrière viendra Inmaya avec ses dames de compagnie, dont ma chère Mona et notre chère fille Suina, ajouta-t-il avec fierté, laissant des sentiments doux transparaître dans sa voix, chose qui choqua Peleor. Je me tiendrai juste derrière et le reste suivra.

– Fort bien, grand frère, mais où dois-je me placer ?

– Toi ? Oh, évidemment, à la place qui te revient, petit frère. À la queue. »

Sur ce, il fit volter son cheval, envoyant une gerbe de boue sur la tunique de son cadet tandis qu'il le plantait là. Peleor n'aurait jamais cru que Galaad irait aussi loin dans l'humiliation. Clore la marche d'un tel groupe était du ressort des moins nobles et une place particulièrement ingrate. Peleor essuya sommairement la boue de son vêtement et observa son aîné s'éloigner vers l'avant de la troupe, le cœur en miettes.

Au loin, il vit sa sœur entrer dans un des lourds carrosses, toute vêtue de rouge et or. Elle jeta un regard dans la direction de son petit frère, mais une de ses dames de compagnie la pressa de rentrer aussi dut-elle obtempérer. C'était une reine après tout, alors forcément, ses suivants n'allaient pas lui laisser le loisir de compromettre son bien-être. Lorsqu'elle eut disparu, Peleor se rendit docilement à la place qu'on lui avait attribuée.

Une fine pluie se mit à tomber tandis que les chevaux piaffaient d'impatience. Alors, le cortège s'ébranla et le magicien suivit les autres, dépité. La route serait longue jusqu'à Rum Cay, vers le sud. Il fallait traverser tout le pays des magiciens puis longer la rivière de l'identité jusqu'à l'immense capitale des villes libres. Le trentenaire se demanda pourquoi le conseil des nations avait été réuni cette fois et par qui exactement. Le dernier remontait à neuf ans, rassemblé par Malwen, la reine des elfes sylvains, occupant encore son trône à présent.

« Elle avait voulu nous mettre en garde, se rappela-t-il. C'était la sombre affaire des plaines d'Ima et le combat en solitaire de son peuple contre une menace globale. Et il y a dix-sept ans, c'était à la demande du… roi des rynans, je crois. »

Il y a dix-sept ans se déroulait le premier conseil auquel il avait assisté, n'ayant que treize ans à l'époque, un adolescent parmi tant d'autres. Des mises en garde avaient été prononcées, les mêmes à chaque fois. Quelque chose s'agitait dans le Sud, dans le Nord, partout, mais personne ne faisait rien. Des enlèvements arrivaient de plus en plus fréquemment, voyager en solitaire ou en petit groupe demeurait dangereux, du moins à ce moment-là. Peleor ne se souvenait plus si une solution y avait été apportée.

« Quel problème va être soulevé cette fois ? »

Sire renâcla bruyamment pour toute réponse et cela fit sourire son cavalier. Au moins, avec toute cette colonne, il y avait très peu de chance qu'on les attaque. Oubliant un peu son frère, il essaya de penser à des choses plus positives, comme ce qui l'attendait à Rum Cay. Il allait revoir de nombreuses personnes de sa connaissance et cela lui donnait du baume au cœur. Peut-être même que Calypso serait là si ses parents lui avaient permis le voyage. Peleor songea qu'il lui faudrait être d'une extrême discrétion si jamais il la retrouvait. Elle ne devait pas souffrir de leur relation, jamais, même si c'était probablement déjà le cas. Le magicien se dit que de toute façon, le plus probable était que ses parents l'aient laissée sous bonne surveillance dans son royaume. Après tout, elle était loin d'être n'importe qui, quand bien même son statut n'était ni celui d'une reine ni celui d'une princesse. Peleor soupira : pourquoi était-il tombé amoureux d'une sirène, une fille de l'océan ?

MAÎTRE SUPPLÉANT
- Gabriel -

« Renforce plus ta garde sur la gauche et ce sera beaucoup mieux, déjà ! »

La voix d'Ajonc résonnait dans la cour tandis que Gabriel se remettait en position d'attaque. Il aurait préféré s'entraîner avec Saphir, mais il fallait se faire une raison. Elle était bien trop douée à l'épée pour lui. Cependant, même si Ajonc n'était pas aussi habile que l'elfe, il n'en était pas moins redoutable. Le vierak se plaisait à dire que son point fort était l'arc et le relon ne pouvait démentir, l'ayant vu accomplir des prouesses avec le sien. Jamais ses flèches ne manquaient leur cible et pas une seconde l'hésitation ne se nichait dans son regard.

Sur l'ile Céleste, Gabriel pouvait encore se targuer d'être plutôt bon à l'épée, mais son arrivée à Lorianeth avait bien changé les choses. Tout le monde paraissait plus fort que lui ; mais il ne regrettait rien. La guilde lui avait tellement apporté, bien que cela fasse à peine un mois qu'il s'y trouvât. L'adolescent avait pourtant réussi à se faire une place. Les journées se déroulaient souvent de la même manière, entraînement le matin et parfois une petite mission sur l'ile l'après-midi, ou, s'il n'y en avait pas, étude des mœurs des diverses créatures qui peuplaient Isen.

Chaque aube apportait son lot de surprises et le relon se sentait bien avec ses nouveaux compagnons. Bien sûr, il lui faudrait encore du temps pour se transformer en un véritable guerrier, mais cela viendrait un jour, c'est ce que ses maîtres affirmaient. Pour l'heure, il devait continuer de ferrailler avec le vierak, déjà bien assez fort pour lui fournir un excellent entraînement.

«Allez, reprenons l'assaut encore une fois!» ordonna le maître d'armes.

Gabriel se replaça correctement et bondit sur Ajonc, les ailes grandes ouvertes pour impressionner l'adversaire. Le vierak ne bougea pas, encaissa le choc sans ciller et repoussa son assaillant avec facilité. Le relon revint à l'attaque, taillant sur la gauche avec rage, mais son aîné l'esquiva d'un bond sans perdre son équilibre. Sa queue lui servait de balancier et lui procurait un avantage certain. Les ailes de l'adolescent étaient au contraire bien handicapantes en combat, mais il tentait de faire de son mieux. Ajonc ne gagnerait pas si facilement.

Ils entamèrent un long échange de passes d'armes au cours duquel Gabriel ne se défendit pas trop mal, mais son rival le dépassait en force, en rapidité et en technique. Le relon supporta deux coups d'estoc de plus que la veille, mais termina à terre, l'épée du vierak sur la gorge. Son maître le regardait, affichant un petit sourire aux lèvres que l'adolescent détestait.

«Tu t'améliores de jour en jour, Gabriel, fit remarquer Ajonc, satisfait.

– Je reste quand même en dessous du niveau de la plupart des gens ici!

– Mais au-dessus de bien des relons! Tu verras, avec de la pratique, ça viendra. Tu t'entraînais déjà avant, je suppose, tu as donc bien dû voir les progrès effectués.

– Je m'entraînais avec mon grand-père, le niveau n'avait donc rien d'extraordinaire. Mon peuple préfère vraiment la magie au combat à l'épée, à mon grand regret.

– Enfin, tu dois te débrouiller avec les sorts de toute façon.

– Pas vraiment non, fit Gabriel avec une moue significative, tout en se relevant et essuyant d'un geste de la main la poussière qui maculait son habit. Je pensais que tu l'avais deviné.

– Sérieusement ? Voilà qui est surprenant pour le frère de Séraphina !

– Ainsi donc, vous avez connu ma sœur à la guilde ?

– Pas beaucoup. Je l'ai vue seulement quelques fois, à la guilde et à Rum Cay. Elle était toujours agréable et avec ses pouvoirs, elle faisait des tours impressionnants. Alors, je ne peux pas croire que tu ne maîtrises pas la magie en étant de sa famille !

– C'est pourtant le cas, répondit le relon avec neutralité, réprimant sa colère.

– Je suis sûr que tu pourrais, en trouvant la magie qui te correspond. Ta sœur, elle, ce qu'elle maîtrisait le plus, c'était…

– S'il te plait, je ne veux pas parler de Séraphina maintenant, implora mentalement Gabriel.

– Ajonc, Gabriel ! V'nez par ici ! » lança une voix bien connue, coupant le vierak.

Le relon se retourna et soupira de soulagement. C'était Galbon qui leur faisait signe d'approcher. Le ganak était un bon prétexte pour esquiver le sujet de Séraphina et en plus, Gabriel n'avait pas revu le vieillard depuis son arrivée, sinon de loin. Son maître et lui allèrent donc à la rencontre du bras droit de Pharos qui souriait, comme à son habitude. Le petit homme rappelait au relon son propre grand-père et c'était une source de réconfort. Certes, Galbon pouvait se montrer grognon, mais sous les bougonneries se cachait un cœur d'or.

« Galbon, je suis heureux de te voir !

– Moi aussi, mon p'tit relon, rigola le plus vieux. Alors, ça te plait la guilde ?

– Plutôt oui ! Je ne regrette rien de ma vie d'avant !

– Tant mieux alors ! Et toi, mon brave Ajonc, ton arc est toujours prêt ?

– Toujours Galbon, assura le vierak, touchant l'objet pour prouver ses dires.

– Pharos t'attend dans son antre, Ajonc. Il veut te parler et tout de suite. Saphir est déjà avec lui.

– Très bien, je m'y rends immédiatement. Merci, Galbon !

– Toi Gabriel, tu viens avec moi ! ordonna subitement le petit homme.

– Où allons-nous ? s'étonna le relon, qui pensait aller voir Slei après son entraînement.

– Espionner pardi ! J'suis sûr que comme moi, tu voudrais entendre tout c'que va dire le maître ! » chuchota le ganak avec un clin d'œil.

Sans un bruit, les deux compères montèrent au premier étage de la guilde, qui n'était rien d'autre qu'un grand réfectoire, supposé compléter le rez-de-chaussée, mais qui servait peu. Ils se placèrent juste au-dessus des appartements de Pharos en marchant sur la pointe des pieds puis collèrent leurs oreilles sur le sol, attentifs. Il valait mieux éviter de se faire repérer. Trois voix provenaient de l'étage inférieur, le doux timbre de Saphir, celui plus chantant d'Ajonc et le dernier, plus grave, de Pharos. La discussion avait déjà commencé et elle semblait de grande importance, aussi même le souffle des deux compères se fit murmure, pour ne pas en perdre une miette.

« Après neuf ans, enfin un autre grand conseil ! s'exclama Saphir. Ce n'est pas trop tôt, l'initiative du roi Ridor est très honorable.

– Je suppose qu'il doit avoir une idée derrière la tête. Le roi des rynans ne fait jamais rien sans raison, affirma Ajonc.

– Qui devra servir de maître de cérémonie cette fois ?

– Eh bien, l'heureux élu n'est autre que moi, soupira Pharos. Quel honneur !

– En effet, quel honneur ! Pourtant, cela n'a pas l'air de

vous enchanter, maître.

– Oh Ajonc, c'est simplement qu'il y a des personnes que j'aurais souhaité ne pas revoir et qui ne manqueront pas de venir à Rum Cay. En plus, le fait que le conseil de Rum Cay me délègue la tâche me fait dire que ce ne sera pas un conseil facile.

– Ne vous inquiétez pas, maître, vous vous en sortirez très bien, je le sais. À ce propos, y aura-t-il des représentants pour la guilde ?

– Non, Saphir, Lorianeth n'a pas été conviée et je veux qu'elle reste en dehors de cela. Représentez vos propres peuples, cela suffira très bien.

– Nous n'avons pas le choix de toute manière, déclara Ajonc. Les lettres sont arrivées aujourd'hui ?

– Oui. Celles de vos familles y comprises. Le 15 février pour un conseil qui a lieu le 22, on dirait presque qu'on ne veut pas nous voir venir. Le roi Ridor est pourtant organisé d'ordinaire.

– Il sait que nous possédons la magie adéquate, répondit Ajonc, détendu. Nous mis à part, d'autres personnes de la guilde se rendent à Rum Cay ?

– Il y a Issac, mais il est déjà parti retrouver la délégation magicienne il y a un moment. Sinon, il n'y a que nous trois et ce n'est pas plus mal. Nous irons plus vite ainsi. Pendant mon absence, Galbon restera à Lorianeth et s'occupera de veiller sur ses membres.

– Oui, nous serons plus discrets en petit nombre, commenta le vierak. La capitale des villes libres, voilà longtemps que je ne l'ai pas vue. Quand devons-nous partir ?

– Demain, à la première heure. Je suis désolé de précipiter les choses, mais je dois prendre la température avant le grand conseil. Si vous souhaitez partir plus tard, rien ne vous en empêche, vous maîtrisez la même magie que moi, après tout.

– Le voyage sera plus agréable avec vous, maître, cela ne nous dérange pas, répliqua Saphir.

– Et je suppose que comme moi, Saphir meurt d'envie de revoir les siens.

– D'ailleurs, à ce propos, nous avons d'autres sujets à aborder» continua le maître de la guilde.

Gabriel aurait voulu rester, mais Galbon lui fit signe de partir discrètement, aussi quitta-t-il la salle avec le ganak. De toute façon, ils en savaient déjà suffisamment. Ensemble encore, ils gagnèrent la cour et décidèrent dans un échange muet d'aller faire une balade le long de la rivière de l'âme. Le ganak avait de petites jambes, aussi l'ange tâchait de ralentir pour rester à sa hauteur.

Leurs pas les menèrent un peu plus en aval, toujours sur la rive sud, assez loin pour que la guilde soit cachée par la forêt. Le soir commençait à tomber sur l'ile, mais il faisait bon ce jour-là, surtout pour ce mois d'hiver. L'ile de Sakero possédait un climat agréable, ressemblant à celui de l'ile Céleste, mais sans les montagnes pour paysage. Pour Gabriel, Lorianeth était beaucoup plus chaleureuse. Les relons n'avaient pas la réputation d'être particulièrement accueillants et l'adolescent n'irait pas démentir ce préjugé, à son grand regret. Il fallait être né sur l'ile Céleste pour s'y sentir bien, et encore, cela ne suffisait pas toujours. Lui-même en était le parfait exemple.

«Nostalgique de chez toi, mon gars?

– Euh, oui, un petit peu. C'est si visible que ça?

– Les yeux ne peuvent mentir, mon jeune ami.

– Il est vrai que l'ile Céleste me manque parfois. Mais n'en est-il pas de même pour toi? Les monts Orageux du pays des ganaks ne te manquent donc jamais?

– Pas le moins du monde. C'est ici ma maison, ici le seul endroit où je me sens chez moi. J'ai fui mon peuple il y a fort longtemps, sans regret.

– Pourquoi? questionna le relon avec curiosité. Enfin, si ce n'est pas indiscret.

– Pour être franc, je ne me sentais pas à ma place là-bas. J'avais une façon de penser un peu différente et j'ai trouvé en

Pharos quelqu'un à qui parler.

– Le maître est donc quelqu'un d'important pour vous.

– Un peu, oui. Toi aussi, il y a bien quelque chose qui t'a poussé à quitter ton ancienne vie.

– L'envie d'aventure tout simplement» répondit aussitôt le plus jeune.

Ce n'était pas un mensonge, juste une vérité incomplète, mais Gabriel n'avait pas envie de se confier à Galbon, certains souvenirs n'étaient pas encore prêts à ressurgir. Au moins, cela parut suffire au ganak qui lui sourit avec gentillesse. Les deux hommes marchèrent encore un peu le long du fleuve avant de rejoindre la guilde, tandis que le soleil disparaissait tout à fait à l'horizon.

Le repas du soir se déroula plus calmement que d'ordinaire. Le menu était pourtant original, avec du bœuf aux carottes saupoudré d'épices, de Forte et des pamplemousses de la forêt féérique, atteignant une taille considérable. Pour une fois depuis son arrivée, Gabriel ne mangea pas avec ses maîtres, mais accompagna Galbon à sa table. Il y retrouva de nombreux membres de la guilde dont il avait fait la connaissance durant la semaine et qu'il appréciait déjà beaucoup.

Il y avait Tanik, le modenmé barman à la grosse voix ; Nolan, le loup-garou dragueur ; Olivia, la samalhué douée à la harpe ; Naynëlle, la fée hyperactive ; Danieb, un centaure connaissant mille et une histoires ; Ixinot, le faune blagueur ; Emy, un rynan dont l'épée pendait toujours à la ceinture ; Wendy, l'elfe noir à l'âme serviable ; Tristan, le magicien toujours prêt à conseiller et encore d'autres, que Gabriel ne connaissait pas encore. Il riait d'une boutade d'Ixinot quand Pharos se leva de la table où il se trouvait avec Saphir et Ajonc pour s'adresser à l'assemblée.

«Mes amis, j'ai une annonce à faire. Je ne m'étendrai pas en long discours, mais un conseil des nations va avoir lieu à Rum Cay prochainement et je dois m'y rendre en compagnie de Saphir et Ajonc. Galbon s'occupera de vous en mon absence.

– Personne n'aime quand le maître s'en va, murmura Emy le rynan, approuvé par de nombreuses autres personnes.

– Allons, c'est pas la fin du monde ! s'exclama Galbon. Vous tous ! Chantons l'hymne de la guilde pour nous donner du courage. Hum… *Il y avait un foyer, au brasier toujours chaud* !

– *Perdu dans la vallée, sur l'ile de Sakero*, continuèrent les autres.

Dans mon cœur, un lieu sacré, mon Dieu qu'il était beau !
Jamais je ne l'oublierai, à Pointe ou à Soito.
C'est là que je veux rentrer, au rythme des bateaux.
La rivière de l'âme y coulait, j'y trouvais le repos.
Moi que personne n'attendait, sous le ciel si haut
C'est ici que je vivrais, tout en chantant ces mots ! »

Personne ne protesta plus sur le départ du maître, mais nul n'eut envie de faire la fête non plus et la plupart allèrent se coucher de bonne heure. Le relon les imita, fatigué de sa journée, et se pelotonna sous ses couvertures épaisses, bien calé sur son matelas de plumes. La nuit ne lui apporta cependant pas la quiétude qu'il désirait, mais plutôt un rêve.

Le jeune homme se vit sur une plage de l'ile Céleste, bien que les plages de cet endroit se trouvaient bien au-dessus du niveau de la mer. Dans son rêve, son ile natale ne flottait pas et il se trouvait en compagnie de sa sœur. Séraphina était si belle avec sa longue chevelure, ses yeux doux, son sourire rieur. Son frère l'admirait avec fierté tandis que les mèches de la jeune femme jouaient dans le vent, ses longues ailes s'ouvrant au contact des bourrasques.

« Gabriel, n'oublie pas. Toi aussi, tu auras un grand destin », murmurait-elle.

Alors, il s'était avancé vers elle, tendant la main pour attraper celle de sa sœur. Le rêve se changea alors en cauchemar quand une terrible vague s'abattit avec fracas devant lui, emportant la jeune femme qui poussa un cri terrifié. Gabriel ne put qu'assister à la scène, impuissant et pétrifié de peur. Il se réveilla alors en sueur, la respiration courte. Ce n'était pas la première fois que ce rêve venait le hanter et sans doute pas la dernière hélas ! Par volonté, il parvint rapidement à se calmer et à se convaincre que tout ceci n'était pas réel.

« Séraphina n'aurait jamais crié comme cela. »

Après ce songe, il ne put se rendormir et constata que les premières lueurs de l'aube illuminaient le ciel nocturne. Gabriel décida de s'habiller, songeant qu'être matinal ne lui ferait pas de mal pour une fois. Il revêtit une tenue de chasseur offerte par Galbon, sombre comme le feuillage des sapins. Cela ne se mariait pas bien avec ses cheveux, mais il s'en moquait. Il resta un peu à fixer le lever du soleil, du moins ce qu'il pouvait en voir, se remémorant pourquoi ce jour était spécial.

« Ah oui. Pharos, Ajonc et Saphir partent pour Rum Cay. »

Ce départ créait une sensation d'abandon chez le relon, voyant ses deux mentors et le maître partir, mais il se résigna à ce fait, songeant qu'il y aurait au moins Galbon qui resterait avec lui et c'était déjà bien réconfortant. Peut-être même que Gabriel pourrait s'entraîner avec lui. Le ganak n'était peut-être pas si mauvais en combat qu'il l'avait estimé à leur première rencontre et l'âge ne voulait certainement rien dire.

Sans plus réfléchir, il se dépêcha d'aller jusqu'à la cour et bien lui en prit, car le trio se préparait déjà au départ. Dans leurs tenues habituelles, Saphir et Ajonc chevauchaient respectivement étoile et Nveja. Pharos ne dérogeait pas non plus à ses habitudes vestimentaires, très simples, et son compagnon, un loup prénommé Aku, était assis à ses pieds, attendant sagement. Nuit, le caladre de la guilde, était posé sur l'épaule d'Ajonc, désireux de faire partie du voyage même si c'était sans espoir pour lui. En voyant l'adolescent approcher, il émit un son grave et mélodieux.

« Ah, te voilà, Gabriel ! sourit Pharos de bonne humeur. Tu es bien matinal !

– Vous de même, maître, rétorqua le relon. C'est le grand

départ, n'est-ce pas ?

– Rum Cay nous attend en effet, affirma Ajonc. Je suis sûr que ce petit voyage va valoir le coup !

– Un grand conseil est toujours un moment important, l'appuya Saphir. Entraîne-toi bien pendant notre absence, nous ne te ferons pas de cadeaux en revenant !

– Soyez tranquilles pour ça, je m'occuperai personnellement du p'tit gars, intervint Galbon, arrivant de sa démarche claudicante.

– Je ferai de mon mieux, promit Gabriel. Je ne vous décevrai pas.

– Nous le savons bien, sourit Saphir avec conviction.

– Allez les enfants, il est temps de partir, les pressa le maître.

– Bien maître, s'inclina Ajonc. Galbon, Gabriel, à très bientôt !

– Prenez soin de vous, les p'tits et faites attention, les pria le ganak.

– Nous serons prudents, comme à notre habitude, déclara Pharos. Ne traînons plus. »

Ils se mirent en marche, prenant rapidement un galop soutenu qui faisait voler la poussière du chemin derrière eux. En peu de temps, ils avaient disparu au loin, derrière les arbres, tandis que les deux autres restaient en arrière à regarder pendant un moment l'endroit où ils avaient disparu. Le soleil était bien levé à présent.

« Eh ! Ils sont donc partis, soupire le ganak. Me v'là réduit à gérer Lorianeth tout seul !

– Mais ils reviendront bientôt, n'est-ce pas ? s'enquit le blond.

– Alors là, c'est une des seules choses sûres en ce bas monde, mon gars ! Crois-moi, ça fait un bout de temps que je connais ces trois-là et ils sont toujours revenus des missions les plus périlleuses, alors, c'est pas un vieux conseil qui va les effrayer !

– Je m'en doute bien, je commence à comprendre. Mais

comment vont-ils arriver à temps à Rum Cay avec tant de routes à parcourir ?

– La magie, tu connais, mon gars ? » fit Galbon avec un clin d'œil malicieux.

L'apprenti de la guilde se frappa le front. La magie. Bien sûr qu'il aurait dû y penser ! Des personnes comme eux devaient maîtriser des sorts dont il n'avait même pas idée, plus impressionnants les uns que les autres. Eux se servaient de la magie, pas comme lui, même si Ajonc lui répétait qu'il pouvait y arriver en s'entraînant sérieusement.

« La magie. Tout simplement, souffla-t-il, le regard dans le vague.

– Bon, ce n'est pas tout, mais on a du fer à battre ! Gérer une guilde, ça ne s'improvise pas ! Enfin, peut-être un peu… Mais avant, parlons de ton entraînement ! Je vais t'apprendre à bien te défendre contre ma hache et ensuite, nous allons travailler le combat monté. T'en penses quoi ?

– Cela me convient parfaitement ! » acquiesça le plus jeune, motivé comme jamais.

Gabriel et Galbon retournèrent au réfectoire prendre leur petit déjeuner. Malgré le départ de trois de ses membres principaux, Lorianeth n'avait rien perdu de son animation, ce qui contenta le relon. Il se résolut à s'entraîner dur pour surprendre ses maîtres à leur retour, mais dans le fond, c'était à lui-même qu'il voulait prouver sa valeur. Gabriel voulait croire qu'en lui, dormait un courage qu'il était temps d'éveiller. Le soleil lançait sur la guilde ses doux rayons, promettant une journée d'hiver agréable. Une chance.

LA CAPITALE DES VILLES LIBRES

~ Fluiseje ~

Rum Cay était vraiment bien différente de Coronal, songeait la jeune princesse. Le point qui étonnait le plus était la présence de plusieurs palais royaux. Tous les bâtiments surplombaient largement l'avenue de plusieurs étages, tous d'une sombre pierre grise à l'aspect sinistre. Quelques bannières venaient égayer ce paysage. La plus grande de toutes les constructions demeurait le Temple, lieu qui abritait les conseils des nations, et qui dépassait de loin toutes les autres bâtisses en hauteur. On y accédait au terme d'un long escalier de cent marches, menant à une coupole qui cachait un hall central, ainsi qu'une immense salle de réunion et même un incroyable jardin.

Depuis la fenêtre du palais résidentiel de la famille royale humaine, Fluiseje apercevait à peine l'édifice sur sa droite, par-delà la rivière de l'identité. Sur la gauche, d'autres palais, celui des kapelas était le premier à côté. En face d'elle, c'était celui des elfes sylvains. La princesse trouvait la place idéale, car c'était dans cette même avenue que passaient les délégations de chaque pays en arrivant à la capitale. Ainsi, Fluiseje n'en manquait pas une miette.

Accoudée à la fenêtre, elle se demandait qui allait arriver aujourd'hui, après la délégation ganak de la veille. D'un œil distrait, Fluiseje observait l'agitation de l'avenue, son attention se portant parfois du côté du Temple. Si on l'appelait ainsi, c'est également parce qu'il était un lieu de culte pour les quatre dieux fondateurs d'Isen, où les nombres de fidèles de Rum Cay et des alentours se rendaient régulièrement. Les statues des divinités ornaient les bords de l'escalier aux cent marches, taillées dans le marbre, et la princesse les avait trouvées impressionnantes en les voyant. Les dieux, elle les connaissait tous depuis sa plus tendre enfance, baignée dans la religion.

Il y avait ainsi Orklos le roi des dieux, Dénéia la déesse de la lumière, Amasha la déesse des sentiments et enfin, Keros le dieu de la mort. Comme nombre de personnes, Fluiseje était une fervente croyante, bien que sa foi provienne plus d'une obligation que d'un choix. C'était inscrit en elle désormais, une part de sa vie qu'elle n'avait jamais eu envie de remettre en question.

« Princesse, puis-je entrer ? appela timidement une voix, derrière la porte.

– Bien sûr, Sollia ! Viens donc. »

Une adolescente un peu plus vieille qu'elle entra. Sollia avait 17 ans et sa mission était de jouer la dame de compagnie de la princesse Fluiseje pendant tout son séjour à Rum Cay. Elle était la fille de Major Kreaos, un des chevaliers attachés à la maison Bléos et sa mère était issue du peuple magicien. Alors qu'elle aurait pu être condamnée à des travaux plus simples, telle la fonction de tisseuse, Sollia devait son rôle au mariage de son père qui avait élevé son statut grâce à son union. Sa femme n'était en effet personne d'autre que la belle Mana Aiakos, la propre sœur du roi des amazones.

Physiquement, la fille avait hérité des cheveux châtain foncé de la maison Kreaos, légèrement ondulés et pourvus de reflets dorés. Ses traits étaient cependant ceux de sa mère. Pour habits, elle portait une robe marron d'un tissu très épais peu élégant, surtout en comparaison de la princesse qui était vêtue d'une robe bleue comme ses yeux, taillée par un grand couturier humain. La finesse du tissu était mise en valeur par l'ajout de petites dentelles blanches. Ces longs cheveux étaient ceints d'une ferronnière d'argent, d'une couleur identique au bracelet qu'elle portait au poignet, symbole de son rang. La différence entre les deux filles était saisissante.

« Vous avez mis votre bracelet aujourd'hui ! remarqua aussitôt Sollia, un comportement typiquement féminin à la cour royale.

– Il se mariait bien avec mon tour de tête, voilà tout.

– Vous devriez le mettre plus souvent, princesse. Il prouve que vous êtes l'héritière royale. Ce n'est que mon humble avis naturellement.

– Tu as raison, j'imagine. Il faudrait que jamais il ne quitte mon bras si j'en crois certaines personnes, bien que mes parents me laissent libre sur ce sujet. »

Le bracelet en question se transmettait de génération en génération chez les Bléos, depuis le fameux Disen, fondateur du royaume des humains. Son père le lui avait offert pour ses treize ans, sachant qu'il n'aurait plus d'autres enfants. Au début, elle l'avait pris très au sérieux puis ce n'était devenu qu'un simple objet du quotidien, un bijou de plus. Jamais totalement cependant, car le bracelet possédait sa part de mystère.

D'ordinaire, le métal était froid, mais il arrivait qu'une chaleur s'en dégage de manière inexpliquée, ténue, mais bien présente. Fluiseje n'en avait jamais parlé à personne, de peur qu'on la prenne pour une folle, mais l'impression demeurait. Elle rangea l'objet sous une manche de sa robe et reporta son attention sur Sollia. Cette dernière commençait à paraitre mal à l'aise face au silence de la princesse.

« Sollia, as-tu quelques nouvelles à m'apprendre par hasard ?

– Oui, princesse. Deux nouvelles délégations devraient rejoindre Rum Cay aujourd'hui.

– Vraiment ? Desquelles s'agit-il ?

– Si ma mémoire est bonne, il s'agit de la délégation des amazones ainsi que celle des magiciens. Elles ne devraient pas tarder, princesse. »

Une grande clameur résonna tout à coup au-dehors et les deux adolescentes se penchèrent au balcon pour mieux voir. Une foule compacte se massait dans l'avenue et des exclamations jaillissaient de toute part. Des gardes tentaient tant bien que mal de maintenir le flot de population sur les bords des voies, pour ménager un large passage au centre. En déduire qu'une délégation arrivait n'était pas bien compliqué, le tout était de savoir laquelle. Les cris de la foule se révélèrent si explicites qu'il était impossible de se méprendre.

« Les amazones arrivent ! hurlait-on, utilisant aussi le nom walkyrie.

– Le peuple des femmes guerrières. Sollia, ton oncle est avec elles non ?

– Oui, princesse. Il devrait être en tête de la parade.

– Regardons alors. Il me tarde de voir Minos le Vaillant et Atalante la Grande. »

Les deux demoiselles attendirent que la délégation arrive. Heureusement, elle ne tarda pas et son apparition fut marquée par l'appel d'un cor tout proche. Tout au bout de l'avenue apparurent les drapeaux bleu foncé arborant chacun un cheval blanc galopant derrière une petite étoile jaune à cinq branches. Après la vision des drapeaux au loin, le cortège finit par se montrer à son tour. Constitué majoritairement de femmes, les hommes présents témoignaient de la grande diversité de peuple dans lequel les amazones piochaient leurs compagnons. Ils étaient cependant trop peu nombreux pour que les spectateurs y portent une réelle attention.

Six guerrières venaient en tête, vêtues d'un mélange de fourrures, de cuir bouilli et de pièces d'armures. Toutes portaient un grand casque à corne ainsi que des lames à leurs ceintures et montaient leurs précieuses montures, de purs chevaux de guerre de Pallas. Leur discipline était impressionnante à voir. Juste derrière venait la famille royale.

En premier, on remarquait la reine Atalante Ronsarde, à l'opulente crinière brune, habillée de la même manière que ses guerrières, mais la distinction était nette, grâce à de subtiles pierres précieuses ainsi qu'à une fourrure blanche et non pas brune comme pour les autres. Tout inspirait le respect chez cette femme, depuis la lance qu'elle portait jusqu'au grand étalon qu'elle chevauchait.

En second, on prêtait attention à son époux, qui ne paraissait pas faible à côté de cette puissante souveraine. Il semblait même avoir été conçu pour faire fondre quiconque posait les yeux sur lui. Des yeux bleus, des longs cheveux blonds, un sourire angélique, un physique de rêve et une réputation de héros bien assise, voilà ce qui caractérisait Minos Aiakos, véritable idole d'Isen. À se demander ce qu'un magicien comme lui avait fait pour voler le cœur de la plus farouche femme du monde, car le couple offrait un contraste bien étonnant.

Derrière le couple venait leur fille unique, la princesse héritière Naronelle. Fluiseje observa cette jeune femme qui possédait la même chevelure que sa mère, avec encore plus de longueurs, et portait une robe de fourrure brune aux doux reflets roux. Elle paraissait bien douce pour l'héritière du trône d'un peuple guerrier. Peut-être n'était-ce qu'une impression ?

« Dis-moi Sollia, as-tu l'honneur de connaître la princesse Naronelle ?

– Je n'ai pas cette chance, princesse. Veuillez m'en excuser.

– Non, ce n'est rien. Je serais simplement curieuse de converser avec elle, expliqua Fluiseje, alors que le cortège disparaissait au loin dans l'avenue menant au Temple.

– En revanche, je pourrais peut-être vous introduire auprès de mon oncle Minos ? Il a une conversation plaisante, je puis vous en assurer.

– De cela, je ne doute pas, il est un héros après tout. Rappelle-moi donc quelques exploits qui l'ont rendu célèbre, je te prie.

– Bien, princesse. Alors qu'il avait à peine douze ans, Minos tua un Minotaure de ses propres mains. Un an plus tard, il s'illustra dans de nombreux tournois magiciens où sa réputation ne cessa de grimper, si bien qu'il devint officiellement chevalier à l'âge de quatorze ans. La liste de ses prouesses est bien trop longue en réalité.

– Alors, parlons de celle-ci : comment a-t-il réussi à séduire la reine Atalante ?

– Oh, ce fut une histoire romantique. On raconte que mon oncle fut présenté en tant que simple prétendant à la reine des amazones. Le chevalier Minos tomba éperdument amoureux d'elle au premier regard, mais elle daignait à jeter un œil sur lui, pas plus que sur les autres. Alors, il lui offrit la seule preuve d'amour dont elle avait besoin : le courage. Pour ce faire, il tua une wyverne à mains nues, sans armes ni magie, sous ses yeux. C'est ainsi que la belle Atalante le remarqua enfin et qu'il devint son roi.

– Incroyable, c'est un véritable conte de fées.

– J'ai demandé à mon oncle si c'était vrai. Il ne m'a pas répondu clairement, mais il m'a dit que l'amour donnait la force d'accomplir n'importe quel exploit.

– C'est une belle histoire en tout cas. Le roi Minos est un véritable héros.

– Je vous remercie pour lui, princesse. Je suis d'ailleurs persuadée que votre fiancé, le prince Roland, sera aussi romantique avec vous que Minos le Vaillant.

– Oui, je l'espère, Sollia. Ce serait vraiment merveilleux…

– Oh, mais je manque à tous mes devoirs, veuillez m'excusez s'il vous plait ! Princesse, souhaitez-vous manger ou boire quelque chose ?

– Non merci, je n'ai pas vraiment envie de manger maintenant. En revanche, si tu pouvais m'aider à arranger mes cheveux… Cela me serait d'un grand secours. »

Quelques minutes plus tard, la princesse se trouvait assise devant un miroir, Sollia brossant sa chevelure avec douceur. Puisqu'elle allait sans doute rencontrer son fiancé dans la journée, Fluiseje devait avoir une coiffure recherchée. Même si son promis ne l'apercevait que de loin, cela ne changeait absolument rien. Sa cameriste de circonstance opta pour une queue de cheval avec des petites tresses sur les côtés. Cela lui permettait de conserver sa ferronnière, mais la nièce de Minos tint à lui ajouter une broche turquoise pour maintenir ses cheveux.

« Pour se marier avec votre robe et faire ressortir vos yeux ! » assurait-elle.

La princesse ne se reconnut pas dans le miroir. Elle ressemblait à une véritable petite poupée, ce qui ne lui plaisait pas, mais son fiancé serait sans aucun doute charmé. Il aimait la voir belle et conciliante, elle ne l'oubliait pas. Ce que le prince Roland aimait n'était pas sa personne, mais une image fausse, qui n'avait rien à voir avec l'héritière du royaume des humains. Finalement, les deux demoiselles se rendirent à nouveau sur la terrasse.

« Vous êtes tout bonnement sublime, princesse, s'extasia une énième fois Sollia.

– Je te remercie, articula Fluiseje, se massant la nuque d'une main.

– Votre prince tombera sous le charme instantanément !

– Il le faudra bien. Une femme se doit de plaire à l'homme qui lui est promis.

– L'inverse est vrai aussi. Princesse, aimez-vous le prince Roland ?

– Sans doute pas autant que je le devrais, je le concède.

– Vous n'avez que 15 ans et lui guère plus, vous êtes encore bien jeunes. Vous verrez, princesse, avec le temps, vous finirez par vous attacher à lui. »

Fluiseje songea qu'elle le pourrait, à défaut de l'aimer. Pourquoi avait-il fallu que son père ait de l'ambition ? Elle se rappela qu'elle était une princesse et que les princesses ne se plaignent pas. De plus, son père n'était pas totalement responsable des décisions politiques des autres.

« Et toi ? demanda subitement la fille de Radoc. N'y a-t-il personne qui te plaise ?

– C'est une question bien embarrassante, en vérité…

– Donc il y a bien quelqu'un. Qui donc ? Ne me fais pas languir, Sollia !

– Il s'agit d'Arcord, le fils du chevalier Turon », avoua-t-elle.

Il fallut un moment à la princesse pour retrouver de qui il s'agissait. Turon était pourtant un chevalier lié à son père au même titre que Major Kreaos, le père de Sollia. Au moins, l'adolescente visait quelqu'un à sa portée. Autant que la princesse se souvienne, Arcord était plutôt agréable à regarder et même à moitié elfe sylvain par sa mère. Lui et la demoiselle pouvaient envisager de s'établir ensemble, c'était réalisable. Quelle chance !

De fait, Fluiseje n'était jamais tombée amoureuse, mais elle était certaine de n'avoir pas le moindre sentiment pour Roland. Quelle plaie celui-là, à occuper ses pensées de la sorte ! Elle le chassa, songeant qu'elle aurait bien assez à le supporter physiquement pour en plus le souffrir mentalement. Sa conversation dévia vers Arcord et Sollia parut ravie de pouvoir faire l'éloge du jeune homme. De ses propos se détacha un amour mielleux, sincère, pur et naïf, qui ennuya la princesse, qui se força pourtant à écouter. Peut-être devrait-elle changer de sujet ? Elle n'eut pas le temps d'y penser davantage qu'une trompe sonna trois grands coups, résonnant dans l'air.

« Les magiciens arrivent ! » s'écria la camériste.

Les deux adolescentes attendirent un peu, mais pas longtemps, car le cortège se profila bientôt au bout de l'avenue, comptant une centaine de personnes. Le magnifique soleil magicien flottait partout au-dessus du groupe. La plupart étaient à cheval, mais certains se permettaient des fantaisies, comme un jeune homme sur une wyverne qui impressionna les deux filles.

L'attention des demoiselles se reporta cependant sur la tête de file, là où se trouvait la famille Raïsen. À leur tête, le roi Aeros, tout de blanc et or vêtu, précédé par un porte-bannière. Derrière lui venait sa femme, parfaitement assortie à ses couleurs, ainsi qu'une suite de conseillers et dames de compagnie. Près de sa mère, il y avait le prince des magiciens. Roland portait les couleurs de ses parents et avait ceint sa tête blonde d'une petite couronne d'argent. Malgré la distance, Fluiseje lisait pleinement l'arrogance dans ses traits et cela lui faisait peur. Il l'aperçut au balcon et lui adressa un signe de la main, auquel elle répondit de mauvaise grâce. Derrière lui, Fluiseje aperçut la servante personnelle du prince, une louve-garou qui le suivait dans ses moindres déplacements.

« Il est beau, princesse. Vous avez beaucoup de chance.

– J'aimerais le croire aussi », soupira la fille de Radoc en son for intérieur.

Elle observa néanmoins la suite du cortège, dans l'indifférence la plus totale. Des marchands, des chevaliers et d'autres gens de toutes sortes défilèrent sous sa fenêtre en direction du Temple. Ils étaient tous vêtus de couleurs chatoyantes, créant un arc-en-ciel dans l'avenue grise. Tous sauf un. C'était un homme qui fermait la marche, une position assez honteuse, Fluiseje ne l'ignorait pas. Il avait des cheveux bruns, un peu comme la reine réalisa-t-elle, et des vêtements sombres, ainsi qu'une cape rappelant plus un voyageur qu'un noble. Pourtant, il attira l'attention de la jeune femme plus qu'aucun autre. De cet homme se dégageait une aura qui donnait envie d'aller lui parler. La sensation était inexplicable, mais bien réelle.

« Dis-moi Sollia, sais-tu qui est cette personne, juste là ?

– Hum, on dirait bien le jeune frère de la reine Inmaya, mais je n'en suis pas sûr. Je ne l'ai pas beaucoup vu, je sais juste qu'ils se ressemblent beaucoup.

– En effet. Si c'est bien lui, je ne comprends pas pourquoi il clôt le cortège.

– Je ne le sais pas non plus. Peut-être a-t-il commis un acte déshonorant ?

– C'est possible. Mais cela m'étonne quand même.

– Pourquoi donc, princesse ? Le connaissez-vous ?

– Non, pas du tout. C'est juste une impression. »

Le cortège de magiciens disparut complètement au bout de l'avenue, l'homme avec eux. Le ciel était nuageux et cela donnait au Temple un côté très sombre. La froideur de ce mois de février revint par l'intermédiaire d'un petit vent frais, forçant les deux demoiselles à regagner l'intérieur, puis à tirer le lourd volet isolant. Sollia s'empressa d'allumer un feu de cheminée tandis que la fille de Radoc enfilait un gilet d'hermine, si doux et confortable. Encore un cadeau du prince Roland, mais qui lui permettait de retenir la chaleur avec efficacité.

La princesse s'installa près du foyer, à côté de Sollia. Dans deux jours, si tout allait bien, le grand conseil des nations débuterait, rassemblant tous les peuples d'Isen. Tant de gens importants réunis au même endroit, cela vaudrait le détour. Il y avait de quoi être impressionné, mais l'héritière du royaume des humains n'avait pas le droit d'avoir peur pour si peu.

Qui savait les rencontres qu'elle allait faire ? Peut-être que ce magicien si intrigant viendrait lui parler ? Fluiseje inspira un grand coup. Tout se passerait bien, elle ne devait pas en douter. En plus, après la visite à Rum Cay l'attendait son grand voyage. Voilà une pensée bien réconfortante qui lui permit de trouver le sommeil cette nuit-là.

LE GRAND CONSEIL DES NATIONS

Pharos pénétra dans l'immense salle du conseil de Rum Cay, abritée sous la coupole du Temple. Il n'y avait personne et la pièce paraissait d'autant plus grande, avec son marbre d'une couleur saumon, du sol au plafond, les murs étant en plus agrémentés de pierreries vertes et de peinture blanche linéaire. Une grande table ronde occupait le centre de la pièce, surplombée par une estrade destinée à celui qui dirigeait le conseil. En hauteur, des balcons permettaient à des spectateurs d'assister à la scène, sans déranger pour autant. Déjà, de nombreux badauds commençaient à se masser sur les hauteurs et les quelques gardes chargés de la sécurité se trouvaient débordés.

La solitude gagnait Pharos et sa guilde lui manquait déjà. Son loup familier n'était pas autorisé à entrer dans la salle du conseil, ce qui n'arrangeait rien. Bien sûr, il y aurait des visages connus parmi tous ces nobles, mais cela ne suffirait pas à le rassurer. Après tout, c'était la première fois qu'il présidait un tel événement, le centaure avait forcément peur de faire un faux pas. Tandis qu'il s'avança sur l'estrade, Pharos replaça sa toge brune, resserra son écharpe rouge et vérifia que ses longs cheveux étaient toujours correctement coiffés. Son allure allait compter aujourd'hui. Une dernière fois, il contempla la table qui allait accueillir les royautés des vingt-deux peuples d'Isen.

« Tout va bien se passer. Tu as déjà connu bien pire. »

Retrouvant toute sa constance, Pharos fit un signe à un des gardes proches de la grande porte. Ce dernier hocha la tête et ouvrit les lourds battants. Les rois et les reines entrèrent dans la salle, dans un déluge de bannières. Pharos les regardait et prenait le temps de les reconnaitre. Chaque peuple avait son couple royal et son héritier, ainsi qu'un porte-drapeau, qui se révélait parfois être un chevalier. La sécurité était prise au sérieux.

En premier venaient les peuples originaux, ceux que les dieux avaient créés en premier, selon une logique très particulière. Si certains remettaient parfois en cause cette histoire, la majorité l'acceptait. Les peuples originels étaient au nombre de trois. On retrouvait les relons de l'ile Céleste avec pour emblème une colombe, les sirins des océans avec leur requin et les fées, ces femmes dotées de petites ailes et de grands pouvoirs, avec leur épée magique.

En deuxième position arrivaient les peuples descendants directement des relons, qui se revendiquaient comme les plus purs. On y trouvait les magiciens avec leur soleil, les humains et leur chevalier, les ganaks fiers de leurs marteaux ainsi que les kapelas, ce peuple de magiciens à la peau grisonnante et au corps frêle ayant pour bannière un cavalier noir. Ensuite venaient les elfes sylvains et les elfes noirs, qui s'ignoraient superbement en arborant un chêne pour les uns, un poignard pour les autres. Les loups-garous suivaient sous leur loup blanc, précédant les ojiars sous leur lion ainsi que les fulgos, un peuple magique à la peau pâle, ayant pour emblème une couronne.

En troisième position apparaissaient les peuples exclusivement féminins liés aux fées. En tête, les amazones qui arboraient un cheval, devançant les samalhués, des esprits des bois sous la bannière de la rose, ainsi que les iriatides, des esprits des sources ayant pour emblème une des leurs versant de l'eau. Ces deux peuples n'étaient pas connus pour avoir des relations cordiales.

Enfin, les quelques peuples qui restaient et descendaient des sirins vinrent occuper les sièges vides. Les rynans et leurs ailes de dragon pour bannière apparurent tout d'abord suivis par les démons, un peuple à la peau de la couleur des flammes vivant près des volcans et dont l'emblème se révélait être un œil, ainsi que par les faunes et leur éternelle grappe de raisin. Les centaures complétaient le tableau avec leur fer à cheval et leur trèfle, faisant un peu d'ombre aux modenmés avec leurs casques, mais pas assez pour couvrir l'arrivée des incubes, un peuple du désert particulièrement démonstratif avec une main pour emblème. Bons derniers, les vieraks entrèrent sous leurs arcs et s'installèrent.

Enfin, tout le monde était présent et petit à petit, les bruits se turent, même dans les balcons. Tous les regards se tournèrent petit à petit vers Pharos. Le centaure savait que c'était son tour à présent et se racla la gorge. Dans l'assistance, il capta les regards de Saphir et Ajonc, ce qui lui redonna du courage. Il était prêt à faire face et à gérer tout ce monde.

« Très chers rois et reines d'Isen, gens de tout peuple, je vous souhaite la bienvenue dans la grande salle du Temple de Rum Cay. Je suis Pharos Cien, maître de la guilde Lorianeth, et j'ai l'honneur de présider cet événement qui n'avait pas eu lieu depuis neuf ans maintenant. Que le grand conseil des nations commence ! Que celui qui l'a rassemblé se révèle à l'assemblée !

– Je me porte responsable de ce conseil, Messire Cien. »

Comme le reste de la salle, le centaure se tourna vers son interlocuteur, le roi des rynans. Ridor Taraho avait de grandes ailes, même pour son peuple et son regard était résolu. Il avait l'air fort et Pharos savait que ce n'était pas qu'une impression. Le souverain avait choisi un habit vert qui faisait ressortir le rougeoiement de ses écailles et portait une lame sur le côté. Les armes n'étaient pas interdites, même si tous les peuples n'étaient pas d'accord avec ce principe. Le rynan se leva de son siège et scruta l'assistance. Un mélange de sourires et de regards haineux l'attendait. Ridor n'en avait cure, car il avait toujours su qu'il ne ferait pas l'unanimité.

« Messire Ridor Taraho, roi des rynans, je vous remercie d'avoir rassemblé ce grand conseil, s'inclina Pharos avec respect, suivant la procédure. Nous sommes maintenant à votre écoute quant aux raisons qui vous ont poussées à réunir toutes les royautés d'Isen.

– Pas toutes, grinça Saphir, mais personne ne l'entendit.

– Fort bien. Mes chers confrères et consœurs, je ne vais pas y aller par quatre chemins. Je pense que vous savez comme moi que les choses sont agitées dans le Sud... Et pas seulement là.

– Messire Ridor, sauf votre respect, comptez-vous reprendre le sujet d'il y a neuf ans ? demanda Midgard, le roi des ganaks. Je pensais que nous en avions fini avec ça.

– Non, Midgard, nous n'en avons pas fini malheureusement. Mais j'ambitionne d'apporter une solution à ce sujet si cela peut vous rassurer.

– Dans ce cas, nous vous écoutons attentivement, l'encouragea Malwenn, la reine des elfes sylvains.

– Très bien. Comme vous le savez depuis des années, des événements étranges se produisent dans le Sud, je parle de cette partie d'Isen parce que je connais le problème ; mais nul doute que cela doit se produire également dans le Nord, j'en suis convaincu.

– Ouf, nous sommes concernés aussi, rit Néré, le roi des sirins. Mais continuez.

– De nombreux enlèvements ont lieu depuis de nombreuses

années. C'était le problème il y a neuf ans aussi, mais ce phénomène a pris de l'ampleur. Des personnes de toutes origines disparaissent mystérieusement sans que l'on sache réellement pourquoi. N'avez-vous rien remarqué ?

– Je ne peux pas le nier, l'appuya Roseau, le roi des vieraks. Mon propre frère a disparu voilà cinq ans et jamais nous n'avons trouvé le moindre indice.

– Nous connaissons votre situation et nous la déplorons, sire Colbaro, intervint Pharos. Cependant, voyons où sire Taraho veut en venir.

– Mon royaume enquête sur ces mystérieuses disparitions. Je pense qu'en attendant d'élucider ce phénomène, nous devons rester unis malgré les griefs qui nous séparent.

– La belle affaire, se moqua Maïweve, la reine des fées. Cette phrase est dite et répétée à chaque conseil depuis l'exode des dragons, mais elle est vide de sens. Ce ne sont que des mots creux, pas une solution concrète et durable !

– Ne croyez pas que je vienne sans idée nouvelle, reine Istar. J'ai longuement réfléchi à la question pendant ces dernières années, face à l'ampleur que commençait à prendre le problème et je suis arrivé à la conclusion qu'il manque un élément pour stabiliser Isen. Oui, il manque un roi ou une reine des villes libres, une personne pour maintenir la paix des territoires comme Rum Cay. »

Un silence s'installa sur la grande salle et pendant quelques secondes, seuls les murmures des badauds vinrent perturber le calme. Un souverain des villes libres, c'était aussi un roi ou une reine un peu au-dessus des autres dans un sens, capable de gouverner plusieurs peuplades. Ignorant comment relancer le débat, Pharos entreprit de guetter les réactions de chacun. Certains avaient l'air favorables tandis que d'autres, au contraire, se montraient hostiles à l'idée. La proposition ne faisait pas l'unanimité, mais c'était à prévoir. Lâcher une telle bombe quasiment au début d'un conseil des nations, c'était digne du roi des rynans.

« Quelle idée saugrenue ! s'exclama la reine des fées. C'est d'un stupide !

– C'est moins stupide que certaines personnes présentes ne le sont, la rabroua Atalante. Je vous en prie, Ridor, développez un peu plus votre idée.

– Je vous remercie, Atalante. Vous le savez déjà, mais les multiples royaumes de notre belle Isen rendent instable toute tentative de politique commune. Régler un différend entre nous n'est jamais simple, comme le passé l'a montré maintes fois.

– La guerre entre les deux peuples elfes par exemple, songea Pharos.

– L'instabilité ne peut entraîner l'union et c'est là le nœud du problème. De plus, les villes libres voient leurs populations croitre sans cesse et elles constituent un angle mort que personne ne surveille, un lieu de non-droit. Outre cela, est-ce normal que toutes ces personnes n'aient aucun poids dans les décisions que nous faisons pour Isen, pour le futur de tous ?

– Ces personnes ont choisi une vie en dehors des royaumes en connaissance de cause, fit remarquer Chiron, le roi centaure. Pourquoi devrait-on donner du pouvoir à ceux qui refusent un ordre naturel ?

– Tout dépend du point de vue puisque ce système leur a également été imposé, intervint Pharos, appuyé par quelques hochements de tête. Poursuivez, Ridor, votre discours est fort passionnant.

– Ce peuple libre représente près de la moitié d'Isen, peu ou prou, il serait dangereux de continuer à l'ignorer comme nous le faisons depuis des siècles. Ces personnes de tous peuples arrivent à vivre en bonne intelligence. Ils ont toute mon estime. Ainsi, permettons-leur de se choisir un roi ou une reine, quelqu'un qui aurait la capacité de les guider, mais pas seulement. Ce nouveau souverain pourrait servir de juge équitable en cas de conflits entre deux peuples.

– Permettez-moi de vous interrompre, coupa le roi des relons, le seul sans reine ni héritier. J'aimerais vous poser quelques questions afin d'être certain d'avoir bien appréhendé votre projet, roi Ridor.

– Je vous en prie, roi Mystral, faites donc.

– Votre objectif est donc de mettre un roi sur le trône de Rum Cay afin qu'il puisse nous départager lors de nos occasionnelles mésententes ?

– Ou une reine. Mais c'est en effet mon intention.

– Dans ce cas, je m'y oppose fermement. Un tel roi aurait plus de puissance politique que nous autres, une plus grande armée aussi et cela me parait tout bonnement irrecevable. Il me semble que c'est le meilleur moyen de mettre en place un système tyrannique sur Isen.

– Sire Mystral, peut-être pourrions-nous mettre en place des règles ? suggéra Pharos.

– Même en supposant que cela fonctionne, ce dont je doute fort, qui devrions-nous choisir ? Nous serons dans l'obligation de favoriser un peuple pour ce poste et ce n'est pas acceptable. Ou alors choisir un de ces hybrides, mais vous conviendrez que cela ne résoudra pas le problème.

– Je conçois vos craintes, quand bien même je ne les approuve pas. Je pense néanmoins que si nous choisissons avec la sagesse de Dénéia de la Lumière, rien de mauvais ne pourra en sortir.

– Cela reste à voir, grommela Midgard. Le peuple libre pourrait y trouver des avantages, je le vois bien… mais nous ? Qu'avons-nous à y gagner au juste ?

– C'est simple : la paix. »

L'écho de sa voix résonna dans la grande salle et le silence se fit comme par magie. Chacun semblait essayer de comprendre ce que cette fameuse paix impliquait et même les spectateurs chuchotaient à présent, se montrant plus discrets que jamais. Toute la prestance de Ridor forçait le respect et Pharos ne pouvait nier qu'il était impressionné. Le roi des rynans soutenait fermement son idée et maintenant, il fallait voir si la majorité le suivrait. Selon le maître de Lorianeth, ce n'était pas encore gagné. Les prochains échanges seraient décisifs.

« C'est une offre bien attirante, admit Atalante.

– Avec ce nouveau souverain, nous pourrons nous allier concrètement et utiliser nos forces pour arrêter les coupables des enlèvements dont nous parlions plus tôt. Cela réglerait également le problème de choisir un dirigeant entre nous tous pour cette occasion, puisque nous sommes égaux et qu'aucun de nous n'est supérieur aux autres.

– En effet, sourit le roi des relons sarcastiquement. Aucun de nous n'est supérieur, c'est indéniable.

– Roi Ridor, puisque vous en reparlez, avez-vous une idée sur l'identité des potentiels ravisseurs ? demanda Keragon le roi des elfes noirs.

– Je pense que l'organisation qui a disparu il y a plus de vingt ans n'était peut-être pas aussi éteinte que nous le pensions. Vous savez de quoi je veux parler.

– La secte de l'écaille noire ? s'exclama Maïweve. Impossible, voyons ! Elle a été anéantie à l'époque et pour de bon !

– On dirait que vous y étiez, releva Malwenn la reine des elfes sylvains. Pour information, seul mon peuple a réellement lutté contre eux et certains ont pu s'échapper.

– Enfin, il n'en restait pas beaucoup, répliqua sa consœur fée. C'est comme dire qu'il y a encore de la vie à Muerto après plus de mille ans !

– Mille quatre-vingt-quatorze ans pour être précis, intervint Pharos. Nous savons tous que Muerto était une grande ville avant que de sombres expériences magiques n'y soient conduites et ne fassent périr la cité ainsi que les bois alentour. Un bon endroit pour le cacher, mais surtout un bon endroit pour mourir comme nous le savons tous.

– Tss, quel savoir, ricana Chiron le roi des centaures.

– Reprenez, sire Ridor, je vous en prie.

– Merci, Pharos. Je reste persuadé que nous devrions chercher de ce côté. Peut-être que la secte a survécu d'une manière ou d'une autre et qu'elle se cache dans le Sud.

– Peut-être pas dans le Sud. Mon royaume aussi a subi des enlèvements, expliqua Néré le roi des sirins. Si c'est la secte, ils ont pu se cacher à nouveau dans les grottes des plaines d'Ima.

– Secte ou non, nous devons agir, appuya Malwenn. Mon royaume a aussi connu des disparitions mystérieuses et cela ne doit pas continuer plus longtemps.

– Avez-vous une piste à nous donner ? demanda Keragon en haussant le sourcil.

– Aucune de certaine, sinon j'aurais fait quelque chose, vous vous en doutez bien. Après tout, les autres peuples nous ont tourné le dos contre la secte et pourtant, nous avions raison.

– Pour une fois, oui. La prochaine fois, qu'allez-vous prédire ? Le retour des dragons ?

– Roi Keragon, reine Malwenn, s'il vous plait, laissons nos querelles personnelles en dehors de ce débat. Ce qui nous intéresse, c'est l'idée d'un souverain des villes libres.

– Oh, pas seulement, cher Pharos Cien. Ce débat va bien plus loin.

– Sire Mystral, un problème ? s'enquit Ridor.

– Je dis que le débat va beaucoup plus loin. Nous devons nous rendre compte qu'il est temps de faire évoluer nos nations et de nous moderniser. C'est le message que je comprends.

– Je ne demande pas de tout changer, Sire Mystral. Simplement de réfléchir petit à petit à ce que nous pouvons améliorer et régler les problèmes qui doivent l'être.

– Dans ce cas, je crois que nous avons d'autres choses à améliorer. Prenons l'exemple de l'ancien langage, ce soi-disant legs des dieux que nous n'utilisons plus, à quelques exceptions près. Vous conviendrez qu'il semble ridicule de continuer à l'utiliser pour nos appellations. Surtout que cela ne concerne pas la totalité d'entre nous.

– L'appellation de notre peuple vous voulez dire ? Mais

cela fait partie de notre identité, protesta gentiment Hildur, le roi des kapelas. C'est une partie de nous maintenant, même si nous avons perdu en grande partie l'ancien langage j'en conviens.

– Regardez le peuple des humains ! Personne ne les appelle les Djens parce que c'est devenu une insulte à présent. Ne devrions-nous pas, par solidarité, changer de noms également ? La décision des noms a été prise il y a mille ans maintenant, il est temps de revoir cette décision. Je souhaite que mon peuple abandonne relon pour ange.

– Cette requête est intéressante, sire Mystral. Cependant, ce n'est pas le sujet du conseil, qui a été réuni par le roi Ridor. Pour mémoire, il s'agit de définir si oui ou non il vous semble utile d'élire un roi pour les villes libres. Que chacun exprime à présent l'opinion de son peuple. Pour qu'une décision prenne effet, je vous rappelle que seize voix sur vingt-deux sont requises. Que la sagesse des dieux guide votre choix à présent. »

Pharos était plutôt content de son intervention et un regard de Saphir lui confirma qu'il s'était bien débrouillé. Le centaure repensa à ce que le rynan avait présenté et il l'approuvait, même si personne n'avait cure de son avis. Dommage que Lorianeth ne soit pas considéré comme un peuple !

Maintenant, il restait à savoir qui serait pour et qui serait contre. Pharos tentait de tirer des conclusions par rapport à ce qu'il savait des relations politiques actuelles. Il savait que le roi des humains suivait toujours l'avis du roi des magiciens qui lui-même n'allait jamais à l'encontre du roi des relons. Les vieraks et les elfes sylvains étaient souvent en accord, tandis que les elfes noirs pouvaient parfois aller à l'encontre de leurs cousins sylvestres. Pour le reste, c'était assez hasardeux.

Après avoir laissé un temps de réflexion à chacun, Pharos entama un tour de table pour connaître le sentiment de chaque souverain ainsi que son vote. Cela se passa étonnement rapidement et il n'y eut pas vraiment de surprise. Des murmures venaient des spectateurs des balcons, mais le centaure ne parvenait jamais à les entendre, car ils parlaient trop bas.

Une fois que chacun eût donné son avis, Pharos recompta mentalement les voix et le résultat ne lui plaisait guère. Les peuples qui avaient suivi Ridor étaient les rynans bien sûr, mais aussi les elfes sylvains, les vieraks, les amazones, les démons, les kapelas, les loups-garous, les ojiars et les iriatides. Seulement neuf voix. Malgré sa déception, le maître de la guilde cacha son désarroi et fit face à la foule.

« Nous obtenons un total de neuf voix pour et treize voix contre. La proposition est donc rejetée. Avez-vous quelque chose à ajouter, sire Ridor ?

– Certes non, je pense avoir déjà clairement exposé mes arguments. Néanmoins, ce conseil ne m'a pas paru inutile. Un jour viendra où mon avertissement prendra sens.

– Est-ce une menace ? s'énerva Sylda, la reine des samalhués.

– Simplement un présage. Même si tout ce qui a été dit vous a semblé d'une inutilité affligeante et que vous avez voté contre ma proposition, n'oubliez pas ce qui a été dit aujourd'hui.

– Nous nous en souviendrons, assura Maël, le roi des loups-garous.

– Oui, les souvenirs de ce grand jour ne nous quitteront jamais, sourit Mystral en défiant du regard Ridor. Vous pouvez me croire sur parole. Un ange n'oublie pas.

– Merci, roi des relons, répondit Ridor en guise de défi.

– Cette réunion prend donc fin pour aujourd'hui, à moins que quelqu'un ne souhaite relancer ce sujet, proposa Pharos se heurtant à un silence pesant. Non ? Dans ce cas, nous pouvons prendre congé pour le moment. Sachez néanmoins que dans les trois prochains jours, il est possible à quiconque le souhaite de reconduire une réunion au Temple, sur ce sujet ou un autre. Pour l'heure, les jardins vous attendent à l'arrière de cette salle. Vous pourrez vous y détendre et vous rafraichir. Que votre séjour à Rum Cay soit agréable et sous le signe de la paix. Par Orklos.

– Par Orklos » reprit la salle.

Petit à petit, les représentants de chaque peuple et les spectateurs se dirigèrent vers la sortie pour quitter l'immense salle. Pharos songea qu'il venait d'établir un record, car c'était certainement le plus court de tous les conseils des nations ayant eu lieu. En un sens, cela constituait un véritable échec, même s'il n'en était pas responsable.

En tout cas, il était persuadé que Ridor avait raison. La guilde aussi avait remarqué des événements étranges à travers Isen et Pharos n'y avait pas plus que cela prêté attention pour le moment. Le centaure se promit d'être plus attentif sur le sujet. Il espérait que ce n'était pas réellement lié à la secte de l'écaille noire qui avait fait beaucoup de dégâts par le passé, notamment chez les elfes sylvains, la famille de Saphir. Pharos soupira, songeant que l'avenir avait un goût bien amer.

LES JARDINS DU TEMPLE

Peleor avait réussi à assister au grand conseil en trouvant une place du côté des balcons, à défaut d'être présent auprès de sa sœur. La présence de Galaad l'avait dissuadé de tenter sa chance. Quand la réunion toucha à sa fin, le magicien prit la direction des jardins du Temple comme les autres. Les terrasses abritaient quelques buffets, si bien que les nobles comme les simples spectateurs s'y attardaient. Fuyant l'endroit bondé, Peleor descendit le grand escalier menant dans les jardins. Pas de fleur encore en cette saison, mais il pouvait observer de nombreuses espèces végétales. Le trentenaire s'éloigna encore un peu en empruntant des petits chemins de terre jusqu'à arriver à l'extrême limite du parc. C'était exactement là où il souhaitait se rendre. De grands chênes entouraient une fontaine. Le monument était gris, de manufacture humaine. La statue d'une jeune femme se trouvait au centre, tenant une cruche dont s'écoulait l'eau. Le calme changeait des terrasses du Temple et c'était tout ce que recherchait le magicien. Il s'assit sur le rebord de la fontaine, observant un moment le visage de la statue.

« Elle a exactement le même sourire que Calypso. »

Cela lui rappela que sa bien-aimée n'était pas ici. Il l'avait désespérément cherché parmi les représentants du peuple sirin, sans succès. Au moins, Peleor avait pu admirer leur magie à l'œuvre, changeant leur queue de poisson pour des jambes solides et leur permettant ainsi d'assister aux réunions comme les autres peuples. De toute façon, il n'aurait jamais dû avoir l'espoir de voir Calypso, avec des parents comme les siens.

Un oracle avait eu le malheur de révéler à ce couple issu de la noblesse que leurs deux filles épouseraient des rois. Faisant fi du bonheur de leurs enfants, les parents avaient donc décidé de suivre ces indications divines. Leur cadette, Naussica, était devenue la reine sirène, réalisant la moitié de la prophétie. Restait Calypso et sa voix d'or. Peleor n'avait aucune chance de l'approcher puisqu'il n'avait aucune chance de devenir roi et cela le rendait triste.

C'est à ce moment-là qu'ils arrivèrent. Après tout, c'était le lieu de rendez-vous habituel, là où ils s'étaient rencontrés pour la première fois. Le magicien dévisagea les deux arrivants et un sourire illumina son visage. Cela faisait un moment qu'il n'avait pas vu ce duo composé d'un vierak et d'un elfe sylvain. Le premier était vêtu d'une grande toge aussi bleue que sa peau, cintrée par une ceinture verte et rouge. La seconde portait une simple robe blanche qui tombait jusqu'à ses chevilles et contrastait avec ses vêtements habituels. Par jeu, le magicien s'inclina devant.

« Princesse, Prince, recevez mes salutations les plus sincères.

– En voilà un qui ne change pas. Toujours aussi drôle, hein ?

– Ce n'est que la plus normale des politesses, compte tenu de votre rang Mon Seigneur.

– Il en rajoute encore décidément. Cela faisait longtemps !

– Peleor, et si nous étions à la guilde ?

– Dans ce cas, je me contenterais de vous dire bonjour, Saphir. »

Le trio éclata de rire en même temps. Peleor songea que

cela faisait vraiment du bien de se détendre après les derniers jours. Dans sa vie, le magicien avait fait de très belles rencontres et ses amis ici présents en étaient un parfait exemple. Oh, il ne les connaissait pas de la guilde, mais de bien avant, alors qu'ils n'étaient même pas à Lorianeth et Peleor se souvenait parfaitement de sa rencontre avec Ajonc Colbaro et Saphir Actar, les héritiers respectifs du trône de leur peuple.

« Vous revoir ici, c'est comme revenir dix-sept ans en arrière !

– Ajonc et moi avions à peine cinq ans, mais je m'en souviens aussi.

– Moi de même. Notre rencontre dans la chaleur torride de l'été de Rum Cay.

– C'est bon de vous revoir tous les deux, en tout cas.

– De même pour nous. Quand donc vas-tu revenir à la guilde ?

– Quand je prendrai le temps, Ajonc. Lorianeth me manque même si je n'en fais pas officiellement partie. Du nouveau depuis mon dernier passage ?

– La routine, sourit Saphir. Peut-être que cela va bouger un peu après ce conseil.

– Nous avons quand même un petit nouveau à la guilde, notre disciple. Et tu ne devineras jamais son identité !

– Ajonc, forcément que je ne devinerai jamais, Isen est si vaste.

– Ce n'est rien de moins que le petit frère de Séraphina. Il s'appelle Gabriel.

– Oh vraiment ? Je suppose qu'il doit être bon alors.

– Il a du potentiel pour un relon, mais il ne sait pas encore s'en servir correctement. J'imagine que ça va finir par venir avec le temps.

– Saphir est complètement fan de lui, se moqua le vierak. Et nous soupçonnons aussi que c'est un… hum, je ne devrais pas dire ce genre de chose à voix haute.

– J'ai compris l'idée, Ajonc. Un petit jeune à surveiller

donc.

– En tout cas, je suis triste que la proposition de Ridor n'ait pas été retenue, intervint Saphir en changeant totalement le sujet. Il a raison sur toute la ligne.

– Lorianeth a donc enquêté de son côté ?

– Pas vraiment, admit l'elfe. Mais nous constatons aussi des disparitions et cela ressemble beaucoup à ce qui s'est passé avec la secte… mais à plus grande échelle.

– Je sais que notre éclaireuse, Crystal, a été envoyée vers l'ouest de la chaîne des glaces pour enquêter sur des événements étranges. Au moins, on est certain qu'elle reviendra.

– Je me souviens d'elle en effet. Je ferais ce que je peux de mon côté pour obtenir des informations. Peut-être que je pourrais faire passer le mot à Calypso, mais…

– Nous connaissons ta situation, Peleor. C'est d'ailleurs dommage qu'elle ne soit pas là.

– Logique avec des parents comme les siens, Saphir. Je ne peux pas l'épouser de toute façon, avec cette prophétie qui m'oblige à être roi.

– Peut-être qu'on peut l'interpréter d'une autre manière ? suggéra Ajonc.

– Crois-moi, mon ami, ce n'est pas faute d'avoir essayé. Il n'y a rien d'autre.

– Ne désespère pas, on trouvera un moyen. Je te le promets.

– Merci, princesse, mais c'est compliqué. D'ailleurs, vous deux, quand comptez-vous vous marier ?

– Un jour peut-être, répondit évasivement Saphir. Mais ce n'est pas dans nos projets immédiats. Sans doute pas avant… deux ans.

– Ou alors quand nous hériterons de nos royaumes ?

– Dans ce cas, cela peut prendre longtemps. La reine Malwenn et le roi Roseau ne montrent pas de signes de fatigue pour l'instant.

– Ne t'en fais pas, nous n'oublierons pas de t'inviter, le taquina le vierak.

– J'espère bien sinon, je serais extrêmement vexé !

– Ah mon vieux, comment as-tu fait pour que Pharos ne te recrute pas d'office à Lorianeth avec de telles dispositions ?

– Tu sais, Ajonc, c'est parce que je n'ai envie d'appartenir à personne. Je veux au moins demeurer libre de mes choix, sans présence supérieure pour me juger. Enfin, sans compter les dieux…

– Tu vas finir par quitter le royaume des magiciens pour les cités libres, non ?

– Possible, Saphir, c'est une bonne idée. J'y songe de plus en plus, mais j'ai encore un travail à accomplir pour le royaume de mon enfance.

– Oh, ils t'ont confié une tâche ? réalisa la princesse, en échangeant un regard avec Ajonc. Enfin ils reconnaissent ta valeur ! De quoi s'agit-il ?

– Informés comme vous êtes, je pensais que vous étiez peut-être déjà au courant. C'est en rapport avec le royaume des humains et la princesse Fluiseje.

– Hum, oui, je crois que nous avons eu vent de cette affaire, réfléchit Ajonc. Cependant, vraiment pas grand-chose. Tu veux bien nous en raconter un peu plus ?

– Très bien puisque tu insistes, c'est parti. »

Pendant que Peleor racontait son histoire, Ajonc s'installa sur le rebord de la fontaine et Saphir se cala confortablement sur ses genoux. Depuis qu'il les connaissait, Peleor les avait rarement vus l'un sans l'autre. Leur relation était fusionnelle et ensemble, ils donnaient l'impression de pouvoir tout affronter. De huit ans leur aîné, le magicien avait toujours eu l'impression d'être leur grand frère. Dans cette petite clairière des jardins du Temple, il aurait pu rester leur raconter des histoires pendant des heures, sans jamais s'arrêter.

Fluiseje n'était pas à son aise au milieu de la foule des terrasses du Temple. Sollia était sa seule compagnie, puisque ses parents discutaient avec le roi des ojiars. La princesse se contentait de saluer poliment quiconque croisait son regard, tout en buvant un jus de fruits exotiques. Du monde à saluer, il y en avait beaucoup. Trop selon elle. Le pire, c'était tous ses inconnus qui savaient qui elle était alors que Fluiseje n'arrivait pas à mettre de noms sur leurs visages. Pourtant, elle avait bien révisé avant de venir à Rum Cay.

Même Sollia finit par l'abandonner suite à un ordre direct du roi Radoc, et Fluiseje se retrouva seule dans la cohue. Un peu perdue, la princesse décida de partir en quête d'un visage connu et se dirigea vers les jardins, empruntant un grand escalier. Elle devait faire attention à sa grande robe rouge dans laquelle elle risquait de se prendre les pieds à tout moment.

« Détends-toi, ce sera bientôt fini ! Après tout, c'est toi qui as voulu venir ici. »

Hélas, elle avait à peine posé un pied dans le jardin que Fluiseje vit qu'il était là, celui qu'elle devrait épouser sous peu. Arborant ce petit air suffisant qui le caractérisait si bien, Roland avait plaqué ses cheveux contre son crâne, pour qu'aucun épi ne dépasse. Son habit or et crème comportait de nombreuses décorations parfaitement inutiles. Une rapière pendait à sa hanche droite, mais c'était probablement une arme de parade. Derrière lui, sa servante loup-garou demeurait discrète.

Le prince aperçut Fluiseje et força un sourire sur son visage, tout sauf naturel. La princesse tenta d'y répondre, mais elle savait que cela manquait de conviction. Heureusement, Roland ne le remarquerait pas, observateur comme il était. De plus, elle n'était pas certaine que les sentiments comptent beaucoup à ses yeux. Seule l'apparence lui importait et elle était plutôt jolie.

« Belle Fluiseje, quel plaisir de vous voir ici !

– Le plaisir est pour moi, prince Roland.

– Ce grand conseil m'a semblé bien long, alors qu'on dit pourtant que c'est un des plus courts qui n'a jamais eu lieu. Et d'une inutilité affligeante. Nous aurions eu bien mieux à faire, n'est-ce pas ?

– Certainement. Néanmoins, c'était important que les

peuples se rencontrent.

– Certes. Je suis bien content que la proposition du roi Ridor ait été rejetée. Mais je ne vais pas vous ennuyer avec des discours politiques trop compliqués.

– Votre conversation est toujours plaisante, quel que soit le sujet.

– Oh, princesse, vous être vraiment charmante. »

C'était dur de se retenir, mais Fluiseje avait une furieuse envie de fuir ou de le gifler. Cependant, elle n'avait d'autres choix que de se montrer parfaite, l'entente entre les deux royaumes en dépendait. Ah, pourquoi devait-elle épouser un tel homme ? Cela ne devait pourtant pas être rare des princes ou des humains qu'elle apprécierait davantage ! Tout ça pour une alliance qui existait déjà de toute façon. Fluiseje revint à la réalité quand la main du magicien frôla la sienne.

« Il me tarde de vous épouser, Fluiseje Bléos.

– Ce sera un grand jour, j'en suis convaincue.

– Mais voilà que ce beau jour est retardé. Pourquoi ne renonceriez-vous pas à votre voyage sans but afin que nous puissions célébrer au plus vite notre union ?

– Je suis au regret de vous annoncer que cela ne sera malheureusement pas possible.

– Vraiment ? Pourquoi donc je vous prie ? » demanda Roland avec mauvaise humeur.

Même si elle tremblait légèrement, Fluiseje ne se laissa pas impressionner si facilement. Elle osa le dévisager sans jamais ciller un seul instant. Il fallait qu'elle lui montre toute la force de sa détermination pour qu'il ait une chance de comprendre.

Son regard se plongea dans les yeux bleus de Roland et elle réalisa alors ce qu'elle avait nié pendant des années : il était réellement beau. Combien de jeunes personnes avaient succombé à son physique ou à son rang ? Sans doute beaucoup. Cependant, l'apparence ne suffisait pas pour faire fondre Fluiseje. La princesse s'était promis de ne jamais se laisser avoir par un beau minois et surtout pas par celui-ci. Roland avait beau être un magicien, cela ne lui donnait aucun droit supplémentaire sur elle, quand bien même il était son fiancé.

« Ce voyage représente pour moi une grande opportunité. Avec lui, je pourrai apprendre tant de choses et découvrir le monde de mes propres yeux. Me faire ma propre opinion. Vous conviendrez qu'une princesse ne peut rester ignorante toute sa vie.

– Les livres pourraient vous apprendre tout autant et bien plus rapidement.

– Certes, mais tout n'est pas écrit dans les livres. Comme le disait mon ancêtre, rien ne vaut une expérience réelle. Les paroles de Disen Bléos sont sages, sauf votre respect.

– Quel intérêt porter à la parole d'un mort ?

– Il se trouve qu'il était le fondateur du royaume humain, un homme dont nous avons beaucoup à apprendre, et c'est pourquoi j'attache beaucoup d'importance à ses paroles.

– Je suis navré si je vous ai offensé. J'entendais par-là que c'est le présent qui doit soutenir votre périple et non pas le passé.

– Mes parents se sont montrés favorables si cela vous inquiète.

– Fort bien. Je suppose que rien ne vous détournera de votre projet.

– En effet. Je suis convaincue que cela sera bénéfique.

– Cela ne nous empêche pas de passer un moment ensemble maintenant. Sveja, va nous chercher des rafraichissements et de quoi grignoter. »

La louve-garou s'inclina avant de s'éclipser vers les buffets. Plus subtilement, Roland essaya encore pendant une bonne demi-heure de faire changer Fluiseje d'avis. Quel entêté ! Mais têtue, elle l'était encore plus que lui et la princesse ne manquait de toute façon pas d'arguments. La jeune femme évita de lui dire que ce voyage était aussi une façon de s'éloigner de lui. Cela ne plairait sans doute pas au prince. Roland lui tint encore compagnie un bon moment, le temps qu'elle trouve une excuse pour s'échapper. Princesse ou pas, Fluiseje était certaine de ne pas avoir dans ses devoirs royaux le fait de supporter une personne aussi imbue d'elle-même, fût-elle son prince. L'idée du mariage ne lui donnait aucune joie et cela ne s'améliorait pas.

Ridor Taraho était sur les nerfs depuis la fin du conseil. Cependant, comme il était un rynan et de surcroît un roi, il masquait ses émotions à la perfection. Cela n'empêchait pas la colère de bouillir en lui. Il ne digérait pas le refus de la majorité contre sa proposition, même si c'était prévisible. Pourquoi ne voyaient-ils pas que la paix sur Isen était réellement nécessaire ? Les problèmes qu'il avait soulevés étaient bien réels, malheureusement. Hélas, certains ne l'avaient pas pris au sérieux et des conséquences néfastes pour l'avenir étaient à prévoir.

Tourmenté, Ridor sortit de ses pensées juste à temps pour saluer d'un hochement de tête Hildur, le roi des kapelas. Le grand conseil réunissait vraiment trop de monde dans un lieu bien trop petit. Sa sœur jumelle Eïwa n'aurait pas supporté cela et le rynan ne regretta pas de l'avoir laissé à la capitale. Alors qu'il se perdait à nouveau dans ses pensées, une main se posa sur l'épaule de Ridor. Le roi ne tressaillit même pas de surprise. Ses sens lui avaient déjà indiqué qui voulait lui parler à un moment pareil et cette personne était plus que bienvenue.

« Minos, roi des amazones. Je me demandais si tu viendrais me saluer.

– Impossible de t'avoir hein ? J'espérais vraiment un petit sursaut de ta part, je suis déçu.

– Je reconnaitrai ton aura entre mille, elle n'a pas d'égales. Les rynans sont sensibles à l'aura guerrière, tu devrais le savoir depuis le temps.

– C'est vrai. Je suis content que nous puissions toujours nous tutoyer.

– Nous nous connaissons depuis assez longtemps quand même, frère des batailles. D'ailleurs, je voulais te dire que je te suis reconnaissant.

– Toi reconnaissant envers moi ? Pourquoi donc ?

– Parce que tu as soutenu ma cause pendant ce conseil. Ton avis a été exprimé comme celui de ta reine, mais je sais que c'est le tien.

– Oh, je crois que tu me surestimes un peu. Cela reste l'opinion d'Atalante et du peuple des amazones, je ne vois pas ce que l'opinion d'un magicien comme moi a d'important.

– Tu es un héros, Minos. Ne joue pas les modestes avec moi s'il te plait. Tout Isen connaît les exploits de Minos le Vaillant.

– Oui, mais de là à m'accorder tant d'importance, il y a peut-être exagération non ? Je ne nie pas les faits, mais mon opinion n'est pas si imposante que cela auprès des grands de ce monde.

– Alors tu te sous-estimes. Tu n'imagines pas le nombre de jeunes gens qui t'admirent. Et ceux qui rêvent de te faire tomber sous leur charme aussi.

– Quel dommage que je sois marié alors ! Dis donc, pour un rynan, tu as montré beaucoup d'émotions dans ton discours. Ce n'est pas ton genre. Un problème ?

– Je dois admettre que je suis en colère concernant le refus de ma proposition.

– Je comprends et partage ton dégoût. J'ai peur que l'avenir ne nous réserve de mauvaises surprises, mais je pense aussi que ce conseil n'a pas été inutile, aussi décevante que soit son issue.

– Je te remercie, mon ami. Puisse le Panthéon protéger Isen des dangers à venir.

– Toujours aussi pieux à ce que je vois. Peu de gens invoquent les quatre dieux pour une simple bénédiction de nos jours.

– Tu sais très bien que c'est à cause des héritiers de la lumière.

– C'est vrai que tu en connais un ou deux. Je comprends mieux.

– Je change de sujet, mais je suis surpris que tu ne sois pas allé trouver Peleor.

– Mais je le cherchais ! Seulement, c'est toi que j'ai trouvé.

– File alors, je suis certain qu'il a très envie de revoir son mentor.

– Tu as sans doute raison. Mais toi, que vas-tu faire ?

– Esquiver à tout prix Mystral. Et sans doute retrouver Pharos, j'aimerais m'excuser de lui avoir imposé de diriger un conseil aussi désastreux. En tant que maître de la guilde Lorianeth, il avait très certainement bien mieux à faire.

– C'est une sage décision. Je vais chercher Peleor vers les jardins, il doit être par là-bas.

— Lé stral konodastaé diré salomnes, Minos.

— Lé stral konodastaé dir del, Ridor. Cela faisait bien longtemps qu'on ne m'avait pas salué en ancien langage. Dommage qu'avec des gens comme le roi des relons, elle se perde.

– Oh, pas autant que tu le penses, Minos le Vaillant. »

Ridor se fondit alors dans la foule avec une démarche altière, digne en toute circonstance. Cela amusa le magicien qui ne l'avait pas souvent vu aussi expressif. Minos jeta un regard vers sa reine, mais il était évident qu'Atalante se débrouillait très bien toute seule, en tête à tête avec le roi des faunes. C'était une amazone après tout. Le roi décida de partir à la recherche de Peleor. Cela faisait si longtemps qu'il ne l'avait pas vu, il lui tardait vraiment de le revoir !

Le soleil de l'après-midi dardait des reflets rougeâtres sur le toit du Temple, comme un funeste présage. Durant les trois jours qui suivirent, aucun conseil ne fut reconduit entre les peuples et la défaite de la proposition de Ridor demeura cuisante.

UN DUO DÉTONANT
~ Gabriel ~

Les bois jouxtants Lorianeth étaient très agréables en cet après-midi de fin février. Gabriel en profitait pour chevaucher Slei et il se sentait gonflé de fierté. Galbon lui avait demandé de patrouiller autour de la guilde, en devenant sentinelle pour quelques heures. Ce n'était pas un travail incroyable, même plutôt calme, mais cela témoignait d'une certaine confiance de la part du ganak. Son arrivée sur l'île de Sakero semblait maintenant bien loin au relon et il voyait les progrès qu'il avait accomplis. Même sa confiance en lui s'était accrue, ce qui n'était pas pour lui déplaire.

« Tu as l'air de bonne humeur, petit ange.

– Pourquoi ne le serais-je pas, Slei ? C'est une belle journée aujourd'hui.

– Bien sûr. Je veux dire que tu as l'air de te sentir mieux que lorsque nous sommes arrivés ici.

– Je crois que j'ai pu faire pas mal de progrès à l'épée. Bon, la majorité de la guilde reste plus forte que moi pour le moment, c'est vrai…

– Ce n'est pas grave. Si tu te rends compte de ta valeur, c'est déjà le plus important.

– Merci, Slei. Tu m'aides beaucoup. Sincèrement.

– Je t'en prie, petit ange. Hum, nous devrions rentrer à la guilde, je pense qu'il est l'heure.

– Tu as sans doute, raison, en avant. »

L'étalon reprit le chemin de Lorianeth, qui n'était de toute façon pas très loin puisqu'ils ne s'étaient guère éloignés, restant toujours en vue des bâtiments. Dès qu'ils furent à nouveau dans la clairière, Gabriel se sentit comme chez lui, comme s'il avait passé toute sa vie ici alors que cela faisait moins de deux mois. Ixinot le faune attendait avec sa monture, prêt à prendre la relève.

« C'est bon, Gabriel, j'assure la suite !

– Super, Ixinot ! Bonne patrouille et à tout à l'heure. »

Tandis que le faune partait faire la sentinelle, le relon accompagna Slei aux écuries puis se rendit directement à la taverne. Il y avait un peu de monde, toujours plus qu'à son arrivée à la guilde. Gabriel salua ceux qu'il connaissait, soit Olivia, Nolan, Wendy et Emy, avant de rejoindre Galbon. Le ganak se trouvait seul à une table, ordonnant les différents avis de mission par ordre de difficulté. Avant d'aller s'installer avec lui, le relon commanda un verre de lait de pégase au bar, qu'on lui servit avec quelques baies violettes. C'était avec ce genre de petites attentions qu'on savait reconnaitre un habitué et cela faisait bien plaisir à l'adolescent.

« Me voilà de retour, Galbon !

– J'entends ça, mon gars. Alors, tout s'est bien passé ?

– Le calme habituel, pas le moindre intrus en vue. La routine. Dis-moi, est-ce que bientôt, tu auras une mission à me confier ?

– Pas tant que Saphir et Ajonc ne seront pas rentrés, tu le sais bien.

– Oh, oui… Et ils vont bientôt rentrer ? Tu as eu des nouvelles ?

– Une simple lettre de Pharos pour le moment. Le conseil ne s'est visiblement pas très bien passé aussi devrait-il rentrer sous peu. Je les vois mal revenir séparément donc je suppose qu'Ajonc et Saphir devraient faire de même, oui.

– Je me demande pourquoi Pharos leur a demandé de l'accompagner. Je veux dire, il ne souhaitait pas une délégation de Lorianeth, alors…

– Hum, je conçois ta demande. Cependant, si tes mentors t'ont rien dit, c'est pas à moi de te raconter ça non plus. Désolé mon gars !

– Très bien. Peut-être que je peux t'aider ? Je n'ai rien de particulier à faire tout de suite.

– Même pas un peu d'entraînement ?

– J'ai déjà fait de l'escrime ce matin et aussi de l'équitation. Et je vais faire de la magie, mais un peu plus dans la soirée.

– Bien. Et tu t'améliores ?

– Je crois, oui. Lentement mais sûrement. »

En réalité, contrairement à ses autres compétences, sa magie n'avait pas progressé d'un pouce. Cela désolait beaucoup Gabriel, mais tous les efforts du monde n'y changeaient rien pour le moment. Il arrivait bien à produire une petite étincelle, mais c'était tout. Quelle honte pour un relon ! Heureusement qu'il était un épéiste correct et un cavalier satisfaisant.

Ce qu'il ne comprenait pas, c'est que même son élément de prédilection, la foudre, semblait le snober. Gabriel cherchait désespérément un moyen de progresser, mais ne souhaitait pas en parler à ses mentors, de peur qu'ils ne veuillent plus de lui. Ces derniers semblaient croire que puisqu'il était le frère de Séraphina, il était naturellement doué en magie. Hélas, ce n'était pas si simple et la génétique avait tout donné à sa sœur.

Le relon était perdu dans ses pensées quand un bruit sourd retentit. Cela fit lever la tête à toutes les personnes présentes dans la taverne, Galbon y compris.

« Le cor, mon gars, s'exclama Galbon tandis qu'une deuxième sonnerie retentissait. Des patrouilleurs reviennent d'une longue mission.

– Est – ce que c'est Pharos ? Ou Saphir ?

– Non. Pour le maître de la guilde, c'est trois sonneries. Et la sentinelle ne sonne généralement que pour des retours de longues missions. Ce doit être Crystal et Shin probablement.

– Crystal et Shin ?

– Oh, mais oui, tu les connais pas encore ! Crystal est une iriatide et un de nos meilleurs membres. Shin est un ojiar qui l'assiste. Ils forment un étrange duo, pour sûr !

– Comment ça étrange ?

– Tu comprendras quand tu les verras. Ils ne vont pas tarder. »

Gabriel avait bien hâte de découvrir ces deux personnages, surtout si c'étaient des éléments importants de Lorianeth. Leur mission avait duré au moins deux mois, ils devaient être contents de rentrer. Si, selon Galbon, ils étaient hauts en couleur, leur arrivée devait valoir le détour. Au bout d'un moment, la porte de la taverne s'ouvrit à la volée dans un grand claquement.

« Faites place, vous autres, nous revoilà ! »

Le relon dévisagea les inconnus avec intérêt. En tête, l'iriatide, dame des eaux à la peau d'un bleu azur et aux longs cheveux d'un bleu profond. Difficile de nier son appartenance à son peuple ! Son regard était fier tandis que ses vêtements gris la désignaient comme une chasseresse, tout comme l'arc à son épaule et la dague à sa taille. Pourtant, les iriatides n'étaient pas vraiment un peuple adepte du port d'armes. Autour de son coup était noué un magnifique foulard d'une couleur intermédiaire entre sa peau et ses cheveux, lui donnant un air d'aventurière.

Le deuxième arrivant était un ojiar aux oreilles grises, cachées par une épaisse tignasse brune, si bien qu'il ressemblait à un simple humain. Son habit de toile beige montrait un rang social peu élevé, contrairement à sa compagne. En plus de son air enfantin, il ne portait aucune arme sur lui. C'était vraiment un duo curieux dont les physiques ne s'accordaient pas du tout selon les normes sociales et Gabriel avait hâte d'en savoir plus sur eux.

« Bon retour parmi nous, Crystal, Shin ! les salua Olivia la samalhué, suivie par d'autres.

– Oh, je vois que la politesse ne se perd pas ici, ça fait plaisir, sourit l'iriatide visiblement ravie. Merci bien les gars, continuez comme ça.

– C'est vrai que c'est agréable de rentrer à la maison.

– Certes, Shin. Bon, c'est pas le tout, mais où est Pharos ?

– Au grand conseil de Rum Cay, intervint Galbon. Désolée, ma petite.

– Oh, le nain, je ne t'avais pas vu, bonjour ! J'imagine que c'est toi et ta vieille peau de ganak qui gérez la guilde en l'absence du maître ?

– Tout à fait. Mais je ne suis pas si vieux, jeune rebelle ! Oh, tant que j'y pense, voici une nouvelle recrue, Gabriel. Gabriel, je te présente Crystal et Shin.

– Je suis ravi de vous rencontrer, s'inclina le relon.

– Nous de même, sourit l'ojiar en redressant ses oreilles.

– Ouais, c'est ça, la bienvenue le relon. Bref, Galbon, je suppose que c'est à toi que je dois faire mon rapport et qu'il ne faut pas attendre notre cher centaure ?

– On dirait bien que oui. Je t'écoute. Mais… rappelle-moi ta mission s'il te plait.

– Tu pourrais quand même t'en souvenir !

– Oh, mais Pharos m'en a touché juste un mot rapidement. Et puis la vieillesse d'un ganak tu sais, c'est pas ce qu'on croit ! J'ai pas la mémoire de notre bon Pharos, tu devrais le savoir.

– Ah là là, tu ne changes pas. Bon, ma mission…

– Notre mission, s'indigna Shin.

– Oui, bon, notre mission. Nous devions aller en reconnaissance à l'ouest de la chaîne des glaces, vers la rivière de la mémoire. Nous avons passé deux mois à inspecter les moindres recoins de cette zone… qui était plutôt grande, on peut le dire.

– Ah oui, exact, je m'en souviens. Et donc ?

– Oh, globalement, tout était normal et calme, assura l'ojiar.

– Sauf à l'orée du bois des chênes, coupa sombrement l'iriatide.

– Quelque chose est arrivé ? »

Le duo décida de s'asseoir à la table avec le ganak et le relon. La tension dans l'air éveilla la curiosité de Gabriel qui devinait que l'affaire présentée serait importante. Le volume des voix diminua afin de ne pas déranger les autres membres de la guilde, mais sans doute aussi pour leur taire certains éléments. Aller dans une autre salle aurait été plus simple selon le relon, mais il se garda de faire le moindre commentaire. Au moins, il allait pouvoir tout suivre.

« Nous avons trouvé un corps.

– Un corps ? Crystal, me dis pas que c'est un membre de la guilde ?

– Non, Galbon, nous ne le connaissons pas. Le corps se trouvait dans la rivière, en contrebas d'une haute falaise. L'eau l'avait déjà bien abimé et je pense que cela faisait quelque temps qu'il était là. Novembre ou décembre dernier sans doute.

– Est-ce que vous savez de quoi il est mort ?

– Avec l'état du corps, c'était difficile à dire, mais j'ai repéré ce que je crois être un impact de flèche.

– Un mort dans un lieu si isolé… Avez-vous des hypothèses ?

– Nous sommes remontés sur la falaise, continua Shin, ravi d'expliquer. C'était un chemin pas très pratique d'ailleurs, très rocailleux. Pentu aussi. Et les buissons…

– En haut, juste à la lisière des bois, il y avait des traces de bataille, le coupa Crystal. Des restes d'armes et de corps bien entamés par les charognards. Je n'ai pas pu les identifier. En tout cas, ça ne devait pas être beau à voir.

– Nous avons voulu explorer un peu plus, mais… la forêt

elle…

– Le bois des chênes est maudit et la magie qui s'en dégage rend impossible d'y pénétrer. Peut-être qu'il existe des chemins, mais sans les connaître… Non, ces bois sont maléfiques. Nous avons préféré revenir pour faire notre rapport avant de tenter quoi que ce soit de stupide.

– Vous avez bien fait, mes enfants. Et le corps, qu'est-il devenu ?

– Nous l'avons enterré près de la rivière comme on a pu. Son état était tellement… Par Orklos, Galbon, ce n'était qu'un enfant !

– C'est terrible, Crystal. Madrio, la capitale des ojiars n'est pas très loin, mais ici… Qu'est-ce qu'un enfant faisait par-là ? Et pourquoi est-ce que quelqu'un a voulu le tuer ?

– Peut-être que c'est lié aux mystérieuses disparitions ? suggéra l'iriatide.

– Il est trop tôt pour le dire, mais c'est possible. Est-ce que ce serait un endroit où ils viennent pour se débarrasser des… Graaah, foi de ganak, j'ai du mal à le concevoir. En tout cas, il faudra que vous en parliez à Pharos dès qu'il reviendra.

– Je n'y manquerai pas. Bon, Shin et moi allons nous reposer. Je suppose qu'on n'aura pas de missions avant le retour du maître ?

– Oui, je pense que c'est plus sage. J'espère qu'il ne tardera pas.

– Moi non plus. Maudit conseil qui le retient. Bref, Shin, vient !

– J'arrive, Crystal. Vous deux, à plus tard !

– Reposez-vous bien, mes petits ! »

Le duo traversa la taverne en sens inverse et disparut par la grande porte. Ils étaient vraiment différents comme le jour et la nuit. Autant Shin paraissait enfantin, presque naïf, autant Crystal avait un air fier et arrogant. L'un sympathique, l'autre sûre d'elle, voilà le tableau qu'ils offraient et Gabriel trouvait qu'ils s'accordaient étrangement bien. En tout cas, il avait envie de mieux les connaître. Mais pour le moment, il avait d'autres problèmes plus urgents. L'affaire avait éveillé sa curiosité. Le relon n'avait jamais entendu parler de cette histoire d'enlèvements dans son pays et il voulait en savoir plus. Comme on lui avait donné le droit d'assister à la conversation, Gabriel estimait qu'il avait bien le droit à quelques éclaircissements.

« Euh, Galbon…

– Oui, qu'est-ce que tu veux me demander, mon gars ?

– Eh bien, j'aimerais bien en savoir plus sur cette histoire de disparitions. Pour être honnête, je n'en ai jamais entendu parler sur l'ile Céleste.

– Hum, cela ne m'étonne pas. Soit les relons ne sont pas concernés, soit c'est un sujet sur lequel ils ferment volontiers les yeux. Bref. Depuis quelques années, des personnes disparaissent, sans qu'on sache pourquoi. Cela peut avoir lieu n'importe où sur Isen et personne ne sait qui est le responsable. Aucune rançon n'a jamais été demandée. M'est avis qu'ils en ont parlé au conseil.

– C'est assez effrayant. Et cela concerne tous les peuples ?

– Je ne crois pas qu'il y ait eu d'exceptions. Personne n'y échappe. Enfants, adultes, pauvres, nobles, aucune différence. L'oncle d'Ajonc a été enlevé il y a cinq ans d'ailleurs… En tout cas, il a disparu.

– Personne n'a jamais trouvé le moindre indice ?

– Jamais. C'est aussi pour cela que je t'envoie pas en mission tout seul. Trop dangereux.

– Et il n'y a de soupçons sur personne ? Pas le moindre ?

– Mon gars, écoute-moi bien. Avoir des soupçons ne mène nulle part dans ce genre d'affaires, mais nous en avons. Peut-être que nous faisons trop de liens, mais nous pensons que c'est peut-être un coup de l'organisation qui a déjà fait parler d'elle il y a plus de vingt ans.

– Euh, ça n'a pas un rapport avec les elfes sylvains ?

– Si parce que c'est eux qui l'ont démantelée dans les

plaines d'Ima à l'époque. Nous n'avons aucune certitude et le maître ne s'est pas encore penché trop sérieusement sur le problème, mais avec l'histoire de Crystal, je parie que ça va venir.

– Ce problème doit être réglé oui ! On ne peut pas laisser des gens innocents mourir !

– Oh t'en fais pas ! Nous ne resterons pas les bras croisés longtemps, fois de ganak de Lorianeth. »

Galbon affichait un air déterminé et Gabriel se sentait fier d'appartenir à Lorianeth. Ils n'eurent même pas le temps de reprendre leur conversation que le cor sonna à nouveau. Encore ? Le relon compta les sonneries.

Une. C'était le retour du soleil qui retentissait chaque matin.

Deux. C'était le retour des patrouilleurs de longues missions.

« Trois, c'est le retour de notre vieil Pharos ! » lança joyeusement le ganak à toute la salle.

Un élan de joie parcourut l'assemblée et naturellement, certains commencèrent à entonner l'hymne de Lorianeth. Gabriel était heureux. Si le maître revenait, cela voulait sans doute dire que ses mentors étaient avec lui et que les missions allaient pouvoir reprendre.

AVANT LE DÉPART

~ Peleor et Fluiseje ~

Le grand conseil était terminé depuis un bon moment. La plupart des familles royales avaient regagné leurs foyers, magiquement ou non. Les humains étaient partis plus tôt que les autres afin de ne pas arriver trop tardivement chez eux. Heureusement, la route était constituée de vastes plaines, ce qui facilitait leur avancée.

C'est donc alors que le mois de mars était déjà bien avancé que Peleor pénétra dans la cour du château de Coronal. C'était plus petit que le château des magiciens, mais beaucoup plus accueillant à son avis. L'édifice de Majora était sombre et donnait une impression glaciale, alors qu'ici au contraire, la pierre plus claire apportait de la chaleur. Les petites paillettes de micas qu'on retrouvait sur le moindre mur donnaient une brillance tout à fait charmante et les aspérités de la pierre, toutes ces imperfections rendaient le lieu accueillant. Que n'aurait pas donné le magicien pour naître ici ! Hélas, la vie ne réalisait pas toujours nos désirs, il le savait bien.

Dès qu'il mit un pied à terre devant la grande porte du palais, un serviteur vint aussitôt prendre en charge sa monture. Sire n'était pas très fatigué, mais les journées suivantes risquaient d'être plus dures, autant qu'il se repose en prévision. Peleor vérifia une dernière fois son accoutrement, car il devait absolument faire bonne impression auprès du couple royal des humains. Ses vêtements étaient simples, mais neufs et la cape d'un rouge pourpre qu'il arborait avait même obtenu la validation de Galaad. Le magicien décida de conserver son épée même s'il n'en avait nul besoin. La poignée était incrustée de rubis et c'était le seul objet qu'il tenait de sa mère, qu'il n'avait jamais connue. Elle avait beaucoup de valeur et il en était bien conscient.

D'un pas solennel, il pénétra dans le château. L'intérieur était plutôt sombre par rapport à ce qu'il avait imaginé, malgré les nombreuses fenêtres. Demandant la direction à un serviteur qui passait par là, il gravit les marches jusqu'au premier étage afin de tomber sur la salle du trône. Peleor savait qu'il était attendu, il ne voulait pas avoir de retard. Même s'il éprouvait un attachement faible envers son pays, le magicien se devait de le représenter correctement. Un garde attendait devant une immense porte, les armoiries des humains peintes sur son armure.

« Halte ! Qui êtes-vous ?

– Peleor Oïmos, de la lignée de Rasga, envoyé du pays des magiciens. J'ai une audience avec le roi.

– En effet. Sire Bléos vous attend, entrez. »

En deux pas, Peleor se retrouva dans la salle du trône. Partout, des cavaliers en armure rappelaient qu'on se trouvait à Coronal, dans le royaume des humains. Ici, les fenêtres donnaient une luminosité beaucoup plus agréable que dans le hall. Le magicien s'avança jusqu'aux trônes en suivant l'ancien tapis. Il prit le temps de respirer calmement et de se donner de la contenance, pour paraitre sûr de lui. Il ignorait ce que sa sœur avait dit de lui, mais il espérait ne pas avoir été trop encensé. C'est alors qu'il remarqua que mis à part les deux souverains sur leurs trônes, il n'y avait personne.

« C'est bizarre que la princesse ne soit pas là. »

Cette interrogation pourrait attendre, il n'y pouvait de toute façon pas grand-chose. Dès qu'il fut à la distance parfaite, Pelor s'inclina en posant un genou à terre tout en saluant le roi Radoc et la reine Anis. Le couple royal garda le silence, ce qui surprit le magicien. Dans son pays, c'était toujours à la noblesse de parler en premier. Il prit la parole sans attendre.

« Sire Radoc, reine Anis, je suis à votre service.

– Messire Oïmos, vous avez été vraiment rapide pour venir nous rejoindre, j'en suis ravi. J'ose espérer que votre voyage jusqu'à nous s'est bien déroulé.

– C'était fort agréable, Votre Majesté, déclara le magicien, ne disant pas qu'il avait usé d'un sort de téléportation pour venir depuis Rum Cay.

– Très bien, c'est parfait. J'imagine que vous savez déjà pourquoi je vous ai fait venir.

– En effet, Votre Majesté, mais je souhaiterais l'entendre à nouveau. »

Règle numéro un : ne jamais faire croire à un roi qu'on en sait plus que lui et toujours lui montrer qu'en toute circonstance, il demeure le maître. Peleor connaissait bien le procédé pour l'avoir longuement pratiqué à la cour de Majora et cette fois encore, cela fonctionna parfaitement.

« Comme vous le savez déjà, je souhaiterais que ma fille réalise un voyage autour d'Isen puisque c'est son souhait le plus cher. Elle veut découvrir le monde et je pense qu'elle pourrait y apprendre maintes choses utiles que nous ne pouvons lui enseigner ici.

– C'est une grande idée. Si je puis me permettre, pourquoi m'avoir choisi ?

– Puisque mon enfant va se marier avec le prince-magicien, il était de mon devoir de lier les deux royaumes lors de ce projet. La reine Inmaya m'a recommandé de vous choisir, vous son jeune frère. Pensez-vous que ce soit un choix judicieux ?

– Vous n'aurez aucun regret à avoir, je vous le promets. Cependant, étant donné que la princesse est votre héritière, je m'étonne qu'une escorte ne soit pas mise à sa disposition. Ou peut-être simplement des servants afin de s'occuper d'elle…

– J'entends bien, mais non. Ma fille veut vivre une aventure, il va donc falloir qu'elle apprenne à se débrouiller. Avec vous pour la défendre, cela suffira n'est-ce pas ?

– Je me battrai pour elle au péril de ma vie, si besoin.

– Son Altesse Inmaya m'a assuré que vous ne manquiez pas de talent dans ce domaine, je lui fais entièrement confiance.

– On dit également que vous avez beaucoup voyagé à travers Isen et que vous avez une grande culture, intervint la discrète reine Anis.

– Je possède des connaissances variées il est vrai.

– Dans ce cas, mon roi, je crois qu'il convient parfaitement pour cette mission.

– En effet, ma reine, notre choix est le bon. Messire Oïmos, sachez néanmoins que nous souhaitons votre avis. Acceptez-vous cette requête ?

– Au nom du peuple des magiciens, je me mets dès à présent à votre service. Que tout le Panthéon m'en soit témoin et protège cet accord. »

Utiliser la religion était souvent une bonne méthode pour assurer quelqu'un de sa sincérité, à plus forte raison un roi et une reine. Ainsi, Peleor ne laissait aucun des deux membres du couple royal de côté et c'était un bon point. Il devait absolument obtenir leur entière confiance pour cette mission. Il s'agissait de leur unique enfant après tout. Maintenant, le magicien souhaitait rencontrer sa future protégée. Il ne l'avait vue que de loin au conseil et n'avait guère pu s'approcher d'elle. Peleor n'osait cependant pas encore en parler.

« Fort bien. Garde, faites mander ma fille toute de suite. Messire Oïmos, excusez-moi pour ce contretemps fort ennuyeux.

– Je vous en prie, Sire, ce n'est vraiment rien.

– C'est tout de même une attente que nous vous imposons. Afin de me faire pardonner, laissez-moi vous inviter à ma table ce soir. »

Peleor ressentit beaucoup de chaleur humaine dans le sourire que lui adressa le roi et une sincérité bien rare de nos jours. Le magicien ne pouvait s'empêcher de ressentir de la sympathie pour ce couple qui incarnait d'une façon sa vision de la royauté. Dire que jamais Aeros Raisen ne l'avait invité avec autant de cordialité à manger, alors qu'il était pourtant son propre beau-frère ! Certes, Peleor jouait cette fois un rôle de messager royal, ce qui donnait parfois quelques privilèges, mais ce n'était pas une obligation. Radoc l'avait particulièrement bien traité.

Le couple l'invita à les suivre dans la salle à manger, dans une autre partie du château et il ne se fit pas prier. Maintenant, il ne restait plus qu'à rencontrer la princesse Fluiseje. Si elle était aussi agréable que ses parents, cela promettait d'être une mission sympathique à remplir.

« Princesse ! L'envoyé des magiciens est arrivé ! »

Fluiseje ouvrait à peine les yeux quand la voix résonnait dans sa chambre, alors que quelqu'un frappait à la porte avec insistance. L'adolescente était encore allongée sur son lit et émergeait doucement du sommeil. Le soleil filtrait faiblement à travers sa fenêtre, ce qui devait signifier que c'était la fin de la journée. Elle resta immobile un moment, essayant de comprendre ce que le serviteur derrière sa porte lui disait.

L'envoyé des magiciens est arrivé.

Ses yeux qui commençaient à se fermer se rouvrirent subitement quand elle se rendit compte de ce que cela impliquait. L'envoyé des magiciens était arrivé. La princesse se redressa subitement sur son lit, réalisant qu'elle s'était endormie sans le vouloir.

« Oh non. J'arrive ! Préviens mes parents que j'arrive

bientôt ! »

Après sa chevauchée avec sa jument en début d'après-midi, elle avait décidé de se reposer et de faire une petite sieste. Mauvaise idée visiblement puisque sa sieste s'était beaucoup trop éternisée. Le magicien devait déjà avoir une terrible impression d'elle. Ce voyage qui était son rêve risquait de mal commencer. Fluiseje changea de robe, quittant sa tenue d'équitation pour un vêtement sobre, mais représentatif de son rang, dans les tons bleu et gris. Après avoir vérifié son ensemble dans le miroir, la princesse sortit de sa chambre en catastrophe et suivit le serviteur jusqu'à la salle à manger. Cela lui paraissait infiniment loin.

« Faites que ce retard n'ait aucune incidence ! » priait-elle, jouant nerveusement avec son bracelet qu'elle avait pensé à prendre.

Devant la porte, il y avait son cher Titan qui gardait les lieux. Il l'accueillit avec un sourire bienveillant et elle eut peur qu'il soit au courant de tout. Les nouvelles allaient vite dans le château des humains, ce ne serait pas étonnant. Quand même, quelle honte !

« Titan, dis-moi que je ne suis pas encore trop en retard.

– Pour l'arrivée du magicien, je crains que si ma princesse.

– Oh non…

– En revanche, pour le repas. Je pense qu'un retard de quelques minutes n'est rien.

– Merci », sourit-elle, un peu rassurée, mais toujours tendue.

En entrant dans la salle à manger, sa tension était à son comble. Heureusement, il n'y avait pas beaucoup de monde pour la juger. Autour de la grande table en bois se trouvaient ses parents et le magicien. Dès que Fluiseje posa les yeux sur lui, elle le reconnut tout de suite. C'était lui qui fermait la marche de la délégation des magiciens à Rum Cay. La princesse ne savait pas pourquoi, mais elle était vraiment heureuse que ce soit lui, au point d'arriver à sourire naturellement.

« Père, mère, Messire, veuillez excuser mon retard.

– Ce n'est rien, ma fille. Viens donc t'asseoir près de notre hôte. »

En obéissant à l'ordre de son père, elle soupira intérieurement. Au moins, le roi avait eu la bonté de ne pas la réprimander devant le nouveau venu. Le repas s'annonçait sous de bons auspices. En s'asseyant, la princesse sourit à son voisin qui le lui rendit très chaleureusement. Fluiseje décida qu'il était la meilleure personne capable de lui servir de guide et qu'elle ne voulait personne d'autre.

« Messire Oïmos, je vous présente ma fille Fluiseje. Quant à toi mon enfant, voici Peleor Oïmos, celui qui t'accompagnera dans ton voyage.

– Je suis enchantée de vous rencontrer, Messire.

– Tout l'honneur est pour moi, princesse.

– Nous avons décidé que Messire Oïmos était digne de t'accompagner, déclara la reine. Je serai rassurée de le savoir à tes côtés.

– Dans ce cas, je place également toute ma confiance en vous, Messire Oïmos.

– Je tâcherai de me montrer à la hauteur de vos attentes. Mon épée et ma magie seront à votre service pendant toute la durée de notre voyage.

– La reine Inmaya a vraiment été de bon conseil, mon roi. Nous avons été bien avisés de suivre son opinion… Qui ne divergeait pas de celle du roi Aeros, j'en suis certaine.

– En effet. Si cela vous convient, je pense que le départ pourra avoir lieu d'ici quelques jours, selon le bon vouloir des intempéries, mais aussi votre volonté. Messire Oïmos, je vous laisse libre du trajet ainsi que de la durée. Faire le tour d'Isen ne se fait pas en deux jours.

– Vous avez tout à fait raison, Votre Majesté.

– Néanmoins, je vous donnerai tout de même un parchemin avec quelques recommandations particulières concernant certains aspects du voyage.

– Quels aspects du voyage, Votre Majesté ?

– Disons qu'il y a des lieux sur Isen que j'aimerais que vous évitiez. Nous aurons tout le temps d'en discuter dans les jours à venir si vous avez des questions.

– En attendant, restaurons-nous tout notre saoul, encouragea la reine.

– C'est un véritable plaisir d'être invité à votre table, je vous remercie encore.

– Oh non, tout le plaisir est pour nous, Messire ! » intervint la princesse.

Ce soir, Peleor se sentait particulièrement de bonne humeur. Comment ne pas l'être avec des gens aussi accueillants ? Le pays des magiciens avait des leçons à prendre en termes d'hospitalité. Dans la capitale Majora, les habitants ne pensaient pas beaucoup de bien des humains. On les considérait comme des êtres sans pouvoirs magiques, avides de richesses et qu'on pouvait soumettre sans aucune peine. Pourtant, c'était aux magiciens de se regarder dans le miroir et de voir à quel point ils étaient imbus de leur propre magie.

Parmi les autres peuples, les magiciens étaient réputés hautains, attachés à leur statut et aussi à leurs pouvoirs, qui n'étaient pourtant pas les plus grands d'Isen. Peleor avait cette vision de son propre peuple, mais il ne l'avait jamais partagé avec quiconque, surtout pas avec son frère. Plutôt que de penser aux siens, l'attention de l'homme se reporta sur sa voisine de table. Du haut de ses quinze ans, elle avait une longue chevelure blonde qui avait dû en éblouir plus d'un, le prince Roland en tête. En plus, elle paraissait très agréable, au moins autant que ses parents. Cela rassura grandement le magicien qui avait craint de tomber sur une petite poupée comme la royauté seule sait en fabriquer. Au moins pour lui, le voyage s'annonçait sous de très bons auspices.

Fluiseje était également ravie de son côté. Ce Peleor était donc bien le frère de la reine des magiciens comme l'avait suggéré Sollia. Sa conversation durant le repas était plaisante et contrairement à son neveu, ce n'était pas un vil flagorneur.

Il usait de la politesse à bon escient sans en abuser. De plus, la princesse était certaine qu'il ne mentait pas. Comment pouvait-elle en être aussi certaine alors qu'elle ne le connaissait pas ? Elle l'ignorait. Mais ce sentiment, venu naturellement à elle, méritait d'être pris en compte.

Au final, les conversations se poursuivirent un bon moment si bien que le temps passa très rapidement et le repas se termina plutôt tard. Tout le monde était de bonne humeur et même les serviteurs qui débarrassaient n'avaient pas l'air mécontents de leur sort.

« Je vous remercie pour ce repas, répéta pour la énième fois Peleor.

– Si vous n'êtes pas trop fatigué, Messire Oïmos, je vous propose que nous discutions dès à présent du voyage de ma fille et des précisions que je souhaite vous donner.

– Naturellement, Votre Majesté. Je suis à votre service.

– Mon roi, n'abuse pas de notre hôte, je te prie. Il a eu de la route pour venir ici.

– Ne t'en fais pas, ma reine. Nous ne serons pas longs et pourrons poursuivre demain matin. Anis, Fluiseje, je vous souhaite une bonne nuit à toutes les deux.

– Reine Anis, princesse Fluiseje, très agréable nuit à vous deux.

– Vous de même, Messire Oïmos.

– Que les étoiles veillent sur votre sommeil » s'inclina la princesse.

Peleor sourit à Fluiseje une dernière fois puis suivit les longues foulées du roi Radoc qui l'entraînait dans un petit salon à part. De son côté, l'adolescente regagnait sa chambre, le cœur léger et la tête pleine de rêves. Tout était tellement merveilleux dans sa vie. Quel voyage extraordinaire elle allait faire ! Par avance, elle imaginait déjà tout ce qu'elle pourrait voir et apprendre durant le trajet. En s'endormant, elle n'avait qu'une seule hâte : que survienne le lendemain.

LES GÉNÉRAUX DE LORIANETH

~ Gabriel ~

Le cor du retour sonna avec force dans l'air du matin.

« Saphir, pourquoi doit-on tous les jours annoncer le retour du soleil ?

– C'est un hommage aux dieux, Gabriel. Même Lorianeth se doit de les vénérer.

– Oh, je vois. On n'est pas aussi pieux à l'ile Céleste.

– Les relons ne sont pas connus pour être le peuple le plus proche des dieux, admit l'elfe. Mais ici, c'est aussi parce que Pharos est un fervent disciple de Dénéia, comme beaucoup d'entre nous.

– Un disciple de Dénéia… Hum, avons-nous une mission particulière aujourd'hui ?

– Nous oui ! » s'exclama une voix derrière lui.

Gabriel se retourna pour découvrir Shin et Crystal qui s'avançaient vers sa table. Autant l'ojiar paraissait extrêmement de bonne humeur, autant l'iriatide avait l'air de vouloir massacrer quiconque lui adresserait la parole. Quelle différence d'humeur ! Si cela avait un rapport avec leur mission, le relon n'allait pas tarder à le savoir.

« Oh, Shin, Crystal ! Pharos vous a enfin confié une mission ?

– Oui, Saphir. Moi qui m'attendais à quelque chose de palpitant…

– C'est à ce point déprimant ? demanda Ajonc.

– Mais non, c'est super chouette ! s'exclama l'ojiar. Un véritable honneur !

– Tout dépend du point de vue, j'imagine…

– Bon, en quoi consiste votre tâche ? insista le vierak.

– Eh bien, nous devons aller ramasser de l'ellébore pour la réunion de ce soir. La plante pousse dans une clairière toute proche selon Pharos.

– Shin, qu'est-ce que l'ellébore ?

– C'est une fleur de l'ile de Sakero, expliqua Saphir. On peut en faire une très bonne infusion qui rend les idées claires. Le maître de la guilde et les sous-chefs en raffolent alors forcément, dès qu'ils se rassemblent, quelqu'un est obligé d'aller refaire le stock. Ajonc et moi l'avions fait la dernière fois. »

Gabriel réalisa qu'il n'avait aucune idée de ce qu'était la réunion de ce soir et cela le mit mal à l'aise. Le plus simple était de demander à un des membres du groupe de lui expliquer, mais il avait peur de passer pour un ignorant. Peut-être qu'il devait déjà être au courant en plus ! Demander de l'aide lui était pénible et plus que tout s'il s'agissait de l'aide du vierak. Sans raison particulière, Gabriel n'était pas très à l'aise avec Ajonc et se rabaissait sans cesse en sa présence. Cependant, l'elfe nota l'air perdu de son disciple et attendit le départ des missionnés pour l'ellébore pour lui parler.

« Tu as déjà dû entendre parler des autres brigades de la guilde à Isen.

– Oui, bien sûr. Au Sud-Est, Goldo est spécialisée dans les missions terrestres. Au Nord-Est, Catcha les missions aquatiques. Au Nord-Ouest, Sombrale pour les missions aériennes et au Sud-Ouest, Locksley pour les missions spéciales. Et les missions importantes pour Sakero, mais pas seulement.

– Tu as bien appris, sourit Ajonc, et Gabriel se sentit vexé sans raison.

– Sache que Pharos a délégué chacune de ses bases à un membre de la guilde. Ce sont les sous-chefs, des personnes en qui notre maître a entièrement confiance et sur lesquels il peut se reposer. C'est eux qui vont se réunir ce soir, afin de faire un point sur l'état de Lorianeth.

– Je n'ai pas encore eu le plaisir de le rencontrer, je crois.

– Au moins Galbon qui gère Locksley… Même s'il est plus souvent ici qu'à son poste, rit Ajonc.

– Alors le ganak est vraiment un sous-chef ? Il ne mentait donc pas.

– Bien sûr, il ne faut pas le sous-estimer, notre petit Galbon, s'amusa Saphir. Il y a Annaëlle notre amazone qui gère Sombrale, Kague notre semi-démon qui s'occupe de Catcha et enfin Issac le magicien pour Goldo. Tu auras bien le temps d'apprendre à les connaître.

– Ils vont venir aujourd'hui, non ? Donc je vais les rencontrer.

– Oui, admis Saphir. Et plus tard, il faudra que tu choisisses ta spécialisation à Lorianeth quand nous ne serons plus tes mentors. Le type de missions avec lequel tu seras le plus à l'aise.

– Hum, oui, je n'y pensais plus. Je ne sais pas encore dans quelles missions je suis à l'aise, je n'en ai pas fait beaucoup. Quelle est votre spécialité ?

– Saphir et moi appartenons tous les deux au quartier général donc nous pouvons remplir tous les types de missions, même les plus complexes. Mais à nos débuts, j'étais dans la brigade terrestre et Saphir dans la brigade spéciale.

– Cela remonte à plus de dix ans déjà, nous étions si jeunes à l'époque !

– C'est vrai. Puis nous avons été promus en brigade maître dès que Pharos nous en a jugés dignes. Enfin, tu as encore le temps avant de te décider, Gabriel. Ce qui est important, ce sera de faire un choix en fonction de tes goûts.

– Bon, allons dans la cour, messieurs. Je pense que les sous-chefs ne vont pas tarder à arriver, je sens un peu plus de magie dans l'air. Les voir pourra sans doute t'aider à choisir ta brigade, Gabriel. »

L'organisation de la guilde se complexifiait à mesure que Gabriel apprenait à connaître Lorianeth, mais cela lui permettait de mieux comprendre le fonctionnement général. Pour passer en brigade maître, il fallait donc impressionner soit Pharos soit le chef de sa brigade. Restait à savoir maintenant qui étaient ces fameux sous-chefs. Ressemblaient-ils tous à Galbon au niveau du caractère ? Avaient-ils de l'indulgence pour les débutants ? Cela faisait beaucoup de questions, mais le relon savait qu'il n'allait pas tarder à avoir les réponses.

Gabriel suivit ses deux mentors dans la grande cour de la guilde, où de nombreuses personnes étaient déjà rassemblées. Cette arrivée promettait d'être un événement sympathique. Pendant l'attente, le relon commença à comparer Saphir et Ajonc aux autres membres de Lorianeth. Aucun doute, ces deux-là avaient quelque chose de différent. Même si la magie n'était pas son point fort et qu'il maîtrisait mal les bases, Gabriel ressentait qu'il y avait quelque chose dans ce duo qui les plaçait au-dessus des autres membres de la guilde. Son attention se porta sur le collier de Saphir. Elle devait vraiment y tenir, car elle le portait tout le temps. L'objet était magnifique et le scintillement qui émanait des trois pierres était hypnotisant. Qui avait pu manufacturer une telle merveille ? Pas n'importe qui, c'était évident.

« Tu es dans la lune, Gabriel ? demanda l'elfe.

– Ah oui, désolé, je me suis perdu dans mes pensées.

– Ce n'est pas grave. Je voulais seulement te dire de te tenir prêt pour l'arrivée des sous-chefs. Pharos s'est mis en place, ça ne devrait pas tarder. »

Effectivement, le centaure et le ganak se trouvaient au centre de la cour. Eux aussi, ils n'étaient pas comme les autres personnes de la guilde, particulièrement le maître. Les murmures des conversations s'amplifièrent et Gabriel essaya de suivre, mais il n'y arrivait pas et ne cessait de décrocher. Il se rabattit alors sur la discussion de ses deux mentors qui essayaient de parier sur l'ordre d'arrivée des sous-chefs.

« Je vois bien Kague arriver en premier. Il est ponctuel.

– Sans doute, Ajonc. En revanche, c'est surement Issac qui arrivera en dernier.

– Oh oui, il aime tellement se faire désirer celui-là ! »

Sans avoir aucune connaissance des personnages, Gabriel ne pouvait que les croire sur parole. Le chemin à parcourir pour ne plus être le plus novice de la guilde lui semblait encore bien long. Qu'importe, il finirait par y arriver.

« Regardez la rivière ! » s'exclama Danieb le centaure.

Du point le plus profond du fleuve surgit un hippocampe, un cheval capable de nager et de se déplacer sur terre comme bon lui semblait. Sa crinière ressemblait à de longues algues brunes et il avait des couleurs éclatantes, oranges et roses, comme un récif de corail. Son corps était recouvert d'écailles et Gabriel n'en perdait pas une miette, lui qui n'avait jamais vu une telle créature.

Alors que l'hippocampe avançait vers le maître de la guilde, le relon se concentra sur son cavalier. Il ressemblait beaucoup à un simple humain avec son visage fin et ses cheveux sombres, mais il ne l'était pas complètement. Par endroit, des taches rougeâtres marquaient sa peau, ses yeux brillaient d'un rouge éclatant et des cornes sur sa tête le liaient en partie au peuple des démons. C'était donc un hybride, vêtu d'une grande cape sombre portant quelques coquillages. Une aura de mystère entourait ce personnage qui était un des sous-chefs de Lorianeth.

« Lé stral konodastaé diré salomnes, salua Pharos.

– Lé stral konodastaé dir del, répondit le nouveau venu en

descendant de sa monture.

– Ah mon petit Kague, premier comme à ton habitude.

– Eh oui, Galbon. Il est bon de revenir à Lorianeth et de revoir vos visages de temps en temps. Je commence à te comprendre le ganak.

– Toi aussi tu vas passer plus de temps sur l'ile de Sakero alors ?

– Non, mon vieux. Contrairement à toi, je suis sérieux et je gère Catcha. Depuis combien de temps n'as-tu pas posé le pied à Locksley hein ?

– Peuh, pas si longtemps… Enfin, je sais plus. Bref.

– On dirait que certains ont plus de conscience professionnelle que d'autres, se moqua Pharos.

– Oh lâchez-moi. S'pèce de premier de la classe va !

– Moi aussi je t'aime beaucoup, Galbon. Hum, maître Pharos, je tenais à vous dire que vous avez géré le conseil d'une main de maître à Rum Cay.

– C'est gentil même si ce n'est pas vrai. Mais tu y étais ?

– En tant que simple spectateur, mais je ne suis pas resté très longtemps. Le devoir m'appelait ailleurs sur la rivière de l'identité. Une chasse particulière.

– Les tarasques de là-bas, des sales bêtes, bougonna le ganak. Bon mon petit, tu peux rester avec nous le temps que les deux autres arrivent.

– Vous voulez dire le temps que le dernier arrive ! »

Tout le monde se retourna précipitamment. Sur le pont menant à la guilde, venait d'apparaitre une femme à la longue chevelure rousse, montée sur un pégase gris qui avançait d'un pas assuré. Rien qu'à voir son style vestimentaire, ses habits de fourrure, les différentes armes qu'elle portait et cet air de guerrière, on devinait sans peine qu'elle appartenait au peuple des amazones. Contrairement à la plupart des combattantes de Pallas, très fines et sèches, elle avait des courbes et était toute en rondeur, mais cela ne changeait en rien l'impression de force qui se dégageait d'elle.

En s'approchant de la foule, elle fit un petit geste de la main et beaucoup lui répondirent. Visiblement, elle était très appréciée et plus populaire que Kague, qui restait respecté, mais plus discret. L'amazone posa un pied à terre et s'inclina devant le maître ainsi que les deux sous-chefs qui lui rendirent son salut. Le demi-démon la regardait avec un intérêt non dissimulé, à tel point que Gabriel le remarqua, mais cela ne choquait personne.

« Dame Annaëlle ! s'exclama Wendy, un elfe noir. Quelle joie de vous revoir !

– Maître Kague aussi est de retour et c'est super ! renchérit Nolan le loup-garou.

– Annaëlle. La route a-t-elle été bonne depuis Sombrale ? demanda Kague.

– Un peu longue, mais toujours aussi belle, même en hiver. Enfin, le printemps sera bientôt sur nous. Je vois qu'il y a du monde à Lorianeth. Pour nous ?

– Eh oui, sourit Pharos. Bientôt, les premières fleurs viendront sur l'ile de Sakero.

– Bon en voilà deux, parfait, sourit Galbon. Ne reste plus que notre magicien et le compte s'ra bon.

– Oh, il va encore soigner son entrée, rit Annaëlle.

– Justement, regardez tous le ciel ! » s'exclama Ajonc.

Gabriel regarda et ne vit rien au départ, avant d'apercevoir un point noir dans le firmament. Le fameux point fondit vers eux à toute allure et freina juste avant de toucher le sol, dans un rugissement qui fit trembler le relon. Il s'agissait d'une wyvern, un lézard ailé sans pattes avant, d'un vert éclatant. La créature était terrifiante, mais une fois posée, elle devint calme et n'avait même pas l'air agressive. D'un bon vif, son cavalier sauta à terre et s'avança vers les autres.

Gabriel savait que c'était un magicien parce que Saphir le lui avait dit, mais il aurait très bien pu le deviner tout seul, parce que cet homme était un cliché vivant. Avec un air sûr de lui, le magicien recoiffa sa belle chevelure châtain clair d'un geste négligé en apparence, mais parfaitement calculé. Ses beaux yeux verts étaient rehaussés par le cuir rougeâtre de son vêtement. Nul doute, c'était un charmeur de première et confiant en ses capacités. L'épée qu'il portait sur son dos ne devait pas être là pour faire joli. Le personnage respirait la perfection et aux cris de la foule, on comprenait tout de suite qu'il ne manquait pas d'admirateurs à la guilde.

« Issac ! s'exclama Naynëlle une fée, soutenue par d'autres. Il est revenu !

– Maître Issac, s'écria Tanik le Mondenmé et il n'était pas le seul.

– Toujours aussi populaire, je vois, s'amusa Galbon.

– Les membres de Lorianeth sont juste d'un naturel accueillant avec moi, mon vieux. Je t'avoue que cela me plait plutôt bien.

– Dit celui qui a une wyverne alors qu'il s'occupe de la brigade terrestre, murmura Kague assez fort.

– Toujours plus original qu'un hippocampe pour la brigade aquatique eh !

– C'est bon, les interrompit Pharos. Maintenant que vous êtes tous là, nous ferions mieux d'aller directement à notre réunion. Hum, vous autres, ajouta-t-il pour la foule. Vaquez à vos missions ou à vos occupations habituelles. Qu'Orklos veille sur Lorianeth.

– Et Dénéia sur Sakero ! » répondit la foule.

Tout le monde parti, chacun de son côté, retournant s'occuper de sa tâche en cours. Pendant ce temps, le maître et les sous-chefs se rendirent dans le bureau du centaure. Bien vite, il ne resta plus grand monde dans la cour, à part Ajonc, Saphir et Gabriel. Le relon était d'humeur curieuse et il ne se retint pas malgré la présence du vierak.

« Dites, la manière dont Pharos et Kague se sont salués tout à l'heure…

– Oui, c'était bien de l'ancien langage, anticipa l'elfe.

– Je ne savais pas qu'il était encore utilisé ici. Peut-être que je devrais l'apprendre ?

– Nous en usons assez peu, seulement quelques mots entre nous, avoua Ajonc. Rien ne sert de te lancer dans son apprentissage dès à présent. Essaie de retenir ce que tu entends pour le moment, ce sera suffisant.

– D'accord. Et... C'est peut-être un peu indiscret, mais... Kague et Issac ne s'entendent pas ?

– Alors là, c'est le moins que l'on puisse dire, toussa Ajonc. Et encore, ils n'ont pas trop montré leur animosité là, c'était très gentil.

– Disons qu'ils ont leur raison, soupira Saphir. Mais mieux vaut que tu ne cherches pas à en savoir plus. Crois-moi, tu découvriras bien assez tôt pourquoi ils sont ainsi.

– Hum, pour revenir à l'ancien langage, sache que "Lé stral konodastaé diré salomnes" est une formule pour dire bonjour. Cela se traduit en gros par "que les étoiles bénissent vos jours". Un peu long, mais ce langage n'est pas très concis.

– En réponse, il faut dire "Lé stral konodastaé dir del", ce qui signifie "que les étoiles bénissent votre âme". De la simple politesse.

– Oh d'accord. C'est assez fascinant.

– Nous t'en apprendrons plus petit à petit. »

Cette promesse de Saphir fit plaisir à Gabriel. L'ancien langage, il en avait bien sûr entendu parler, mais les relons ne l'utilisaient plus. On racontait que c'était son peuple qui avait créé le langage moderne pour tenter de s'affranchir de ce poids du passé, tout en gardant un nom en ancien langage paradoxalement. Apprendre une nouvelle langue plaisait à l'adolescent, sans qu'il comprenne la raison exacte de cet engouement subit. Peu importe, Gabriel était prêt à faire des efforts pour comprendre au maximum cet ancien parler.

AU REVOIR, MAISON !

~ Peleor et Fluiseje ~

Le vent soufflait fort ce jour-là sur le royaume des humains. Le temps restait cependant au beau fixe pour ce tout début du printemps. Un bon jour pour commencer un voyage ! C'est du moins ce que pensait Fluiseje en se levant le matin. La jeune humaine s'était réveillée très tôt, trop excitée pour garder le lit plus longtemps.

Sachant qu'elle devrait privilégier le côté pratique à l'esthétique, elle noua ses cheveux en queue de cheval. La princesse avait choisi une robe ample noire adaptée à la monte à cheval, avec quelques broderies rouges et dorées. Sa tenue s'avérait à la fois pratique et distinguée.

Son père lui avait demandé de ne jamais oublier son rang. Afin de montrer qu'elle prenait ses indications au sérieux, Fluiseje portait le bracelet de son ancêtre Disen. Ce premier roi était comme une étoile filante, surgie de nulle part pour fonder Coronal et son royaume. Cela remontait à plus de trois mille ans maintenant et ce qui l'intéressait, c'était le présent.

« J'espère que tout va bien se passer. »

Elle se répétait cette phrase sans cesse depuis l'arrivée de Peleor à Coronal, comme une sorte de formule pour conjurer le mauvais sort. Fluiseje se rendit dans la cour arrière du château d'un pas léger. Sur son chemin, elle croisa de nombreux serviteurs occupés, mais aucun n'omit de la saluer. La princesse s'était toujours bien entendue avec eux et elle espérait que son départ n'y changeait rien.

Quel trajet allait suivre son voyage ? Voilà une question qui l'occupait, car elle n'en savait rien. Son père en avait pourtant longuement parlé avec Peleor, mais aucun des deux ne lui avait donné le moindre indice sur leur projet. De toute façon, si elle souhaitait voir quelque chose en plus, l'adolescente pourrait toujours tenter de négocier avec le magicien.

« Ma princesse. »

Cette voix, elle la connaissait bien et pour la première fois, son cœur se serra à l'idée de quitter le royaume des humains. C'était Titan qui se tenait en face d'elle, le capitaine des chevaliers de Coronal. Fluiseje l'adorait depuis qu'elle le connaissait, lui qui avait bien voulu lui apprendre les rudiments du combat à l'épée alors que cela lui était interdit par ses parents. Comme de coutume, il portait une armure de plate grise et ses cheveux noirs étaient plaqués vers l'arrière dégageant son visage. Cela permettait à la princesse de lire toute la tristesse de ses yeux sombres, ce qui donnait à l'adolescente une furieuse envie de pleurer qu'elle ravala.

« Messire Titan. On ne vous voit pas souvent dans cette partie du château d'ordinaire. Mon père vous aurait-il confié une mission spéciale ?

– Aucunement, princesse. Je voulais simplement vous dire au revoir. »

Un nouveau coup de poignard dans son cœur. Pourquoi était-il toujours d'une franchise désarmante avec elle ? L'homme continuait de la regarder avec un sourire bienveillant et Fluiseje ne put empêcher ses yeux de s'humidifier. Juste un peu.

« C'est extrêmement gentil à vous, chevalier.

– Ce n'est rien que la chose la plus normale pour ma princesse préférée. Vous allez me manquer.

– Titan, je… C'est…

– Ma princesse, je vous ai toujours considérée comme ma propre fille alors je prierai chaque jour pour que votre périple se déroule bien et que vous soyez contente.

– C'était donc ce que tu voulais me dire Titan ?

– Eh bien, oui. Je ne suis qu'un soldat et les mots ne sont pas mon fort. Néanmoins, j'ai tenté de vous dire ce que je ressentais de mon mieux, princesse. »

Il sourit tristement et afficha un sourire bienveillant qui toucha profondément Fluiseje, incapable d'articuler le moindre mot à l'instant. Tous les bons moments passés avec lui au palais lui revinrent en mémoire et elle ne put empêcher quelques larmes de couler. De l'embarras s'afficha sur le visage de Titan en la voyant ainsi et la princesse se jeta dans ses bras, comme lorsqu'elle était une petite fille et que le chevalier venait la rassurer. Quelques mots avaient suffi à ébranler sa résolution, il fallait pourtant qu'elle parvienne à rester forte.

« - Je suis désolée, Titan. Cela n'arrivera plus.

– Ne vous en faites pas, princesse, je n'en parlerai à personne.

– Merci. Maintenant, je suis prête à partir, je ne vais plus pleurer.

– Est-ce que vous craignez quelque chose ?

– J'ai… J'ai peur d'être déçue en réalité ou de ne pas être à la hauteur. Enfin, je dois affronter l'inconnu, j'en ressortirai plus forte !

– Je n'en doute pas un seul instant, princesse.

– C'est une promesse, Titan. Je ne baisserai jamais les bras.

– Je vous attendrai dans ce cas, en protégeant le royaume. Car vous reviendrez.

– Oui, Titan. Je reviendrai. »

Mais comment serait-elle à son retour ? Fluiseje l'ignorait. Il était possible que ce voyage la transforme, mais seul l'avenir le dirait. La princesse serra une dernière fois la main du capitaine dans la sienne. Elle ignorait pendant combien de temps elle serait partie, pour plusieurs mois au minimum, si ce n'était un an ou plus. Elle repensa aussi à son amie Sollia à qui elle ne pourrait pas dire au revoir, puisqu'elle était repartie à Solaris au pays des magiciens. Fluiseje réalisa que même si cela l'attristait, ce n'était pas si grave. La mélancolie du départ était moins forte.

« - Je dois y aller Titan, c'est l'heure de te dire au revoir.

– Vous avez raison, ils doivent vous attendre en bas et il serait fâcheux de faire patienter vos parents trop longtemps, je crois.

– Mes parents risqueraient même de changer d'avis.

– En effet. Ah princesse, je vous vois tellement comme ma fille que je me retiens de vous assommer de recommandations. Mais c'est le rôle de nos souverains et non le mien.

– Oui, je ne m'inquiète pas pour cela.

– Connaissez-vous déjà votre trajet à travers Isen ?

– Non pas encore, mais je vais certainement l'apprendre avec Peleor sous peu. J'ai hâte.

– Alors au revoir, princesse et puisse la route vous apporter de la joie.

– Au revoir, Titan. Que ta lame soit toujours affutée et que tu sois encore là quand je reviendrai.

– Oh ne vous inquiétez pas ! Je serai là. »

Fluiseje lâcha la main de Titan et partit dans le couloir sans se retourner. Le faire serait de toute façon beaucoup trop dur et c'était mieux ainsi. Le chevalier devait parfaitement le savoir aussi puisqu'il ne chercha pas à la rattraper. La princesse était plus triste d'abandonner son protecteur plutôt que ses servantes, ce qui devait être anormal pour quelqu'un de son rang. Cependant, Fluiseje savait qu'elle n'était pas une princesse ordinaire et cette pensée suffit à la faire sourire alors qu'elle marchait d'un pas décidé vers la cour.

Dans la cour arrière du château, Peleor attendait l'arrivée de la princesse en compagnie du roi et de la reine. Malgré quelques nuages venus couvrir le ciel, le temps restait idéal pour chevaucher et ainsi partir à l'aventure. Le magicien sentait l'excitation le gagner, alors qu'il n'avait besoin de personne pour partir à la découverte du vaste monde. Peut-être que c'est parce qu'il avait l'impression de se rendre utile au service de la noblesse pour une fois. Après tout, c'était sa première mission confiée par le roi Aeros, une lourde responsabilité reposait sur ses épaules.

Même en ressassant le projet, cela ne lui faisait pas peur. À ses côtés, Sire piaffait d'impatience et Peleor flattait son encolure pour l'aider à rester en place. Le roi des humains s'avança alors vers le magicien et l'on sentait qu'il avait quelque chose d'important à dire, du moins qui lui tenait à cœur.

« Messire Oïmos, cela va vous paraitre étrange de le dire maintenant, mais je vous remercie encore d'accompagner ma fille, mais surtout de prendre en compte mes conseils avec autant d'empathie.

– Je vous en prie Votre Majesté, cela a été fort instructif pour moi.

– Me permettez-vous une dernière recommandation, pas en tant que roi, mais en tant que père ?

– Bien entendu, je suis à votre service, roi Radoc.

– Vous savez bien entendu que ma fille est promise au prince Roland de votre pays. Oh, en vérité, je sais bien qu'elle n'en est pas éprise, mais je ne désespère pas que cela se produise un jour. Cependant, Fluiseje est encore jeune et je suppose que vous comprenez ce que je crains ?

– Vous avez peur qu'elle tombe amoureuse de quelqu'un d'autre, n'est-ce pas ?

– Précisément, Messire Oïmos. Alors j'aimerais que vous la surveilliez autant que possible de ce côté-là. Cela vous semble possible ?

– Je ferai de mon mieux Votre Majesté. Je dois tout de même vous prévenir que la déesse Amasha n'en fait parfois qu'à sa tête. Je ferai néanmoins tout ce qui est possible.

– Oh pour cela, je n'en doute pas, Messire.

– Merci de croire en moi, Votre Majesté.

– Vous savez, c'est étonnant, mais je dois vous dire que je vous ai facilement accordé ma confiance. Il y a quelque chose chez vous qui rassure. Et pourtant, en tant qu'humain, croyez que j'ai appris à me méfier de l'influencer des magiciens, mais vous êtes différent.

– Différent, Votre Altesse ? Que voulez-vous dire ?

– Il y a de la sincérité dans vos paroles et de la vérité dans vos gestes. Voilà tout. »

Les mots de Radoc furent comme un baume réparateur appliqué directement sur le cœur de Peleor. La reine n'avait rien dit, mais le sourire en coin qu'elle esquissait au loin voulait tout dire. De plus, ils n'avaient jamais eu une parole mauvaise à son égard et n'avaient jamais cherché à le mettre mal à l'aise. C'était vraiment de très bonnes personnes.

« - Vous savez, après le conseil, j'ai cru revenir sur ma décision, avoua Radoc. Avec tous les enlèvements dont on entend parler, je pense que vous pouvez me comprendre.

– En effet. Mais qu'est-ce qui vous a fait changer d'avis ?

– Cela va vous sembler bizarre, mais j'ai fait un rêve étrange. Ma fille partait réellement en voyage et elle était protégée par la déesse Dénéia en personne. Ce n'est peut-être qu'un signe stupide, mais j'ai choisi de le croire et de ne pas entraver mon enfant sous prétexte que j'ai peur. Je suis fou…

– Non, je ne pense pas. Vous êtes simplement un bon père.

– Oh, je l'espère sincèrement. Mais la voilà. »

Arrivant à point nommé, Fluiseje apparut en franchissant la grande porte du château. Le magicien nota que son habit était pratique pour une longue chevauchée et qu'il ne gênerait ses mouvements ni aux bras ni aux jambes, ce qui était parfait. Certes, à y regarder de plus près, le vêtement indiquait bien qu'elle était une personne royale, mais elle pouvait bien se permettre une petite fantaisie.

En y réfléchissant, Peleor réalisa qu'il n'avait jamais eu une véritable discussion en tête à tête avec la princesse. Ils avaient simplement échangé quelques phrases polies, mais toujours en présence du roi et de la reine. Serait-elle suffisamment à l'aise avec lui ? Peleor avait en tout cas observé Fluiseje de loin de son côté et avait pu constater qu'elle avait un caractère agréable pour une fille unique. Le stéréotype de la princesse égoïste ne lui correspondait pas du tout et elle avait laissé une très bonne impression au magicien quant au déroulement du voyage.

Les mots de Radoc revinrent à la mémoire de Peleor. Il devait donc l'empêcher de tomber amoureuse d'un autre que du prince Roland. Cela paraissait facile, mais on ne contrôle pas les sentiments, il était très bien placé pour le savoir. Si jamais le cœur de l'adolescente battait pour quelqu'un, il ne pourrait strictement rien y faire, à part lui rappeler qu'un mariage l'attendait déjà. Ce rôle ne lui plaisait aucunement, mais il avait promis au roi. Peleor chassa ses pensées négatives puisque la princesse se rapprochait de lui et de ses parents.

« Excusez-moi de vous avoir fait attendre, je suis prête.

– C'est nous qui sommes en avance, rétorqua son père. Et toi aussi, le soleil n'est pas encore aussi haut dans le ciel que nous l'avions décidé.

– Je crois que je n'aurai pas pu attendre plus longtemps. Alors père, mère, c'est l'heure pour moi de vous dire… au revoir. »

C'était là encore une autre épreuve difficile, mais il fallait passer par là si elle souhaitait réaliser son rêve et partir en voyage. D'abord, elle serra sa mère dans ses bras. Les deux femmes n'échangèrent aucune parole, les regards suffisaient à se comprendre. Ensuite, Fluiseje se blottit dans les bras de son père qui lui caressa tendrement les cheveux. Devant ce tableau, le magicien eut un pincement au cœur, car il n'avait jamais connu une famille aussi unie, si ce n'était avec sa sœur. Sa mère était morte à sa naissance et son père quand il était encore enfant, après tout. Fluiseje avait vraiment de la chance, mais il ne fit rien pour le faire remarquer et son visage resta neutre.

« Soit prudente ma belle, souffla la reine Anis. Prends soin de toi.

– Je le serai, maman, je te le promets.

– Bien entendu ma belle, tout ira bien si tu continues à croire en toi. Mais laisse-moi te donner un dernier conseil avant que tu ne nous quittes.

– Lequel, père ?

– Quoi qu'il arrive, n'oublie jamais d'où tu viens. »

Une légère brise souffla alors qu'il prononçait ses paroles, comme si l'âme de Disen les approuvait. Fluiseje les trouva d'une très grande importance et se promit de ne jamais les oublier. D'où elle venait, c'était Coronal, le royaume des humains, la lignée de Disen Bléos. C'était ici sa maison, ici que se trouvaient ses racines et cette vérité serait toujours réel.

Savoir d'où elle venait la tranquillisa et elle se sentit plus légère. Peut-être y avait-il aussi l'euphorie du départ ? En tout cas, elle fut fière de ne verser aucune larme devant ses parents. Tout cela, c'était grâce à Titan. Elle aurait voulu le remercier encore, mais il était temps de partir.

D'un bond, elle monta sur sa jument Ella, avec autant d'élégance et de classe que possible. La princesse tenait à donner la meilleure image possible de son niveau d'équitation à son protecteur et elle jugea s'en être plutôt bien sortie. Le regard de Peleor lui confirma son sentiment. Le magicien monta sur sa propre monture, un étalon coronalais baptisé Sire, avec une aisance presque insolente. C'était un duo étonnant que de voir un magicien sur un cheval humain et une humaine sur un cheval de magicien. En tout cas, Fluiseje voyait qu'elle avait de nombreuses choses à apprendre de lui, ne serait-ce que pour son expérience auprès des chevaux.

« Maintenant, c'est le grand moment. »

D'un geste de la main, elle salua ses parents qui lui répondirent vivement et l'on sentait toute l'émotion dans leur personne. Après tout, Fluiseje était leur enfant unique, leur précieuse petite fille, rien de plus normal que de les voir s'inquiéter pour elle.

D'un mouvement rapide des jambes, Peleor mit en marche son étalon et Fluiseje talonna sa jument pour qu'elle le suive, sans un regard en arrière. Ils passèrent par le grand portail à l'arrière du château et débouchèrent sur le début des plaines d'Angold qui jouxtaient le palais. La ville se trouvait derrière la résidence des souverains, comme si elle était protégée par son roi. C'était un fait assez rare pour être noté sur Isen.

La légère brise qui balayait la cour se transformait ici en terribles rafales, mais cela restait encore supportable. L'immensité du monde s'ouvrait à eux et la princesse en perdit presque sa respiration. C'était trop beau pour être vrai, mais c'était bien la réalité. Le magicien se tourna vers elle avec un sourire, s'assurant que tout allait bien.

« Vous êtes prête, princesse ?

– Je n'ai jamais été aussi prête de toute ma vie, Messire.

– Parfait, c'est ce que je voulais entendre. Direction le Sud, alors.

– Je vous suis, guidez-moi à travers Isen. »

Ils lancèrent leurs montures dans un pas soutenu, obliquant vers le sud. Fluiseje ne put s'empêcher de se retourner une dernière fois pour regarder le château qui l'avait vu naître et grandir. Puis, elle détourna les yeux et plongea dans l'aventure.

« Cette fois, c'est le grand jour. »

CHOIX DE BRIGADE

~ Gabriel ~

Gabriel s'épongea le front du revers de la main. N'importe quelle mission aurait été moins épuisante selon lui que celle de chercher des écailles de dragon dans la rivière de l'âme. Enfin, de son point de vue, ce n'était que de la poussière brillante et il n'en trouvait presque jamais.

Le relon ne pouvait pas compter sur Saphir et Ajonc en plus, puisque ses mentors étaient partis pour la forêt Ombrageuse, régler un problème avec des élémentaires. Ils n'avaient pas souhaité emmener leur disciple, parce que ses compétences en magie nécessitaient encore de l'entraînement.

Se trouvant désœuvré, Gabriel avait eu le malheur de se plaindre à un certain ganak qui n'avait pas tardé à lui trouver une occupation. Au moins, même si la mission n'était pas intéressante, cela faisait passer le temps.

« Quand même, je suis persuadé que ce n'est pas vraiment des écailles de dragon ! »

Il n'y avait en effet aucun moyen de croire que ces écailles provenaient de Balmung, le premier roi des dragons. Et puis, est-ce que cette poussière avait une quelconque utilité ? Connaissant Galbon, il était probable que non et cela agaçait Gabriel.

Au moins, cette mission lui dégageait un temps précieux pour réfléchir à une question très personnelle. Il savait que dans quelque temps, il devrait choisir une brigade au sein de la guilde puisque le quartier général de Sakero n'était pas prévu pour les débutants, sauf pour les disciples. Pour l'instant, le relon ignorait vers laquelle son choix devait se porter. Le peu de missions effectuées depuis son arrivée à Lorianeth ne l'aidait pas vraiment.

Terre ferme, eau profonde, vaste ciel ou terrain escarpé, le choix était vaste. Est-ce que choisir un chemin lui fermait définitivement les autres ? Cela l'inquiétait un peu et il prenait le temps d'y réfléchir.

« Gabriel, oh hé !

– Shin, on ne t'a jamais appris à ne pas déranger les gens quand ils travaillent ? »

Quand le relon se releva, toujours les pieds dans l'eau, il découvrit sans surprise Shin et Crystal, le duo qu'il commençait à bien connaître. Ils étaient montés sur des licornes, baie pour l'iriatide et grise pour l'ojiar. Ils avaient revêtu des vêtements pour la chasse et Gabriel eut un pincement au cœur. Que n'aurait-il pas donné pour avoir le droit de les suivre ? Seulement, sans ses maîtres, il ne pouvait aller nulle part et c'était bien dommage. Pour le moment, le relon se demandait si le duo voulait lui demander quelque chose en particulier ou seulement le saluer.

« Shin, Crystal, vous partez à la chasse ?

– Non, on part carrément en mission ! Et sur le continent en plus, s'extasia l'ojiar. Je crois que ça va être super dur, il va falloir que je fasse de mon mieux.

– On va simplement s'occuper d'un soi-disant fantôme pas loin d'Agria, la capitale des centaures. Pas de quoi en faire un plat, le rabroua Crystal.

– Je vous envie. Moi aussi j'aimerais bien partir en mission, mais je suis coincé ici. Oh, vous aviez peut-être quelque chose à me demander ?

– Rien de particulier. Cet abruti tenait juste absolument à te saluer pour la deuxième fois de la journée.

– J'adore saluer mes amis, affirma Shin avec un grand sourire et Gabriel en fut très touché.

– Oh, je vois... C'est gentil... Eh, est-ce que moi je peux vous poser une question ?

– Du moment que ça ne prend pas trois heures, vas-y !

– Merci Crystal. Voilà, je dois commencer à réfléchir à la brigade à laquelle je veux appartenir et je me demandais à quelle division de Lorianeth vous appartenez tous les deux ?

– Eh bien, à aucune, chantonna l'ojiar.

– Comment ça, à aucune ? Vous n'êtes pourtant pas des apprentis !

– J'ai rejoint la guilde grâce à Crystal en fait, même si je n'ai pas tout à fait le niveau. Je suis autorisé à suivre Crystal dans ses missions et c'est tout. Je suis un des seuls membres sans brigade !

– Shin, tu pourrais lui dire plus simplement que tu es mon disciple...

– Alors... Tu es exactement à mon niveau, Shin ?

– Bon d'accord, j'avoue. Moi aussi je dépends d'un maître pour mes missions. On est pareil toi et moi, Gabriel, alors je te comprends.

– Oh, je vois. Et toi, Crystal ?

– Écoute bien parce que c'est compliqué. À la base, j'appartiens à la brigade aquatique, ce qui est logique pour une iriatide comme moi et peu original j'en conviens. Ensuite, mon niveau a augmenté et Pharos a décidé que j'étais assez compétente pour les missions de grade maître, sans que je change de brigade pour autant. Ah, et du coup, je m'occupe de Shin.

– D'accord. Tu es donc quand même de la brigade aquatique…

– Attends deux secondes, je n'ai pas terminé ! Les jeunes de nos jours, quelle impatience !

– Euh, Crystal, toi aussi tu es jeune…

– Tais-toi, Shin, laisses-moi parler. J'ai également un statut particulier de traqueuse au sein de la guilde puisque je m'occupe de pas mal de missions d'espionnage et de repérage. Puisqu'on en parle, je suis également chargée des relations avec une guilde d'assassins.

– Lorianeth a vraiment des relations avec une guilde d'assassins ?

– Eh oui. Mais ce ne sont pas des méchants assassins. Eux, ils respectent bien leurs contrats.

– Très bien… Et donc je viens de demander des renseignements sur les brigades à deux personnes avec un statut spécial hein ?

– L'ironie est belle, sourit Crystal.

– Vraiment désolé, Gabriel… Mais peut-être que ça t'aura aidé un peu ?

– Oui, un peu. Merci à tous les deux.

– Bon, ce n'est pas tout ça, Shin, mais on a une mission à accomplir. On va devoir chevaucher vite et autant mon Relbus va tenir le rythme, autant je ne sais pas pour ton Ijy.

– Mais si ! Dis, Crystal, est-ce que Nuit le caladre peut venir avec nous s'il te plait, s'il te plait ?

– S'il accepte de nous suivre d'accord, mais dépêche-toi un peu. En avant.

– On se voit une prochaine fois, Gabriel ! »

Shin siffla quelques notes mélodieuses et le caladre de Lorianeth vint aussitôt se poser sur son épaule. Ainsi il y avait le droit de l'emmener en mission ? C'était une première nouvelle pour le relon qui se promit de le demander à ses propres maîtres. Les deux cavaliers partirent au galop sur la route qui menait au port de Sakero et Gabriel les regarda disparaître dans le lointain. Un fantôme près d'Agria, cela sentait l'aventure à plein nez pour eux.

Le clapotis de l'eau sur ses mollets ramena Gabriel à la réalité de sa mission. Il réalisa qu'il commençait à avoir sérieusement froid et décida que le peu d'écailles récoltées serait bien suffisant pour plaire à Galbon. De toute façon, cela faisait un moment qu'il n'avait rien trouvé de nouveau dans ce coin-là. Le relon quitta donc la rivière de l'âme et regagna la taverne après avoir séché ses vêtements du mieux qu'il pouvait.

La fréquentation du lieu était tellement variable que Gabriel n'avait pas réussi à trouver une logique ou à établir un calendrier hebdomadaire. Ce jour-là par exemple, la taverne était vide alors qu'une semaine auparavant, c'était bondé aux mêmes horaires. Le relon posa le contenu de sa récolte sur un coin du comptoir afin que Galbon le trouve facilement.

Le ganak n'était d'ailleurs pas en vue. Peut-être qu'il discutait avec Pharos ? Ou alors, il était parti se promener avec sa manticore Topaze. Le jeune homme espérait juste que le vieux n'était pas reparti à Locksley sans lui dire. Dans la mesure où les trois autres sous-chefs se trouvaient encore sur l'ile de Sakero, il écarta rapidement cette hypothèse.

Assoiffé, il commanda au barman modenmé, Tanik, son habituel lait de pégase. Gabriel devait reconnaitre qu'il n'en avait jamais bu de si bon avant, même sur l'ile Céleste pourtant réputée pour ce produit. Celui de Lorianeth avait une texture douce et un goût d'étonnement fruité qui venait flatter les papilles. Le boire réchauffait instantanément et ce frais début de printemps permettait d'en profiter encore. Même en été, le relon ne comptait pas s'arrêter.

Alors que Gabriel s'installait tranquillement à une table proche d'une fenêtre, il vit Annaëlle l'amazone s'approcher de lui avec une choppe d'irm, un alcool très léger, mais que le relon n'avait jamais osé goûter. L'adolescent se demandait ce que lui voulait le sous-chef de Sombrale quand elle posa sa main sur le dossier de la chaise juste à côté de lui.

« Je peux m'asseoir avec toi… Gabriel, je crois ?

– Oui, c'est ça. Et bien sûr, dame Annaëlle.

– Très aimable à toi. Mais appelle-moi juste Annaëlle.

– D'accord. Issac et Kague ne sont pas là ?

– Non, ils sont repartis tout à l'heure pour Goldo et Catcha. Ils prennent leur travail au sérieux, contrairement à moi, on dirait. Mais je voulais profiter de Lorianeth encore un peu.

– Oooh. Est-ce que Galbon est rentré aussi ?

– Non, je ne pense pas. On l'aurait su. Galbon est plutôt du genre bruyant.

– Tu as certainement raison. Je comprends que tu aies eu envie de rester un peu ici.

– Je t'avoue que je voulais aussi rester ici sans les deux autres.

– Ils sont pénibles avec toi ? Si ce n'est pas indiscret.

– Séparément non. Mais les deux en même temps, c'est quelque chose…

– C'est parce qu'ils sont intéressés par toi ? Ah, pardon, c'était trop direct.

– Ne t'excuse pas, ce n'est que la vérité. Ils se livrent une guerre pour moi depuis qu'on se connaît. Et même un nouveau comme toi a pu le voir… C'est triste.

– Chaque fois que je les ai vus, ils étaient froids l'un envers l'autre.

– Cela me désole d'être le centre de leur animosité, soupira-t-elle en buvant une grande gorgée de sa choppe. Si seulement cela changeait…

– Est-ce que tu… Est-ce que l'un des deux t'intéresse au moins ?

– Plus ou moins, oui. C'est là tout le nœud du problème.

– Euh, comment ça plus ou moins ?

– Comprends-moi bien, Gabriel. Si je le pouvais, je ne demanderais pas mieux que d'avouer mes sentiments à celui que j'aime. Seulement, je ne suis sûre de rien. Et si je le fais, j'ai peur de ce que l'autre est capable de faire. Alors, je préfère me taire pour l'instant. C'est mieux pour tout le monde.

– Tout le monde, mais pas toi, Annaëlle… C'est triste.

– Il faut parfois faire des compromis quand on vit en communauté.

– Pardonne ma curiosité, mais lequel t'intéresse le plus ? Issac ou Kague ?

– Voilà bien une question impertinente ! Je ne te le dirai pas, rit-elle.

– Euh oui, bien sûr, je comprends.

– Mais ne parlons pas de mes histoires de cœur, je n'ai pas envie de plomber l'ambiance. Changeons de sujet et parlons un peu de toi ! »

Gabriel déglutit. Qu'est-ce qu'elle voulait dire exactement par-là ? Le relon espérait qu'elle ne voulait pas parler de ses histoires de cœur à lui. Cela n'avait strictement rien d'intéressant et il n'avait pas envie de dire qu'il avait eu un coup de cœur sur… Gabriel stoppa ses pensées avant que celles-ci n'aillent trop loin… Et au cas où son interlocutrice puisse lire dans ses pensées.

« - Que veux-tu dire par-là ?

– J'ai entendu tout à l'heure quand tu parlais à Shin et Crystal. Pardon de ma curiosité, mais il me semble que tu cherches une brigade. Besoin d'un coup de main ?

– Ah oui, ce ne serait pas de refus, fit-il, soulagé par la tournure de la conversation. L'aide de Shin et Crystal n'a pas été aussi importante que je l'espérais…

– Hum, Shin est un disciple et Crystal a un statut particulier, je suppose que ça n'a pas dû t'aider. Et comme tes maîtres n'ont pas été très longtemps dans une brigade autre que celle de Sakero, ils ne seront pas les plus utiles non plus.

– Oh, je pensais qu'ils y avaient passé un peu de temps quand même…

– Non. Ce sont des surdoués ces deux-là. Revenons à toi. Y a-t-il un type de mission qui t'attire ?

– En vérité, tout me semble intéressant et c'est pourquoi je n'arrive pas à me décider. En plus, je… je ne sais pas si je suis à la hauteur pour l'une ou l'autre.

– Procédons par élimination. Tu m'es sympathique et c'est rare de voir un relon à Lorianeth alors j'ai envie de t'aider.

– Merci beaucoup. Hum, par où commencer ? Galbon s'occupe de la brigade spéciale, c'est ça ?

– Oui. Personnellement, si tu débutes dans notre mode de vie, je ne te la recommande pas. Ce sont des missions déjà pointues qui exigent de grandes connaissances.

– D'accord, donc je la mets de côté. Hum, je ne crois pas que je serais à l'aise avec les missions aquatiques non plus à y réfléchir.

– Très bien. Tu vois, tout devient déjà plus clair !

– Maintenant, terre ou air ? Je ne sais pas.

– Qu'est-ce qui te pose un problème dans ce choix ? Les deux te sont accessibles.

– J'ai des ailes, mais ma monture n'en a pas.

– Oh, ce n'est pas un problème. Je suis mes cibles avec mon pégase, mais rien ne t'empêche de le faire parfois seul. Quelle est ta magie préférée ?

– Je crois bien que c'est la foudre.

– La faiblesse de beaucoup d'êtres volants. Je crois que tu serais parfait pour ma brigade ! Enfin, je prêche pour ma propre maison, alors reste libre de ton choix.

– Tu crois vraiment que j'en serai capable ?

– Bien sûr. Je n'ai pas vu tes aptitudes, mais avec tes compétences, tu serais à l'aise, je pense. Et puis, c'est si agréable de voler dans le ciel, à la poursuite de créatures comme les wyverns ou les rocs. Un jour, quand tu seras plus expérimenté, je pourrai t'emmener !

– Tu me fais rêver avec la brigade de Sombrale. »

Le relon avait des étoiles dans les yeux et cela fit sourire Annaëlle. Gabriel remarqua alors que l'amazone avait l'air plus joyeuse qu'au début de leur conversation. Peut-être que parler avec lui avait permis à cette magnifique femme d'oublier ses problèmes l'espace d'un moment. L'adolescent était content d'avoir amélioré l'humeur de la sous-cheffe. Gabriel était heureux d'avoir pu faire le clair dans sa tête et de s'être fait une nouvelle amie.

« Merci beaucoup, Annaëlle. Je dois encore y réfléchir, mais tu m'as bien aidé.

– Je t'en prie voyons. Si jamais un jour tu as encore besoin de parler, sache qu'il y a une amazone qui sera toujours prête à t'écouter.

– Les membres de Lorianeth sont vraiment les meilleurs.

– C'est parce que nous savons faire des cicatrices du passé une force pour avancer dans la vie. Nous n'avons pas les mêmes origines, mais nous sommes unis par des liens plus forts que tout.

– Nous sommes une grande famille.

– Exactement. L'important, c'est de rester positif.

– Tu as raison. Oh, Annaëlle, je vais devoir te laisser, je vais aller m'entraîner un peu.

– Vas-y alors, tu m'as l'air bien motivé.

– Oui, je me sens en super forme maintenant. À plus tard Annaëlle.

– À bientôt, Gabriel ! »

L'esprit du relon était maintenant beaucoup plus clair et il se sentait d'excellente humeur. Maintenant, il avait une idée plus précise de son futur, même si ce n'était pas encore définitif. Cela lui donnait un regain d'énergie et il espérait que Slei le partagerait, car Gabriel avait envie de partir galoper à la lisière de la forêt Ombrageuse.

TRACER LE CHEMIN

~ Peleor et Fluiseje ~

Le voyage ne faisait que commencer, mais la princesse était déjà aux anges. Loin de rechigner devant les conditions difficiles qui se présentaient à elle, en opposition totale à sa vie de château, elle s'était toujours montrée de bonne humeur sur la route. Le temps avait été clément pour le moment, devenant nuageux et un peu venteux, mais jamais autant que le jour du départ.

Peleor et Fluiseje avaient continué vers le sud en obliquant légèrement vers l'est pour quitter les plaines du royaume des humains afin de pénétrer dans la forêt Ancestrale. Ils avaient atteint la lisière en une petite semaine, ce qui était très correct. Ce domaine sylvestre abritait plus loin le royaume des fées, leur prochaine destination.

La princesse était émerveillée par ce changement d'univers. Tout au long du trajet, Peleor s'était chargé de lui fournir à manger, par des réserves au tout départ puis en chassant principalement. Le magicien avait appris à la princesse à reconnaitre les plantes comestibles et la théorie de la capture du gibier. Elle n'avait pas encore essayé de chasser, mais peut-être que cela viendrait. En tout cas, l'adolescente se montrait attentive et motivée à apprendre.

La saison était parfaite pour traverser la forêt Ancestrale puisqu'avec le printemps, le sol de celle-ci était recouvert de fleurs blanches de toutes sortes, aux senteurs exquises. De temps à autre, le chant d'un oiseau mythique, le caladre, brisait le calme du sous-bois, quand ce n'étaient pas les pépiements des petits oiseaux plus communs. Des troupeaux de blanches biches et leurs faons passaient près d'eux, sans les craindre. Parfois même, ils aperçurent une licorne au loin et même un tréant une fois. Pour ce dernier, ils firent attention à rester à bonne distance.

« Un véritable rêve ! »

Lorsqu'il entendait sa protégée murmurer cela, Peleor ne pouvait s'empêcher de sourire, tout en réalisant qu'il en profitait également. Le temps clair et sec rendait les sous-bois beaucoup plus faciles à arpenter si bien qu'ils mirent à peine plus de cinq jours pour arriver à la ville côtière de Suki, capitale des fées. C'était un rythme très honorable compte tenu de la princesse et son protecteur ne manqua pas de le lui faire remarquer. Cela plut à la demoiselle.

Suki était donc la première étape de leur grand voyage. La capitale des fées était la seule véritable ville de ce peuple, il n'existait sinon que de très petits villages. Leur territoire étant majoritairement constitué de forêts, beaucoup s'installaient sur le littoral, plus sûr. L'endroit était charmant avec des petites maisons tout en rondeur collées les unes aux autres, donnant une impression de convivialité aux visiteurs. On retrouvait beaucoup de verre dans l'architecture, jusque dans le toit du château qui était entièrement transparent, irradiant de mille feux même en plein jour.

Le palais se trouvait au centre de la ville si on la parcourait du nord au sud, plus proche de la forêt que de la mer et entouré de sublimes jardins. Pendant qu'ils s'y rendaient, Fluiseje admirait les fleurs roses aux pétales recourbées et les étoffes chatoyantes qui décoraient les rues. Les fées étaient un peuple relativement accueillant, quoique jaloux de sa pureté puisqu'ils n'étaient rien de moins qu'un des trois peuples originels, avec les relons et les sirins. Elles ne le revendiquaient pas trop souvent, mais aimaient qu'on leur témoigne le plus profond respect.

Les fées étaient d'ailleurs uniquement des femmes, au visage juvénile et portant des ailes colorées de libellule dans le dos. On avait coutume de dire que ce peuple était petit en taille, mais ce n'était pas une généralité et certaines atteignaient des tailles respectables chez n'importe quel peuple. Quoi qu'il en soit, comme les autres peuples exclusivement féminins, elles choisissaient leur époux parmi les autres royaumes d'Isen. Ensuite, elles essayaient d'avoir une fille afin de poursuivre leur lignée. Tous les garçons étaient du peuple paternel.

Leur première étape de cette visite de Suki était de rencontrer la reine des fées comme le comprit bien vite la princesse Fluiseje. Elle n'avait pas posé plus de questions que cela à Peleor sur le programme du voyage, se contentant de suivre et de s'émerveiller.

« Tu penses que ça va aller, Peleor ?

– Je ne comprends pas, princesse. Qu'est-ce qui pourrait mal aller ?

– Je sais que les fées ne sont pas toujours très friandes des humains… Des Djens comme elles disent parce que nous ne maîtrisons pas la magie et qu'elles nous trouvent… disgracieux.

– Ne vous en faites pas. Si cela peut vous rassurer, vous êtes aussi jolie que n'importe quelle fée. De plus, la reine n'a pas de raison politique de ne pas vous apprécier. Et je serai à vos côtés. Les fées n'ont rien contre les magiciens.

– C'est vrai, je ne crains rien avec toi.

– Allez, allons-y. »

Ils se présentèrent à la porte principale et furent accueillis par des gardiennes qui portaient des armures si légères qu'on devinait aisément ce qu'il y avait en dessous. Fluiseje se demandait si cela les protégeait vraiment. Peleor les fixa dans les yeux. L'une des deux s'envola pour prévenir la famille royale tandis que l'autre conduisit les visiteurs à la salle du trône, sans prononcer le moindre mot. La princesse remarqua qu'elle voletait plutôt que de marcher et était absorbée par le doux mouvement des ailes.

Ils traversèrent des couloirs qui tournaient dans tous les sens tout en demeurant sur le même étage. À croire que les fées souhaitaient perdre leurs visiteurs… Ou leur permettre d'admirer tous les portraits des anciennes souveraines. On ne pouvait nier que les tableaux étaient magnifiquement exécutés et agréables à regarder. Néanmoins, il y en avait beaucoup trop.

Ils arrivèrent dans une petite salle plus large que longue aux nombreuses fenêtres d'un verre rosé. L'emblème des fées, une épée magique, était rappelé partout, du tapis jusqu'au lustre du plafond. Les deux gardiennes réunies s'inclinèrent devant les visiteurs avant de quitter les lieux sans un mot.

Le duo se retrouva face à quatre trônes, tous occupés. Les voyageurs ne manquèrent pas de s'incliner devant les personnes qui se présentaient à eux. Sur le plus grand des trônes, taillé dans un bois rare et léger, se trouvait bien évidemment Maïweve, bien droite, les mains sur les accoudoirs. Sa longue chevelure bien fournie était d'un blond scintillant, appuyant une paire d'yeux aussi bleus que la mer. La souveraine portait une robe vert et bleu recouverte de gemmes tandis que ses ailes resplendissaient, recouvertes de paillettes dorées. Une véritable beauté et son héritière, Dianta, sur le trône à sa droite, semblait bâtie sur le même moule, mis à part des yeux verts comme l'herbe ainsi qu'une robe bleue de moins belle fabrication.

Il en était bien autrement pour le roi et son fils. Le souverain se nommait Lyco, un ojiar aux cheveux blanchâtres et aux oreilles félines de même couleur, habillé de vêtements bruns quelconques. Malgré le sourire qu'affichaient ses lèvres, ses yeux émeraude indiquaient au contraire qu'un grand poids pesait sur ses épaules. Attentif, il semblait scanner la pièce en permanence. Son fils Bérien lui ressemblait beaucoup, avec des oreilles félines à la fourrure noir et blanc. Toutefois, il possédait le regard désarmant de sa mère. Son habit était en accord avec celui de la reine, mais les couleurs étaient beaucoup plus ternes.

Voilà les quatre personnes au sommet de la hiérarchie fée, même pour les ojiars. Derrière le trône de la reine se tenaient deux autres fées, sans doute bien plus vieilles que ne l'indiquait leur visage. Elles étaient drapées dans des soieries orange et rose inutilement brillantes. On aurait dit des ersatz de la reine, mais en moins réussi, malheureusement, ce qui n'enlevait en rien l'impression de pureté qui se dégageait d'elles. Fluiseje devina qu'il s'agissait de Saloha et Tchiria, les deux sœurs de la reine qui avaient juré de ne jamais se marier. Cela ressemblait plutôt à une technique de leur aînée pour ne pas avoir de concurrence par la suite pour la succession.

« Princesse Fluiseje Bléos, vous voilà donc ! Mes sentinelles m'avaient indiqué votre présence dans la forêt Ancestrale et je me demandais si vous viendriez me voir. Je suis curieuse de savoir les raisons de votre présence ici, toute seule.

– Votre Majesté, je ne suis pas seule. Je me trouve en compagnie de Messire Peleor, un magicien.

– Oh oui en effet. Cependant, ce n'est pas un nom de chevalier magicien que je connais.

– C'est parce que je ne suis pas chevalier, Votre Majesté. J'ai l'honneur d'appartenir à la maison de la reine Inmaya, les Oïmos.

– Le frère cadet de la reine Inmaya, murmura le roi Lyco et il échangea un regard avec sa femme.

– Fort bien. Cependant princesse, cela ne m'indique pas

ce que vous faites sur notre territoire. Y a-t-il une quelconque raison politique derrière votre venue ?

– Aucune, Votre Majesté. Je suis simplement en voyage à travers Isen.

– En voyage ? s'étonna Maïweve en écarquillant les yeux et ses sœurs firent de même, en bonnes dames de cour qu'elles étaient. Que voulez-vous dire ?

– Dans sa grande bonté, mon père le roi Radoc m'a permis de voyager autour d'Isen. Ainsi, je peux parcourir le monde, découvrir les différentes cultures de chaque royaume et développer des compétences qui feront de moi une meilleure reine. Mon fiancé le prince Roland a eu la gentillesse de m'offrir les services de Messire Peleor pour escorte au cours de ce périple.

– La princesse a la bénédiction des magiciens dans son projet, précisa Peleor. Et leur protection. Nous sommes convaincus du bienfondé de ce projet.

– Un voyage ? Quelle idée saugrenue ! Cela ne viendrait jamais à l'idée de personne ici. Enfin, le maître de Coronal est encore libre d'accomplir tout ce qui lui traverse l'esprit.

– L'idée d'un voyage vous parait à ce point insensée, Votre Majesté ?

– Oh, cela s'entend bien sûr. Cependant, sachez que nous, les Istar, nous ne laisserions jamais partir notre unique héritière à l'aventure sans défense. C'est cela qui me surprend.

– Messire Peleor est avec moi, répliqua doucement Fluiseje. Si mon père et le roi des magiciens l'ont désigné pour me protéger, je pense que je peux leur faire confiance.

– Une grande escorte gâcherait le plaisir de la découverte et serait trop repérable, Votre Majesté, ajouta l'homme. Deux cavaliers vont plus vite également.

– Oh très bien, nous ne remettrons pas en cause les façons de faire de vos royaumes de toute façon. Simplement, nous ne procédons pas ainsi…

– Quoi qu'il en soit, bienvenue à Suki à tous les deux, déclara la princesse Dianta avec un grand sourire, envoyant à sa mère un regard froid.

– Devons-nous vous loger? demanda Lyco, très pragmatique.

– Cela ne sera pas nécessaire, assura Fluiseje. Je vous remercie de votre hospitalité, mais je me dois de décliner votre invitation.

– Comment? Mais enfin, il serait inconvenant de laisser une princesse de votre rang dormir n'importe où, s'insurgea la reine.

– Ne vous en faites pas, Votre Majesté. En réalisant ce voyage, je savais à quoi m'attendre, je vous rassure et je ne vais pas vous imposer ma présence. De plus, c'est un des buts de ce voyage, m'apprendre à me passer du confort d'un palais. Je vous remercie de votre gentillesse.

– Vous êtes certaine?» demanda le prince Bérien pour sa première intervention.

Le regard de sa mère le replongea toutefois dans son mutisme. Les hommes avaient visiblement peu le droit à la parole, même pour dire des choses sans réelle incidence. Pour le roi, c'était un peu plus simple, mais ses rares interventions montraient bien la réalité du palais.

«Je me porte garant du confort de la princesse, s'inclina Peleor. J'ai réservé une auberge très confortable à Suki afin de répondre à ses besoins.

– Merci, Messire Oïmos, nous comptons sur vous, sourit Dianta.

– Tout de même, laisser une adolescente de sang royal seule avec un célibataire, souffla Saloha à Tchiria. Ce n'est pas…

– Silence, leur intima Maïweve, mais avec peu de conviction. Nous devons parler avec un peu plus de respect de nos hôtes. Oui, nous devons faire confiance aux magiciens et aux Djens.

– De plus, sauf votre respect, il serait présomptueux d'affirmer que je suis célibataire.»

La voix de Peleor restait très polie, mais Fluiseje y discerna quelque chose de froid et cassant. Quand elle se retourna vers son protecteur, il n'affichait absolument aucune émotion. Cependant, dans ses yeux luisait une pointe de colère, subtile, mais présente. Avait-il vraiment une femme ? L'adolescente réalisa qu'elle n'en savait rien, n'ayant jamais posé la question.

« Oh, je vois. Pardonnez-nous, Messire Oïmos, minauda la reine, alors que ses yeux indiquaient clairement qu'elle n'en avait rien à faire.

– Vous n'avez pas à me demander pardon, Votre Majesté.

– En tout cas, si vous avez besoin de quoi que ce soit durant votre séjour à Suki, n'hésitez pas à le demander au palais. Nous sommes à votre service.

– Je vous remercie de votre offre et de votre accueil, s'inclina Fluiseje, heureuse que l'entrevue se termine enfin. Qu'Orklos veille sur vous.

– Qu'Orklos veille sur votre séjour » compléta la princesse fée.

Fluiseje et Peleor s'inclinèrent une dernière fois devant la famille royale puis quittèrent la salle du trône. La princesse réalisa que les pièces étaient petites, mais très hautes, sans doute parce que ce peuple était capable de voler. Une des gardiennes vint les chercher et les conduisit à nouveau à travers le dédale de couleurs, toujours sans prononcer un mot. En les laissant à l'entrée du palais, c'est à peine si elle laissa un au revoir franchir ses lèvres.

La princesse s'avouait déçue de l'hypocrisie permanente qu'elle ressentait à la cour féérique. Elle avait si longtemps perçu ces femmes ailées comme un peuple adorable que cette découverte était difficile, même si bien sûr personne n'était parfait. Fluiseje décida d'oublier ce mépris affiché des autres cultures. Cela ne lui apporterait rien de plus.

Avec Peleor, Fluiseje retrouva sa monture et ils allèrent explorer un peu la ville de Suki. La vie qui y régnait remit l'adolescente de bonne humeur, mais Peleor demeurait silencieux.

Que pouvait-il bien penser ? La princesse n'en savait rien et cela l'inquiétait un peu.

Leurs déambulations les conduisirent au port de Suki, d'où ils purent observer la mer des voiles. L'eau était très claire et une petite dizaine de bateaux s'adonnaient à la pêche dans les environs. En regardant au loin, on pouvait apercevoir légèrement l'ile Céleste. Ils descendirent vers le sud de la ville où se trouvait le quartier des restaurants, collé au port de plaisance. Néanmoins, ils s'installèrent face à la mer, sur un muret. Peleor avait confectionné une salade avec des plantes extraites de la forêt Ancestrale et c'était un véritable régal. Fluiseje regrettait simplement son mutisme.

« Peleor, tu es fâché ?

– Comment ? Ah non, je ne suis pas… bon, le comportement des fées m'énerve parfois, je le confesse, et cela n'a pas manqué.

– Et tu n'as pas aimé qu'elles pointent du doigt ton célibat ?

– Pas vraiment non, reconnut-il, en se massant la nuque.

– Est-ce que tu peux me dire à quoi ressemble ton épouse ? Je ne t'ai jamais demandé.

– Oh, ce n'est pas vraiment ma… Pas officiellement… C'est un peu compliqué et je crois qu'il est préférable que nous n'en parlions pas.

– Je comprends. Pardonne ma curiosité. Euh…

– Regardez au loin, on voit un peu mieux l'ile Céleste maintenant. »

L'humaine reporta son attention sur la mer et effectivement, le temps s'était un peu dégagé, même si beaucoup de nuages recouvraient l'ile. On distinguait quelques montagnes et Fluiseje put même apercevoir une cascade qui tombait droit dans la mer. Pour le reste, le pays restait nimbé de mystères. Fluiseje se demandait comment une telle masse flottait dans les airs.

« Dire que c'est le royaume des relons ! Est-ce que nous allons y aller ?

– Je regrette, princesse, mais ce ne sera pas possible. Si vous avez trouvé les fées peu accueillantes, alors sachez que ce sera encore pire chez les relons. Leur fierté n'est pas qu'une légende. Votre père lui-même m'a demandé de ne pas vous y emmener.

– Pourtant, nous nous entendons bien avec les relons.

– Politiquement oui. Mais je suis d'accord avec votre père.

– Très bien, je vous fais confiance à tous les deux. Mais dis-moi, est-ce que nous irons voir chaque famille royale partout où nous irons ?

– Oh non, nous n'aurons pas cette contrainte. Pour les fées, cela les aurait affreusement vexées que nous ne le fassions pas, mais pour d'autres, nous pourrons esquiver.

– Parfait ! Quel est notre programme à présent ?

– Nous allons passer un moment à découvrir le royaume des fées ainsi que Suki, si cela vous convient. Ensuite, nous devrons retraverser la forêt Ancestrale pour rejoindre un nouveau royaume qui devrait bien vous plaire et ses dirigeants aussi. Cela vous convient ?

– Tout à fait. Je suis impatiente ! »

Fluiseje se sentit plus détendue en voyant que le magicien avait retrouvé son sourire. Elle le préférait vraiment comme cela. Son regard se porta sur l'ile Céleste à nouveau et elle ne put retenir un petit soupir. Même s'il y avait des raisons, elle était quand même déçue de ne pas s'y rendre. Peut-être qu'un jour, elle pourrait quand même y poser le pied ? L'espoir ne quittait pas son cœur.

Peleor préféra ne rien dire. Comment lui avouer que le principal problème était le célibat du roi relon ? Si jamais par malheur Mystral s'éprenait d'elle, ce serait le début d'un incident diplomatique entre les humains et les magiciens. Non, mieux valait éviter tout ennui et rester loin de l'ile Céleste, aussi tentante qu'elle puisse paraitre.

UNE MAGIE ENDORMIE

- Gabriel -

Gabriel se tenait derrière les écuries, sa concentration au maximum. Juste à ses pieds, la rivière de l'âme poursuivait tranquillement son cours et elle était sa cible. Le relon était seul, comme à chaque fois qu'il souhaitait entraîner sa magie. Il ne voulait pas que d'autres voient à quel point son niveau était pitoyable ou ne soient blessés du fait de sa maladresse, même si cette dernière option était hautement improbable vu qu'il n'arrivait jamais à rien produire de plus qu'une étincelle.

Gardant ses ailes repliées dans son dos, Gabriel essaya de faire le vide dans son esprit et de ressentir la magie en lui. Il n'y avait malheureusement pas grand-chose, pas même un picotement pour chatouiller sa perception. Peut-être qu'en s'enfonçant plus loin dans la forêt Ombrageuse… Non, il devait se tenir prêt à retourner auprès de ses mentors si ces derniers l'appelaient.

En fermant les yeux, le relon ressentait quand même

quelque chose en lui. C'était comme un nœud, il ne savait pas comment le décrire autrement. Est-ce que c'était de là que venait son blocage ? Gabriel n'en savait rien, mais il décida de se concentrer dessus. Lentement, il éleva une main vers le ciel en inspirant. Puis à l'expiration, il rouvrit les yeux et abaissa sa main en pointant le fleuve du doigt.

« Istar ! »

C'était un des rares mots d'anciens langages qu'il connaissait et qui signifiait la foudre. Pour utiliser un sort, il n'était pas obligatoire de dire un mot, mais parfois, cela pouvait aider. C'était ce que lui avait dit Annaëlle, mais aussi ce que lui avait répété sa sœur autrefois.

Une petite étincelle jaune jaillit de sa main en direction de la surface de l'eau, mais cela n'eut aucun effet, sinon ce court visuel. La rivière de l'âme continuait de couler sans se soucier de lui. Gabriel soupira. C'était là tout ce qu'il était capable de produire, même pas de quoi faire sursauter un mulot. Parfois, devant l'absence totale de progrès, il se demandait s'il ne ferait mieux pas d'abandonner. Ses talents d'escrimeur croissaient à toute allure, peut-être qu'il devrait se concentrer là-dessus ?

« C'est tout de même curieux que tu n'y arrives pas. »

Saphir surgi des écuries et Gabriel sursauta car il ne l'avait pas sentie arriver. Pourtant, l'elfe lui avait appris à détecter la magie et à en évaluer la puissance, mais il ne ressentait cette fois strictement rien venant d'elle. Le relon réalisa alors que son maître avait probablement caché sa magie. Il fixa Saphir avec un regard interrogateur et en souriant, la jeune femme libéra à nouveau ses pouvoirs. Une immense source magique rayonna en elle, comme surgie du néant. Même avec l'habitude, son disciple ne pouvait s'empêcher d'être impressionné.

« Maître Saphir, tu caches bien ta magie.

– Oh pas tellement. J'ai simplement rassemblé mon énergie en moi pour qu'elle ne forme qu'un point, si compacte que sa perception est presque impossible. C'est la méthode que la plupart des personnes utilisent quand elles ont besoin de masquer leurs pouvoirs.

– J'ignorais qu'il existait une autre méthode.

– L'autre consiste au contraire à tellement étendre son pouvoir aux quatre vents qu'on ne ressent plus rien chez la personne. Cependant, il faut un immense pouvoir magique pour faire cela et souvent, c'est un peu plus compliqué.

– Est-ce que tu es capable de le faire ?

– En toute modestie, oui, mais je connais quelqu'un qui le fait bien mieux que moi. Enfin, revenons à toi, Gabriel. Le reste peut attendre.

– Hum, Ajonc n'est pas là ?

– Il doit être à la taverne. Nous le rejoindrons après. Pour le moment, je veux parler avec toi. »

Gabriel avala sa salive le plus discrètement possible. Rester seul avec Saphir, sans devoir supporter la présence d'Ajonc, c'était vraiment le paradis. Le relon savait que son intérêt pour l'elfe n'était pas naïf, tout en elle l'attirait. Il aimait son physique et son sourire rare bien sûr, mais il aimait aussi sa gentillesse malgré son air peu amical, sa patience, son incroyable talent pour le combat et sa magie extraordinaire. Tous ses sentiments étaient cependant balayés par Ajonc. Il ne fallait pas être très intelligent pour comprendre que le vierak était en couple avec Saphir, c'était l'évidence même. Le lien entre eux était fort et cela mettait Gabriel mal à l'aise. Repoussant sa jalousie, le relon essaya de trouver autre chose sur lequel se concentrer.

« Tu veux parler de ma magie, maître ?

– En effet. Je trouve curieux que tu n'arrives pas à t'en servir puisque tu as l'air de connaître son fonctionnement. J'ai pourtant sondé ton âme et je ressens une puissance au moins aussi grande que la mienne. Alors pourquoi ?

– Moi, cela fait bien longtemps que je ne ressens plus rien chez moi.

– Bien longtemps… Que veux-tu dire par-là ?

– Quand j'étais enfant, je maîtrisais correctement la magie, comme n'importe quel relon. Et puis un jour… Je ne sais pas pourquoi, mais j'en ai été incapable.

– Il y a eu un événement particulier qui a entraîné cela ?

– C'était avant… Je ne sais plus. Cela fait trois ou quatre ans maintenant.

– Peut-être… Peut-être que quelqu'un a lancé un sort pour bloquer tes pouvoirs.

– Un sort ? Vraiment ? Et on peut l'annuler ?

– Si je trouve quel type de sort oui, mais pour le moment, je n'en ai aucune idée ! Il est aussi possible qu'il y ait une condition pour révéler tes pouvoirs, mais le tout est de savoir laquelle. Note que ce sont des hypothèses, je ne suis certaine de rien.

– Mais alors… il reste un espoir pour ma magie ?

– Bien sûr. Je suis persuadée que cela viendra un jour, Gabriel. Continue à t'entraîner, ne baisse pas les bras et tu arriveras à faire cela. Taraho ! »

La main de l'elfe dessina un geste négligent vers le ciel et une volée de flammèches monta en l'air. Saphir maîtrisait parfaitement ce qu'elle faisait et le mot Taraho, signifiant feu, n'était là que pour faire beau. Gabriel la trouva encore plus belle. Avec un sourire, la jeune femme fit apparaitre un cercle de feu au-dessus de la rivière de l'âme, simplement par plaisir.

« Dans ton cas, ce sera avec la foudre, mais tu y arriveras aussi. Il y a de la magie en chacun de nous et en toi aussi. Au fait, as-tu déjà essayé d'autres magies ?

– Oui, mais la foudre est celle que je maîtrise le mieux… Et c'est beaucoup dire.

– Hum… dis-moi, aurais-tu par hasard un objet fétiche ? demanda-t-elle brusquement.

– Euh, c'est-à-dire ?

– Un objet auquel tu tiendrais particulièrement. Par exemple, pour Ajonc, c'est son arc qui lui vient de son oncle. Pour moi, c'est ce collier que je tiens de ma mère. Je sais qu'il m'aide à me concentrer sur la magie alors je me disais que tu avais peut-être une telle chose.

– Non, je n'ai rien de tel. Désolé.

– Non, ce n'est rien, répondit Saphir, avec l'air étonnement déçu par rapport au contexte. Je pense que cela aurait pu t'aider, mais on fera sans.

– Peut-être que je finirai par en trouver un ?

– C'est possible oui. Je vais rejoindre Ajonc. Tu peux t'entraîner encore un peu puis nous rejoindre. Demain, nous partons en mission en dehors de l'ile de Sakero.

– C'est vrai ? J'ai hâte ! Je vais m'entraîner sérieusement.

– Je compte sur toi. À plus tard. »

Sans ajouter un mot, Saphir le quitta, traversant les écuries pour se rendre à la taverne. Au passage, elle en profita pour offrir une caresse à son bayard Étoile. L'étalon magique avait l'air content et cela la mit de bonne humeur. En continuant sa route, Saphir se retrouva devant la stalle de Slei, la monture de Gabriel. Aucun doute, c'était vraiment un bel étalon.

« Slei… Roi en ancien langage… C'est une belle signification.

– Merci du compliment, répondit mentalement l'étalon et cela ne surprit même pas l'elfe.

– J'ai l'impression que tu n'es pas ici par hasard.

– Le hasard et le destin sont parfois étroitement liés. Mais il est trop tôt encore. »

Saphir hocha légèrement la tête puis s'en alla à la taverne, l'esprit bien occupé. Ajonc l'attendait déjà, assis à une table au premier étage pour leur donner de l'intimité. Elle voyait qu'il lui avait déjà préparé une infusion à la rose, sa préférée. C'était vraiment la personne la plus attentionnée du monde et Saphir réalisa une énième fois à quel point elle l'aimait. Elle s'assit à ses côtés, souriante.

« Alors ma belle, qu'est-ce qui te préoccupe ?

– Décidément Ajonc, je ne peux jamais rien te cacher.

– Depuis le temps qu'on se connaît, je sais quand même lire un peu tes émotions. Alors qu'est-ce que c'est ? C'est notre cher élève ?

– Le fait qu'il ne puisse pas utiliser sa magie m'étonne toujours.

– Oui, je me rappelle que tu as envisagé la possibilité d'une barrière psychique. Mais au final, tu n'as rien trouvé, même en le sondant magiquement.

– Rien du tout. Si c'est vraiment un sortilège, il doit être incroyablement puissant pour que je n'arrive pas à en trouver la moindre trace.

– Il n'y a pas d'autre explication possible ?

– J'ai songé à un enfermement psychologique puisqu'il m'a dit qu'il pouvait utiliser la magie avant, mais je n'y crois pas. Lorianeth aurait dû le débloquer dans ce cas-là. J'ai aussi une autre théorie, mais j'ai bien du mal à y croire.

– Est-ce que… est-ce que tu penses que ce serait… Elle ?

– Qui veux-tu que ce soit d'autre, avec une magie si puissante ? Tu t'en rends compte, Ajonc ? Si c'est la vérité, elle… Elle a changé le futur sans demander l'avis de quiconque.

– C'est… Non, Séraphina n'aurait jamais fait cela.

– Pourtant, reconnaissons-le, cela ne peut être qu'elle !

– Saphir, calme-toi, murmura le vierak en s'approchant d'elle et en prenant sa main.

– Pardon. C'est juste que je ne comprends pas la raison de son geste si c'est bien elle. Pourquoi aurait-elle fait cela à son propre frère ?

– Ne te torture pas l'esprit avec une simple théorie. De toute façon, maintenant, elle ne peut plus répondre à nos questions là où elle est. Oublions Séraphina et concentrons-nous sur le présent, d'accord ? Pour le moment, notre disciple Gabriel va bien, il arrive à s'en sortir sans magie dans la vie et il n'y a donc pas lieu de s'inquiéter.

– Tu as raison, comme toujours. »

Ajonc sourit et l'attira tout contre lui pour la réconforter. Saphir se demandait ce qu'elle ferait sans lui et son aura rassurante. Depuis toujours, le vierak savait comment la calmer, quels mots utiliser pour apaiser son esprit. C'était une compétence qu'il maîtrisait autant que son talent d'archer et c'était une des raisons pour lesquelles elle l'aimait tant, une des raisons pour lesquelles elle voulait le protéger de toute son âme. Ses pensées dérivèrent lentement.

« Elle te manque, n'est-ce pas ? demanda Ajonc.

– Bien sûr que oui. Je pense toujours à elle et même si je sais qu'elle est en sécurité… je ne peux m'empêcher de m'inquiéter. En même temps, c'est ma faute.

– De notre faute. Nous avons choisi cette vie ensemble.

– Oui, mais c'est moi qui… Je ne suis pas douée avec elle, tu le sais bien.

– Avec le temps, cela viendra, je le sais.

– Est-ce que nous irons la revoir bientôt ? Elle n'était pas au conseil alors…

– Quand notre apprenti sera un peu plus expérimenté. Avec notre statut, nous pourrions faire n'importe quoi, mais… Ce ne serait pas digne des membres de Lorianeth.

– Je me demande encore pourquoi tu as rejoint la guilde, Ajonc. Moi, c'est par la force des choses, mais toi… tu n'avais aucune raison.

– Une vieille envie d'aventure. Et aussi parce que mon intuition m'a guidé vers toi. »

Afin de faire rougir Saphir, Ajonc l'embrassa sur le front et cela fonctionna. La peau bleue de l'elfe vira légèrement au rose et cela le fit rire. Aucun doute, ils étaient vraiment un couple en harmonie. Ils profitèrent de quelques instants ensemble puis redescendirent au rez-de-chaussée où se trouvait déjà Gabriel. Pour le relon, l'entraînement n'avait été qu'une suite d'échecs et il avait préféré arrêter le massacre au bout d'un moment.

« Alors Gabby, prêt pour ta prochaine mission ? l'alpaga Ajonc.

– Oui, répondit Gabriel, qui n'aimait pas trop le surnom que lui donnait le vierak. Saphir, tu m'as dit qu'on allait en dehors de Sakero, c'est ça ?

– Pas très loin, oui, mais suffisamment pour un bon dépaysement.

– Au départ, on devait aller explorer la lisière du bois aux chênes, mais Pharos a changé d'avis. »

Si le vierak n'afficha pas de déception particulière, Gabriel ne manqua pas de remarquer que Saphir détourna les yeux. Est-ce que c'était elle qui avait demandé un changement de mission ? Et pourquoi ? Cela lui paraissait étrange, mais ce n'était pas le moment de demander.

« Alors, où allons-nous ?

– Hum, tu seras peut-être moins enthousiaste en le découvrant, avoua Ajonc. Connais-tu Stohg ?

– Stohg, comme la capitale des incubes ?

– Exactement ! C'est notre prochaine destination ! »

La motivation du novice se brisa subitement et il ne comprenait pas comment le vierak pouvait rester de si bonne humeur. Il avait beau être tolérant, Gabriel connaissait trop de rumeurs sur le compte des incubes pour les ignorer. Ce peuple vivait relativement isolé au sein de la région désertique du Keros, à l'est de la chaîne des glaces. Peu fréquenté par les étrangers, le lieu ne devait pas manquer de charme, si l'on ne comptait pas sa population. Les autochtones étaient en effet réputés pour leur passion dévorante des plaisirs de la chair et les victimes étaient bien nombreuses. De sombres histoires circulaient sur ces êtres à la peau grise, aux ailes inversées et aux cornes de démon. Pour Gabriel, ce n'était pas la joie. Restait à savoir en quoi consistait la mission.

« Les incubes ne sont pas si horribles qu'on le prétend, tenta de le rassurer Ajonc. C'est juste qu'ils ont une culture un peu différente. Par exemple, la polygamie est normale chez eux… Hum, ce n'était pas un bon exemple en fait.

– Dis plutôt à Gabriel ce que nous allons devoir faire.

– Oui, Saphir. Hum, la requête vient du prince Colvyle en personne. Nous devons simplement repousser une troupe de béhémots qui traîne un peu trop près de la capitale.

– Des béhémots ? Qu'est-ce que c'est ?

– Ce sont des créatures assez discrètes, expliqua Saphir. Elles ne sont pas domesticables et ne vivent que dans le désert pour rester en paix.

– Oh, les béhémots doivent être plutôt pacifiques.

– Ce n'est pas le mot que j'aurais employé pour les décrire, réfléchit le vierak. En gros, un béhémot ressemble à un modenmé, mais en beaucoup plus grand, souvent trois mètres de haut. Leur poil a la couleur du sable et ils sont très musclés. Ah et ils ont des griffes énormes aux mains. Elles font souvent un mètre de long, voire plus.

– Ah… Pacifique n'est pas le mot alors.

– Nous partirons demain à la sonnerie du cor. Tu seras avec nous, Gabriel ?

– Bien sûr, Saphir. Je serai prêt. »

Au moins, cette mission promettait de faire découvrir à Gabriel encore un autre aspect d'Isen. Cette perspective lui fit même oublier ses problèmes de magie, les incubes ou encore les terribles béhémots. La curiosité était plus forte que tout. De surcroît, le relon allait retourner un peu sur le vieux continent d'Isen. Cette perspective lui donnait déjà envie d'être demain.

COMME PÈRE ET FILS

~ Peleor et Fluiseje ~

Après avoir passé quelques jours à Suki, Peleor et Fluiseje repartirent à travers la forêt. Une bonne semaine pour quitter la sylve ancestrale, encore une semaine pour traverser des zones plus plates et ils se retrouvèrent à Pallas, la capitale des Amazones. Le printemps était bien avancé et la cité des guerrières était magnifique. Dans son organisation, on sentait toutefois qu'elle était plus adaptée à affronter l'hiver, avec ses murs épais.

La ville était bâtie sur la seule colline à des kilomètres à la ronde, au carrefour d'un bois et de grandes plaines. Sur son versant ouest, elle était bordée par un canyon abritant la rivière du cheval, un courant tumultueux en contrebas de falaises hautes de plusieurs mètres. Un peu plus loin vers le sud, le canyon disparaissait et la rivière continuait seule son chemin. Pallas était bâtie sur trois étages, dans de la pierre blanche et avec une architecture plutôt simple, mais harmonieuse.

Il y avait moins de couleurs qu'au royaume des fées et il

y avait beaucoup de guerrières, mais cela ne rendait pas l'endroit moins agréable. Fluiseje avait l'impression qu'on allait les fouiller à l'entrée de la ville, mais dès que les gardiennes aperçurent Peleor, elles se détendirent et les laissèrent passer avec le sourire. Décidément, ce magicien devait être lié à ce royaume.

Malgré l'ascension assez raide, il ne leur fallut pas longtemps pour parvenir tout en haut de la ville, là où se trouvait le palais. On accédait à l'intérieur par un petit escalier qui donnait sur une grande terrasse. Puis, une large porte menait au cœur du palais. Fluiseje crut que les guerrières qui les saluaient allaient leur proposer de les escorter, mais elles ne firent rien en ce sens. Peleor semblait parfaitement connaître le chemin jusqu'à la salle du trône, au même étage que la terrasse.

« Peleor, tu es familier à ce royaume, non ?

– Oui, princesse. Cela se voit tant que ça ?

– Eh bien, tu as vraiment l'air d'être chez toi ici. Est-ce que tu as un lien familial avec la reine ? Oh, non, peut-être avec le roi ? Il est magicien non ?

– Non, je n'ai aucune parenté avec l'un ou l'autre. La nature de mon lien avec ce royaume est différente, mais vous ne manquerez pas de le voir.

– Tu tiens absolument à ce que je les rencontre, on dirait.

– Je pense que vous les apprécierez, princesse, autant la reine Atalante que le roi Minos. Et leur fille, la princesse Naronelle, a un an de plus que vous seulement. Vous pourriez devenir amies.

– Peut-être. En tout cas, tu as l'air bien enthousiaste.

– Qui ne le serait pas à l'idée de revoir son maître ? Mais nous y voilà ! »

Avant que Fluiseje ait pu poser la moindre question, le magicien l'entraîna dans le palais, exactement comme s'il rentrait dans sa maison. Le contraste entre son comportement chez les fées et la manière dont il était chez les amazones était saisissant. Visiblement, il avait dû prévenir le palais de leur arrivée, car quand ils entrèrent dans la salle du trône, ils étaient attendus.

La salle du trône des amazones était immense, peu haute de plafond, mais extrêmement large. Son sol en marbre noir et blanc lui donnait un côté très chic. Le plafond était une grande verrière qui rendait la pièce très lumineuse. Derrière le trône, une grande baie vitrée donnait sur une grande terrasse et en arrière-plan, on apercevait les jardins du palais en contrebas. La décoration était très sobre et mis à part quelques drapeaux du pays, avec un cheval galopant, il n'y avait rien d'autre.

Le trône était unique et la reine s'y trouvait assise, son roi debout sur le côté gauche. Fluiseje se rappelait le conseil des nations et elle les reconnut aussitôt, ceux qu'elle avait vus depuis la fenêtre de son palais. Atalante, les cheveux libres sur les épaules, portait une simple ferronnière d'argent qui lui tenait lieu de couronne. Sa tenue de cuir et de fourrure la rapprochait plus de la guerrière que de la reine selon les habitudes humaines. En tout cas, son air combattif fit forte impression sur l'adolescente.

La princesse reporta son attention sur le roi. À quarante ans sonnés, il était beau. Minos était peut-être un magicien, mais on lui aurait donné des origines de fées ou de relons au vu de ses traits fins et de ses longs cheveux blonds qui tombaient dans son dos. Le roi avait d'ailleurs une plus longue crinière que sa reine. C'était un véritable héros surgi d'un livre de légendes et ses habits très simples, une chemise blanche et un pantalon noir, qui ne ternissaient en rien cette image. S'il dominait Atalante d'une tête, leurs expressions permettaient de voir qui commandait vraiment ici. Peleor s'inclina en posant un genou à terre et la princesse l'imita.

« Votre Majesté Atalante, Sire Minos, salua le magicien.

– Cela faisait longtemps que nous ne vous avions pas vu, Messire Oïmos. Dans notre royaume j'entends puisque nous nous sommes aperçus à Rum Cay.

– En effet, Votre Majesté. Me voici à nouveau, avec à mes

côtés la princesse Fluiseje, héritière du royaume des humains.

– Je suis heureuse de faire votre connaissance, vos majestés.

– Le plaisir est pour nous, princesse, assura Atalante.

– Bienvenue à Pallas, compléta Minos avec un large sourire.

– Garde, appela la reine. Allez chercher ma fille. »

Dans un coin de la pièce, une amazone s'inclina puis quitta les lieux. La rapidité d'exécution était impressionnante, les guerrières étaient particulièrement disciplinées dans cette nation. Une fois qu'elle eut quitté la grande salle, un silence pesant s'installa. Fluiseje ne savait pas trop comment réagir et gardait les yeux baissés la plupart du temps. Pourquoi personne ne parlait ? La princesse cherchait désespérément ce qu'il fallait dire pour débloquer la situation, mais rien ne lui venait. Pour le moment, Fluiseje trouvait les souverains plus froids que ce que Peleor lui avait annoncé.

Sans prévenir, Atalante eut un petit rire, rapidement suivi par Minos et Peleor. L'humaine essayait de comprendre ce qui était drôle. Est-ce qu'ils riaient d'elle ? Non, cela ne semblait pas être le cas. Alors quoi d'autre ? Elle n'allait pas tarder à l'apprendre.

« Ah, je crois que nous avons eu assez de politesse, sourit Minos.

– Vraiment ? s'enquit Peleor, avec l'air terriblement amusé.

– Oui, cela ne nous va pas d'être ainsi, poursuivit la reine. Et la princesse doit nous trouver terriblement impolis de rire sans lui expliquer pourquoi.

– C'est vrai. Je suis certain qu'elle aurait fini par nous démasquer si nous avions continué de jouer la comédie, poursuivit le roi en s'approchant de Peleor. En tout cas, je suis vraiment heureux de te voir à nouveau, mon cher disciple.

– Moi aussi, maître ! »

Le frère d'Inmaya s'approcha de lui à son tour et les deux magiciens se donnèrent une accolade, comme deux vieux amis qui se retrouvent. Fluiseje resta sans voix, n'ayant jamais vu un roi se comporter avec autant de familiarité avec quelqu'un qui ne soit ni de sa famille ni de son rang. Les deux hommes semblaient proches et la jeune femme ne savait pas comme l'interpréter. Disciple et maître ? Atalante se leva de son trône et s'approcha d'eux à son tour. La princesse se demanda si elle allait devoir l'étreindre dans ses bras, mais heureusement, il n'en fut rien.

« Ne t'inquiète de rien, Fluiseje. Ces deux-là sont toujours ainsi. Et je ne peux pas blâmer mon mari d'être heureux de revoir son élève préféré.

– Son élève ?

– Depuis quelques années, j'ai l'honneur d'avoir le roi Minos pour maître d'armes.

– Comment ? Peleor, tu apprends l'art de l'épée avec un tel héros ?

– Ne me surestimez pas, princesse. Je ne suis pas si bon bretteur qu'on le croit.

– Maître, vous êtes vraiment trop modeste !

– Maintenant, tu dois mieux comprendre la situation, Fluiseje.

– Oui, reine Atalante. Je comprends beaucoup mieux.

– J'aurais peut-être dû vous prévenir avant, admit Peleor. Une bêtise de ma part.

– Il n'y a pas de mal, sourit la princesse. C'est juste inattendu.

– Oh, Peleor et si tu me montrais tes progrès à l'épée ?

– Avec plaisir, maître.

– Attendez-moi avant de démarrer. »

Ils se retournèrent tous vers la porte où avait disparu la guerrière pour découvrir Naronelle, la princesse des amazones, une adolescente aux longs cheveux bruns, comme sa mère, mais beaucoup plus longs. La ressemblance s'arrêtait pourtant là. La princesse avait les traits fins de son père et les mêmes yeux bleus que lui. Là où la mère paraissait musclée, la fille était frêle et elle se montrait plus royale que guerrière.

Sa robe longue blanche brodée de fils d'argent ainsi que les quelques bijoux qu'elle portait n'étaient pas communs chez les amazones.

On ne pouvait néanmoins douter qu'elle était la fille du couple royal puisqu'elle tenait un peu de ses deux parents. Son sourire était ravissant et Fluiseje avait bien envie de devenir son amie. Peleor et les princesses s'inclinèrent par respect.

«Ah, te voilà Naronelle ! Tu vas pouvoir tenir compagnie à notre invitée, la princesse Fluiseje Bléos du royaume des humains.

– Bien sûr, mère. Je suis heureuse de vous accueillir ici, princesse Fluiseje.

– Merci beaucoup, princesse Naronelle.

– Très bien, maintenant que les princesses sont réunies, que dirais-tu que nous croisions le fer, Peleor ? proposa Minos, une épée surgie d'on ne sait où déjà au poing.

– Avec plaisir, maître» s'inclina Peleor en dégainant sa propre lame.

Fluiseje réalisa qu'elle n'avait jamais vu l'épée de Peleor sortie de son fourreau et fut surprise de la qualité de l'objet. La lame semblait d'argent et le pommeau d'or, ce dernier et la garde incrustés de pierres précieuses, sans doute des rubis. C'était sublime et il était curieux qu'un magicien soit en possession d'une pièce de cette valeur. L'apparition de l'épée éveilla un sentiment étrange chez la princesse, comme si elle l'avait déjà vue quelque part. Ce n'était pourtant pas possible. Le sentiment restait pourtant et ne la quittait pas.

Les deux magiciens se placèrent au centre de la pièce tandis que les princesses s'installèrent près de la grande porte et que la reine Atalante regagna son trône, observant la scène avec intérêt. Les épéistes se saluèrent poliment, puis le duel commença. Fluiseje repensa au chevalier Titan qu'elle avait toujours admiré dans son enfance et qu'elle trouvait si fort. Avec ce qu'elle vit, elle songea que le chevalier humain n'était pas si puissant que cela.

La technique des combattants était impressionnante, ils lançaient des assauts vifs et précis, ne se laissant aucun répit. Par moment, on avait même l'impression qu'ils dansaient et la fille de Radoc se prit à les comparer aux aigles qui survolaient parfois Coronal. Leur niveau semblait égal, impossible de dire qui menait la danse. Aucun des deux ne montrait le moindre signe de fatigue, même après de longues minutes intenses à enchaîner des bottes secrètes, des feintes et des contre-feintes. Fluiseje aurait pu rester longtemps à les regarder si sa consœur de Pallas ne lui avait pas attrapé la main.

« Excusez-moi de vous déranger…

– Vous ne me dérangez pas du tout, princesse Naronelle.

– Tutoyons-nous peut-être ?

– Ce sera plus facile, si tu es d'accord.

– Parfait ! Est-ce que tu veux bien venir avec moi ?

– Où allons-nous ?

– Tu vas sans doute rester un peu au royaume, mais il y a un endroit que j'aimerais te montrer puisqu'il fait beau aujourd'hui. C'est un lieu incroyable, veux-tu venir ?

– C'est d'accord, tu as éveillé ma curiosité.

– Très bien, allons-y. Oh, et ne t'en fais pas, tu auras bien le temps de voir mon père et Peleor se battre un autre jour. Ils ne vont pas se limiter à un seul duel. Mais suis-moi. »

Naronelle prit Fluiseje par la main comme une amie et la princesse fut bien obligée de la suivre par la grande porte. Bientôt, le cliquetis des lames ne fut même plus audible tandis qu'elles sortaient du palais. Les deux adolescentes allèrent retrouver leurs montures, Fluiseje sur Ella et Naronelle sur Slahiri, sa jument de guerre à la robe crème.

Ainsi à cheval, elles traversèrent la ville en passant par des rues animées. Les habitants saluaient facilement les princesses, comme si elles faisaient partie de leurs familles, et l'humaine songea que c'était merveilleux d'habiter ici. Les deux adolescentes sortirent de la ville et suivirent la rivière vers le sud avant d'obliquer plein est. Leur route continua un bon quart d'heure jusqu'à ce qu'elles débouchent dans une prairie bordée par un petit bois et traversée par un mince ruisseau. Le lieu était recouvert de fleurs de toutes sortes et de toutes couleurs, ce qui éblouit Fluiseje. Le printemps était beau.

« Alors qu'en penses-tu ?

– C'est vraiment magnifique ! Tu y viens souvent ?

– Assez, oui. C'est mon père qui l'a découvert par hasard. Peu de gens y viennent, car il n'y a pas de route tracée ni de point de chasse. C'est juste un endroit agréable. Viens, installons-nous ! »

Laissant leurs juments paître, les deux adolescentes s'installèrent dans l'herbe, au milieu des fleurs. Le soleil chauffait la prairie et le vent soufflait faiblement, le temps était idéal. Naronelle entreprit d'apprendre à Fluiseje à fabriquer une couronne de fleurs avec certaines espèces présentes dans la prairie, une technique simple pour un résultat élégant. L'humaine se sentait parfaitement à l'aise avec sa consœur Amazone. Elle n'avait jamais eu beaucoup d'amis de son âge à Coronal, cela lui faisait du bien.

« Dis-moi, Fluiseje. Aimes-tu le pays des humains ?

– Bien sûr ! Il y fait un peu plus froid qu'ici et nous n'avons pas de grandes forêts, mais les plaines sont immenses et les humains sont plutôt gentils.

– Tu es fière d'être la princesse de ce peuple alors ?

– En effet, je suis très attachée à mon royaume.

– Ah, comme je t'envie, Fluiseje !

– Pourquoi donc, Naronelle ? Tu as un problème avec ton pays ?

– Oh, je n'échangerai Pallas pour rien au monde. J'aime ce royaume, mais je vois bien que je ne suis pas faite pour en être l'héritière.

– D'après ce que j'ai vu, le peuple a l'air de beaucoup t'apprécier, pourtant.

– Oui, ils sont très gentils et le problème, ce n'est pas eux. C'est moi.

– Ah bon ? Je ne vois rien qui cloche chez toi.

– Regarde-moi un peu mieux. Je n'ai rien du physique d'une guerrière Amazone. Plutôt que l'équitation et le combat, je me passionne pour le chant et la lecture. Comment croire qu'un jour, je pourrais gouverner Pallas, moi qui ne porte aucun vêtement comme ma mère ?

– Peut-être seras-tu simplement une reine différente ? Le changement a parfois du bon aussi. Si tu aimes ton peuple et ton pays, rien de mal ne peut en découler.

– Merci. Tes paroles me redonnent du courage.

– Je t'en prie. Mais tu m'as dit que tu savais chanter ?

– Assez bien selon mon père, mais je ne sais pas trop. Souhaites-tu entendre un air ?

– Cela me plairait, oui. »

Après avoir posé sa couronne de fleurs sur la tête de Fluiseje, Naronelle s'échauffa la voix. Puis, elle commença à chanter. Sa chanson parlait du peuple amazone et de ses valeurs, avec un rythme changeant. La fille de Minos avait vraiment une voix divine, agréable à l'oreille comme un chant d'oiseau. Le pied de la princesse humaine battait naturellement la mesure tandis qu'elle se laissait enivrer par la chanson.

« Flèche qui siffle dans les airs, javelot se fiche dans la terre
Ô épée, chant du guerrier, lame sans faille sous les étoiles
Ô épée, au cœur de glace, protège les armées de Pallas
Et n'oublie pas, non n'oublie pas, que la magie est avec toi
Les amazones jamais ne ploieront tant qu'on chantera cette chanson ! »

Pendant ce temps, dans le château de Pallas, le duel touchait à sa fin. Les deux épéistes étaient maintenant en nage alors qu'ils rengainaient leurs lames. Ils avaient vraiment donné leur maximum. Atalante avait observé la joute avec attention et jugeait le spectacle digne des deux participants. Minos possédait une technique propre à sa famille, baptisée l'aigle, la façon de se battre de la famille Aïakos. C'était un enchaînement de coups supposés neutraliser l'adversaire en une seule fois et sans que l'on sache pourquoi, seuls les magiciens de cette lignée pouvaient l'exécuter. Cela ne s'apprenait pas, c'était dans le sang. En théorie du moins, car Peleor s'était révélé le seul capable de l'apprendre. Pas aussi parfaitement cependant, et c'est pour cela que sa technique était appelée le faucon. Atalante avait du mal à comprendre le dédain de la famille Oïmos pour le dernier enfant de Rasga. Il était tellement prometteur.

« Ta technique s'est encore améliorée, Peleor. C'était vraiment impressionnant.

– Mon faucon a encore une marge de progression énorme pour ressembler à ton aigle.

– Pour un magicien, tu n'es pas mauvais, répliqua la reine. Je n'ai pas souvent l'occasion de voir un combat passionnant, mais celui-ci en était indiscutablement un. Maintenant, est-ce que j'ai le droit à de la magie ?

– Oh que non, je n'ai aucun espoir de victoire ! Peleor me battrait sans effort.

– Même moi je suis forcé de le reconnaitre. »

Les trois personnes éclatèrent de rire en même temps. Minos avait un regard tendre pour son élève. Atalante le savait, Peleor était pour son mari le fils qu'il n'avait jamais eu, et cela l'arrangeait bien. Après Naronelle, l'amazone n'avait pas prévu d'avoir d'autres enfants. Sa vie de guerrière lui avait trop manqué pendant son unique grossesse. Si Minos respectait son choix, Atalante connaissait trop bien son désir d'avoir un fils. Par chance, les dieux avaient mis un petit magicien sur sa route.

« Je serai toute de même heureuse de voir un duel magique entre vous. Peut-être même que je pourrais y participer.

– Nous allons rester un moment avec la princesse Fluiseje, nous aurons surement le temps d'en faire un. Mais je crains de ne pas être de taille contre la reine.

– Quel menteur tu fais !

– Plutôt que de raconter n'importe quoi, veux-tu venir te

délasser dans les thermes avec moi, Peleor ? Une nouvelle source chaude a été découverte depuis ta dernière venue.

– Eh bien, avec plaisir, maître ! »

Peleor eut une pensée pour Fluiseje, mais il se permit de se détendre, car il savait qu'elle était entre de bonnes mains actuellement. Il suivit donc Minos en direction des thermes. C'était curieux de se dire qu'il avait beaucoup plus de bons souvenirs dans ce palais que dans celui de Majora. S'il avait un chez lui, c'était probablement à Pallas.

AU COEUR DU DÉSERT

~ Gabriel ~

Située à côté d'un désert, Stogh possédait des rues ensablées, régulièrement balayées par des vents chauds. Cela pouvait rendre le moindre pas difficile, même pour quelqu'un comme Slei. Certes, la ville était supposée être dans la partie la moins chaude, grâce au vent qui balayait régulièrement la zone, mais dans les faits, Gabriel trouvait que c'était déjà trop. Il avait l'impression de fondre littéralement. Sur l'ile Céleste, même en été, les températures n'atteignaient jamais ce niveau.

Les maisons des incubes avaient une forme cubique et la même couleur que le sable. En cas de tempête, ça devait être pratique pour retrouver son domicile ! Gabriel guidait Slei à la suite de Saphir, Ajonc et du prince Colvyle de Stohg. Pour s'adapter au climat, le relon avait revêtu un turban ainsi qu'une large cape supposée le protéger de la chaleur. Supposée. Ses maîtres portaient exactement les mêmes habits, mais ils ne semblaient pas autant incommodés que lui par le soleil aride.

Comment faisaient-ils ? Au moins, Gabriel ne se plaignait pas.

« C'est moins dangereux que prévu. »

Le prince Colvyle était certes un incube, mais cet adolescent de quinze ans avait changé la vision de Gabriel sur ce peuple. Bon, certains autochtones les dévisageaient avec une lueur lubrique dans les yeux, mais le relon se contentait de les ignorer et de se concentrer sur le guide du jour. Monté sur un hongre des cendres à la robe gris clair, Colvyle essayait d'arborer un port altier et royal, malgré son jeune âge. Ses yeux bleu pâle ne semblaient pas se prêter à la luminosité du désert, de même que sa peau grise et ses ailes de chauve-souris inversées. Deux cornes sur sa tête naissaient au milieu de fins cheveux bruns. Il portait lui aussi une cape adaptée au désert, avec quelques broderies en plus afin de rappeler qu'il était de sang royal.

Cela paraissait insensé, mais le prince Colvyle s'inquiétait plus de la politique de son royaume que ses parents, le roi Karos et la reine Cyreña. Le jeune incube avait même dû s'excuser de leur absence pour accueillir les visiteurs. Il n'était vraiment pas comme le reste de son peuple. La plupart des habitants de Stohg semblaient se moquer de la chaleur du désert et portaient des tenues légères très suggestives. Leur comportement était aussi beaucoup plus démonstratif. Il n'était pas rare de voir des regards aguicheurs ainsi que des invitations de la main envers les nouveaux venus. Gabriel y répondait en détournant la tête, essayant de se retenir de rougir.

Heureusement, ni Saphir ni Ajonc n'y faisaient attention. Pourtant, ils étaient interpellés tout autant, surtout l'elfe. Elle ignorait ces demandes, comme si elles n'existaient pas. Le regard assassin d'Ajonc sur quiconque posait, sur elle, les yeux de manière indécente devait aider.

« Je m'excuse pour les façons de faire de mon peuple. Ils n'ont pas l'habitude des visiteurs.

– Ne vous en faites pas, Votre Majesté. En tant que membres de Lorianeth, nous respectons les coutumes de chaque peuple, aussi étranges qu'elles puissent nous paraitre.

– Je vous remercie de votre bienveillance, prince Ajonc.

– Prince ? s'étonna Gabriel, pensant avoir mal entendu.

– Oh, c'est vrai, réalisa Saphir. Nous ne te l'avons jamais dit… Hum, Gabriel, nous allons refaire les présentations. Voici Ajonc Colbaro, fils aîné de Roseau Colbaro et héritier du trône des vieraks. Quant à moi, Saphir Actar, je suis l'héritière des elfes sylvains.

– Oh, vous ne lui aviez pas dit ? demanda Colvyle.

– Ce n'est pas quelque chose que nous aimons particulièrement afficher à la guilde, avoua Ajonc.

– Je ne m'y attendais pas, c'est… Inattendu.

– Les noms de famille n'ont pas éveillé un soupçon en vous ?

– Hélas non, prince Colvyle. Les relons qui ne sont pas de la famille royale n'apprennent pas toujours ce genre d'informations.

– Pourtant, c'est curieux, tu me rappelles quelqu'un. Tu n'as aucun lien avec le roi Mystral ?

– C'est le frère de Séraphina, lâcha Saphir.

– Oh… Toutes mes excuses, Gabriel Luz. C'était vraiment une grande personne.

– Merci, prince. »

Même s'il affichait un sourire poli, Gabriel n'aimait pas ce qu'il ressentait en lui. Il détestait parler de sa sœur et faire revivre le passé. En plus, il se sentait trahi par la révélation sur Saphir et Ajonc. Les yeux clairs de l'incube le fixaient toujours et il tourna la tête, gêné. Heureusement, Saphir vint à son secours en détournant la conversation.

« Prince Colvyle, peut-être pourriez-vous nous rappeler la raison de notre venue ?

– Si vous le souhaitez, mais l'annonce n'a pas changé. Il s'agit de renvoyer au désert un groupe de Béhémots qui viennent souvent à notre porte nord-ouest. Ils ne font rien de particulier, mais cela effraie les habitants et je crains des accidents.

– L'armée incube n'a rien pu faire ? demanda poliment Gabriel.

– Ah, mon pauvre ! Nous sommes doués pour nous cacher et pour d'autres choses comme tu as pu le deviner. Mais combattre, ce n'est pas dans nos cordes.

– Un proverbe dit que les seuls combats menés par les incubes sont intimes.

– Ce proverbe n'a pas tort, prince Ajonc. Un jour, j'espère réussir à faire quelque chose de mon peuple dont je peux être fier. Mais j'ai l'impression que c'est voué à l'échec et que quelque chose se passe sous mon nez sans que je ne puisse rien faire.

– Que voulez-vous dire ? demanda Saphir.

– Stohg se vide, je le vois bien. Des incubes partent, on ne sait où. Les disparitions mystérieuses, nous les subissons également, mais personne ne veut ouvrir les yeux.

– Ici aussi, soupira Ajonc. J'aurais cru qu'un peuple dans un désert serait laissé en paix, mais ce n'est pas si simple, il semblerait.

– Restez vigilant, prince Colvyle, recommanda Saphir. Et si vous avez le moindre indice, n'hésitez pas à nous prévenir. Lorianeth demeure neutre pour donner de l'aide.

– Merci princesse, je serai vigilant. Plus que le roi et la reine.

– Sont-ils en conseil ? demanda innocemment Gabriel.

– Parfois, j'aimerais bien être un relon pour avoir de telles pensées, mais hélas, je suis un incube. Mes parents sont probablement avec leurs amants et amantes, à s'occuper de leurs propres affaires. Bref, revenons aux béhémots plutôt.

– Combien sont-ils ? demanda le vierak.

– Au maximum, on en a vu une dizaine en même temps, mais je pense qu'ils sont bien une trentaine en tout, si ce n'est plus. Avec leur fourrure, ils se confondent dans les sables, mais l'un d'entre eux est plus foncé, rouge, presque, et plus grand. Il reste toujours très loin.

– Le roi pourpre, murmura Saphir.

– Princesse, vous pensez vraiment qu'il s'agit du roi béhémot ?

– D'après votre description, il n'y a pas trop de doute. Estimez-vous heureux, ce sont les béhémots du groupe du roi pourpre et non des sauvages isolés. Il sera très facile de leur demander de changer de place et je peux m'en occuper seule.

– Oh oui, on peut faire confiance à Saphir, assura Ajonc. C'est une pro du béhémot.

– Très bien dans ce cas. Que vos lames soient acérées comme le vent.

– Oh nul besoin d'armes, prince Colvyle. Juste quelques paroles. »

Ils continuèrent leur chevauchée dans la ville tandis que Gabriel réfléchissait. Il ne voyait pas comment faire fuir des créatures aussi terrifiantes avec seulement des mots. Cependant, le relon faisait totalement confiance à Saphir, qui lui avait montré qu'elle pouvait se sortir de maintes situations avec ses connaissances. Le tréant était un bon exemple.

Et puis, elle était une princesse, tout comme Ajonc était un prince. Les noms de famille auraient dû lui mettre la puce à l'oreille. Si ses mentors lui semblaient déjà dans un autre monde par rapport à lui, maintenant, il avait l'impression qu'ils appartenaient à un autre univers.

« Tout va bien, petit ange ?

– Hein ? Euh oui, Slei, et toi ?

– Je n'aime guère la chaleur, elle obscurcit mes réflexions.

– Pour ça, je suis bien d'accord…

– Ne te sens pas inférieur parce que tu n'es pas un royal. Montre-leur ce que tu vaux et ne te laisse pas abattre. Le rang, ce n'est rien qu'un mot.

– Tu as raison, Slei. Merci pour tes encouragements. »

Encouragé par les paroles de sa monture, Gabriel retourna son attention sur le paysage qui s'offrait à lui. Le groupe venait d'arriver à la sortie nord-ouest de la ville, donnant sur une plaine désertique balayée par les vents. Le sable volait en tous sens, il fallait faire attention. Au loin, on apercevait la grande chaîne des glaces. Quelques arbustes survivaient à côté de Stohg, mais dès qu'on s'éloignait de quelques mètres, la végétation devenait inexistante. Pour le moment, pas le moindre béhémot en vue. Saphir mit pied à terre de son bayard et s'avança vers le désert.

« Prenez garde, princesse, la pria Colvyle dont la monture était nerveuse.

– N'ayez crainte, elle sait parfaitement ce qu'elle fait, répondit Ajonc et l'on pouvait voir qu'il avait parfaitement confiance en l'elfe.

– Les membres de Lorianeth sont-ils tous capables d'affronter seuls un troupeau de béhémots ?

– Pas tous, prince. Mais elle le peut. »

Gabriel nota quand même qu'Ajonc avait la main prête à se saisir de son arc, malgré la confiance omniprésente dans sa voix. De son côté, Saphir avait laissé tomber sa grande cape et se retrouvait avec sa tenue habituelle de la guilde. Sa peau légèrement bleutée brillait sous le soleil ardent. Son disciple réalisa alors qu'elle avait laissé tout son équipement sur son bayard et qu'elle n'était pas armée. Nerveux, Gabriel tripota maladroitement le pommeau de son épée.

« Tout va bien se passer, résonna la voix de Slei dans sa tête. Ils arrivent. »

Au loin dans la plaine aride, des formes sombres apparaissaient en haut de la première rangée de dunes. Le cheval du prince ronfla bruyamment et manqua de se cabrer tandis que les trois autres montures demeuraient calmes. C'est ainsi que Gabriel vit des béhémots pour la première fois.

Les créatures avançaient lentement, s'enfonçant dans le sable avec leurs courtes pattes, mais leur taille totale dépassait les trois mètres. De ce que le relon voyait, les béhémots avaient un poil ras doré comme le sable sous le soleil et se déplaçaient sur leurs membres arrière. Leurs bras se balançaient lentement au rythme de leur marche, mettant bien en avant leurs immenses griffes aussi longues que des épées. Sur leurs têtes porcines, Gabriel ne manqua pas de noter la terrible mâchoire dont des crocs dépassaient ainsi que des petits yeux perçants.

Une douzaine de béhémots était apparue, mais on en devinait d'autres plus loin. Subitement, le relon eut peur pour son maître, mais l'elfe continuait à avancer vers le désert. Elle finit par s'arrêter et attendit que les créatures s'approchent un peu plus d'elle. Les béhémots se placèrent en demi-cercle, mais restèrent à distance respectueuse de l'intruse. Des grognements s'élevèrent.

« Vous êtes certains que tout va bien se passer ? s'inquiéta Colvyle.

– Oui. Saphir connaît les béhémots et elle sait quoi faire pour les calmer.

– Dans ce cas, elle va surement utiliser une magie impressionnante ?

– Pas vraiment non. Regardez plutôt, prince. »

Les béhémots n'avaient pas fait un pas de plus vers Saphir. Ils n'allaient sans doute pas l'attaquer, mais on sentait qu'ils étaient prêts à passer à l'attaque si besoin, puisqu'ils balançaient leurs bras, mettant leurs grandes griffes en avant. Gabriel avait l'impression qu'ils allaient se ruer sur son maître quand Saphir s'inclina devant eux. Exactement comme s'ils étaient des personnes de sang royal ! Mais qu'est-ce qu'elle faisait ? Puis, en se relevant, l'elfe montra ses mains vides, sans armes. Les béhémots grognèrent, mais beaucoup plus timidement.

« Qu'est-ce qu'elle fait ? murmura le prince Colvyle qui venait de remarquer qu'elle n'était pas armée. Enfin, c'est de la folie !

– Restez calme, prince. Saphir sait ce qu'elle fait. »

Pour une fois, Gabriel approuva totalement Ajonc, même si cela lui coûtait un peu de l'admettre. L'attention du relon se reporta sur la scène en face de lui, qui semblait un tableau de l'ancien temps. Alors, la voix de Saphir s'éleva et chaque mot semblait un ouragan prêt à déchaîner sa puissance.

« Anmikonen ! Strateldiré ha !

– De l'ancien langage… Qu'est-ce qu'elle dit ?

– Je vais vous traduire en simultané, prince Colvyle, proposa Ajonc. Hum… Béhémots, écoutez-moi.

— Anmikonen, Shuneïldiré géor diré rondo.

– Béhémots, rentrez dans votre royaume.

– Ils se rapprochent d'elle… Cela n'a pas l'air de fonctionner, trembla l'incube.

– Anmikonen, cria Saphir avec plus de force. Torikildiré hiré geor berenos, telldiré !

– Béhémots, cachez-vous dans le désert, disparaissez !

– J'ai l'impression qu'ils ne comprennent pas, soupira le prince Colvyle.

– Saphir n'a pas abattu sa dernière carte, affirma Ajonc.

– To Saphir Actar, s'exclama alors l'elfe. To Radja co Slei Gawé. »

Un changement se produisit alors. Les béhémots se regardèrent entre eux, comme perdus. Un hurlement vint alors de derrière les dunes, comme le cri du désert lui-même, faisant vibrer l'air. La troupe fit demi-tour comme un seul béhémot, retournant par de-là les dunes, pour de bon cette fois.

« Ils s'en vont ! s'exclama le prince Colvyle. Je n'y croyais plus, mais ils s'en vont. Prince Ajonc, je regrette d'avoir douté de la princesse Saphir !

– Je vous en prie. Maintenant, vous savez qu'il ne faut pas la sous-estimer.

– Dites-moi, que leur a-t-elle dit en dernier ?

– Je ne peux pas vous le traduire. C'est un secret.

– Très bien. Elle aura tout de même mes compliments ! »

Alors que Saphir revenait vers eux, le prince Colvyle s'avança vers elle avec un large sourire et la complimenta. L'elfe accepta tout cela en souriant, même si l'on sentait que son esprit était ailleurs, rien qu'en la regardant. Profitant de l'absence de l'incube, le vierak se rapprocha de son disciple. De toute évidence, il avait quelque chose à lui révéler.

« Je ne peux pas le dire au prince, mais à toi, oui. Tu promets de le garder pour toi ?

– Bien sûr Ajonc, répondit le relon courroucé par cet apparent manque de confiance.

– Bon… De ce que tu sais de l'ancien langage, qu'as-tu compris ?

– Elle leur a dit comment elle s'appelait et puis qu'elle était… autre chose.

– En vérité, Saphir a dit aux béhémots qu'elle était la protégée du roi pourpre.

– Le roi pourpre… Le chef des béhémots ?

– En effet. C'est pour cela que cet argument a eu de l'impact sur ces créatures. Et ainsi, pas besoin de recourir aux armes. Hum, il ne m'appartient pas de te dire comment elle a obtenu ce titre par contre.

– D'accord, merci pour l'explication. Saphir a l'air d'avoir beaucoup de secrets.

– Oh, en termes de mystères, elle nous bat tous. Même moi, je suis loin de tout savoir sur elle et pourtant, j'ai déjà pas mal de connaissances. Mais taisons-nous, ils reviennent. »

L'incube et l'elfe s'avançaient effectivement vers eux, la jeune femme demeurant calme tandis que l'adolescent royal s'extasiait encore devant ses exploits. Le prince Colvyle les pria ensuite de venir au palais chercher leurs récompenses et ils ne purent refuser. Satisfait, l'incube déclara qu'il allait prendre un peu d'avance sur eux pour leur préparer un véritable festin et partit au triple galop avant qu'ils aient le temps de lui répondre, en leur disant de prendre leur temps.

Alors que les membres de Lorianeth allaient le suivre, une plainte rauque s'éleva des dunes. Saphir se retourna aussitôt, comme si on venait de l'appeler. Au loin dans le désert, une forme de béhémot apparut, d'au moins quatre mètres sinon plus. Malgré la distance, on voyait que sa fourrure était très foncée, sans doute dans les tons bordeaux. C'était surement lui, le roi pourpre. Gabriel se retourna vers Saphir qui fixait la créature avec concentration.

« Actari hir ! » s'exclama-t-elle soudain.

Cela signifiait « Je te vois », même Gabriel le savait. Le béhémot répondit d'un long hurlement puis s'en retourna dans les profondeurs du désert du Keros. Saphir resta un long moment à fixer l'endroit où il avait disparu. Puis, elle prit sur elle et se détourna du roi pourpre pour revenir vers ses compagnons. Ajonc lui sourit tendrement et lui prit la main. Leur élève avait de nombreuses questions, cela se lisait dans son regard, et l'elfe décida d'y répondre, au moins partiellement.

« Le roi pourpre m'a aidé un jour où j'avais vraiment besoin de quelqu'un. Je lui dois la vie.

– Vraiment ? Une telle créature peut être bienveillante ?

– Bien sûr. Mais les détails importent peu.

– Ce qui compte, c'est que notre mission soit un succès ! s'exclama le vierak.

– J'ai quand même une autre question. Pourquoi ne pas m'avoir dit avant que vous êtes… un prince et une princesse ?

– Parce que tu nous aurais considérés différemment… Et aussi parce qu'on a oublié ce détail, avoua Ajonc. Il valait mieux que tu ignores notre rang et que tu sois toi-même. Imagine si tu avais su.

– Certes… Mais je ne comprends pas comment deux héritiers royaux peuvent être autorisés à risquer leur vie ainsi. Je veux dire, avec les missions, ça reste dangereux, vous pouvez mourir et… Vous êtes des personnes importantes pour vos royaumes.

– Chaque pays a sa manière de penser. Dans nos peuples, il est important que les dirigeants sachent se battre. De plus, nous n'avons pas vraiment de problème pour la succession. Chez les elfes sylvains, si je disparaissais, il y a déjà quelqu'un qui peut prendre ma place.

– Quant à moi, j'ai un petit frère, ça règle le problème. Mes parents ont accepté que je travaille pour la guilde pour devenir plus fort et mieux comprendre mon peuple. Mon père soutient Lorianeth donc tant que je reviens de temps en temps, c'est bon.

– Mon entrée à Lorianeth relève plus du hasard, mais la reine non plus n'avait rien à dire contre ce choix. De ce côté-là, nous n'avons aucun problème.

– Mais pourquoi m'avoir choisi comme disciple alors ? Ça n'a pas de sens !

– Alors tu n'as pas compris pourquoi ? s'étonna le vierak.

– Son problème de magie est surement la cause de cette incompréhension.

– Mais alors pourquoi ? Je suis désolé, mais je ne comprends vraiment rien. Expliquez-moi.

– C'est pourtant simple. Si nous t'avons choisi, c'est parce que tu es comme nous.

– Comme vous ? interrogea Gabriel, ne comprenant pas les paroles d'Ajonc.

– Tu marches dans les traces de ta sœur Séraphina. Ajonc a raison, tu es comme nous. Toi aussi, tu es un héritier de la lumière. »

Ce fut comme si le monde venait de s'arrêter pour Gabriel et il fut incapable de répondre à Saphir.

CROISIÈRE EN MER

- Peleor et Fluiseje -

Après un peu plus de trois semaines de voyage vers le sud, Peleor et Fluiseje arrivèrent dans un petit village sur les bords de la mer Azurée, baptisé Anduin. Toutes les activités de ce lieu semblaient orientées principalement autour de son port. On y retrouvait un grand nombre de cabanes de pêcheurs. Des personnes de tout peuple vivaient ici, dans une belle harmonie.

Peleor avait l'air de connaître l'endroit et se dirigeait sans aucun problème. Tandis qu'il faisait avancer tranquillement son étalon, Fluiseje poussait sa jument pour qu'elle reste proche de l'autre monture. Si les environs avaient l'air tranquilles, l'humaine connaissait assez la réputation des ports à travers Isen pour se méfier. Pallas et ses guerrières lui avaient offert un sentiment de sécurité beaucoup plus important. Le magicien vint placer sa monture côte à côte avec celle de la princesse.

« Restez bien près de moi, princesse.

– Est-ce que ce port est particulièrement dangereux ?

– Oh non. Je suis déjà venu de nombreuses fois ici sans que rien ne m'arrive. Cependant, je n'étais pas avec une héritière royale, ce qui peut changer la donne. Et quoi qu'on en dise, la ville de Doblo est proche et son influence se fait ressentir jusqu'ici.

– Doblo, la citée des assassins. Même au royaume des humains, sa réputation n'est plus à faire. Tout ce qu'on raconte à son sujet est-il vrai ?

– Tout dépend de ce que vous avez entendu. Mais je ne devrais peut-être pas en parler.

– Oh si ! Je ne dois pas manquer de connaissances simplement parce que le sujet m'effraie.

– Comme vous voulez. Doblo se trouve au nord d'ici, nous l'avons contourné dans notre route depuis Pallas. C'est une ville au milieu de nulle part, il n'y a rien aux alentours. C'est une zone baptisée le Creux, baignée constamment dans le brouillard. C'est un endroit dont les lois sont régies par les guildes d'assassins, du moins autrefois.

– Les guildes d'assassins n'y sont plus ?

– La plupart ont été démantelées ou ont disparu. Il n'en reste qu'une maintenant, la plus ancienne.

– Est-ce la Plume Rouge ?

– Je suis surpris de voir que vous la connaissez.

– Presque toutes les rumeurs portent sur elle. On dit que c'est un groupe sinistre qui tue par plaisir et de nombreux meurtres seraient de leur fait.

– Sachez princesse que cette guilde ne tue jamais par plaisir. Je connais certains de ces membres et s'ils sont redoutablement efficaces dans leur travail, ils ont des règles très strictes. Ils honorent toujours leurs contrats correctement, c'est sans doute pour ça qu'ils ont survécu.

– Ils ne sont pas responsables de la situation de Doblo ?

– Oh, cette ville a toujours été isolée et sombre, ils n'ont pas vraiment mis plus de désordre que ce qu'il y avait avant.

Ils ne sont pas non plus totalement innocents… D'ailleurs, je pense vous étonner, mais leur chef est une femme.

– Une femme ? C'est incroyable qu'elle ait réussi à faire sa place. Elle est vieille ?

– Non. Je ne sais plus exactement, mais elle est beaucoup plus jeune que moi. C'est un elfe noir qui a repris la suite de son père. Sika de la Plume Rouge.

– La Griffe de Glace. Je croyais que ce n'était qu'une légende.

– Parfois, les légendes ont un fond de vérité. Parfois, elles sont réelles.

– C'est agréable de discuter avec toi, Peleor. Je n'ai jamais pu parler librement d'un tel sujet avant, même avec mes parents ou le chevalier Titan.

– Titan… Oh, c'est un chevalier humain, non ?

– Oui, le chef des chevaliers de Coronal et une personne que j'apprécie beaucoup.

– Je n'ai jamais pu discuter avec lui, mais ce doit être un grand homme puisque vous l'appréciez. Si je peux vous apporter du positif, j'en suis honoré.

– Au fait Peleor, est-ce que tu peux me dire ce que nous faisons à Anduin ? Je ne comprends pas ce que nous faisons ici à vrai dire.

– Oh oui, votre question est légitime ! Nous allons prendre un bateau ici.

– Pour aller où ?

– Votre père m'a demandé de ne pas vous emmener chez les incubes, ce que je vais respecter, même si ce peuple n'est pas si horrible qu'on le dit. Mais il est un lieu sur lequel il n'a rien dit et je pense que vous l'aimerez.

– Oh d'accord. Mais lequel ?

– Nous allons sur l'ile de Sakero, à la guilde Lorianeth.

– Nous allons vraiment voir la guilde ?

– Bien sûr. Est-ce que ce programme vous plait ?

– Mais bien sûr ! J'ai déjà hâte de rencontrer les aventuriers qui la composent !

– Tant mieux alors, j'espérais vraiment vous faire plaisir.

– C'est parfaitement réussi. Connaissez-vous certains membres de Lorianeth ?

– J'y ai travaillé un peu donc oui. Certains comptent même parmi mes amis les plus proches.

– Eh bien, Peleor, tu connais des personnes partout où nous allons, j'ai l'impression !

– Je voyage beaucoup et je suis très sociable, je pense que c'est l'explication.

– Mes parents ont fait un excellent choix en te désignant.

– Arrêtez, princesse, vous allez me faire rougir.

– J'ai vraiment l'impression que tout le monde t'aime. »

À peine Fluiseje avait-elle laissé échapper cette phrase que le visage du magicien se refroidit et le sourire sur ses lèvres s'estompa. C'était comme si l'on venait d'éteindre la lumière. L'adolescente s'en voulait, car c'était elle qui avait provoqué cette réaction. Mais pourquoi ? N'était-ce pas là la plus pure vérité ? Peleor la regarda dans les yeux, essayant de redresser le menton.

« Princesse, je… Je vous prie de m'excuser.

– Non, c'est ma faute. Je ne voulais pas te faire de peine.

– Il n'y a aucun mal. Vous ne pouviez pas savoir.

– Qu'est-ce que je ne savais pas ?

– Vous voyez le bateau là-bas ? demanda-t-il, changeant brutalement de sujet. Je vais nous prendre deux places à bord. En trois jours, nous serons à Sakero, c'est assez rapide.

– Oui, c'est très bien, mais… Je n'ai jamais navigué.

– Si la mer est calme, vous n'avez aucune raison de vous en faire.

– Et si elle ne l'est pas ?

– J'ai un excellent sort contre le mal de mer. »

Riant doucement, Peleor mit pied à terre, mais demanda à Fluiseje de rester sur sa monture. Il s'approcha d'un guichet tout proche et négocia les places auprès d'un vieux vierak qui consentit à lui faire un prix. Le magicien se comportait normalement, mais la princesse sentait qu'elle avait réveillé un sentiment négatif en lui et s'en voulait. Même quand il la prit dans ses bras pour l'aider à descendre de sa monture, ses mains avaient perdu leur chaleur habituelle.

Ils guidèrent leurs montures vers un bateau de taille moyenne baptisé simplement Le Brumeux, un solide navire avec un nombre de passagers plutôt faible. Ils installèrent Sire et Ella dans les stalles de la cale puis apportèrent leurs affaires dans leurs deux cabines. Le magicien avait insisté pour que l'humaine ait sa propre chambre, pour respecter les usages en lieu public et s'épargner les ragots. La princesse devait avouer qu'elle était bien heureuse de retrouver un lit, même si le camping ne lui déplaisait pas et que son protecteur faisait tout pour son confort.

Un peu plus tard, Fluiseje attendait Peleor sur le pont du bateau, accoudée au bastingage. Elle observait les marins se préparer au départ, profitant de la météo clémente. Quand le magicien arriva enfin, le Brumeux levait l'ancre en direction de l'ile de Sakero. La princesse observait la terre s'éloigner lentement, en ayant l'étrange impression de ne pas bouger.

« C'est vraiment la première fois que vous prenez le bateau ?

– J'en ai fait un peu sur la grande rivière de Coronal mais ce n'était pas grand-chose.

– Tout va bien se passer, j'en suis certain.

– Peleor, je suis vraiment désolée à propos de tout à l'heure. Je ne voulais pas te blesser.

– Princesse, ne vous en faites pas, ce n'est vraiment rien.

– Si, j'insiste. J'ai bien vu que cela t'a affecté. Je ne suis qu'une adolescente, mais si tu as besoin de parler, je peux t'écouter.

– Je ne veux pas vous charger avec mes problèmes…

– Au contraire ! Je veux seulement t'aider.

– Hum, j'ai peur de regretter si je vous en dis trop.

– Alors, en tant que princesse des humains, je t'ordonne de

parler !

– Si c'est un ordre… Comme vous le savez, je suis le jeune frère de la reine Inmaya. Ma venue au monde a mis fin à la vie de ma mère et ceci me fit hériter du mépris de mon père ainsi que de la haine de mon frère. Mon père ne tarda pas à rejoindre ma mère, mais mon frère demeura. Les autres magiciens croient l'avis qu'il a sur moi et seule ma sœur m'apprécie réellement dans mon pays.

– Mais c'est horrible !

– C'est ainsi. Mon royaume m'a toujours rejeté, je n'y peux plus rien. C'est pour cela que j'ai rapidement voyagé et ainsi, j'ai rencontré des gens qui ont illuminé ma vie.

– Tu es quelqu'un d'aimant, Peleor. Cela se voit, rien que quand tu parles de ton étalon Sire. Vous semblez proches, mais je ne sais pas si c'est le mot approprié.

– Je n'échangerai Sire pour aucune autre monture légendaire, même le légendaire cheval à huit pattes du pic des cieux peut aller se rhabiller.

– Eh bien ! Comment as-tu obtenu Sire ?

– Je l'ai sauvé d'un abattoir. Personne n'en voulait, il était considéré comme trop sauvage pour Majora et indomptable. Quand je l'ai vu, j'ai tout de suite su que je le voulais. Et s'il s'est révélé moins indomptable que prévu.

– C'est incroyable ! Je n'ai pas un tel lien avec ma jument.

– Elle vous vient du prince Roland, n'est-ce pas ?

– Cela ne compte pas vraiment à mes yeux.

– Que voulez-vous dire ? C'est votre fiancé.

– Me permets-tu de parler franchement et sans détour ?

– Je vous en prie, c'est la moindre des choses.

– Je ne suis pas amoureuse du prince Roland. Je ne parviens pas à l'apprécier malgré mes efforts.

– Peut-être que vous ne le voyez que dans des circonstances qui ne lui permettent pas d'être lui-même ? Ce n'est pas toujours évident.

– J'ai peur que non, Peleor.

– Je connais mon neveu, princesse. Je sais qu'il peut être arrogant et désagréable. Son caractère n'est pas le plus facile, mais peut-être que vous finirez par l'aimer.

– J'ai essayé, sincèrement, mais rien. J'ai peur de devenir une reine sans aucun sentiment pour son roi. Je ne l'aime pas du tout.

– Votre père m'a demandé de veiller sur vous à ce sujet. Vous êtes encore jeune et vos sentiments s'éveillent. Je trouve injuste de vous dire cela, mais n'oubliez pas votre devoir.

– Je le sais et j'y pense sans cesse. Mon père n'a de toute façon pas à avoir d'inquiétude, je ne suis tombée amoureuse de personne. Et cela n'arrivera surement jamais.

– C'est triste d'entendre une jeune femme comme vous dire cela. Cependant, je ne vous cache pas que cela vous éviterait bien des souffrances de ne pas préférer quelqu'un au prince Roland.

– Est-ce que tu as été promis à quelqu'un, Peleor ?

– Non, jamais. Mon frère ne l'a même pas cherché. Mais je suis tombé amoureux.

– Alors les fées n'avaient pas tort en parlant de ton célibat.

– Elles avaient raison puisque je ne suis pas marié. Juste amoureux.

– Et cette personne, pourquoi ne peux-tu pas l'épouser ?

– Parce qu'elle est de trop haute lignée pour moi.

– Est-ce qu'il s'agit d'une princesse ? Ou d'une reine ?

– Non. Elle est liée à une famille royale, mais ne me demandez pas son identité.

– Je ne la cherche pas. Mais tu es lié à une famille royale aussi !

– Oui, mais elle est destinée à épouser un roi, ses parents le veulent. Moi, je ne peux que poser les yeux sur elle et rêver. Elle est si belle, il faudrait se battre pour la mériter. Ses longs cheveux, ses yeux clairs, ses lèvres rieuses qui s'éclairent d'un doux sourire, sa voix cristalline… Elle est magnifique.

– L'amour transforme bien les magiciens, on dirait.

– Ah ! c'est gênant, excusez-moi.

– Je ne vais plus t'embêter avec cela, promis. Au moins, j'ai vu à quel point tu es passionné.

– En termes de passion, il faut que je te présente Ajonc et Saphir de Lorianeth.

– Qui sont-ils ?

– D'excellents chasseurs et un couple merveilleux.

– Est-ce que c'est une tentative pour détourner la conversation ?

– N'essayez pas de me faire continuer à parler de l'élue de mon cœur, sinon, je vous parlerais de Roland pendant des heures. Et j'en suis capable.

– Oh, mais tu n'oserais quand même pas !

– Il y aurait assez peu de matière, mais je le pourrais ! »

Le duo se mit à rire de conserve, comme deux vieux amis se racontant une blague. Cela détendit considérablement l'atmosphère et Peleor retrouva sa bonne humeur habituelle, pour le bonheur de la princesse. Le continent avait presque disparu à l'horizon maintenant et Fluiseje se félicitait de ne pas encore avoir le mal de mer. Elle pria pour que l'océan reste calme tout le long de la croisière.

« Peleor, est-ce que tu pries les dieux ?

– Mes pensées vont souvent vers eux, particulièrement pour la déesse Dénéia.

– On raconte qu'elle a beaucoup aidé les peuples par le passé.

– Je le crois, tant de légendes parlent de sa grandeur. Chaque fois que je lui ai demandé de l'aide dans mes prières, elle me l'a offerte.

– Pardonne-moi d'insister, mais tu devrais lui demander l'élue de ton cœur alors.

– Oh, je crois que c'est au-delà de ses compétences malheureusement.

– Quand même… Peleor, que pouvons-nous faire sur le bateau ?

– Pas grand-chose à part attendre la fin du voyage et observer la mer.

– Alors peux-tu me montrer tes pouvoirs magiques ? »

Peleor ne répondit rien, mais sourit et tendit sa main vers l'eau. Ses doigts s'agitaient à la manière d'un marionnettiste. Dans la mer, des petits tourbillons se formèrent, accompagnés de gerbes liquides qui prenaient les couleurs de l'arc-en-ciel. Devant l'émerveillement de Fluiseje, le magicien n'osa pas lui dire à quel point c'était facile pour lui.

LES HÉRITIERS DE DÉNÉIA

~ Gabriel ~

Le relon se tenait devant Saphir et Ajonc, assis sur la banquette du seul restaurant du port de Sakero. Sa respiration était difficile et il attendait qu'un de ses maîtres parle. L'elfe avait décidé de leur accorder une pause en revenant de mission avant de rentrer à la guilde, même si seuls le voyage et la chaleur du désert avaient réellement été fatigants. Gabriel attendait désespérément le début de la conversation, sachant quelle teneur elle allait avoir.

Au sein du restaurant, le trio s'était installé dans un coin de la salle relativement isolé, aussi loin que possible des oreilles indiscrètes. Gabriel était persuadé qu'un de ses mentors avait en plus insonorisé leur secteur. La tête basse, il fixa son assiette, mais son estomac protesta et il sut qu'il ne pourrait rien avaler. Le relon avait trop de pression sur ses épaules.

Depuis les écuries, Slei lui envoya une onde mentale encourageante, mais elle n'eut pas beaucoup d'effet malheureusement. Après une grande respiration, Gabriel osa regarder ses maîtres dans les yeux. Ces derniers se lançaient des regards en coin, comme s'ils ne savaient pas trop comment démarrer, se concertant par petits gestes de la main.

« Gabriel, nous devons parler sérieusement, commença Saphir.

– Ne t'inquiète pas, ce n'est pas si grave que cela.

– Nous devons simplement parler de certaines choses, maintenant que tu sais que nous sommes des héritiers de Dénéia tout comme toi.

– Est-ce que vous vous en doutiez depuis longtemps ? questionna le relon.

– Je te l'ai dit, il y a un pouvoir en toi, mais qui me faisait douter puisque tu ne pouvais l'utiliser. En revanche, tu dois deviner ce qui m'a convaincu.

– C'est cela, Saphir, n'est-ce pas ? »

En remontant sa manche gauche au maximum, Gabriel révéla un tatouage sur son épaule. Le dessin bleu représentait un soleil avec une sorte de bâton à l'intérieur, le relon lui-même ne savait pas très bien. C'était là le symbole des héritiers de la lumière. Au départ, l'adolescent fut très gêné d'exhiber cette marque, mais ses maîtres finirent par lui montrer la leur.

Celle d'Ajonc se trouvait sur sa main gauche, toujours recouverte par un gant. Gabriel avait toujours cru que cela lui servait uniquement à cause de son arc. Celle de Saphir se trouvait sur sa nuque, toujours masquée par ses cheveux. Les tatouages étaient différents de celui de Gabriel. On retrouvait toujours le soleil et la couleur bleue à chaque fois, mais le motif interne était différent. La marque du vierak ressemblait à un arc, qu'on distinguait sans trop de problèmes, tandis que celle de Saphir représentait trois points. Le relon n'avait aucune idée de ce que cela représentait.

« Alors nous sommes tous les trois des héritiers de la lumière…

– En effet, Gabriel Luz, approuva Saphir. Maintenant, tu dois nous dire ce que tu sais exactement de notre ordre. Ainsi, nous pourrons t'apporter les éléments manquants.

– Pratiquement rien. Personne ne m'en a jamais réellement parlé, sinon dans les légendes. Je sais juste que nous sommes un petit nombre supposé avoir de grands pouvoirs.

– C'est quand même curieux que tu n'en saches pas un peu plus, s'étonna Ajonc. La personne qui était l'élu avant toi ne t'a rien dit ?

– Mon pouvoir me vient de ma sœur Séraphina, mais elle ne m'a jamais rien dit. De toute façon, personne n'a jamais su que son pouvoir m'avait été transmis.

– Absolument personne ?

– Non, Ajonc. Peut-être Séraphina l'avait deviné, mais c'est tout.

– C'est mieux ainsi, intervint Saphir. L'identité des héritiers doit être protégée au maximum. Nous garderons ton secret, Gabriel, et tu devras garder le nôtre.

– Je vous le promets, maître.

– Parfait, sourit le vierak en replaçant son gant.

– Est-ce que vous pouvez m'en dire plus ? J'aimerais comprendre ce que je suis.

– C'est légitime, mais nous ne pouvons pas tout te dire, expliqua Saphir. Par exemple, l'identité des autres héritiers. C'est eux qui devront se révéler à toi ou toi à eux. Cependant, pose tes questions et nous ferons de notre mieux pour y répondre.

– D'où viennent vos propres pouvoirs ?

– Dans mon cas, c'était mon oncle Folc qui détenait ce statut avant moi.

– Et dans le mien, cela vient de ma mère.

– Mais alors… Est-ce que ça veut dire que ces personnes sont mortes ? Enfin…

– Non, pas nécessairement. Enfin, pour mon oncle, je ne suis pas certain à cause de sa disparition.

– La mort est un motif de passage, mais pas le seul. Une naissance peut être une raison. Parfois, le tatouage passe d'un membre à l'autre d'une famille, sans règles précises. Toi, tu as été marqué pendant ta vie, mais nous deux le sommes depuis notre naissance.

– Et… qu'est-ce que nous sommes supposés faire ?

— Serentos co Dénéia tramastaé délia tar Isen, récita Ajonc. Les héritiers de Dénéia apportent la paix sur Isen. Un projet assez ambitieux.

– Le plus simple serait de te raconter la légende qui remonte à plus de trois mille ans, alors que les dieux venaient encore parfois sur terre. »

Saphir but une gorgée afin de s'éclaircir la voix. Gabriel avait légèrement changé de position et était prêt à écouter son maître parler. Son estomac commençait à avoir envie de manger, mais il l'ignora délibérément. Ce qu'il allait entendre était bien plus important. La voix de l'elfe s'éleva comme celle d'un conteur de l'ancien temps et l'histoire prit vie sous les yeux du relon.

« La légende commence alors que le monde était encore neuf. Les peuples vivaient déjà comme ils le font à présent. C'était l'époque où les elfes vivaient encore ensemble au sein de la même forêt. En ce temps-là vivait un homme d'une grande bonté. On ne savait pas à quel peuple il appartenait, mais cet être doté d'une immense sagesse se nommait Naoned. On racontait qu'il était le fils des dieux eux-mêmes et puisque tout le panthéon l'adorait, c'était certainement vrai.

Ainsi, Orklos, le roi des dieux, Dénéia de la lumière, Amasha des émotions et Keros de la mort décidèrent de le nommer protecteur d'Isen. Pour l'aider dans sa tâche, ils lui confièrent onze objets magiques à la puissance prodigieuse. C'était une lourde tâche, mais Naoned accepta et fit de son mieux pour s'acquitter de sa mission.

Hélas, les reliques sacrées possédées par Naoned attirèrent bien des convoitises. Certains tentèrent de lui dérober les objets, ou même de l'assassiner. Par chance, aucune de ces tentatives ne réussit. Cependant, le grand sage ne pouvait s'empêcher de se demander si un jour, quelqu'un ne finirait pas par y parvenir. Et si ces objets tombaient entre de mauvaises mains ? Naoned consulta la déesse Dénéia et prit avec elle une grande décision.

Ainsi, Naoned se rendit dans un lieu secret en compagnie de sa fille, Nashita. Cette dernière donnerait d'ailleurs son nom à l'endroit, bien des années plus tard. Là-bas, il avait donné rendez-vous dans le plus grand secret à dix amis qu'il estimait beaucoup, tous issus de peuples différents. Une fois tous réunis, il leur exposa son projet et c'est ainsi qu'ils devinrent les premiers héritiers de la lumière.

Tous acceptèrent la garde des objets sacrés, mais aussi de lier leurs familles pour toujours à cette mission. Leur rôle serait de maintenir la paix sur Isen, tout en préservant leur identité. Chacun serait marqué d'un symbole sacré, un tatouage indiquant qu'il était le digne possesseur de l'objet et qui se transmettrait de génération en génération. Nul ne se souvient des peuples de ces personnes, mais aujourd'hui encore, leurs noms sont honorés.

A Azura la professeure, le nœud des vents fut confié. Nérion l'alchimiste obtint les boucles d'oreilles du Zénith. La cape de Lailoken revint à Slama la guide. L'explorateur Raphaël fut honoré de la lance Raïden. La porteuse du foulard aqueux fut Fadia la brave. Roméo le sage reçut la bague azure. Donielle la gardienne hérita du collier des âmes. À Crémon le rempart, on donna le bracelet de chêne. Ulmya la veilleuse prit soin de l'arc solaire. Enfin, Elran le protecteur eut la garde de Brasia, l'épée sacrée qui rend la justice.

Après avoir donné les reliques, Naoned rappela à tous qu'ils devaient protéger leur objet et la paix sur Isen autant que leur anonymat. Ensuite, le sage homme donna la dernière relique à sa fille Nashita. Nul ne sait ce qu'est cette relique sinon que son pouvoir est supposé réunir les autres. Puis Naoned partit vers le Nord et chacun retourna dans sa famille sauf Nashita qui bâtit une ville à cet endroit. Aujourd'hui encore, se dresse une statue de la fille prodigue, mais on ne sait ni ce qui est arrivé à la descendance de la jeune femme ni à cette relique mystérieuse.

L'histoire ne s'arrête pourtant pas ici. Il restait encore quelque chose à accomplir à Naoned. L'homme marcha longtemps à travers Isen et s'arrêta sur une colline des plaines d'Angold, dans un lieu qui prendrait son nom plus tard. Usant de ses pouvoirs, il entreprit de construire un immense temple sous la colline, qui abriterait les secrets des élus. Naoned réalisa qu'il avait été suivi par Donielle au collier des âmes et la nomma gardienne de ce temple, rôle qu'elle devrait passer au fur et à mesure des générations. Elle accepta son rôle et promit au grand sage qu'elle veillerait sur le futur des héritiers de Dénéia, puisque le temple avait l'incroyable pouvoir de révéler le destin des dix familles.

Ensuite, Naoned utilisa dix énormes pierres et les grava magiquement, selon le symbole de chaque héritier. Ensuite, il les propulsa dans les airs, les laissant flotter en cercle alors que les pierres émettaient une lumière bleutée. Le sage expliqua à Donielle que ces pierres représentaient les familles des héritiers. Si jamais une lignée devait s'arrêter, la pierre concernée tomberait tout simplement. Mais les voir toutes était un signe d'espoir.

On raconte ensuite que Naoned s'écroula de fatigue et qu'il fut emporté dans le ciel dans les bras de la déesse Dénéia. Ainsi s'achève la légende des héritiers de la lumière qui continuent à protéger le monde tout en restant dans l'ombre. »

Saphir arrêta de parler et ce fut exactement comme si un charme venait de se briser. Gabriel revint à la réalité, se rappelant que ce n'était qu'une légende… Mais quelle légende ! Il ne l'avait jamais entendue raconter par quiconque, pas même par Séraphina.

« Saphir, tu as un talent incroyable pour les histoires ! Bon, Gabby, tu as des questions ?

– C'est plus clair maintenant. Il y a donc sept autres héritiers de la lumière…

– Eh oui ! Mais tu les rencontreras bien assez tôt, j'en suis persuadé.

– Et vous avez vos propres reliques ici ?

– En effet. Voici l'arc solaire !

– Et ici, c'est le collier des âmes. »

Gabriel réalisa alors que Saphir parlait du collier qu'elle avait en permanence autour du cou. Le relon avait toujours cru que c'était un cadeau d'Ajonc, mais il n'en était rien. Heureusement qu'avec le temps, les gens avaient oublié à quoi ressemblaient les reliques, sinon il serait impossible de les afficher autant en public.

Les yeux de Gabriel fixèrent les trois pierres du collier, la mauve et les deux bleues, et c'était hypnotisant. Il réalisa trop tard que cela mettait son maître mal à l'aise puisqu'elle repoussa le collier sous ses vêtements. Sa main se crispa autour du bijou, comme si elle avait peur qu'il disparaisse.

« Et ils ont des pouvoirs particuliers ?

– Mon arc solaire dispose du pouvoir de la lumière et il est réputé pour ne jamais manquer sa cible. Pour le moment, je n'ai pas à me plaindre.

– D'accord. Et toi, Saphir ?

– Le collier des âmes a un pouvoir sombre. Selon la volonté de son porteur, il peut emprisonner l'âme d'une personne et communiquer avec elle, selon certaines conditions.

– Quel genre de conditions ?

– Le corps de la personne doit être mort et je dois toujours garder le collier en contact avec moi.

– Mais alors il y a quelqu'un dedans ?

– Saphir, arrête de lui faire peur. On sait bien qu'il n'y a personne dans ton collier.

– C'est vrai, tu as raison. Pardonne-moi, Gabriel. »

Elle se mit à rire et les deux garçons la rejoignirent. Le novice avait pourtant l'impression que ce n'était pas la vérité. Peut-être y avait-il vraiment quelqu'un emprisonné dans ce pendentif. Si âme il y avait, ce devait être une personne importante, mais qui ? Gabriel essaya d'oublier ses pensées négatives pour se concentrer sur autre chose.

« Alors moi aussi je dois avoir une relique.

– Exacte. Et avec ton tatouage, tu dois pouvoir la deviner, sourit Ajonc.

– La lance Raïden. Vous connaissez son pouvoir ?

– Elle possède l'élément de la foudre, révéla Saphir. Bizarrement ta magie de prédilection.

– Oh… Mais où est-ce qu'elle est ?

– Nous n'en savons rien, avoua Ajonc. Séraphina ne t'a rien dit ?

– Jamais rien. Je ne me rappelle même pas l'avoir vue avec un tel objet.

– Peut-être que c'est là le mystère derrière ton impossibilité à utiliser ta magie, réalisa Saphir.

– Je n'y arrive pas… Parce que je n'ai pas la lance ?

– Les reliques sont en partie la source de notre pouvoir. Sans elles, nous sommes plus faibles… Même si cela dépend des cas. Alors, peut-être que si nous retrouvions cette lance, tu pourrais réussir à utiliser tes pouvoirs correctement.

– Sans indices, cela peut se révéler long et compliqué, nota Ajonc. Nous pourrons toujours chercher des renseignements quand nous reviendrons à la guilde. En attendant, mangeons puis rentrons à Lorianeth. Il y a encore de la route à faire ! »

Gabriel réalisa alors qu'il avait réellement faim et ne se fit pas prier pour commencer à manger. Le repas fut rapide, mais bon et revigorant, surtout après trois jours de mer et autant de pression. Saphir aurait pu éviter le trajet maritime avec son bayard, mais elle les avait accompagnés tout de même. C'était vraiment gentil de sa part.

L'attention du relon se reporta encore sur l'elfe. Le mystère s'épaississait encore autour d'elle avec ce collier des âmes. Mais il comprenait mieux pourquoi elle avait accepté de le prendre comme disciple. C'est parce qu'il était le frère de

Séraphina. Cette pensée le mit mal à l'aise et il la chassa. Pour le moment, il était un héritier de la lumière, il avait assez de choses à penser. Y avait-il d'autres héritiers à la guilde ? Son instinct lui disait que oui, à croire que Lorianeth les attirait comme des papillons de nuit. Gabriel avait hâte de découvrir de qui il s'agissait. Est-ce que Galbon en était un ? Non, pas le ganak quand même !

Alors qu'ils préparaient leurs montures, Ajonc profita d'un moment où Saphir était occupée ailleurs pour venir parler discrètement à Gabriel. Le relon était intrigué, car son maître vierak avait l'air particulièrement sérieux, ce qui ne lui ressemblait pas.

« Écoute Gabby, j'ai juste une chose à te dire.

– Vas-y Ajonc, je t'écoute.

– Maintenant que tu sais, ne reparle plus à Saphir de son collier. Elle déteste cela et même moi je ne sais pas exactement pourquoi. Mais dans le doute, plus un mot sur le sujet, merci. »

Sans rien ajouter, Ajonc sauta sur le dos de sa jument Nveja et partit au petit trot. Gabriel savait que le vierak avait raison, mais cela le mettait en colère de recevoir des leçons d'Ajonc. Le relon prit sur lui et monta à son tour sur Slci. Au loin, ses deux mentors l'attendaient côte à côte, tellement en harmonie l'un avec l'autre qu'ils ressemblaient à un tableau. Cela le rendait malade.

« Je donnerai n'importe quoi pour être à la place d'Ajonc.

– Oh, être toi, c'est déjà bien, intervint Slei dans sa tête. Même si tu ne le sais pas.

– Non. Être moi c'est… Horrible. Surtout que maintenant, je ne peux plus leur dire que…

– Repose-toi, petit ange. Tu ne réfléchis jamais bien quand tu es tourmenté ainsi. »

L'étalon avait parfaitement raison et cela calma un peu le relon. Lui aussi avait sa part de secrets qu'il ne souhaitait pas partager avec ses mentors, surtout pas pour ce qui concernait ses sentiments pour le bel elfe. Gabriel rattrapa ses maîtres en quelques foulées grâce à sa rapide monture et ils prirent la route vers Lorianeth. Vers la maison.

Soudain Nuit le caladre apparut d'entre les arbres et se posa sur le bayard de Saphir, poussant son éternel cri mélodieux. Dans ses pattes, il tenait un petit morceau de papier que la jeune femme attrapa et prit le temps de déchiffrer. Un sourire illumina aussitôt ses traits.

« Nous devons nous dépêcher de rentrer à la guilde, des invités arrivent bientôt.

– Qui donc ? demanda le vierak.

– La princesse des humains, mais aussi… Notre cher Peleor ! Tu imagines Ajonc, il revient ! »

Gabriel ne comprit pas ce qui mettait ses mentors de si bonne humeur, mais il supposa que ce Peleor devait être un de leurs amis. Ce qu'il retint surtout, c'est qu'une héritière royale venait à la guilde. Une princesse de plus pour Lorianeth.

FÊTE SUR SAKERO

Les deux chevaux trottaient ensemble alors que la nuit commençait à tomber sur l'est d'Isen. Peleor jeta un regard inquiet à sa protégée, mais Fluiseje n'était pas fatiguée. Cela faisait trois jours qu'ils longeaient la rivière de l'âme en direction de la guilde. Le magicien avait décidé de ralentir un peu l'allure pour ne pas la fatiguer inutilement. Il devinait que des célébrations les attendaient et il voulait que l'adolescente puisse en profiter. Alors qu'ils chevauchaient presque dans le noir, ils aperçurent un feu au loin entre les arbres.

« C'est la guilde ?

– Oui, nous y sommes ! Il faut juste que nous traversions le pont là-bas.

– Tu penses que ça ira ? Je veux dire, je suis une princesse et je ne sais pas ce qu'ils pensent de la royauté ici…

– Ils vous aimeront comme vous êtes, ne soyez pas inquiète. »

Cela redonna confiance à la princesse tandis qu'ils franchissaient ensemble le pont. Ella piaffait nerveusement, mais le calme de Sire lui permit de s'apaiser rapidement. Les yeux de Fluiseje se posèrent alors sur la clairière de Lorianeth, illuminée par un grand feu autour duquel tout le monde était rassemblé. Ce lieu possédait une magie indescriptible, une ambiance qui faisait s'y sentir comme chez soi. Peleor était de très bonne humeur, comme à leur arrivée à Pallas, ce qui promettait un moment agréable. L'adolescente n'aurait jamais cru venir ici pendant son périple et c'était une belle surprise dont elle comptait bien profiter.

Pour la fête, Gabriel avait fait l'effort de revêtir une toge blanche avec des manches à la mode relon. Le temps s'était considérablement adouci sur Sakero et sans qu'il fasse une chaleur extrême, la température était encore agréable le soir. Annaëlle avait fini par repartir tout comme Issac et Kague, elle manquerait donc l'événement. Cela semblait bien dommage à l'adolescent.

Heureusement, Pharos et Galbon étaient encore là. Le centaure avait revêtu un gilet chic en cuir de griffon, qu'il avait sans doute fabriqué lui-même. Le ganak quant à lui portait un costume en laine verte qui devait être très confortable, ainsi que des épaulières métalliques. Cela lui donnait un air élégant, mais le guerrier qu'il restait demeurait ainsi bien identifiable.

Le relon se plaça dans la foule à côté d'autres membres de la guilde qu'il connaissait, Nolan et Olivia, pour regarder l'arrivée des deux visiteurs attendus. Selon toute évidence, le cavalier était Peleor, le magicien, l'ami de Saphir et Ajonc. Gabriel trouva qu'il avait effectivement l'air sympathique. Son attention se reporta sur la princesse. Ce qui surprit le relon, c'est qu'il réalisa que l'adolescente – qui se nommait Fluiseje – avait exactement les mêmes yeux bleus que lui et paraissait aussi sympathique que son guide. Cependant, on voyait que la foule semblait l'intimider malgré la présence de son protecteur. Toutefois, quand Pharos s'avança pour la saluer, elle se détendit.

« Bienvenue parmi nous, princesse Fluiseje. Et bon retour, Peleor !

– Merci maître, sourit le magicien. C'est toujours agréable

de revenir ici, surtout pour une fête.

– L'avantage d'avoir une princesse avec soi, rigola Galbon. Enchanté mademoiselle. J'ai l'honneur d'être Galbon, le bras droit de ce vieux centaure.

– Je vous remercie pour votre accueil, Messire Galbon.

– Oh dame, ne vous forcez pas à tant de politesse avec moi. Je suis juste Galbon.

– Galbon, ne sois pas si familier avec notre hôte, intervint Pharos.

– Roooh, je voulais juste la mettre à l'aise moi ! »

Le chef de la guilde comprenait bien ce qu'essayait de faire son vieil ami, mais il ignorait tout de la princesse Fluiseje. Hors de questions que d'étranges rumeurs sur Lorianeth filtrent à l'extérieur de Sakero parce qu'elle aurait été déçue ! L'expérience du centaure sur la royauté lui commandait la plus grande prudence et il se força à se montrer très cérémonial.

La princesse le regardait dans les yeux, visiblement intimidée. Elle était si jeune. Fluiseje finit par sourire au centaure et il le lui rendit, beaucoup plus naturellement qu'il ne s'y attendait.

« Ne vous disputez pas pour moi, je ne vais pas me vexer pour si peu.

– Rassurez-vous, cette princesse n'est pas en sucre, ajouta Peleor.

– Alors doublement bienvenue, ma petite ! s'exclama le ganak.

– Merci beaucoup, Galbon, sourit l'humaine et des murmures positifs parcoururent l'assistance concernant cette invitée.

– La fête va donc pouvoir commencer, s'exclama Pharos pour le grand bonheur de tous. Nous danserons, chanterons et boirons jusqu'au bout de la nuit s'il le faut ! Mais avant cela, princesse, nous devons vous remettre les fleurs d'ellébore en guise de bienvenue.

– Oh, c'est vraiment gentil. »

Fendant la foule, Saphir et Ajonc s'approchèrent alors de l'adolescente. Elle réalisa qu'elle les reconnaissait sans jamais leur avoir adressé la parole. Ils étaient les héritiers de leurs propres royaumes et ils semblaient tous droits sortis des histoires que la reine Anis lui racontait pour s'endormir quand elle était petite.

Saphir avait tressé en partie ses cheveux, en dégageant ainsi son visage et ses oreilles pointues. Le reflet bleuté de sa peau ressortait particulièrement avec les flammes et Fluiseje ne se rappelait pas avoir vu un elfe avec cette coloration. La princesse portait son habituel collier à trois pierres ainsi qu'une robe coupée dans un tissu très fin d'un pourpre profond, avec un col protégeant sa nuque. Reliées à des bracelets, des étoffes rouges ornaient ses bras. Il fallait noter qu'elle était pieds nus, mais Gabriel la trouva plus belle que jamais dans cette tenue.

Ajonc avait un peu changé sa tenue vestimentaire, sauf ses éternels gants d'archer, des neufs cette fois. Aucun accessoire n'agrémentait son crâne de lézard, mais il portait une chemise d'un turquoise hypnotisant avec un décolleté plongeant qui lui seyait bien. Son pantalon était d'un marron classique agrémenté de quelques dorures brodées finement. Pour une fois, il n'avait pas pris son arc avec lui et cela se remarquait pour ceux qui le connaissaient bien. Lui et Saphir remirent une couronne de fleurs blanches à Fluiseje, qui la plaça sur sa tête. C'était un signe de bienvenue à Lorianeth que Pharos n'avait pas souvent l'occasion d'employer. Vêtu très simplement, Shin qui était non loin de Gabriel racontait à qui voulait l'entendre que ce fût lui qui avait fait la couronne. Crystal ne semblait pas être d'accord avec lui, ce qui était très étonnant.

«Nous nous connaissons sans jamais voir eu l'occasion de nous parler, princesse Fluiseje Bléos, commença Saphir. Bienvenue à Lorianeth.

– Que votre séjour soit agréable, compléta Ajonc en lui tendant un verre empli d'un fin nectar de fleurs. Bienvenue à Lorianeth.

– Je vous remercie et je suis honorée de vous rencontrer enfin. Princesse Saphir, prince Ajonc, votre valeur est vantée jusqu'au royaume des humains.

– C'est un grand honneur pour nous, s'inclina le vierak.

– Et vous le méritez amplement ! appuya Peleor.

– De même que toi, sourit Ajonc en serrant la main du magicien.

– Pour fêter votre venue princesse, permettez-moi de vous offrir une danse guerrière, en compagnie d'une grande combattante.

– La danse des flammes de Saphir et Crystal ! s'exclama Wendy dans la foule.

– J'en serai ravie, princesse Saphir, assura Fluiseje qui sentait la magie de la nuit s'emparer d'elle.

– Alors que commence la danse des flammes ! s'exclama Pharos.

– La danse des flammes ! » reprit la foule en cœur.

La foule s'écarta du brasier central tandis que l'elfe en approchait, bientôt rejointe par l'iriatide. Cette dernière avait la même tenue vestimentaire que Saphir, mais dans les tons bleus et elle portait des chaussures. Les longs cheveux de Crystal étaient noués en queue de cheval avec un lys blanc et parsemés de petites pierres précieuses. Sans ses armes, elle paraissait un peu moins terrifiante, c'était du moins l'avis de Gabriel.

« Crystal est vraiment magnifique, soupira Shin qui s'était rapproché de Gabriel.

– C'est vrai. Maître Saphir aussi.

– Elles s'accordent drôlement bien toutes les deux ! Et en plus…

– Shin, fait moins de bruit, intervint Tristan. On veut profiter du spectacle.

– Oh désolé Tris… C'est juste que je ne peux pas m'arrêter de parler quand je suis ému. Et là, quand je vois ma partenaire dans cette tenue, je la trouve tellement…

– Shin, vraiment ça suffit ! » lança Emy avec un regard noir.

L'ojiar finit par comprendre et se concentra à nouveau sur le spectacle, tout comme Gabriel. Les deux femmes se placèrent chacune d'un côté du brasier, se regardant dans les yeux. Elles croisèrent gracieusement leurs bras au-dessus de leur tête, et demeurèrent immobiles. Le silence se fit rapidement puis Ixinot le faune commença à jouer du tambour. Danieb le centaure et Tanik le modenmé entamèrent un air sans paroles de leurs voix graves tandis que Naynëlle la fée y ajoutait sa voix cristalline. Rien ne bougeait, mais la musique faisait déjà effet.

Lentement, au rythme des voix, Saphir et Crystal ondulèrent de tout leur corps. Les mouvements semblaient au ralenti au début, mais ils s'accélérèrent avec le son du tambour. Les deux femmes semblaient deux roseaux agités par le vent. La musique se fit beaucoup plus forte et elles se déhanchèrent beaucoup plus rapidement, comme des incubes, mais sans le côté vulgaire que leur trouvait Gabriel. Les étoffes des tenues rendaient les mouvements plus amples et plus féériques alors qu'elles agitaient leurs bras en de grands gestes.

La danse changea soudain, tandis que le tambour modifiait totalement son rythme et que les voix devenaient plus enjouées. Crystal se mit à battre des mains, bientôt rejointe par toute la foule qui l'imita tandis que Saphir dansait avec le feu. Elle utilisait sa magie pour remuer les flammes, les faire grandir et se déployer dans les airs, venir s'enrouler autour d'elle comme un amant protecteur. On aurait dit que le corps de la jeune femme faisait partie intégrante du brasier.

Alors que Gabriel se pâmait presque d'admiration pour son maître, Fluiseje songea qu'elle aurait adoré avoir ne serait-ce que la moitié des compétences de l'elfe en danse. Au royaume des humains, on n'utilisait pas la magie pour danser, hélas ! Saphir remit les flammes à leur place et Crystal cessa de motiver la foule. Les deux reprirent des pas beaucoup plus vifs puis sautèrent par-dessus les flammes à plusieurs reprises. La foule était en délire.

Elles se retrouvèrent toutes les deux du même côté et commencèrent à danser en duo. Cela surprit le relon, car dans son pays, il était inconvenant que deux femmes dansent ensemble. Par chance, Lorianeth n'était pas l'ile Céleste. Mais quand même, cette danse à la limite de la provocation l'étonnait, parce qu'il n'avait jamais rien vu de tel. Ajonc s'était rapproché de son disciple et il ne manqua pas de deviner les questions qui dansaient dans ses yeux.

« Alors Gabby, surpris de voir deux femmes danser ensemble ?

– Eh bien, sur l'ile Céleste, je n'avais jamais vu cela, donc oui. Je trouve ça bien mieux, parce que dans mon peuple, les gens ne peuvent pas danser comme cela.

– Comment dansent-ils ? demanda Shin, se joignant à la conversation.

– Entre mari et femme, mais seulement des danses très distinguées. Il est absolument impossible de danser entre amis ou avec quiconque qu'on n'aurait pas épousé.

– Je savais que c'était strict, mais c'est encore pire, soupira Ajonc. Et lorsque vous êtes enfants ? Les enfants, ça danse tout le temps non ?

– Pas les relons. Nous avons quelques professeurs de danse qui nous apprennent, mais nous n'organisons pas de telles festivités. Les relons peuvent se marier très jeunes, ça explique peut-être.

– Oui, je comprends le principe. C'est quand même dommage, se désola le vierak.

– C'est triste ! s'exclama l'ojiar. Chez moi, tout le monde danse comme il veut !

– Vraiment ? Je ne connais pas les coutumes de ton peuple, tu sais…

– Tu m'as mal compris, Gabriel. Mon peuple, chez moi, c'est ici !

– Ne t'inquiète pas, sourit Ajonc. Ici, n'importe qui peut danser avec… n'importe qui. Saphir et Crystal sont amies, en plus, elles ont l'habitude de danser ensemble. Mais le spectacle touche à sa fin et bientôt, cela va être notre tour. »

La musique finit par se taire, remplacée par les acclamations de la foule pour les danseuses. Alors, comme une seule voix, la foule entama l'hymne de la guilde. Fluiseje n'avait pas le plaisir de le connaître, mais Peleor lui avait justement préparé un petit papier pour l'occasion.

« *Il y avait un foyer, au brasier toujours chaud !*
Perdu dans la vallée, sur l'ile de Sakero
Dans mon cœur, un lieu sacré, mon Dieu qu'il était beau !
Jamais je ne l'oublierai, à Pointe ou à Soito.
C'est là que je veux rentrer, au rythme des bateaux.
La rivière de l'âme y coulait, j'y trouvais le repos.
Moi que personne n'attendait, sous le ciel si haut
C'est ici que je vivrai, tout en chantant ces mots ! »

Tout le monde applaudit et dans un élan de bonne humeur, Crystal attrapa Shin par le bras pour l'inviter à danser. C'est l'heure de la fête ! Et à la surprise de Gabriel, Ajonc invita la princesse Fluiseje à danser. Le vierak se débrouillait extrêmement bien, on voyait son éducation princière ressurgir. Pendant ce temps, Saphir s'approchait de son disciple. Sa peau brillait légèrement de sueur, mais son sourire était intact. Elle était si belle et si naturelle. Autour d'eux, tout le monde commençait à danser, mais elle avait l'air d'avoir envie de parler.

« Gabriel, tu te souviens quand nous avons parlé des différents moyens de cacher sa magie ?

– Oui, en la rassemblant ou en l'étirant.

– C'est ça. Eh bien, le magicien Peleor est un exemple parfait de quelqu'un qui étend sa magie pour la cacher. Tu n'as surement rien ressenti venant de lui ou pas grand-chose.

– En effet. C'est incroyable !

– Peleor est un grand magicien, mais peu de gens le savent. Hum, trêves de bavardage. Gabriel, veux-tu m'accorder cette danse ?

– Oh, ce serait un honneur pour moi, mais…

– Ajonc est occupé si c'est ce qui t'inquiète. Allez, viens ! »

Saphir prit son disciple par la main et l'attira au milieu des autres. Gabriel n'avait jamais vraiment dansé, mais il comptait bien apprendre aussi vite que possible. En se laissant guider par sa partenaire, il réalisa que ce n'était pas si compliqué. Le relon finit par vraiment s'amuser, mais prit garde à ne heurter personne avec ses ailes qu'il garda fermées. Danse douce, danse vive, Saphir parvenait à l'entraîner sur n'importe quel rythme et c'était plaisant de danser avec elle.

L'elfe resta sa cavalière pendant trois morceaux puis elle alla rejoindre Ajonc tandis que le relon se retrouvait dans les bras d'une fée adorable. Gabriel n'avait cependant d'yeux que pour son maître, oubliant ses cavalières. Après Ajonc, Saphir tournoya dans les bras de Pharos puis de Galbon et enfin de Peleor. Le magicien dansait incroyablement bien, comme un roi. Jetant un œil aux alentours, Gabriel remarqua que Crystal n'échangeait Shin contre personne et le gardait jalousement. L'ojiar s'amusait et ne remarquait rien. Le relon s'amusait aussi. Sur l'ile Céleste, les fêtes n'avaient rien d'aussi joyeux.

Par le hasard de la ronde, Fluiseje se retrouva dans les bras de Gabriel. L'humaine avait été un peu intimidée au départ de danser avec des inconnus, mais l'ambiance avait vite pris le dessus, balayant ses craintes. D'abord, Ajonc qui se montra très respectueux, puis l'exubérant Galbon, le plus mesuré Pharos et l'incroyable Peleor, meilleur danseur qu'elle ait connu. Elle eut même droit à un petit moment avec Saphir où elle s'amusa beaucoup, car il était facile de suivre le rythme de l'elfe. La princesse avait des réticences concernant le peuple des relons, mais Gabriel semblait parfaitement adorable et très courtois avec elle.

« La vie à Lorianeth doit être si excitante, lui glissa-t-elle. Plait-elle à un relon ?

– Je ne l'échangerai pour rien au monde en tout cas.

– Alors, vous êtes le relon le plus aventureux que j'ai pu

voir !

– Et vous êtes une princesse brave. Quitter ainsi votre royaume pour partir à l'aventure !

– J'avais tellement envie de voir le monde.

– Tout comme moi. Nous nous ressemblons beaucoup.

– C'est vrai. Même nos yeux sont pareils. Avec des ailes, je passerais pour votre cousine. »

Les deux adolescents éclatèrent de rire, officialisant ainsi leur amitié. Ils repartirent pour une nouvelle danse sous l'œil inquisiteur de Peleor. Le magicien n'oubliait pas qu'il devait surveiller la petite princesse, surtout pendant la fête. Cela lui faisait de la peine, mais il voulait s'assurer qu'elle ne tombe pas amoureuse. Toutefois, le relon avait l'air innocent, si bien que Peleor se détendit. Il n'y avait aucun mal à s'amuser et c'est ce qu'il fit lui-même, sous les étoiles du ciel de Sakero.

LES ÉLÉMENTAIRES

~ Gabriel ~

Ce matin-là, le réveil fut un peu difficile pour Gabriel. Pourtant, la grande fête pour la princesse Fluiseje remontait à deux jours déjà. Elle et le magicien avaient visité un peu les environs la veille et ils devaient repartir tôt dans la matinée suivante. D'après la position du soleil, les voyageurs étaient partis depuis longtemps. Le relon s'étira et se redressa lentement sur son lit, n'ayant pas d'explications particulière sur sa fatigue. Une bizarrerie de plus.

« Dire que je n'aurai même pas pu leur dire au revoir. »

Même s'ils n'avaient pas passé beaucoup de temps avec eux, Gabriel avait beaucoup apprécié Fluiseje et Peleor. L'humaine avait un désir d'apprendre qui lui rappelait sa propre envie de découvrir le monde. Même si elle était une princesse, elle ne prenait personne de haut. Le magicien quant à lui était agréable et il aurait très facilement pu s'intégrer à Lorianeth. Le relon l'avait vu affronter Saphir lors d'un cours de duel à l'épée. Il devait également avoir une forte magie puisqu'il la cachait en l'étendant.

Gabriel se disait qu'il aurait été beaucoup plus facile pour lui d'avoir Peleor en tant que maître plutôt qu'Ajonc. Son animosité envers le vierak ne risquait pas de s'améliorer avec le temps. Penser à ses maîtres fit réaliser au relon que ces derniers devaient l'attendre. Il se prépara aussi rapidement que possible, ce qui acheva de la réveiller. En plus de ses vêtements habituels, il mit une cotte de mailles légère, qui lui avait été offerte par Galbon.

« Pas de la meilleure qualité, mais elle te protègera, mon gars. »

Le ganak critiquait toujours ce qui n'était pas originaire des forges de son peuple, parfois sans raison. Aux yeux de Gabriel, celle-ci avait l'air suffisamment solide. Par contre, le relon avait gardé l'épée donnée par son grand-père en quittant l'ile Céleste, il y tenait trop. Ensuite, il se rendit dans la taverne qui était curieusement déserte après l'animation des derniers jours. Même Galbon n'était pas là. L'adolescent pensait se rendre aux écuries quand il aperçut Pharos sortir de son bureau, en compagnie d'Aku, son loup géant.

« Bonjour, Gabriel. Que cherches-tu ?

– Bonjour, Maître. Je suis en quête de mes mentors. Savez-vous où ils sont ?

– Oh, tu peux toujours chercher, ils se sont pris une journée tous les deux et sont partis se promener vers le nord de l'ile.

– Oh. Bon, au moins, je suis au courant maintenant.

– Ne leur en veux pas, c'est l'anniversaire de leur rencontre aujourd'hui alors forcément, ils veulent passer du temps ensemble.

– Je comprends, ils ont raison.

– Tu as quelque chose de prévu pour la journée ?

– Pas vraiment, à moins que Galbon ne soit dans les parages.

– Notre cher ganak est parti en direction du port, il ne reviendra pas tout de suite.

– Bon, je suppose que je vais aller m'entraîner alors.

– J'ai une autre proposition à te faire sinon.

– Vraiment ? Vous avez une mission pour moi, Maître ?

– Si l'on veut. Je vais refaire les stocks d'herbes médicinales de la guilde, celles qu'on peut trouver sur Sakero en tout cas. Je vais devoir m'enfoncer un peu plus dans la forêt ombrageuse. Saphir et Ajonc ne t'ont jamais emmené dans ce coin-là, alors, ça te dirait de venir avec moi ?

– Bien sûr, avec plaisir !

– Dans ce cas, rendez-vous dans la cour dans quelques minutes. »

Le relon se précipita vers l'écurie en manquant de renverser des chaises au passage, ce qui fit rire le centaure. La jeunesse était décidément bien pressée. Lui-même attacha des sacoches sur la moitié chevaline de son corps et sortit de la taverne, le loup sur ses talons. Tout juste, Gabriel sortait de l'écurie sur le dos de son imposant étalon. Slei n'avait aucun harnachement, comme à son habitude.

Le groupe ne suivit pas la route et prit directement vers le sud. Ils traversèrent à gué la rivière de l'âme avant de s'enfoncer dans des sentiers à peine dessinés au cœur de la forêt Ombrageuse. Pharos semblait parfaitement savoir où il se dirigeait et Gabriel ne le quittait pas d'une semelle. Le relon savait que ces bois abritaient des élémentaires et il n'avait pas envie d'en rencontrer seul.

Après trois quarts d'heure de marche au milieu de la sylve, Gabriel était perdu. Tous les arbres se ressemblaient et il avait même perdu le nord. Pharos s'arrêta devant une zone un peu plus clairsemée au sol tapissé de mousse et entreprit de récolter certaines plantes qu'il connaissait bien. L'apprenti sauta de sa monture pour l'aider tandis que Slei restait paisiblement à sa place. Aku le loup s'était installé au pied d'un buisson et surveillait les alentours.

« Que devons-nous ramasser, Maître ?

– Pour l'instant, concentrons-nous sur la konian, la plante grimpante aux feuilles triangulaires ici, et les stens, c'est la petite fleur jaune là. Ce sont d'antipoisons efficaces. »

Les deux hommes s'attelèrent à la tâche et ne virent pas le temps passer. Le travail était certes répétitif, mais aussi prenant, si bien qu'aucun mot ne fut échangé entre eux. Un oiseau gazouillait de temps à autre et à travers les branchages, on pouvait suivre l'évolution du soleil qui continuait sa course dans le ciel. C'est quand il eut atteint son zénith que la récolte des deux premières plantes toucha à sa fin. Le duo s'installa au pied d'un chêne et se contenta d'un repas frugal à base de viande séchée, mais aussi de fruits. Alors qu'il mangeait, Gabriel remarqua une sorte de stèle à quelques mètres d'eux, grandement masquée par la mousse. On voyait mal ce qu'il y avait dessus, mais cela ressemblait grandement au dessin d'une créature.

« - Tu t'intéresses à la pierre, là-bas, Gabriel ?

– Oui, elle m'intrigue. On dirait une créature dessus… Un oiseau ?

– Presque. En fait, il s'agit d'un dragon.

– Oh, je ne voyais pas bien avec toute cette végétation. C'est étrange cette pierre ici.

– C'est un legs des anciens habitants de cette ile qui sont partis il y a plus de 1500 ans.

– Les dragons. Saphir m'a dit qu'ils habitaient ici avant.

– En effet, c'était leur saint royaume. L'ile de Sakero était leur maison et leur magie règne encore dans ces bois, même après le terrible épisode de l'exode.

– Vous connaissez l'histoire de l'exode ? Chez les relons, c'est une sombre histoire. On raconte que les dragons ont assassiné un relon à l'époque et que c'est pour cela qu'ils sont partis.

– Ma version est un peu différente, mais similaire. Autrefois, les dragons étaient un peuple comme les autres sur Isen. Ils vivaient en bonne intelligence avec les autres, cependant, leur puissance créait de la méfiance chez certains, surtout chez les relons. Alors, le prince de Zéphir de l'époque, baptisé Luc, vint passer quelque temps sur l'ile de Sakero avec le prince des dragons Rasgado. Ainsi, ils pensaient pouvoir resserrer leurs relations politiques et cela se présentait plutôt bien. Hélas, un accident arriva et le prince Luc perdit la vie. Les dragons jurèrent que ce n'était pas de leur fait, mais un garde relon assura avoir vu Rasgado tuer Luc. Alors, les dragons quittèrent l'ile de Sakero pour un procès à Rum Cay. Hélas, les tensions étaient maintenant trop fortes et les dragons décidèrent de partir. Où, nul ne le sait, mais jamais on n'en revit en Isen.

– Oh… Pourtant, j'ai entendu des rumeurs, des dragons ont déjà été aperçus.

– Rien que des rumeurs. Souvent, il s'agit de grandes wyvernes ou au contraire, de petites, qui passent pour des bébés dragons. Saphir a cru en avoir vu un il y a quelques années, mais c'était une erreur.

– Des simples wyverns… C'est dommage. Et Saphir qui semble tellement persuadé que les dragons vont revenir un jour dans notre monde.

– Les elfes sylvains sont attachés à cet ancien peuple, c'est ainsi.

– Et vous maître, quelle est votre opinion sur le sujet ?

– Je n'en sais rien. Parfois, avec le temps, les histoires finissent par se déformer et nous ne savons pas vraiment la vérité sur cette histoire. Ce que je sais, c'est que les dragons ne sont plus sur Isen. Peut-être reviendront-ils, mais peut-être sont-ils aussi tous morts ? Peut-être ont-ils trouvé un endroit plus accueillant que l'ile de Sakero ?

– Je partage ce sentiment. Pour moi, ce n'est pas possible que les dragons reviennent après ce qui s'est passé… mais ne le dites pas à Saphir !

– Pas de danger. Notre amie aux oreilles pointues m'a déjà fait la morale suffisamment, je ne veux pas que tu subisses le même sort. Mais assez discutés, nous devons nous remettre au travail.

– Que cherchons-nous à présent ?

– De l'atinac, une plante dont les feuilles ressemblent étrangement à des mains crochues et à l'aspect pas très engageant. Le meilleur antidouleur que je connaisse dans le coin, avec certaines formes de magie bien sûr. Il va falloir qu'on marche encore un peu vers le sud, on en trouvera plus facilement. Reste près de moi surtout. Allez, Aku vient. »

Gabriel appela Slei qui marcha à ses côtés, présence rassurante dans les sombres bois. Le relon resta non loin de Pharos, se rappelant la présence d'élémentaires dans la forêt. La recherche fut assez longue toutefois, car la plante était plus rare et ne poussait que par brins solitaires. De plus, elle se confondait aisément avec d'autres herbes toxiques. Il fallait faire attention.

Heureusement, Pharos appartenait au peuple des centaures, spécialisés dans les plantes médicinales. Jamais le maître de la guilde ne doutait de ses choix quand il récoltait les herbes et Gabriel admirait ses connaissances. Le relon observait les mouvements de son aîné pour apprendre les bonnes techniques pour récolter l'atinac, qui demandait beaucoup plus de soin dans sa cueillette. L'apprenti ne possédait pas encore beaucoup d'expérience, mais il était prêt à apprendre.

Hélas, à force de rester ainsi penché, il commençait à avoir sérieusement mal au cou. Afin de limiter la douleur, il essaya d'aller plus vite dans ses mouvements et sans s'en rendre compte, il s'enfonça dans les profondeurs de la forêt. Slei ne fit pas attention à ce qu'il advenait de son cavalier. Gabriel était concentré quand une forte aura magique le fit frissonner si fort qu'il se redressa.

« Pharos ? »

Pas de réponse.

En face de Gabriel, dans la profondeur du bois, entre deux buissons, apparut une forme lumineuse. Le relon n'en avait jamais vu, mais il savait qu'il avait affaire à un élémentaire. L'être magique avait une forme de loup, avec une tête extrêmement fine et un corps entier de flammes, sans qu'on puisse en voir les limites précises. Les yeux du monstre brillaient comme deux rubis. Sans aucun doute possible, c'était un élémentaire de feu.

Une sueur froide passa sur la nuque du relon. Il savait qu'il n'était pas de taille contre un tel ennemi. Sans préparation, on ne pouvait pas affronter un élémentaire. La créature s'avança lentement vers lui et il réalisa qu'il était absolument incapable de bouger, comme si on l'avait hypnotisé.

« Gabriel ? Petit ange ? Où es-tu ? »

Slei appelait mentalement son ami, mais le garçon ne parvenait même pas à lui répondre. Tout ce qu'il pouvait envoyer, c'était son sentiment de peur. Pour le reste, ses pensées étaient brouillées et confuses. Gabriel tenta de bouger son corps de toutes ses forces, mais il était bel et bien paralysé.

« Gabriel, tiens bon ! »

La voix de Slei lui parvenait, mais il ne pouvait toujours pas répondre. L'élémentaire se rapprocha et sur son visage, une bouche dorée apparut, souriante. Le relon sentait ce blocage magique en lui, plus fort que jamais. Le nœud était là, en lui, et l'élémentaire essayait de le débloquer, d'aspirer toute sa magie. La créature était toujours plus proche et la peur s'insinuait dans le cœur de Gabriel. Est-ce que c'était vraiment la fin ? Est-ce qu'il allait…

« Gabriel ! »

L'élémentaire s'arrêta soudain tandis que Slei débarquait, se plaçant devant Gabriel et ruant avec violence. Aku apparut et montra les crocs face à la créature. Cette dernière n'avait cependant pas reculé et son emprise sur le relon demeurait toujours aussi solide. Elle ne comptait pas abandonner sa proie si facilement visiblement.

« Recule, fils de la magie ! »

Pour la première fois, la créature recula d'un pas. L'atmosphère était devenue plus lourde depuis qu'une nouvelle force était entrée en jeu. La magie de l'élémentaire cessa de faire effet sur Gabriel qui retrouva l'usage de ses mouvements tandis que Pharos se plaçait devant lui.

Le centaure était véritablement impressionnant, son aura magique écrasait littéralement celle de son adversaire. Il n'avait aucune arme, mais l'esprit du feu tremblait de peur. Le monstre recula petit à petit, mais ne s'enfuit pas. Gabriel remarqua alors un bracelet au bras du maître qui brillait avec force, composé de petites pierres gravées et de morceaux de chênes. Avec son écharpe rouge, c'était l'objet qu'il portait le plus souvent.

« Disparais, élémentaire de feu. C'est moi le maître de Sakero maintenant et aucun mal ne sera fait à mes amis tant que je serai ici. Retourne au cœur du bois avec tes frères ou vois ce jour comme celui de ta destruction ! »

Il n'y eut même pas une seule seconde d'hésitation. L'élémentaire déguerpit en vitesse et son corps enflammé disparut dans la noirceur des bois. Gabriel resta un moment sans voix, impressionné parce qu'il venait de vivre. Pharos scruta magiquement les alentours pour s'assurer qu'aucune autre créature ne s'y cachait. Ensuite, son attention se reporta sur son jeune apprenti et de l'inquiétude se lisait dans ses yeux, alors que son bracelet avait cessé de briller.

« Tu n'as rien, Gabriel ? Il ne t'a pas touché ?

– Non, ça va. Il m'a immobilisé et je n'ai pas pu bouger, ni même résister.

– Oh si, tu as résisté, sinon, il t'aurait forcé à avancer vers lui pour ne pas avoir à bouger un petit doigt. Ces créatures sont terriblement cruelles.

– Oh… Je n'aurais jamais imaginé. Vous avez l'air de bien connaître les élémentaires, Maître. Vous les avez souvent combattus ?

– Depuis que j'ai posé un pied sur Sakero. Cela fait plus de vingt ans maintenant et je n'ai jamais eu de cesse de lutter contre ces profiteurs. En tant que maître de la guilde, il fallait que je sois craint pour que Lorianeth soit en paix. Maintenant, la partie haute de l'ile est en paix.

– Quand vous n'êtes pas là, c'est dangereux alors ?

– Non, j'ai posé suffisamment de pièges autour de la guilde. Et il y a souvent quelqu'un de puissant quand je n'y suis pas. Le conseil de Rum Cay était une absence exceptionnelle.

– C'est impressionnant. Et je crois qu'il y a différentes sortes d'élémentaires ?

– Exacte. Ceux de feu, mais aussi d'eau, de vent et de terre. Et le roi des élémentaires, mais il reste au fond de la forêt en général. Tu as eu de la chance tout à l'heure, bravo pour ta résistance.

– J'étais quand même immobilisé.

– C'est mieux que contrôlé et mort. Vraiment, tu as résisté. Ne doute pas de tes capacités.

– Vous parlez de moi exactement comme mes mentors.

– Je sais qui tu es, Gabriel Luz, frère de Séraphina, descendant de Raphaël l'explorateur.

– Mais comment pouvez-vous le savoir ?

– Savoir que tu es un héritier de Dénéia ?

– Non... Saphir et Ajonc vous l'ont révélé...

– Oh non, ils ne t'ont pas trahi. Je l'ai deviné. Sais-tu pourquoi ?

– Parce que vous aussi vous en êtes un ?

– En effet, je suis Pharos Cien, descendant de Crémon le rempart.

– Et votre objet... Oh, c'est le bracelet de chêne !

– Bien deviné ! Il est là, porteur du pouvoir de la terre. »

Gabriel observa l'objet avec admiration. Ainsi donc, il y avait vraiment d'autres héritiers de Dénéia à Lorianeth, ce n'était pas une idée stupide de sa part. Le centaure prenait encore une autre dimension à ses yeux. Personne d'autre n'aurait pu être aussi digne d'être maître de la guilde que Pharos Cien.

PRISON DORÉE

~ Peleor et Fluiseje ~

« Ne vous en faites pas, nous ne rendrons pas visite à toutes les royautés. »

Les mots de Peleor sonnaient comme un mensonge aux oreilles de Fluiseje maintenant. Pourtant, le magicien lui avait répété plusieurs fois ce discours, une promesse réalisée au nom du panthéon même. La princesse se demandait maintenant si son père n'avait pas forcé son protecteur à suivre un trajet bien particulier, qui incluait absolument tous les dirigeants des royaumes. L'adolescente soupira intérieurement, essayant de garder toute la confiance qu'elle avait en son chevalier.

Le duo se trouvait à Agria, la capitale du peuple centaure, un peu plus loin dans les terres par rapport à la mer Azurée. Depuis le port de l'ile de Sakero, les voyageurs avaient traversé la mer en un peu moins de trois jours grâce à un bon vent marin. Puis, il leur avait encore fallu deux semaines de chevauchée pour que leurs montures se rendent à la grande ville, à la limite du désert du Keros. Ce lieu avait un nom à point nommé, en lien avec le dieu de la mort.

Fluiseje avait trouvé le temps beaucoup plus chaud évidemment, mais Peleor avait fait de son mieux pour qu'elle ne souffre pas et puisse profiter de chaque instant, quelle que soit la météo. Par chance, Agria possédait un climat plutôt doux quoique sec, au carrefour de l'air chaud du désert et de vents marins qui pénétraient loin dans les terres. De la ville, on pouvait même apercevoir le fameux Pic des Cieux, le plus haut sommet d'Isen.

La plupart des maisons étaient en bois et de plain-pied, ce qui se justifiait aisément pour ce peuple à moitié cheval. La seule bâtisse qui échappait à cette norme était évidemment le palais royal, au centre de la ville, surplombant la grande place avec ses deux étages supplémentaires, tout en haut d'un immense escalier de pierres grises. Dans chaque coin de rue, des fragrances d'herbes aromatiques venaient chatouiller les narines de Fluiseje.

« Votre attention s'il vous plait ! »

La voix du héraut tira l'humaine de sa réflexion. Elle et Peleor avaient été conduits dans la salle du trône pour rencontrer le souverain. L'endroit était plein à craquer de centaures portant des parures chatoyantes de haute qualité. Chacun fixait avec curiosité les visiteurs qui n'étaient pas de leur peuple. Fluiseje avait l'impression d'être une sorte de drôle d'animal et c'était très désagréable. Peleor posa une main sur son épaule pour la rassurer et elle lui en fut reconnaissante. Le duo avait attendu très longtemps que le roi daigne se montrer, assez pour que la salle du trône se remplisse entièrement. Tous les centaures présents ici cherchaient à se faire remarquer par le roi, à attirer son attention par n'importe quelle manière pour obtenir ses faveurs. Pour cette fois, il n'y aurait que le roi et la reine. Un boulanger avait appris au visiteur que le prince Noldor était parti vers le nord d'Agria et ne serait pas de retour tout de suite.

« Voici sa Majesté le roi Chiron le Majestueux, fils du noble et regretté Adonis, ainsi que sa femme, la reine Phaorine ! Faites place ! »

Les souverains entrèrent alors par une porte latérale et une grande clameur éclata dans la salle. Des compliments fusaient dans ce lieu d'hypocrisie. Plus petits que la majorité des centaures, Peleor et Fluiseje durent attendre que le couple royal ait atteint les trônes pour les voir.

Savourant les acclamations de son peuple, le roi Chiron arborait un sourire satisfait. Ses longs cheveux noirs pendaient sur ses épaules jusqu'à la jonction entre son corps humain et son corps équin, coiffés par une couronne dorée. Sa moitié chevaline était sombre comme l'ébène, avec des membres puissants, mais élégants. Sur ses épaules musclées reposait une cape rouge bordée de fourrure blanche, sans doute celle d'une blanche biche. Le souverain portait maints bijoux dorés, notamment un énorme collier qui obligeait à poser les yeux sur son torse aux abdos parfaitement dessinés. La fougue de la jeunesse l'habitait encore, il n'avait même pas cinquante ans. Son regard mettait Fluiseje mal à l'aise, toisant le monde alentour.

La reine ne lui ressemblait en rien. Rien que par sa position et ses épaules rentrées, on voyait qu'elle était soumise à son époux. Le temps semblait l'avoir épargnée puisqu'elle paraissait jeune, avec ses longs cheveux châtain clair noués en tresses, ses traits fins et son bas du corps équin de couleur baie clair. Ses vêtements respiraient la simplicité, une simple toge violette ainsi qu'une ferronnière d'argent pour rappeler son rang. La différence entre la reine et le roi était saisissante, comme s'ils venaient chacun de deux mondes différents.

« Papa, j'ai une question, se rappelait avoir demandé Fluiseje quand elle était enfant.

– Que veux-tu ma petite ?

– J'ai appris que les centaures avaient des chevaux baptisés les fuméros. Mais ils ne peuvent pas les monter, alors à quoi cela leur sert ?

– Leur élevage est constitué de chevaux de trait, pour porter de lourdes charges. Les centaures ont beaucoup de fierté, les plus nobles ne vont pas effectuer de tels travaux. »

Cette fierté dont le roi Radoc avait parlé s'incarnait parfaitement chez les Chiron. Pourtant, Pharos de la guilde Lorianeth n'avait pas eu l'air si arrogant. Fluiseje revint à la réalité tandis que Peleor esquissait une gracieuse révérence. Sa protégée l'imita aussitôt, pensant que le roi centaure leur rendrait la politesse. Chiron n'en fit strictement rien, contrairement à la reine Phaorine qui s'inclina face à eux. Le roi se contenta de les dévisager tandis que la foule se taisait.

Sans que l'on sache pourquoi, Chiron parut se prendre d'admiration pour la tapisserie qui racontait l'histoire de son peuple, sur un mur de la grande pièce. Sur l'œuvre, il y avait aussi le drapeau d'Agria, un fer à cheval et un trèfle à quatre feuilles. L'impolitesse du centaure énervait beaucoup Fluiseje, mais elle devait rester calme, pour des raisons politiques. Finalement, le roi parut se souvenir de ses hôtes et se retourna majestueusement.

« Bon peuple, veuillez sortir et nous laisser seuls avec nos visiteurs ! »

Il fut obéi dans la minute. Voir autant de centaures sortir d'une même salle en bon ordre et dans un calme absolu, cela donnait la mesure de l'autorité du roi. La pièce retrouva toute sa grandeur une fois vidée de la noblesse d'Agria, rien que des hypocrites en quête de pouvoir. Seul le héraut demeurait encore à la porte, mais le roi le congédia d'un simple geste de la main, sans même un regard. La considération ne devait pas faire partie de son vocabulaire.

Chiron s'installa nonchalamment sur un trône, prévu pour être confortable avec sa moitié de cheval en étant beaucoup plus large et bas que celui des humains par exemple. Phaorine restait debout pour le moment, regardant les visiteurs avec un sourire poli. Elle paraissait si frêle aux côtés de son mari et Fluiseje avait même l'impression qu'elle avait peur. L'humaine espérait se tromper.

«Assieds-toi, femme.»

L'ordre était impérieux, ne souffrant aucun reproche et elle obéit immédiatement. Cela choqua les deux voyageurs, même Peleor, mais ils n'en montrèrent rien. Le magicien songeait que même chez les relons, la situation n'était pas si dégradée. Qu'est-ce qui avait pu se passer pour entraîner de telles dérives à Agria ? Chiron fixait ses visiteurs, un sourire satisfait sur ses lèvres, sans réussir à paraitre aimable. Il avait montré sa position de supériorité, tout allait bien pour lui.

«Bienvenue à Agria, lâcha le roi.

– Merci à vos majestés, s'inclina à nouveau Peleor.

– Je suppose que vous devez être la princesse Fluiseje du peuple des Djens ?

– En effet, roi Chiron.

– Votre père le roi Radoc est un de mes meilleurs partenaires commerciaux, j'ai beaucoup d'estime pour lui à ce propos.

– Mon père a tout autant d'estime pour vous. Il dit que les centaures sont des commerçants honnêtes et c'est ce qu'il apprécie le plus.

– Je gage qu'il apprécie plus encore nos herbes médicinales. Mais passons.»

Le malaise que ressentait Fluiseje empira encore devant le ton cassant du roi, qui n'accordait d'importance qu'à ses propres paroles. La princesse avait l'impression de marcher sur une corde raide, où chaque mot qu'elle pourrait dire risquait de la précipiter dans le vide. Le centaure n'avait pas l'air commode et l'humaine craignait qu'il soit facile de l'énerver.

La présence de Peleor l'aidait à ne pas s'enfuir en courant. De toute façon, puisqu'ils étaient là, il fallait affronter ce roi imbu de sa personne, en restant aussi poli que possible. Fluiseje se demandait ce que pouvait donner une rencontre entre Chiron et Maïweve. Ce devait être explosif. Heureusement, le roi aimait s'entendre parler et se concentra beaucoup sur le commerce de son point de vue. Il suffisait de l'approuver et de sourire, ce qui restait faisable.

Le centaure se leva et se mit à faire des petites largeurs de tapis devant son trône. Cela mettait en valeur sa moitié équine à chaque demi-tour, ce dont il devait être particulièrement fier pour se pavaner ainsi. Tout en parlant, il ne cessait de toucher une épée qui battait le long de son flanc droit, un autre symbole de son pouvoir. La reine se contentait de se taire et de sourire aux invités, quand elle ne fixait pas le sol avec désespoir.

« J'imagine que le chemin pour venir ici a dû vous paraitre horriblement rude, questionna soudain Chiron. Le climat est plus sec que dans les douces prairies humaines.

– La chaleur est parfois dure à supporter, je vous le concède, Votre Majesté.

– Comment pourrait-il en être autrement ? Vous n'êtes qu'une Djen.

– Cependant, grâce à Messire Peleor, nous avons pu venir ici sans encombre.

– Peleor, c'est vous qui accompagnez la princesse donc.

– C'est en effet mon devoir, Votre Majesté.

– Oh, eh bien heureusement que vous êtes là. Nul doute que votre valeur doit être grande puisque le roi Radoc en personne vous a choisi, déclara-t-il, déguisant son ironie par de la fausse flatterie.

– Je fais de mon mieux pour servir la princesse.

– Messire Peleor est un excellent protecteur, je n'ai jamais eu à douter de lui.

– C'est parfait si tout se passe bien, sourit timidement Phaorine.

– Certes, coupa son époux. Cependant, je ne peux m'empêcher de me demander pourquoi ne pas avoir choisi le fameux chevalier Titan du royaume des Djens ? Voilà une question.

– Messire Peleor est un magicien, nota la reine.

– Je le sais, gronda le roi, mais avec un air qui montrait qu'elle venait de lui apprendre l'information. Ce qui m'interroge d'autant plus.

– Mon fiancé est le prince Roland. Dans sa grande mansuétude, il a tenu à ce que celui qui m'accompagne lors de mon voyage appartienne à son peuple. C'est ainsi que Messire Peleor a été choisi, sur les recommandations de la reine Inmaya en personne.

– Êtes-vous donc un chevalier magicien ?

– Certes non, Votre Majesté, je n'ai pas cet honneur. Je suis le frère cadet de la reine.

– Jamais entendu parler de vous. Mais peu importe qui vous êtes. L'important, c'est que vous ne tentiez pas de prendre ce qui revient de droit au prince Roland.

– Je ne suis pas certain de vous comprendre, Votre Majesté.

– Allons, magicien ! Une personne comme toi qui passe ses journées avec une si jolie princesse, cela doit être bien tentant.

– Votre Majesté, jamais je ne…

– Peut-être avez-vous accepté le travail pour cela ? Si votre vie de famille est ennuyeuse, croquer le fruit défendu peut la rendre plus palpitante, je vous le concède.

– Votre Majesté, n'ayez nulle crainte, intervint Fluiseje. Messire Peleor est un chevalier dans l'âme. »

L'humaine tentait désespérément de ne pas laisser la colère troubler sa respiration et se concentrait de son mieux. Peut-être qu'elle n'aurait pas dû parler ainsi au roi Chiron, mais elle ne pouvait pas le laisser insulter Peleor sans rien faire, c'était trop pour elle. Le magicien n'osait rien ajouter, mais il était énervé contre ce centaure qui ressemblait par trop à son grand frère. Peleor réalisa qu'il se fâchait de plus en plus facilement, il faudrait qu'il se méfie. Au moins, le souverain d'Agria n'avait pas l'air de s'être vexé de l'intervention de son invitée. Une chance.

« Cela vaut mieux pour vous, princesse. Je vous souhaite tout le bonheur possible avec le prince Roland, vous en aurez besoin. Oh et un agréable séjour à Agria, je suppose que vous restez un peu. Vous pourrez dormir à l'auberge Mandra à mes frais. Un cadeau de ma part.

– Votre Majesté est vraiment trop gentille avec nous.

– Considérez cela comme un cadeau pour les bons échanges commerciaux entre nos peuples. Hum, malheureusement, je vais devoir vous quitter. Le devoir m'appelle.

– Nous le comprenons bien, assura Fluiseje. Merci encore de votre hospitalité.

– Rien du tout. Femme, charge-toi de les raccompagner. J'ai une visite au joaillier qui ne peut attendre. Au plaisir de vous revoir, princesse Djen.

– Le plaisir est pour nous, Votre Majesté. »

Peleor serra les dents et se contenta d'une révérence minimaliste, qui suffit à l'arrogant centaure. Chiron passa à côté d'eux sans un regard, sa croupe ondulant de manière provocatrice. Il sortit au petit trot de la salle du trône qui plongea dans le silence, le temps que le bruit des sabots du roi disparaisse au loin. Enfin !

Les deux voyageurs se retournèrent alors vers la reine qui s'était relevée de son trône. Elle semblait une tout autre personne à présent, avec les épaules redressées et la tête relevée. Ses prunelles grises brillaient d'un éclat nouveau et l'on sentait qu'il y avait de la force de caractère en elle. Phaorine était une beauté domptée.

« Je vous prie d'excuser le caractère de mon mari. Il n'est pas le plus fin avec les mots.

– Ce n'est rien, Votre Majesté, déclarèrent à l'unisson Peleor et Fluiseje.

– Oh, vous pouvez parler sans contraintes avec moi. Je serai muette comme une pierre.

– Ma reine, les femmes centaures n'ont-elles pas les mêmes droits que les hommes ?

– Oh, si, l'égalité existe, Messire Peleor. Je suis l'exception, hélas !

– C'est bien triste pour vous d'avoir épousé un tel homme si vous me permettez.

– Oh à la vérité princesse, je n'aurais jamais dû l'épouser ni devenir reine. J'étais promise à quelqu'un d'autre… Mais je parle trop et c'est du passé maintenant.

– Le roi Chiron a brisé vos fiançailles ? Aussi simplement ?

– C'est un enfant unique et un prince qui a toujours eu ce qu'il désirait, princesse. Je n'ai pas échappé à la règle. Je n'ai pas pu refuser et mon père non plus. J'ai renoncé à l'homme que j'aimais, j'ai donné un héritier au royaume et je suis restée sage.

– Mais et votre véritable amour ? s'enquit Fluiseje.

– Il est parti en exil le jour de mon mariage. Il n'a pas supporté de me voir avec un autre.

– Qu'est-il devenu ? Si vous le savez ?

– Qui sait, Messire Peleor ? Peut-être qu'il a refait sa vie maintenant.

– Et il ne s'est pas battu pour vous ?

– Oh si, princesse. Il a voulu défier Chiron. Cependant, défier l'héritier d'un royaume, ce n'est pas si simple politiquement et cela aurait engendré beaucoup de problèmes. Alors il a décidé de partir plutôt que de mettre en péril la paix de notre nation. C'était le choix le plus sage.

– Il a dû être si malheureux… Et vous aussi, réalisai Fluiseje.

– C'était le choix le plus sage, princesse. Pas le meilleur. Mais ne parlons plus de cela. Ma vie est ce qu'elle est et j'aime mon fils, le prince Noldor. Et vous princesse Fluiseje, est-ce que ce périple vous plaît ? Ne vous sentez-vous pas perdue ?

– Oh bien sûr que non. Je vais de découverte en découverte et chaque jour est une nouvelle aventure palpitante. Avec Messire Peleor à mes côtés, je ne crains rien du tout.

– La princesse est trop indulgente envers moi.

– Je ne fais que dire la vérité, ne joue pas au plus modeste !

– Vous formez un duo incroyable, rit Phaorine, et c'était un bruit aussi agréable qu'un chant d'oiseau. Merci, cela faisait un moment que je n'avais pas ri.

– Le plaisir est pour nous, ma reine, sourit Fluiseje.

– Si cela vous convient, je vais vous conduire à l'auberge.

Quelqu'un pourra également s'y occuper de vos montures et répondre à tous vos besoins.

– C'est gentil, mais je ne voudrais pas vous embêter…

– Rassurez-vous, princesse, cela me fera du bien de sortir un peu. Les centaures sont faits pour marcher et non pour rester assis à longueur de journée. De plus, il est temps que mon peuple se rappelle qu'il a une reine. Grand temps ! »

Phaorine semblait étinceler tandis qu'elle replaçait correctement sa toge violette. Une fierté nouvelle apparut dans ses yeux. Peut-être qu'on l'eût obligée à jouer ce rôle en bafouant sa vie, mais la reine resterait digne de sa fonction, quoi qu'il puisse lui en coûter. Ce n'était plus une femme soumise, mais bien une centauresse confiante qui se tenait devant les voyageurs.

GRAND MÉNAGE
~ Gabriel ~

C'était un jour de grand ménage à la guilde et Gabriel s'était porté volontaire pour aider, au moins une partie de la journée. Il s'était senti obligé de le faire, mais en étant toutefois motivé. Pharos lui avait demandé d'aider au nettoyage de la taverne le matin, mais de ne surtout pas négliger son entraînement l'après-midi avec Saphir et Ajonc. Les mentors du relon aidaient aussi, l'elfe se chargeant du nettoyage sur les toits tandis que le vierak s'occupait de réparations dans les écuries. Le maître de la guilde allait d'un point à un autre, aidant dès qu'il le pouvait, et il avait allumé un grand feu dans la clairière pour brûler les poussières.

L'apprenti se trouvait donc un balai à la main près du comptoir de la taverne, ne rechignant pas à la tâche. Si ce genre de travaux avait constitué une corvée sans nom sur l'ile Céleste, cela l'aidait ici à se sentir plus intégré à la guilde. Tout en accomplissant la besogne, il pouvait écouter les ragots des autres membres de la guilde présents, avec plus ou moins d'intérêt. Issac, Kague et Annaëlle étaient revenus faire des rapports à Pharos et le centaure en avait profité pour les embaucher pour le ménage. Où était Annaëlle, Gabriel l'ignorait, mais les deux autres se trouvaient dans la taverne.

Issac se chargeait du nettoyage des tables, usant et abusant de la magie pour aller plus vite. De son côté, Kague se chargeait de l'entretien de la vaisselle, rangée derrière le comptoir. Quelques autres membres de la guilde aidaient et la salle paraissait relativement animée malgré tout.

« Comment est le temps à Catcha ? demanda Nolan le loup-garou.

– Il fait vraiment chaud maintenant que l'été est sur nous, répondit Kague. Les fleurs des arbres laissent la place à des feuilles, mais elles sèchent bien vite avec le climat. Le temps est contre nous avec cette subite sécheresse.

– Oh, non, le temps est avec nous, répliqua Issac. À Goldo, le temps est encore superbe et la température parfaite. C'est idéal pour partir à la chasse.

– Certes Issac, mais Catcha et Goldo ne bénéficient pas du tout du même climat.

– Le Nord, le Sud, ce n'est qu'un concept défraichi, mon pauvre Kague.

– Et voilà qu'ils recommencent, soupira le modenmé Tanik.

– Leur dispute ne cessera donc jamais ? souffla Olivia la samalhué.

– Jamais tant que durera leur combat de coqs pour la même dame, soupira Gabriel.

– Tu as bien raison, Gabriel, approuva Olivia. Bon, encore, ils restent relativement polis.

– Si besoin, je sais où est Galbon, intervint le relon. Il surveille le brasier dans la cour.

– Voyons comment la situation évolue, pour ne pas le déranger pour rien, déclara Nolan. Peut-être faudrait-il qu'ils voient que leur entêtement est voué à l'échec ?

– Je vais essayer, proposa Olivia avec un clin d'œil. Dites-moi, quelqu'un sait-il où est Annaëlle ? demanda-t-elle à voix haute. Je voudrais lui parler.

– Elle s'occupe du pont, répondit simplement Kague.

– Comment ? s'étonna Issac. Je croyais qu'elle aidait aux écuries.

– C'est une amazone, elle peut faire plein de choses, mon vieux.

– Mais elle n'appartient pas à la brigade aquatique que je sache. Ce genre de boulot avec le pont, cela t'aurait convenu à merveille.

– Dis plutôt que tu ne veux pas de moi, Issac et que tu aurais largement préféré travailler avec elle.

– C'est une bonne traduction, en effet.

– Je pourrais en dire autant en ce qui te concerne.

– Te plaindrais-tu de mon implication dans le travail, semi-démon ?

– Non, certes, ta vitesse est plutôt correcte.

– Oh, un compliment de Kague pour moi, quel jour incroyable !

– Ne te réjouis pas trop vite, le magicien. Tu triches.

– Tricher ? Ce n'est pas un jeu, c'est simplement le grand ménage ici.

– Cela n'empêche que tu es le seul à utiliser ta magie pour ne pas te fatiguer.

– Et alors ? J'appelle ça de l'optimisation de mes compétences.

– De mon point de vue, c'est de la fainéantise.

– Jaloux de ne pas avoir pensé à utiliser ta magie plus tôt ?

– Fier de ne pas me réfugier derrière un sort pour chaque tâche ménagère. Au moins, j'éprouve la satisfaction d'avoir fait le travail de mes mains.

– Tu aimes peut-être la sueur, mais pas moi.

– Ce travail n'est pas si terrible au point de faire suer !

– Irrécupérables, soupirèrent les autres personnes présentes dans la pièce.

– Tu veux que je te dise le fond de ma pensée, l'aquatique ?

– Vas-y, le terreux. Je t'écoute attentivement.

– La vérité, c'est que tu n'es pas si bon magicien que moi. Ton côté démon devrait te le permettre, mais hélas, tu es à moitié humain et cela ruine ton potentiel.

– Gabriel, va chercher Galbon, je le sens mal leur histoire, souffla Tanik tandis que le relon filait.

– Et allez, un magicien qui n'aime pas les humains, une rareté.

– Avoue que ta mère aurait pu choisir un peuple avec plus de potentiel magique.

– Oh, je devrais la maudire pour avoir choisi mon père ? Mais sache que les humains ont d'autres capacités, comme celle de t'écraser la tête contre le plancher.

– Est-ce que c'est là un défi, Kague ?

– Même toi, tu n'es pas assez stupide pour l'ignorer, Issac. »

L'ambiance était réellement devenue électrique dans la taverne. Les deux sous-chefs laissèrent tomber leurs activités et se rapprochèrent lentement l'un de l'autre. Ils ne se quittaient pas une seule seconde du regard et l'air tremblait autour d'eux. Toutes les autres personnes de la taverne vinrent se cacher derrière le comptoir, priant pour une intervention rapide de Galbon ou du maître avant que la catastrophe n'arrive. Issac et Kague étaient maintenant à moins d'un mètre l'un de l'autre, leur magie prête à servir. Cela risquait de très mal tourner.

« Rooh, ça suffit les gosses ! »

Heureusement, Galbon était venu à la rescousse, séparant les deux rivaux d'un coup bien placé dans l'estomac. Les deux sous-chefs reculèrent sous la surprise, la respiration un peu coupée. Gabriel se sentait fier d'avoir été celui qui avait ramené le papy de la guilde sur les lieux et observait la situation d'un peu plus loin. Issac et Kague ressemblaient maintenant à deux enfants pris en flagrant délit lors d'une bêtise puérile. Le maître de la brigade spéciale les regardait avec un œil noir, attendant que chacun s'explique sur ce qui venait de se produire.

« Bon, répondez-moi. C'était quoi la raison cette fois ?

– Un avis divergent sur la façon de faire le ménage, lâcha Kague.

– Une discussion sur la magie qui a mal tournée, poursuivit Issac.

– En clair, des broutilles ?

– Oui, Galbon, avouèrent-ils.

– Comme d'habitude hein ? Il va falloir que ça change. Vous êtes des chefs de brigade, oui ou non ? Je vais donc vous séparer, enfants irresponsables que vous êtes. Kague, tu continues ton travail ici.

– Oui, maître Galbon.

– Et toi, Issac, tu vas aller trier les avis de mission à l'étage, j'ai laissé ça sur une table.

– Comme tu voudras, le ganak.

– Bien. Et maintenant, on se remet tous au boulot, hop hop hop !

– Oui, Galbon, répondirent les autres membres de la guilde avec bonne humeur.

– Toi Gabriel, tu viens avec moi !

– Mais j'ai encore du travail ici, je n'ai pas terminé de…

– Les autres le feront. J'ai un boulot pour toi, Annaëlle a besoin d'aide sur le pont. Et après, tes deux mentors vont vouloir te voir, si tu vois ce que je veux dire.

– Je vois très bien, merci, Galbon. »

Le relon sortit de la taverne en discutant gaiment avec le ganak. Puis ce dernier retourna s'occuper du brasier au centre de la clairière tandis que Gabriel se dépêchait de se rendre au pont où Annaëlle l'attendait. Vêtue de fourrures plus légères, l'amazone avait les pieds dans l'eau et s'attelait à restaurer une des rambardes. C'était un travail qui demandait sans doute de la force physique et que jamais une relon n'aurait accepté de faire, mais Annaëlle était bien plus forte que cela.

«Ah, Gabriel, te voilà ! s'exclama-t-elle en s'épongeant le front. Tu arrives juste à temps.

– Qu'est-ce que je peux faire pour toi, Annaëlle ?

– Tu vois, je suis en train de refixer correctement la rambarde. J'aurais besoin que tu me tiennes cette poutre à la bonne hauteur, le temps que je la cloue. Tu as compris ?

– Oui bien sûr. C'est parti. »

Avec délicatesse, Gabriel attrapa la poutre. Il s'attendait à ce qu'elle soit lourde, mais c'était largement supportable pour lui. Le jeune adulte se positionna au bon endroit, utilisant ses ailes pour stabiliser son équilibre. Même les relons pouvaient être utiles en bricolage. Annaëlle ne perdit pas de temps et cloua la poutre en quelques secondes. Elle était drôlement efficace et l'on sentait qu'elle avait l'habitude d'un tel travail. Les amazones étaient décidément pleines de ressources.

« C'est bon, tu peux lâcher. Merci beaucoup, Gabriel !

– Je t'en prie, je suis ravi d'avoir pu t'être utile.

– Est-ce que tu as quelque chose de prévu, là tout de suite ?

– Eh bien, j'ai un entraînement avec Saphir et Ajonc qui m'attend.

– Tu as donc parfaitement le temps de boire un verre avec moi. Et ne t'inquiète pas, nous n'allons pas bouger d'ici, ils pourront te trouver facilement si besoin. »

L'amazone attrapa à sa ceinture deux cornes pour boire ainsi qu'une outre. Le relon réalisa qu'il ne pouvait plus dire non à ce stade-là et que la proposition l'intéressait de toute façon. Le duo s'installa près du pont, dans l'herbe, sur le bord de la rivière de l'âme. Annaëlle tendit à Gabriel une corne remplie d'un vin pétillant et très fruité en bouche. Autrefois, le relon aurait surement refusé, pas habitué à boire sur l'ile Céleste, mais Lorianeth lui avait donné de nouvelles habitudes. Il ne buvait pas souvent et jamais en excès, mais un petit verre parfois ne faisait guère de mal. Boire avant un entraînement n'était peut-être pas l'idée du siècle, mais s'il ne se resservait pas, cela devrait aller.

« Annaëlle… Est-ce que par hasard tu as besoin de parler ?

– Le vin ne t'empêche pas d'être perspicace à ce que je vois.

– De quoi s'agit-il ? demanda-t-il innocemment, même si dans le fond, il le savait très bien.

– Pas besoin de chercher trop loin avec moi, c'est toujours le même problème.

– Issac et Kague, encore eux, hein ?

– Exactement. J'ai entendu tout à l'heure… Ils se sont encore disputés, hein ?

– Oui…

– Et c'était à quel sujet cette fois ?

– Oh des histoires de magie et de famille… mais aussi à propos de toi.

– Pour changer un peu. Heureusement que Galbon était là.

– C'est vrai, heureusement qu'il est là pour veiller sur nous. Et qu'ont-ils eu comme punition ?

– En fait, seul Issac a été puni puisque Galbon l'a envoyé à l'étage faire un autre travail tandis que Kague est resté dans la taverne avec les autres. Je crois que le magicien n'aime pas la solitude alors, ça n'a pas dû trop lui plaire.

– C'était bien une punition pour les deux, Gabriel. Kague aurait préféré la solitude plutôt que de rester auprès d'autres personnes après avoir été ainsi humilié.

– Ah d'accord, je n'avais pas pensé à cette perspective.

– Au bout d'un moment, on finit par bien les connaître. »

Le sourire d'Annaëlle paraissait si triste et elle but une longue gorgée de vin. Gabriel trouvait que c'était injuste qu'elle ne puisse pas connaître le bonheur à cause de cette guerre stupide. À force de discuter avec l'amazone, le relon se sentait plus proche d'elle, surtout que lui aussi n'était pas vraiment servi en amour. Il voulait lui dire quelque chose afin de lui remonter le moral.

« Changeons de sujet, déclara Gabriel. Annaëlle, est-ce que tu peux me décrire Sombrale ?

– Mon petit chez-moi ? Ce n'est pas si extraordinaire, tu sais.

– Mais si je rejoins la brigade aérienne, j'ai envie d'imaginer à quoi cela peut ressembler.

– Très bien. Alors, comme dans toutes les brigades, il y a une taverne et un dortoir, ainsi que des écuries. Rien de la taille de Lorianeth, c'est un peu plus petit.

– Oh d'accord. Et qu'est-ce qui caractérise Sombrale ?

– Mon petit chez-moi se trouve à l'est du pays des magiciens. L'endroit est boisé est pas très loin des plaines d'Ima. Avec la rivière noire, cela devrait rendre le lieu très agréable, mais depuis que la rivière de l'Identité s'assèche, nombreux sont ceux qui commencent à pomper son eau. Je crains qu'ils ne la fatiguent et que la faune disparaisse.

– C'est triste…

– Oui. Mais l'endroit reste encore très beau et l'air, pur. Parfois, les jours de grand vent, on arrive à sentir brièvement la mer. C'était une maison abandonnée, mais nous l'avons bien restaurée. En plus, j'y ai ajouté un observatoire, sur lequel on peut se rendre uniquement en volant. Tu verras la vue qu'on a depuis le sommet, c'est magique. Les bons jours, on peut presque voir la mer. J'adore cet endroit, je ne voudrais l'échanger contre aucun autre.

– Il me tarde de le découvrir un jour.

– Alors tu comptes bien rejoindre la brigade aérienne ?

– Pour le moment en tout cas, cela me semble la meilleure idée.

– Mais en attendant, tu as encore de l'entraînement, appela une voix derrière lui.

– Oh, Saphir ! C'est déjà l'heure de l'entraînement ?

– En effet. Je te le prends Annaëlle, si tu n'as plus besoin de lui.

– Tu peux, sourit l'amazone. Merci, tu as été d'une grande aide, Gabriel.

– Je t'en prie, Annaëlle, je n'ai pas fait grand-chose. Hum, je suis prêt, maître.

– Très bien. Nous allons commencer par un échauffement à l'épée le temps qu'Ajonc termine son travail, puis nous partirons en patrouille à l'ouest de la forêt. Allons-y !

– Oui, maître Saphir. Annaëlle, à plus tard !

– Prends soin de toi, petit frère ! Et ne fais pas comme moi, ne cours pas après l'impossible. »

Gabriel prit soin de ne pas tiquer et fit un signe de la main amical à l'amazone. Puis, il partit sur les traces de l'elfe. Annaëlle parlait de sa propre expérience bien sûr, mais le relon ne pouvait s'empêcher de se demander si elle avait compris l'attirance qu'il éprouvait pour un de ses mentors. Est-ce que c'était réellement visible ou juste une coïncidence ? Si, depuis tout ce temps, il n'était pas discret ? L'angoisse lui noua l'estomac et la sensation ne passa pas de la journée.

UN BRACELET PRÉCIEUX

~ Peleor et Fluiseje ~

Peleor et Fluiseje passèrent une bonne semaine à Agria pour visiter la région aux alentours. Durant cette période, ils prirent soin autant que possible d'éviter le roi Chiron et la chose se fit plutôt aisément. Est-ce que c'était dû à l'aide de la reine ou bien le souverain les snobait-il simplement ? Ils n'en savaient rien, mais cela les arrangeait bien.

Ainsi, ils purent même se rendre à la frontière du désert du Keros pour que la princesse puisse en découvrir la beauté. Le plus haut sommet d'Isen, le Pic des Cieux, se dessinait encore dans le lointain, mais son ascension était beaucoup trop risquée, même Peleor ne l'avait jamais tenté. Plus loin au Sud, Fluiseje apprit que se trouvait le pays des incubes ainsi que leur capitale, Stohg. Les deux voyageurs n'avaient cependant pas prévu dans leur trajet de s'en approcher plus que cela.

« Pour une fois, je suis d'accord avec un lieu interdit par mon père. De ce que je sais, ce peuple est vraiment très particulier et ses pratiques vraiment inacceptables.

– Vous savez, les incubes ne sont pas si terribles qu'on le dit. Enfin… non, il serait plus exact de dire qu'ils ne sont pas tous comme ça.

– Vraiment ? Tu n'as pas l'air assuré, Peleor.

– Le prince est quelqu'un de très recommandable. Mais c'est le seul exemple qui me vient à l'esprit hélas… Peut-être quelques autres à Lorianeth aussi.

– Tu vois. C'est aussi bien de ne pas y aller.

– Je vous aurais simplement fait traverser la ville de jour, mais je respecte les recommandations de votre père pour cette fois. Les incubes doivent encore travailler un peu sur leur image. »

Les rumeurs peu reluisantes concernant le peuple du désert ne devaient pas être dépourvues de vérité, compte tenu de la réaction de Peleor. Fluiseje n'avait pas vraiment envie de découvrir à quel point ce qu'elle savait était la vérité ou non, surtout si même son protecteur avait des doutes. Le magicien avait hésité à la conduire là-bas, mais suivre les ordres du roi Radoc lui avait paru plus sage. Une prochaine fois peut-être !

Après leur séjour à Agria, les voyageurs reprirent la route en direction du nord, à la recherche d'un climat moins chaud, surtout avec l'été qui s'installait. Ils contournèrent le désert du Keros par l'est, ce qui leur prit deux bonnes semaines sous un climat variable. Peleor veillait à ce que Fluiseje ne souffre pas trop des températures et il y arrivait plutôt bien, ce dont la princesse lui fut reconnaissante. Les chevaux devaient s'accrocher aussi, mais même Ella résistait bien.

Au loin, ils aperçurent des béhémots et quelques hippogriffes, ce qui intéressa beaucoup l'humaine. Peleor s'assurait à ce que les créatures en tout genre ne soient jamais trop proches d'eux, afin d'écarter au maximum le danger. Au moins, cela leur permit d'égayer un peu le trajet, assez monotone du reste. Ils parvinrent dans un petit village des villes libres, répondant au nom de Kita. C'était un ensemble de maisons collées à la célèbre chaîne des glaces, la plus grande chaîne montagneuse d'Isen, et aussi la plus froide, comme son nom le laissait supposer.

Même en période estivale, en plein mois de juillet, le froid régnait encore et la neige était présente. Heureusement, les quelques habitants du lieu s'avéraient adorables et chaleureux dans leur accueil. Les voyageurs décidèrent d'y passer quelques jours, afin de profiter de son air pur et du beau temps. Cela n'empêchait pas les températures d'être fraîches, ce qui changeait du Keros.

«Aviez-vous déjà vu de la neige, princesse?

– Un petit peu à Coronal, mais jamais autant que sur ces montagnes.

– C'est vrai que votre royaume est comme celui des magiciens, un climat plutôt doux, même si leurs positions géographiques sont bien éloignées.

– C'est vrai. Et nous n'avons aucune montagne non plus. J'avais déjà aperçu les monts Orageux de loin, mais ici, c'est tellement différent et plus haut.

– Vous avez bien raison.

– Peleor, je me pose quand même une question. Depuis que nous sommes arrivés à Kita, tu sembles tendu, alors que le lieu est si calme. Pourquoi?

– Je me méfie des endroits paisibles. Et j'ai de bonnes raisons de le faire. Kita est la dernière ville où a été vu Folc Colbaro, le frère du roi des vieraks, avant de disparaître. Rien ne prouve que ce soit lié à cette ville, mais je préfère me montrer trop prudent que pas assez.»

Fluiseje devint plus silencieuse après cette révélation et ne retrouva sa joie de vivre naturelle qu'une fois qu'ils eurent quitté la ville. L'annonce l'avait refroidie, sans mauvais jeu de mots. En une bonne journée de chevauchée, ils se retrouvèrent à la source de la Grande Rivière, au pied du grand massif montagneux. Là-bas, ils eurent la chance d'observer un Minotaure, une créature qui, malgré son apparence humanoïde, ne comptait pas parmi les peuples du grand conseil. Peleor lui expliqua que c'était parce que les Minotaures vivaient en solitaire et ne parlaient ni l'ancien langage ni le nouveau.

La route se poursuivit ensuite vers le nord pendant trois bonnes semaines, dans un mélange de plaines et de collines, plus rarement de forêts. La chaîne des glaces disparaissait petit à petit derrière eux pour laisser la place au mont Orageux devant. Plus les voyageurs continuaient vers le Nord, plus ils rencontraient de personnes sur la route. Les chemins étaient en parfait état et constituaient des axes de commerce non négligeables vers les villes des ganaks.

L'assiette de Fluiseje à cheval s'était améliorée de façon considérable, à force de passer ses journées en selle. Ses jambes ne la faisaient plus trop souffrir maintenant, elle s'était endurcie. Peleor avait appris à la princesse à reconnaitre les herbes comestibles de la région, ainsi que les plantes dangereuses, si bien que c'était souvent l'adolescente qui se chargeait de la cueillette. Le magicien était très fier des progrès constants de sa protégée.

Après avoir traversé un petit bois, le duo se retrouva en terre ganak. Plus on avançait dans le royaume, plus on pouvait voir des zones déboisées. Les arbres étaient une matière première indispensable aux ganaks, utilisés pour alimenter les forges. Les paysages se faisaient de plus en plus montagneux, ce qui ravissait Fluiseje, mais elle ne pouvait s'empêcher de s'étonner de voir que Peleor prenait la direction nord-ouest.

« Tu es sûr que nous sommes sur le bon chemin ?

– Oui. Pourquoi penses-tu que je me trompe ?

– Eh bien, j'ai quand même quelques connaissances en géographie et je sais que nous continuons vers le nord-ouest. Or, la capitale Alliance est au Nord-est.

– En effet. C'est tout simplement parce qu'Alliance n'est pas notre destination. Sauf si vous souhaitez absolument rendre hommage au roi Midgar.

– Pas particulièrement non. Alors, tu…

– Je tiens parole, princesse. Vous n'aurez pas à rencontrer

tous les souverains. »

Le sourire qui fleurit sur les lèvres de Fluiseje se passait de détails. Enfin, le magicien lui montrait qu'il tenait parole et cela ne faisait que renforcer la confiance qu'elle avait en lui. Peleor lui avait tant apporté depuis leur départ, l'humaine n'imaginait pas son voyage avec quelqu'un d'autre que lui. Elle commençait à le considérer comme un grand frère. Une autre question lui vint à l'esprit.

« Mais dans ce cas, où allons-nous ? Un village ganak ?

– Non, dans une grande ville afin que vous puissiez admirer les talents de ce peuple.

– Mais mis à part Alliance, il n'y a pas d'autres grandes villes ganaks.

– Eh bien, il en existe une autre, moins renommée qu'Alliance, mais aussi douée pour le commerce. Galbon de Lorianeth est originaire de Korad.

– Korad… ce nom me parle.

– Et à juste titre. On raconte que les meilleurs forgerons s'y trouvent. Je ne suis pas venu ici souvent, mais je ne vais pas démentir. Allons-y. »

Après cette discussion, il leur fallut une journée pour gagner l'entrée de la citée de Korad, humble bastion au sud des monts Orageux. En sortant d'une forêt plutôt boisée pour la région, on apercevait un rempart de pierres grises, dont chaque extrémité était soudée à la montagne, ce qui rendait le lieu facile à défendre. Des drapeaux flottaient avec le marteau d'argent des ganaks, pour rappeler qui était propriétaire de ce royaume. Fluiseje s'étonna, car l'espace derrière le rempart avait l'air particulièrement petit. Pouvait-il vraiment abriter une ville ?

Les voyageurs se présentèrent devant une lourde porte, mélange de bois et de métal, si grande que Fluiseje se sentit toute petite, ce qu'elle n'avait pas espéré ressentir en pays ganak. Une sentinelle apparut alors en haut du rempart, les observa brièvement puis ouvrit la porte afin de les laisser entrer. L'intérieur surprit la princesse. En effet, on y retrouvait une grande cour d'herbes rases, avec seulement quelques bâtiments à flanc de montagne. Là, on devinait un temple en l'honneur du Panthéon, ici une auberge, et là encore des écuries avec des chevaux des mines, les pures races ganaks, et dans un autre coin, quelques cultures assuraient des denrées alimentaires, mais c'était tout. La sentinelle vint les voir, une guerrière ganak selon toute évidence.

« Bonjour, voyageurs, bienvenue à Korad. Quel commerce vous conduit ici ?

– Bonjour, nous sommes simplement venus admirer les merveilles des forgerons de Korad dans le cadre de notre voyage, expliqua Peleor.

– Oh… vous seriez pas Peleor Oïmos ?

– Si fait, guerrière ganak. Je devrais vous connaître ?

– Non pas, mais le forgeron Telebor serait ravi que vous passiez le voir.

– Nous n'y manquerons pas. Serait-il possible de laisser nos montures ici et de réserver une chambre à l'auberge ? Celle de l'extérieur.

– Bien sûr. Les voyageurs comme vous, ça dort toujours mieux à la surface.

– Merci beaucoup. Oh, je suis déjà venu ici, je connais le chemin, si cela n'a pas changé.

– Du tout et c'est tant mieux. J'attends un convoi agricole avec beaucoup de marchandises. Bon séjour à vous deux et qu'Orklos veille sur vous. »

Les ganaks qui s'occupaient de l'écurie prirent leurs chevaux sans poser de question et allèrent déposer les quelques bagages qu'ils avaient à l'auberge. C'étaient des personnes vraiment très serviables. Peleor conduisit Fluiseje jusqu'à une porte dans la montagne et elle découvrir avec stupeur un large escalier qui descendait sous le massif. Ainsi, la ville était bien cachée, loin sous la terre. Pendant un moment, l'adolescente regretta d'avoir mis sa robe blanche, parce que la poussière risquait de la salir, mais elle repoussa violemment cette idée.

Si elle avait peur d'un peu de boue, elle aurait mieux fait de ne jamais partir. Le duo entama la descente des escaliers à la lueur vacillante de nombreuses torches.

« La remontée risque d'être longue.

– Nous ne remonterons pas par ici, rassurez-vous. Ici, c'est seulement pour descendre.

– Très bien. Nous allons voir un certain Telebor, c'est ça ?

– Oui, Telebor Horoduin, le forgeron en chef de Korad. Et aussi le frère du roi Midgar.

– Est-ce que tu peux me rappeler un peu la généalogie ganak que je ne sois pas trop perdue ?

– Naturellement. L'ancien roi des ganaks, Hadorin, a eu trois enfants. Le premier est évidemment l'actuel roi Midgar, époux de Murwin et père de la princesse Mirielle. Son second fils est Telebor, celui à qui nous allons rendre visite, et le troisième…

– Si je me souviens bien, c'est une femme, non ?

– Exactement. Acace, la fille d'Hadorin, s'est marié et a eu un fils, Loros. Cela pose problème pour la succession, les ganaks n'étant pas d'accord pour accepter une reine comme Mirielle, mais le petit Loros n'étant pas le fils du roi…

– Un grand problème politique à ce que je vois. Quel est le parti pris ?

– Cela change tous les jours. En attendant, bienvenue à Korad ! »

L'escalier prit fin et un monde immense s'ouvrit à la princesse. Les voyageurs se trouvaient sur une corniche surplombant la ville souterraine. Les ganaks avaient réussi à bâtir des maisons et des routes dans cette immense grotte pleine de vie. Des torches brûlaient de toute part, si bien qu'on aurait pu croire que le soleil éclairait réellement l'endroit. La ville était très animée et sa clameur se faisait entendre jusque sur la corniche, un mélange de voix joyeuses et autoritaires. Au loin résonnait le son d'une pioche, plus loin la mélodie du marteau contre l'enclume. Si des routes existaient, la configuration du lieu avait permis aux ganaks de créer des petites nacelles suspendues par des cordes qui pouvaient se mouvoir à l'aide d'un mécanisme, sans qu'aucune magie ne soit à l'œuvre. C'est avec ce dispositif qu'ils se rendirent chez Telebor.

Le chemin s'avéra aisé depuis la corniche, puisqu'il y avait une nacelle qui passait juste devant chez le ganak, qui habitait au cœur de la cité. Fluiseje n'était guère rassurée avec ce moyen de transport et elle serrait très fort la main de Peleor. Quand la machine démarra, son cœur rata un battement, mais au bout de quelques secondes, elle réalisa que ce n'était pas trop rapide et qu'en plus, la vue était magnifique. Chaque bâtiment possédait sa propre architecture, avec de belles gravures et des mosaïques de pierres précieuses. On sentait que ce peuple d'artistes y avait mis tout son cœur, même sur la plus humble des maisons.

Depuis la nacelle, la princesse observa la vie qui animait Korad. Elle voyait des ganaks extrayant des minerais de qualité, des marchés suspendus, des familles traversant des ponts au-dessus du vide. Beaucoup d'autochtones saluèrent les étrangers d'un geste de la main enthousiaste et la jeune femme ne put s'empêcher de le rendre. Ce peuple était décidément bien chaleureux, plus que ce qu'elle avait cru et vu.

La nacelle ne tarda pas à arriver à destination et ils se retrouvèrent sur un nouveau promontoire rocheux. Devant eux se trouvait une grande porte dotée de vitraux, représentant des ganaks travaillant, ainsi que des décorations en pierres précieuses. Il était écrit «Forge Telebor», leur certifiant qu'ils étaient au bon endroit. Les voyageurs entrèrent dans la boutique et crurent d'abord qu'elle était totalement vide, avant de voir de la vie au fond.

Derrière ses fourneaux, un ganak s'activait de son mieux. Il possédait une barbe jaunie, mal entretenue, un crâne dégarni où se dressaient encore quelques mèches de cheveux blonds frisées ainsi qu'un corps plutôt rond. Ses bras avaient l'air bien solides, maniant facilement un marteau, et il restait concentré sur son ouvrage, une épée argentée, de la même couleur que ses yeux. Il sembla remarquer les visiteurs seulement une fois qu'il eût reposé la pièce qu'il travaillait.

« Je suis désolé, mais aujourd'hui, c'est fermé. Il faudra repasser pour une commande.

– Nous ne sommes pas venus pour une commande, Telebor. Je suis Peleor Oïmos.

– Peleor… oh oui, je me souviens ! Le gars avec la magnifique épée ! J'avais eu l'honneur de te retaper son fourreau, oui je me souviens. Et toi…

– Je suis la princesse Fluiseje du royaume des humains. Enchanté, Messire.

– La princesse ! Oh ben ! Approche, mon enfant, approche. Je suis heureux de faire ta connaissance. Hum, je suis Telebor Horoduin, le chef minier du coin. Donne-moi ta main, voilà… Tu as une main si douce par rapport à la mienne… Et un bien joli bracelet.

– Merci, Messire Telebor. Il me vient de mon père.

– Du goût, ce cher roi Radoc. Voilà, je connais la texture de ta peau, je vais trouver un bijou qui ira bien avec. Attendez-moi là, je reviens. »

Le ganak disparut furtivement par une porte dérobée dans un mur proche. Malgré son comportement bizarre, Fluiseje réalisa que Telebor ne l'avait pas du tout mise mal à l'aise et qu'il avait l'air sympathique. On était loin du cliché du mineur ronchon. L'adolescente se retourna vers Peleor pour partager ses impressions quand elle réalisa qu'il la fixait avec un drôle d'air, comme hypnotisé.

« Peleor, tu vas bien ?

– Ah oui, excusez-moi. Votre bracelet est d'un bel ouvrage, je ne l'avais jamais remarqué.

– Il est dans la famille Bléos depuis des années. Mon père me l'a donné pour perpétuer la tradition. On dit qu'il vient de mon ancêtre, le noble Disen, premier roi des humains.

– En tout cas, il est en très bon état. C'est curieux, mais

j'ai l'impression de l'avoir déjà vu quelque part. Mais c'est impossible, je suis certain de le voir pour la première fois. Je dois confondre. En tout cas, il est vraiment très beau.

– Tu as raison, Peleor. C'est un objet magnifique.

– Petite demoiselle, appela Telebor en réapparaissant. Voilà l'objet que je vous destine. Je l'ai forgé il y a deux ans et je pense qu'il vous ira parfaitement. »

Fluiseje découvrit avec émerveillement un collier d'argent incrusté d'immenses rubis. Elle ne put s'empêcher de l'essayer aussitôt et de l'apprécier. Telebor avait eu le nez fin en devinant ce qu'elle aimerait porter. La princesse sourit à l'attention du magicien qui le lui rendit, mais son regard montrait qu'il était ailleurs. Le bracelet rappelait quelque chose à Peleor et le sentiment était beaucoup trop fort pour qu'il se contente de simplement l'ignorer. Mais quoi ? Sa mémoire demeurait silencieuse et la question le hanta durant tout le séjour à Korad.

LA DÉMONE

~ Gabriel ~

Gabriel prenait tranquillement son petit déjeuner au comptoir de la taverne, comme il en avait pris l'habitude. Le lait chaud de manticore, nouveauté estivale, lui faisait un bien fou et il savourait sa dernière gorgée. Lorianeth était vraiment devenu sa maison, bien plus que l'ile Céleste ne l'avait jamais été. Gabriel avait réussi à prouver qu'un relon pouvait vivre loin de son petit confort et que même quelqu'un incapable d'utiliser sa magie pouvait y arriver. C'est alors qu'il remarqua que la taverne s'était vidée de ses occupants depuis qu'il était arrivé. Son cerveau n'était pas encore bien réveillé et il lui fallut un peu de temps pour assimiler l'information, un peu plus de temps encore pour en tirer la conclusion adéquate.

« Par Orklos, je suis en retard ! »

Comment avait-il pu prendre autant de temps alors que son entraînement avec Saphir et Ajonc l'attendait ? Bon, ce n'était pas très loin, heureusement, le rendez-vous était à l'écurie, il pouvait encore sauver les meubles. Gabriel termina sa boisson et traversa la salle d'un pas rapide. S'il était en retard, le vierak ne manquerait pas de lui faire la remarque tandis que l'elfe aurait sa moue contrariée et il n'aimait pas du tout cela. Le relon accéléra encore en poussant les battants de la porte, mais il se cogna contre quelque chose et retomba sur les fesses. La poisse.

« Tu pourrais faire attention, crétin. »

La voix était féminine, mais il ne la connaissait pas. Un peu sonné, Gabriel releva la tête pour voir qui l'avait stoppé dans son élan et se retrouva face à deux yeux noisette qui le fixaient avec dédain. Déjà, il s'agissait d'une démone, c'était reconnaissable à sa peau rouge, à ses cornes grises recourbées, mais aussi à ses cheveux noirs crépus, typiques de ce peuple. Selon les critères relons, elle n'était pas très belle avec ses traits marqués, ses formes effacées, un embonpoint visible au niveau des hanches et du ventre ainsi que son nez légèrement pointu. Pourtant, Gabriel lui trouva un certain charme et une sacrée confiance en elle. Les vêtements qu'elle portait étaient en cuir noir, moulants et courts, le genre d'accoutrement impossible à imaginer sur l'ile Céleste. Sur sa hanche gauche pendait un fouet et pour seul bijou, elle possédait des boucles d'oreilles en forme de larmes violettes. Qui était-elle pour Lorianeth ?

« Je suis vraiment désolé, j'étais en retard et…

– Ce n'est pas une raison valable pour foncer dans les gens.

– Tu as raison. Au moins, je ne t'ai pas blessée.

– Et la peine morale, tu y as pensé ?

– Euh, je… quoi ?

– Tu imagines un peu ? Moi, une noble démone, je viens de me faire bousculer par un relon ! C'est inadmissible, j'exige réparation !

– Je ne vois pas ce que je peux faire pour…

– Il faut décidément tout t'expliquer ! Dédommage-moi avec du bon argent !

– Mais je ne vais pas payer pour ça !

– Quel malpoli ! Pour le préjudice, 5 pièces d'or et 20 pièces d'argent.

– Je me suis excusé, cela devra suffire. Je n'ai de toute façon pas cette somme.

– Oh, on peut toujours trouver d'autres moyens de paiement. Par exemple…

– Gabriel, tu viens ? »

La voix de Saphir résonna comme la cloche de la liberté et Gabriel poussa un soupir de soulagement intérieur. Enfin une raison pour échapper à cette enquiquineuse démoniaque ! Le relon n'aimait pas les stéréotypes, mais il fallait avouer que sa relation avec cette démone commençait bien mal. Cette dernière reconnut la voix et laissa place au jeune homme avec un air dédaigneux. De toute évidence, elle n'était pas nouvelle à la guilde, cela se voyait dans sa manière d'être.

« Tu as de la chance, je te laisse passer pour cette fois. Mais l'elfe ne sera pas toujours là pour te sauver la mise et maintenant, je connais ton prénom. »

Elle rentra dans la taverne d'une démarche fière, ses boucles d'oreilles tintant à chaque pas. Le jeune homme ne se fit pas prier pour fuir cette jeune femme caractérielle. C'était bien la première personne qu'il trouvait antipathique à Lorianeth, même Crystal avait l'air amical à côté de la démone. Le relon traversa la cour pour rejoindre Saphir qui le regardait avec perplexité. Heureusement, elle n'était pas en colère pour son retard et encore mieux, Ajonc n'était pas présent.

« Tout va bien, Gabriel ?

– Oui, oui. J'ai juste rencontré une personne que je n'avais jamais vue à la guilde. Je courais parce que j'étais en retard, mais je me suis cogné contre elle, sauf que c'est moi qui ai eu mal, mais elle voulait que je la dédommage avec une somme astronomique et…

– Doucement ! J'ai vu, tu as rencontré Shugara.

– Peut-être, elle ne m'a pas dit son prénom.

– C'était bien Shugara Humel, une démone de caractère,

mais elle est vraiment gentille, je t'assure. Je te le présenterai un peu mieux plus tard.

– D'accord… Nous allons à l'entraînement aujourd'hui ?

– Non, nous partons à la chasse à la blanche biche, avec Shin et Crystal. Ça te plait ?

– Oh oui, bien sûr ! »

Ils se dirigèrent rapidement vers les écuries. Là-bas, les autres étaient encore en train de se préparer. Saphir retourna prendre soin d'Étoile, son bayard tandis qu'Ajonc terminait d'apprêter Nveja, sa jument. Nuit, le caladre s'était posé sur son épaule et sifflotait mélodieusement. Le volatile avait l'air d'adorer le vierak. Gabriel était heureux d'avoir pansé Slei la veille, cela lui ferait gagner beaucoup de temps. En face de lui, il aperçut Crystal faire un câlin à sa licorne Relbus. Elle était donc capable d'affection quand elle en avait envie. En réalisant que le relon la regardait, l'iriatide lui décocha un regard noir et sortit des écuries, suivie par Ajonc et Saphir. Gabriel ne tarda pas à faire de même, de conserve avec Shin et sa propre licorne Ijy. L'ojiar avait l'air heureux, comme d'habitude, et il sourit au relon dès qu'il croisa le regard de ce dernier.

« Bonjour Gabriel ! Prêt pour la chasse ?

– Bonjour Shin ! Oui, bien sûr. J'ai hâte !

– Cela fait un moment que je n'ai pas fait de missions en groupe comme ça, je suis impatient.

– C'est la première fois pour moi. Au fait, Crystal avait l'air un peu mélancolique…

– Pardon ? Je n'ai pas compris ce que tu as dit.

– Non, rien, répondit Gabriel alors qu'ils rejoignaient les autres.

– Le temps est agréable aujourd'hui, c'est vraiment parfait pour la chasse.

– Tu l'as dit. Je n'ai jamais chassé la blanche biche, j'espère ne pas être trop ridicule.

– Oh, ne t'en fais pas. Au pire, dis-toi que tu n'attraperas rien, mais comme c'est ta première chasse, cela n'a rien d'anormal, d'accord ?

– Merci Shin, c'est gentil de me remonter le moral.

– Je t'en prie. Les amis, c'est là pour ça, non ?

– Shin, plutôt que de bavarder pour ne rien dire, dépêche-toi de te mettre à cheval !

– Ah… tout de suite, Crystal ! »

Sur une note mélodieuse de Nuit, toujours perché sur l'épaule d'Ajonc, les deux garçons enfourchèrent leurs montures. Puis, toute la troupe traversa la rivière de l'âme et pénétra dans la forêt Ombrageuse, direction plein sud. Cette fois, Saphir avait laissé sa place de chef de groupe à Crystal, même si l'elfe restait deuxième. Les garçons suivaient ensuite, en formation rapprochée à cause du danger potentiel des élémentaires. Gabriel n'avait guère envie d'en rencontrer à nouveau, surtout pas après ce qu'il lui était arrivé avec Pharos.

Le silence tomba sur le sous-bois, mis à part par un appel de temps à autre du caladre. Crystal se débrouillait très bien pour repérer les traces, sa réputation de traqueuse n'était pas usurpée. Ils passèrent tout de même une bonne heure à chercher l'animal avant de l'apercevoir. La blanche biche se promenait, mais repéra le groupe et s'enfuit immédiatement. Une longue course poursuite commença et ils partirent au galop dans les sous-bois. Un noble tréant les observa passer avec curiosité et Gabriel le salua par réflexe.

« Tu aimes bien les tréants maintenant, petit ange.

– J'imagine que je commence à m'habituer à eux, ce sont des habitants de Sakero après tout, Slei. Et puis, ils ne sont pas méchants si l'on ne les embête pas.

– C'est sûr. Mais concentre-toi sur ta course, je ne vais pas pouvoir te faire éviter toutes les branches si tu ne regardes pas devant toi. »

Galoper dans les sous-bois procurait à Gabriel une sensation de liberté particulièrement agréable et il en profitait pleinement. C'était dans ces moments-là qu'être membre de Lorianeth prenait tout son sens et qu'il réalisait qu'il se sentait bien ici.

«Au fait Slei, tu n'es pas trop fatigué ?

– C'est gentil de t'inquiéter, mais cette course n'est rien pour moi.

– Tu es vraiment le cheval le plus endurant que je connaisse.

– Et encore, tu n'as rien vu.»

Comme pour prouver ses dires, l'étalon accéléra légèrement, ce qui lui permit de passer juste devant Ajonc et Nveja, un bonheur pour l'ego du relon. Ce fut tout de même le vierak qui tua la première blanche biche, d'une flèche en plein cœur. Sa réputation d'archer n'était pas volée. Crystal se positionna deuxième, révélant qu'elle n'était pas mauvaise archère non plus, sans pour autant rivaliser avec le talent naturel d'Ajonc. Enfin, il était sans doute un peu aidé par son arc solaire.

Chacun devait ramener une proie à la guilde selon la tradition de la chasse, mais Shin se révéla incapable de capturer une blanche biche. À défaut, il se rabattit sur une espèce d'oiseau vivant sur l'ile, des simples perdreaux, mais c'était une proie facile pour un ojiar, même avec un talent de chasseur aussi médiocre que le sien. Le jeune homme en attrapa quatre.

«Et voilà, ça, je peux le chasser !»

Crystal le félicita et cela en disait long sur son appréciation de l'ojiar, sans doute sa personne préférée à la guilde. Peut-être même que c'était son petit ami ? Gabriel pensait être proche de la vérité, même s'il n'en avait pas eu la confirmation. Le relon fut d'ailleurs le troisième à capturer une blanche biche, après une longue course poursuite dans laquelle Slei l'aida considérablement. Une fois arrivé à proximité de l'animal, Gabriel abattit son épée, mais il lui fallut plusieurs coups avant de pouvoir l'achever et la pauvre bête eut le temps de souffrir. Ce travail fit frissonner le jeune homme, mais au moins, il avait réussi à attraper une proie. Ce soir, la guilde pourrait se faire un festin. Il ne restait plus que Saphir qui n'avait pour le moment rien attrapé, ce qui était étonnant.

« Et bien Saphir, tu aurais dû attraper une proie avant,

déclara Crystal. Avec le cri de la dernière, tout le gibier a dû fuir maintenant.

– Je suis désolé, s'excusa Gabriel.

– J'ai une proie précise en tête, patience !

– Une proie précise ? s'enquit l'iriatide, sceptique.

– Oh, tu veux nous impressionner », sourit Ajonc avec un petit rire en coin.

Tous ses sens en alerte, Saphir ne répondit rien, mais elle sourit à l'homme qu'elle aimait. Le relon avait hâte de savoir de quoi il en retournait. Le groupe chevaucha encore un moment dans les bois aux mille senteurs, guidé par l'instinct de l'elfe. Elle suivait une piste, c'était indéniable, mais qui menait vers quoi ? Gabriel ne voyait rien du tout et songeait qu'il lui restait encore beaucoup à apprendre. Cela dit, Shin non plus ne semblait rien percevoir, malgré ses sens félins.

Subitement, les oreilles de Saphir se dressèrent et Étoile se lança dans un galop silencieux, mais rapide. Cavalière et bayard disparurent derrière un arbre, forçant le reste du groupe à attendre. Nuit voletait autour d'eux et il semblait de bonne humeur.

Saphir finit par réapparaitre, arborant un sourire fier. Sur la croupe de son bayard se trouvait le corps d'un blanc cerf, un animal majestueux et assez rare. L'animal avait l'air vieux et c'était sans doute pour cela que l'elfe s'était permis de le traquer. Heureusement qu'Étoile avait de la force, car la créature avait l'air bien lourde. Gabriel fixa son maître avec admiration.

« C'est bon, nous pouvons rentrer.

– Saphir, tu es vraiment toujours la même », s'exclama Ajonc.

Il gagna un baiser sur la joue, pour le plus grand déplaisir de Gabriel. Crystal râla aussi, peu solidaire à ce genre de démonstration d'affection en public et le relon ne l'en apprécia que mieux. Shin se contenta de garder son habituelle bonne humeur pendant qu'ils regagnaient Lorianeth, avec le souvenir d'un moment agréable et d'une chasse sans incident notable.

En arrivant, ils donnèrent directement le gibier à Tanik, le cuisinier. Il se fit aider par Tristan le magicien afin de préparer les bêtes pour le repas du soir. Le groupe s'occupa alors de ses montures, afin de les remercier de leur efficacité. Gabriel remarqua encore que Crystal avait l'air un peu triste, mais il décida de l'ignorer cette fois. Cela ne le regardait sans doute pas.

La nuit tomba assez tard et de grands feux furent allumés dans la cour pour rôtir la viande. Cette dernière était richement assaisonnée par de nombreuses épices et accompagnée par maints légumes fondants. Une boisson à base de sève de pin apportait une note sylvestre au repas, un moment incroyablement convivial où chacun vint remercier les chasseurs.

Les sous-chefs de Lorianeth étaient repartis, même Galbon cette fois. C'était dommage pour eux de ne pas profiter d'une telle occasion, mais il y aurait bien d'autres chasses. Gabriel était en train de penser au ganak quand la démone du matin vint se planter devant lui. Le relon se demanda ce qu'elle lui voulait et espéra que cela n'avait aucun rapport avec de l'argent.

« Tu as vraiment chassé une blanche biche tout seul ?

– Oui, bien sûr. Enfin, avec l'aide de ma monture.

– Hum, tu es peut-être moins inutile que ce que je pensais.

– Je te remercie, Shugara.

– Quoi ? Comment connais-tu mon prénom ?

– C'est moi qui le lui ai dit, navré d'avoir gâché la surprise.

– Ah, c'était toi, Saphir. Tu aurais pu demander ma permission.

– Shugara, Gabriel est un membre de la guilde et mon disciple, je ne vais pas lui cacher ça.

– Je me demande comment Pharos a pu engager un relon.

– Il a plus de valeur que tu ne le penses. Et il est validé par Galbon aussi.

– Tu m'en diras tant, Saphir. Mais je reste persuadée qu'un

relon n'a pas sa place à Lorianeth, trancha-t-elle avant de s'en aller.

– Excuse-la, Gabriel. Shugara n'est pas le genre à se lier à la première personne venue, mais là, elle est particulièrement désagréable. Je ne savais pas qu'elle avait autant de préjugés envers ton peuple.

– Ce n'est rien. Hum, merci de m'avoir défendu.

– Je t'en prie. Et si ça peut te rassurer, je pense tout ce que j'ai dit. »

C'était une vérité qui faisait du bien à entendre et Gabriel rosit légèrement. Saphir lui adressa un clin d'œil complice avant de retourner s'asseoir auprès d'Ajonc au coin du feu. Le relon ne put s'empêcher de l'observer de loin. Elle était tellement parfaite, il n'aurait pu rêver de meilleur maître, quand bien même ses sentiments pour elle étaient voués à l'échec.

Gabriel ne pouvait s'empêcher de la fixer et de rêver qu'il était à la place d'Ajonc. Pourtant, en les regardant, il eut une drôle d'impression. Jusque-là, il avait toujours cru que c'était le vierak qui protégeait l'elfe, mais cette fois, il se demandait si ce n'était pas l'inverse. Mais pourquoi Saphir aurait-elle besoin de protéger Ajonc ? Il semblait bien assez fort pour se débrouiller seul. Le relon finit par oublier la question et profita du reste de la soirée.

MODENMÉ SUR LA ROUTE

~ Peleor et Fluiseje ~

« Nous devons déjà quitter les ganaks ? »

Fluiseje avait bien du mal à cacher sa déception. Elle n'aurait jamais pensé se plaire autant à Korad, mais c'était pourtant bien le cas. Durant les quelques jours passés dans le royaume ganak, la princesse n'avait jamais eu le temps de s'ennuyer. Très accueillant, Telebor leur avait fait visiter la ville, en leur montrant toutes les sculptures, bijoux et armes forgés par son peuple. Chaque objet semblait plus incroyable que le précédent et cela ne s'arrêtait jamais. Pourtant, rien n'était plus beau à ses yeux que le collier que Fluiseje avait reçu en cadeau. Alors quand Peleor lui avait annoncé que leur départ était proche, forcément, cela n'avait pas ravi l'humaine.

« Vous m'en voyez navré, princesse, mais nous devons reprendre la route.

– Pourquoi ne pouvons-nous pas rester un peu plus longtemps ?

– Bientôt, une grande foire va avoir lieu et beaucoup de marchands vont venir à Korad qui va fourmiller de monde. Nous loger deviendra plus difficile et la ville sera moins agréable. De plus, la météo actuelle est parfaite pour poursuivre notre route.

– Je comprends mieux, Peleor. Excuse-moi d'avoir douté.

– Non, ce n'est rien. Au moins, je sais que le voyage vous plait et c'est ce qui compte. »

Les voyageurs quittèrent donc la ville ganak la veille de la foire. Sur la route, ils croisèrent un nombre impressionnant de caravaniers, avec de nombreuses bêtes pour les accompagner. Une odeur de nourriture s'élevait de leurs chariots, sans doute les denrées qu'ils venaient échanger à Korad. Fluiseje ne pensait pas qu'une foire dans une telle ville pouvait accueillir des centaines de personnes. Cela n'aurait effectivement pas été agréable de rester plus longtemps.

« Cette caravane vous permet de mieux me comprendre, princesse, non ?

– En effet. Tes connaissances me sont vraiment utiles, Peleor.

– Heureux de voir que vous avez encore besoin de moi.

– Peut-être aurions-nous dû leur acheter des vivres pour la route ?

– Oh, non, nous n'avons vraiment rien besoin de leur prendre.

– Pourquoi cela ? Nous allons dans une région giboyeuse ?

– C'est vrai, mais la véritable raison, c'est que ce cher Telebor nous a déjà donné beaucoup de nourriture pour la route. J'ai failli devoir prendre un troisième cheval.

– Oh, c'est vraiment un homme très gentil !

– Justement ! s'exclama une voix derrière eux. Voici un solide poney des mines pour les porter. Vous n'aurez qu'à le déposer à Madrio, vous y trouverez certainement preneur là-bas.

– Telebor, vous nous couvrez de cadeaux. Et nous n'offrons rien en retour…

– Votre sourire suffit, petite demoiselle. Il fait battre même mon cœur de célibataire endurci… Mais ne le répétez surtout pas à votre fiancé, oh oh oh !

– Je vous le promets, rit-elle.

– Telebor, tu as vraiment abandonné ta forge uniquement pour nous ?

– Oh, Peleor, toujours à rappeler le travail au pauvre vieux que je suis.

– Je ne fais que te taquiner. Tu as bien le droit de souffler, tu te donnes assez de mal.

– Un peu, mon neveu, même si nous ne sommes pas de la même famille. Mais tu as raison, je dois accueillir cette foutue caravane et elle va arriver avant moi à Korad. Quelle vie !

– Il me semble que cette ville a de beaux jours devant elle et tes forges aussi.

– Bien sûr, mon petit, je ne m'esquinte pas tout seul eh ! Mes petits employés travaillent pour moi aussi, ces fainéants. Ils pensent que, parce qu'ils sont ganaks, ils sont naturellement à l'aise avec les forges, mais des débutants, ça ne vaut pas mieux que n'importe quel peuple.

– Moi qui croyais que votre peuple avait ça dans le sang, avoua Fluiseje.

– Eh non, princesse. Ma première épée, tenez, un vrai travail de relon ! Ah, que de souvenirs j'aurais encore à vous raconter, mais bon, il faut bien se faire une raison.

– Oui, il est temps de nous quitter, souffla Fluiseje.

– Votre route doit continuer, c'est ainsi. Que votre voyage soit agréable, princesse et jeune magicien. Qu'Orklos veille sur vous !

– Que tous les dieux soient de ton côté, s'inclina Peleor.

– Au revoir, Messire Telebor ! » salua Fluiseje.

Le ganak lui fit un signe de la main et s'éloigna de son petit pas claudicant. Les voyageurs chargèrent le poney, équilibrant un peu mieux les bagages grâce à cette troisième monture, puis repartirent d'un pas détendu. Les arbres avaient des feuilles encore bien vertes et Fluiseje les admirait. Cela amusait Peleor de voir qu'elle pouvait s'émerveiller d'un rien. Lui-même avait été pareil au même âge et il continuait de garder ce regard neuf sur le monde.

D'autres caravanes remontaient vers Korad, mais Peleor prit des petits chemins afin d'éviter les routes surpeuplées. Ils purent ainsi sortir en seulement cinq jours du royaume des ganaks. Une pluie fine s'abattit hélas sur eux et il leur fallut encore une semaine pour rejoindre la rivière de l'Identité, née à la pointe nord de la chaîne des glaces. Là, le temps s'améliora à nouveau et Fluiseje put admirer la beauté du fleuve avant qu'il ne s'écoule à travers Rum Cay. Ils aperçurent même une tarasque, une bête à tête de lion, corps de tortue et pattes d'ours, se baignant paisiblement.

Ils ne passèrent qu'une journée à cet endroit, puisque le mois de septembre approchait et que le temps se rafraichissait dans la région. Leur route continua vers le sud, dans les plaines du croissant, où courraient chevaux sauvages et blanches biches. Une wyverne sauvage passa même en feulant au-dessus de leur tête, volant vers les montagnes lointaines. Peleor souhaitait s'approcher aussi peu que possible du bois des disparus et les fit prendre à l'ouest, un peu plus que ce qu'il avait prévu. C'est ainsi qu'après deux semaines, ils se retrouvèrent dans la ville de Nashita.

Ce n'était pas prévu, mais cela tombait bien. Pendant deux jours, ils profitèrent de cette jolie cité encore bien fleurie même si le mois de septembre était déjà bien avancé. Ses maisons avaient toutes des toits de chaume, ce qui donnait un certain charme à la ville. L'herbe était si verte autour de la statue de Nashita, la fameuse fille de Naoned qui avait donné son nom à l'endroit. Fluiseje admirait la sculpture, impressionnée par sa taille, et Peleor s'inclina en signe de respect.

« Ainsi, voilà Nashita… Qu'elle est belle !

– Je n'avais pas prévu de vous conduire ici, mais cette erreur est bienvenue. Il aurait été dommage que vous ne voyiez pas la statue.

– En effet. C'est curieux, j'ai l'impression de l'avoir déjà vue, mais je ne suis jamais venue ici.

– Peut-être dans un livre à Coronal ?

– Sans doute. Tu as l'air ému, Peleor, je me trompe ?

– J'ai toujours adoré la légende de Naoned. Alors forcément, comment ne pas réagir en voyant la statue de sa propre fille ?

– Je comprends. Même si ce n'est sans doute qu'un conte, j'apprécie beaucoup l'histoire des héritiers de la lumière et leur grand secret, qu'ils garderaient encore aujourd'hui. »

Un sourire fleurit sur les lèvres de Peleor et ses yeux s'éclairèrent, comme s'il était de meilleure humeur. La princesse supposa qu'il était simplement content qu'elle apprécie également cette histoire et aussi de se trouver dans cette ville. Ou peut-être qu'il avait vu un sens dans ses paroles qu'elle ignorait ? Impossible de savoir. L'important, c'est qu'il soit de bonne humeur, car cela influençait toujours Fluiseje, en lui donnant envie de sourire à son tour.

« Peleor, puisqu'ici était une erreur, où devions-nous aller ?

– Ah oui, je ne vous l'ai pas dit. Nous sommes un peu trop à l'ouest, en vérité, je voulais vous conduire à Madrio, la cité des ojiars. Rassurez-vous, je connais la route.

– Je n'en doute pas.

– Et cette fois non plus vous n'aurez pas à rencontrer les dirigeants. Ils ont euh… d'autres chats à fouetter comme on dit.

– Cette blague est terrible, haha ! Mais tu sais comment me faire plaisir.

– J'essaie de faire un programme pour vous plaire.

– Qui n'aime pas ce peuple félin et pacifique ? J'ai hâte d'aller les rencontrer. Mais il me semble que leur histoire politique n'est pas évidente actuellement.

– Vous avez vu juste. Ils ont un problème de succession, comme les ganaks.

– Peux-tu me l'expliquer ? Je veux être certaine de bien

comprendre.

– Eh bien, vos professeurs ne vous apprennent donc rien ?

– Bien sûr que si ! Mais j'ai toujours l'impression de tout oublier et tu racontes si bien !

– Si cela vous fait plaisir, ma foi, je ne peux pas dire non. Bon, allons-y pour un résumé. Connaissez-vous l'ancien roi ojiar, Darkey le sombre ?

– Oui ! Il a eu trois enfants. Saromes l'actuel roi, Socrate le deuxième et Oana la troisième. La reine s'appelle Jade, je crois !

– Oh, belles connaissances. C'est la suite qui vous pose un problème ?

– Exactement. Je ne suis pas tout à fait inculte quand même !

– Je n'en doute pas. Bien, le roi Saromes a eu une fille, Europa, son unique héritière. Son frère Socrate a eu une fille aussi, Doria. Seulement, Oana a eu un fils, Hiron.

– Les ojiars sont comme les ganaks, ils veulent un garçon sur le trône ?

– En réalité, ils ne sont pas aussi sexistes, puisqu'une reine ojiar ne dérange pas leurs mœurs. C'est simplement dame Oana qui essaie de mettre son fils en avant et qui a quelques partisans. Et bien évidemment, cela crée quelques tensions, mais rien de comparable aux ganaks.

– Merci pour ces précieux renseignements sur ce peuple pacifique, Peleor.

– Ils ne sont pas si tranquilles que cela. Ils ont des ressources insoupçonnées en combat.

– Si tu le dis, je te crois. Dis-moi, tu pourras me raconter la légende des héritiers de la lumière ce soir ? J'aimerais bien entendre ta propre version.

– À votre service, princesse. »

Pour la soirée, les voyageurs s'installèrent au coin du feu et Peleor raconta la légende de Naoned à grand renfort de mimes pour faire rire Fluiseje, rendant ainsi l'histoire un peu moins sérieuse. Le magicien donnait l'impression de vivre les événements qu'il décrivait, c'était vraiment un conteur parfait. La tête pleine de rêves, la princesse se glissa sous sa couverture et trouva facilement le sommeil.

Le lendemain, ils reprirent la route de bonne heure sous un air frais qui montrait que le mois de septembre avançait et que l'automne arrivait. La route jusqu'à Madrio dura environ deux semaines, grâce à un terrain plat, un temps plutôt sec, mais nuageux et la route tracée, empruntée par divers convois. Peleor essayait d'éviter au maximum les routes trop passantes, mais pour cette fois, il n'avait guère le choix. Cette animation nouvelle ne déplaisait pas à Fluiseje, cela faisait du bien de voir du monde.

« Princesse, tant que nous serons à Madrio, il est préférable que nous gardions un profil bas.

– La région est dangereuse ?

– Normalement non, mais avec toutes les caravanes, j'ai peur qu'il y ait…

– Des voleurs, devina-t-elle. C'est cela ?

– Oui. Vous savez, je ne peux qu'encourager votre prudence. »

Ils portèrent donc des capuches quand ils se trouvaient dans la foule et la demoiselle veilla à ne pas attirer l'attention, même si elle ne s'empêchait pas de regarder les étals des caravaniers, installés à l'entrée de la ville. Son bracelet demeurait dans une poche cachée de sa robe, tout contre elle, parce qu'elle ne souhaitait pour rien au monde perdre cet objet si précieux.

Le duo rentra dans Madrio après une journée de bruine persistante. Qu'il était agréable de retrouver un ciel bleu ! La ville se situait sur la rivière de la Mémoire, pour profiter de ses avantages. La cité avait été construite à partir d'une colline, mais la majorité de Madrio se trouvait au même niveau que les plaines du Croissant environnantes. Seul le château surplombait vraiment les lieux et donnait un certain charme à l'endroit. La ville aux maisons de bois fourmillait d'activité, tandis que les remparts, le palais ainsi que les ponts étaient bâtis dans la pierre. Des bannières pendaient à différents endroits, avec le fameux lion des ojiars.

Après avoir vendu le cheval de Telebor à des négociants et laissé leurs propres chevaux dans une écurie, le duo déambula dans les rues qui embaumaient le poisson grillé. Fluiseje ne pouvait s'empêcher de trouver les ojiars adorables avec leurs oreilles, leurs yeux et leurs queues de chat, tandis que le reste de leurs corps demeurait humain. Cependant, leur magie leur permettait de prendre totalement la forme d'un chat si le cœur leur en disait. On racontait que ce peuple aimait se prélasser et l'ambiance de Madrio le confirmait bien.

Les voyageurs déambulaient sur les quais jouxtant la rivière de la Mémoire, observant de nombreux citadins en train de pêcher des poissons par leurs propres moyens. Il y avait un peu moins de monde alors ils avaient pu enlever leurs capuches. C'est à cet endroit qu'ils virent un passant les fixer avec insistance. C'était un modenmé aux yeux noirs, le poil brun clair et toutes les caractéristiques porcines propres à sa race. Il s'avançait vers eux d'une démarche assurée et si la princesse eut peur, elle réalisa bien vite que Peleor allait à sa rencontre. Les deux hommes se donnèrent une franche accolade et Fluiseje se détendit aussitôt.

« Kehron, cela fait longtemps vieille branche !

– Ah ça, tu peux le dire ! J'ai cru que t'allais pas m'reconnaitre !

– C'est vrai, j'en ai honte. Heureusement que tu as l'œil. Princesse Fluiseje, venez. Laissez-moi vous présenter un ami de longue date, Kehron Kornak. Kehron, voici la princesse Fluiseje de Coronal.

– Enchanté, Kehron Kornak.

– De même, princesse. Eh ben Peleor, je ne savais pas que tu les aimais aussi jeunes !

– Enfin Kehron, c'est n'est pas ce que tu crois ! »

Peleor expliqua rapidement la situation à son ami. Fluiseje en profita pour étudier le nouveau venu. Il semblait représenter le stéréotype du modenmé tel qu'elle se l'imaginait. Pourtant, il avait l'air sympathique et étant l'ami du magicien, il ne pouvait pas être foncièrement mauvais.

« Hum voilà. Princesse, j'ai rencontré ce brave Kehron sur le port de Forte. On déchargeait les navires tous les deux à l'époque.

– Je m'en souviens, mais de l'eau a coulé sous les ponts depuis.

– Tu ne travailles plus pour les ports ?

– Non, j'en avais assez de cette vie alors j'ai pas mal voyagé pour trouver un autre boulot, mais pour un modenmé, rien du tout. Même pas en tant que mercenaire.

– Et dans ton pays à Lansin ?

– Quand tu viens de l'extérieur, pas moyen. Alors, me v'là à Madrio, en espérant que les ojiars soient un peu moins frileux, sinon, plus qu'à retourner sur les rafiots.

– La guilde Lorianeth pourrait vouloir de ta force. Si ça t'intéresse, dis que tu viens de ma part !

– Oh, mais c'est vrai ? Je n'y avais pas pensé, quel idiot ! Merci beaucoup, Peleor, mon ami ! Pour la peine, je t'invite à boire un verre !

– C'est gentil, mais avec la princesse…

– Oh, mais on l'invite aussi la demoiselle, dis ! Si cela vous plait, princesse ?

– J'accepte, merci Kehron, sourit l'humaine.

– Eh voilà, plus de problèmes, Peleor ! Je connais une bonne taverne ici.

– Hum, je ne sais pas si je devrais boire devant ma protégée.

– Mais si ! Vous verrez, princesse, avec un peu d'alcool, il devient très drôle ! »

C'est ainsi que commença une autre visite de Madrio pour Fluiseje, de la partie plus populaire de la ville. La princesse était contente, car cela changea sa vision des modenmés et elle put également découvrir la réaction de Peleor avec un peu d'alcool. Un grand moment !

SÉRAPHINA

~ Gabriel ~

Crystal entra dans le bureau de Pharos, seule. Quand le maître ne parlait pas de Shin, l'iriatide avait pris l'habitude de ne pas l'emmener. C'était une de ses règles de conduite : ne jamais le mêler à des missions avant de savoir de quoi il en retournait. Par la suite, elle pourrait toujours changer d'avis si cela lui paraissait judicieux. Le bureau du centaure était assez dépouillé, on y trouvait deux bibliothèques pleines à craquer ainsi qu'un bureau recouvert de papiers et des chaises de bois rugueux. Pharos se tenait près de la fenêtre du fond, son loup dormant sur une peau de bête à ses pieds. Le centaure se retourna à l'approche de la jeune femme et ils se saluèrent en s'inclinant légèrement. Le maître était une des personnes que Crystal respectait le plus au monde, presque comme un père. Elle lui devait énormément après tout.

«Tu voulais me voir, chef?

– Oui, Crystal. Merci de ta rapidité.

– C'est normal quand la demande vient de toi. Une mission

à me confier ?

– En effet. Une tâche que j'aimerais ne pas voir traîner.

– Par chance, je suis libre en ce moment. Pas comme d'autres.

– Je n'aurais confié cette mission à nul autre que toi. Personne ne va prendre ta place.

– Je l'espère bien. Alors, qu'est-ce que je dois faire ?

– Comme tu le sais, notre guilde enquête de plus en plus sérieusement sur les disparitions. Je t'ai même déjà envoyée pour des missions sur le sujet.

– Oui, oui, je me souviens parfaitement de la mission où nous avons retrouvé un corps d'enfant.

– Entre autres. Même Galbon est sur le coup maintenant. Il m'a envoyé un rapport récent depuis Locksley il y a quelques jours.

– Ah oui, c'est vrai qu'il est reparti. Le monde va et vient à Lorianeth.

– Mis à part Shin, tu ne t'intéresses pas à grand monde ici.

– C'est faux ! Je sais où sont Saphir et Ajonc !

– Je te taquine. Galbon a trouvé un objet non loin de la chaîne des glaces. Une bannière représentant un dragon noir sur un fond blanc.

– L'emblème de la secte de l'écaille noire…

– Oui, mais nous restons incapables de la localiser pour l'heure.

– On pensait beaucoup à Muerto et aux bois alentour.

– C'est une piste, mais le lieu est dangereux et il est impossible de s'y rendre.

– Impossible sans connaître les bonnes routes et ce n'est pas notre cas.

– C'est ça. Peut-être qu'elle est toujours dans les plaines d'Ima aussi, au cœur de la chaîne des glaces, des marais de l'Alcime, de la banquise d'Oduin ou totalement ailleurs ? Nous devons continuer à chercher et ne pas négliger les lieux les plus improbables.

– Alors tu veux m'envoyer quelque part en repérage ?

– Je veux plutôt t'envoyer étendre notre réseau d'informations. Je voudrais m'allier concrètement avec un groupe susceptible d'obtenir des renseignements, discrètement.

– Donc je dois aller à Doblo pour rentrer en contact avec la Plume Rouge !

– Exactement. Je sais que c'est un peu dangereux, mais…

– Du tout. J'aime bien Doblo et cela fait longtemps que je n'ai pas vu Sika. Ce n'est pas un problème pour moi. Si tu as un message particulier à transmettre, dis-le-moi.

– Demande-lui une rencontre pour que nous parlions concrètement du problème de la secte. Je te laisse le choix des mots, tu la connais mieux que moi.

– Très bien. Sika risque de demander une rémunération.

– C'est prévu. Tu lui donneras ça en avance, ajouta-t-il en tendant une bourse de cuir généreusement remplie. Cela devrait la faire venir.

– Aucun problème. Et quand veux-tu que je fasse ça ? Maintenant ?

– Le plus rapidement possible.

– Dans ce cas, je pars aujourd'hui et je n'emmène pas Shin.

– Fais comme tu veux. Que Dénéia guide tes pas et que ta route soit sûre.

– Ouais, ouais, toi aussi, prends soin de toi, maître. Et veille sur Shin en mon absence, OK ? »

Pharos approuva d'un hochement de tête. Toujours rapide, Crystal partit dans l'heure qui suivit, le temps de préparer quelques affaires, de seller sa monture et de dire au revoir à Shin. Cette dernière partie prit évidemment beaucoup de temps. Pharos sentait l'inquiétude habituelle l'envahir, comme à chaque fois qu'un membre de la guilde partait en mission. Peu importait l'expérience de la personne, tous ceux de Lorianeth étaient comme ses propres enfants. Le centaure ne pouvait empêcher son côté paternel de parler. L'ojiar pleurnichait en regardant l'iriatide qui allait s'en aller, s'accrochant à la jambe de Crystal. Cette dernière essayait de rester aussi stoïque que possible.

« Shin, sois digne de Lorianeth pendant mon absence.

– Crystal, emmène-moi, je te promets, je serai sage !

– Mais je ne serai pas partie longtemps et je serai bien plus rapide toute seule. En plus, tu auras toujours du monde avec toi ici.

– Oui, je m'occuperai de toi en l'absence de Crystal !

– Merci beaucoup, Ajonc, tu me sauves. Bon, à bientôt tout le monde !

– Crystal revient vite ! »

L'iriatide sauta sur sa monture et partit au grand galop sans se retourner une seule fois. Après tout, c'était également difficile pour elle, même si cela ne se voyait pas forcément. Shin l'appela encore et ses oreilles de félin se baissèrent, en signe de tristesse. L'ojiar détestait être séparé de sa partenaire. Ajonc s'approcha de lui et posa une main pleine de réconfort sur son épaule. Shin s'entendait bien avec le vierak et le considérait comme une sorte de modèle. En même temps, tout le monde aimait Ajonc à Lorianeth, sauf peut-être Gabriel.

« Ne t'inquiète pas, elle reviendra vite ! Et en attendant, on ne va pas s'ennuyer. Un petit entraînement à cheval, ça te dit ?

– Merci, je veux bien. Mais, et Saphir ?

– Ne t'en fais pas, elle survivra à une journée sans moi.

– Mais elle risque de t'en vouloir non ? Et pour toi ?

– Détends-toi, Shin ! C'est bien aussi qu'on ne reste pas toujours collé l'un à l'autre. On sera encore plus content de se revoir après, tu comprends ?

– Ah, oui, je vois.

– En plus, elle n'est pas toute seule, Gabriel est avec elle.

– Et ça ne te dérange pas ?

– Bien sûr que non. Je ne suis pas jaloux de Gabriel et quand bien même, j'ai confiance en Saphir. »

Cela rassura l'ojiar qui partit en balade dans la forêt ombrageuse avec le vierak. L'elfe avait observé la scène de loin et elle était fière de l'initiative de son amant. C'était une des raisons pour lesquelles elle l'aimait, cette patience et cette bienveillance. Un sourire étira naturellement les lèvres de Saphir tandis qu'Ajonc s'éloignait avec Shin. Elle se retourna alors vers Gabriel, bien décidée à passer une bonne journée aussi.

«Alors cher disciple, épée ou magie aujourd'hui ?»

Pas de réponse. Cela surprit Saphir qui fixa son élève avec attention. Depuis ce matin, le relon semblait plus renfermé sur lui-même, un peu plus pâle que d'habitude et cela voulait dire beaucoup. Gabriel essayait de le masquer, mais son maître ne pouvait ignorer la tristesse qui se dessinait dans son regard. En y réfléchissant un peu, l'elfe ne fut pas long à deviner la raison de son mal-être. Peut-être qu'il avait besoin de se confier? Saphir décida d'essayer de le faire parler, mais en douceur.

«Gabriel, tu es malade ?

– Ah non, je vais parfaitement bien !

– Ne me mens pas. Je vois dans tes yeux que cela ne va pas fort aujourd'hui.

– Je… je ne devrais pas me laisser aller alors. Peut-être qu'on pourrait s'entraîner à l'épée ?

– Non, j'ai changé d'avis. Viens avec moi.»

Saphir attrapa la main de Gabriel et l'entraîna derrière elle. Ce contact pourtant innocent fit rougir le relon, mais heureusement, son maître ne le vit pas. L'elfe le conduisit derrière les dortoirs et ils prirent un chemin mal dessiné serpentant le long de la rivière de l'Âme, en direction de la source. Le jeune homme n'était jamais allé par là et se demandait ce qui l'attendait.

Ils marchèrent un très long moment, sous les sifflements des oiseaux locaux ainsi que de Nuit, le caladre, qui les avait suivis. Aucun mot ne fut échangé entre eux, mais Saphir ne lâcha pas la main de son disciple. Finalement, l'elfe s'arrêta sous un arbre qui portait encore des fleurs violettes, même en ce début du mois d'octobre. C'était un Jadelor, un arbre qui fleurissait en automne et en hiver, contrairement aux autres. Saphir et Gabriel s'installèrent à ses pieds, sous la protection de ses branches pendantes. Sous eux, un tapis de mousse leur offrait une assise confortable tandis que le fleuve impétueux coulait à leurs pieds. L'endroit avait un côté magique, inexplicable. Il s'en dégageait un sentiment de sérénité qui permettait de se détendre aussitôt.

«Je viens souvent ici quand j'ai envie d'être seule. Peu de gens viennent par-là, même Pharos. Seuls Ajonc et moi y venons... et toi maintenant.

– C'est un honneur de partager votre secret.

– Maintenant que nous sommes loin des oreilles indiscrètes, dis-moi ce qui t'embête.

– Je ne veux pas t'ennuyer avec mes problèmes...

– Si je te propose de m'en parler, c'est que ça ne m'embête pas. Je sens que tu as besoin de parler et si tu en as envie, je suis prête à t'écouter.

– Eh bien... cela fait un an aujourd'hui. Ma sœur. Séraphina. Cela fait un an qu'elle a perdu la... qu'elle est... morte.

– Qu'Orklos ait soin de son âme. Je comprends mieux ta tristesse maintenant.

– C'est bête, je ne devrais pas être triste en pensant à elle. On a passé tellement de bons moments ensemble, mais à chaque fois, je repense toujours à ce jour-là.

– Elle comptait beaucoup pour toi, n'est-ce pas ?

– Oui, énormément. Sur l'ile Céleste, c'était la personne la plus importante à mes yeux. Je...

– Si tu as envie de continuer à parler, vas-y.

– Mais je ne veux vraiment pas t'embêter avec ça.

– Lorianeth est une grande famille et tu en fais partie maintenant. Jamais tes problèmes ne nous sembleront futiles. Surtout pas quand cela concerne une personne aimée.

– Merci de ton empathie, Saphir.

– Je t'en prie. Mais parle-moi plutôt de ta sœur.

– Séraphina était toujours si gentille avec moi et c'était

aussi la fierté de la famille. Mon père ne parlait que d'elle. Et forcément, c'était l'héritière de la lumière avant moi…

– Gabriel… est-ce que tu t'entendais bien avec ta famille ?

– Oui, sauf avec mon père. Michel Luz, commandant des relons du Sud, déçu par son fils. Il a fait ma réputation sur l'ile Céleste parce qu'il avait honte de moi. Heureusement, il y avait Jean, mon grand-père paternel, qui croyait en moi et qui m'a appris en secret à utiliser une épée. Puis ma mère Anne, qui m'aimait autant que ma sœur. Et puis ma sœur, bien sûr.

– Séraphina Luz. Effectivement une héritière comme nous.

– Elle était parfaite à bien des égards. Sa magie était puissante, elle correspondait parfaitement aux standards de beauté relons, elle était très intelligente et sa bonté n'avait pas de limites. C'était l'héritière dont mon père avait rêvé. Et elle était si gentille avec moi. Elle me disait souvent que j'aurais une grande destinée, moi aussi. Pour elle, c'était facile, elle était promise au prince des relons, l'actuel roi. Notre famille était si fière et puis… et puis tout s'est fini ce jour-là. »

La voix de Gabriel se brisa et il ne put continuer. La scène revenait dans sa tête aussi claire que s'il la revivait en direct. Même un an après, c'était toujours aussi douloureux de revivre le jour où tout avait basculé. Dire que c'était paradoxalement grâce à cet événement qu'il avait pu rejoindre la guilde, le destin était étrange. Il revoyait le sourire étincelant de Séraphina et il décida qu'il devait en parler à Saphir. Jamais il n'avait pu s'ouvrir à quiconque sur l'horreur de cet événement et cela restait bloqué en lui, comme ce nœud qui empêchait sa magie de fonctionner. L'elfe attendait qu'il reprenne.

« Je… je voudrais raconter ce jour, il y a exactement un an.

– Fais-le alors. Je suis là et je t'écoute.

– C'était le jour du mariage de Séraphina. Le ciel était bleu et le soleil brillait, un temps béni par les dieux, disait mon grand-père. Cela devait porter chance à ma sœur pour son mariage avec Mystral Northia, notre futur roi, un homme plus vieux qu'elle, mais de bonne réputation.

– Séraphina était-elle… amoureuse ou intéressée par son promis ?

– Je ne sais pas trop, elle ne le connaissait pas beaucoup, mais je n'ai pas l'impression que ça la dérangeait. La cérémonie a commencé par un défilé dans les rues de Zéphir, en direction du temple. C'était incroyable, il y avait des couleurs chatoyantes et des costumes merveilleux. Les plus beaux pégases étaient parés, il y avait des danseurs, des musiciens, même des acrobates. C'était le spectacle le plus incroyable que j'ai jamais vu.

– J'en ai entendu parler. Les autres peuples n'étaient pas invités pour cette cérémonie-là.

– Oui, il y a une autre cérémonie pour les étrangers. Celle-ci est propre aux relons et la famille royale avait mis les moyens. Le prince Mystral était si beau, sur son étalon couleur neige, avec une armure rutilante comme jamais. Et ma sœur à la fin du défilé, dans une robe si simple et si belle. Je me souviens, elle passait devant moi, elle souriait et puis… c'est arrivé.

– Que s'est-il passé ?

– Elle… elle se trouvait sur un char tiré par deux griffons albinos. Elle saluait la foule et puis l'endroit où elle était… il a explosé. Il n'y avait plus… ma sœur… Seulement de la fumée et… le temps s'est arrêté. Mon grand-père m'a entraîné au loin et quelqu'un a crié que… que Séraphina était morte… on n'a jamais su qui avait fait cela et elle… elle n'a plus jamais souri. »

Gabriel sentit alors ses joues se couvrir de larmes et il n'arrivait pas à les retenir. Toute la tristesse de ce jour-là, qu'il avait retenu si longtemps en lui, ressortait enfin. Il avait honte de le faire devant Saphir et tenta de s'éloigner d'elle, mais son maître l'attrapa par la main et l'attira vers elle, le prenant dans ses bras. La surprise stoppa net les pleurs du relon.

« Saphir, que…

– N'aie pas peur de pleurer devant moi si ça te fait du bien. Ce n'est pas une preuve de faiblesse et… je sais ce que ça fait de perdre un être cher. »

Le relon sentit une immense gratitude l'envahir et pleura de nouveau. Saphir resta calme et le serra un peu plus fort dans ses bras. Peu à peu, Gabriel se calma et put se détacher de son maître, avec une pointe de regret. Maintenant, le relon allait bien mieux. Il n'osa pas demander à Saphir quel être cher elle avait perdu, mais la question resta dans un coin de sa tête.

« Tu sais, Gabriel, moi aussi j'ai connu Séraphina. Comme elle était héritière, je l'ai déjà vue à nos réunions et aussi parfois à Rum Cay… et même à Lorianeth.

– Elle est déjà venue ici ? Mais elle ne m'en a jamais parlé.

– Je crois qu'elle aimait bien voyager en secret. C'était une personne incroyable que j'aimais bien. On avait aussitôt envie de devenir son ami une fois qu'on la connaissait. Quel dommage qu'elle soit morte ainsi, sans qu'on sache même pourquoi ! Mais nous prendrons soin de son héritage.

– Son héritage ?

– Toi bien sûr. Tu es son digne héritier, puisque tu as repris son rôle. Je continuerai à t'entraîner et du royaume de Keros, elle sera fière de toi.

– J'ai encore un long chemin à faire alors. C'est la raison pour laquelle toi et Ajonc, vous avez accepté de me prendre pour disciple ?

– Pas seulement. C'est aussi parce que… parce que tu as une tête sympathique. »

Malgré la bonne foi que Saphir avait mise dans ses paroles, Gabriel savait qu'elle avait omis de lui dire une partie de la vérité et cela le préoccupait, sans qu'il comprenne bien pourquoi. Peut-être parce que la confiance que son mentor plaçait en lui paraissait excessive à ses yeux de relon.

ÉCAILLE ROUGE

~ Peleor et Fluiseje ~

Kehron n'avait pas passé beaucoup de temps avec les deux voyageurs. Durant deux jours, il leur fit découvrir ce qu'il connaissait de Madrio, dans la joie et la bonne humeur. Après quoi, le modenmé reprit la route sur sa propre monture. Il avait décidé de se rendre sur l'ile de Sakero à la recherche de la guilde Lorianeth. Les adieux furent courts, le guerrier n'aimant visiblement pas s'éterniser sur ce genre de salutation.

« J'espère qu'on se reverra bientôt, mon ami. Peut-être à la guilde ?

– Ouais, Peleor. En espérant que Pharos ait besoin d'un gars comme moi !

– Je suis certaine que ce sera le cas, sourit Fluiseje.

– C'est aimable à vous, princesse. Et alors, la suite du programme maintenant ?

– Je ne sais pas quand nous partirons, mais nous allons à Soito, sourit le magicien.

– Oh, le pays des rynans. Un chic endroit ça!

– Oh, je crois que nous aurons bon accueil, Kehron. Comme toi à la guilde.

– J'espère, Peleor. Bref, je ne vais pas vous gêner plus longtemps, à la prochaine fois, braves gens!

– Fais bien attention à toi, Kehron.

– Ouais, toi aussi le magicien. Et protège bien la petite princesse.

– Je n'y manquerai pas!

– Qu'Orklos veille sur vous, lança l'humaine.

– Que le Panthéon soit à votre service, demoiselle!»

Et il les quitta sur ces mots.

Les deux voyageurs passèrent encore quelques jours chez les ojiars, profitant de l'ambiance chaleureuse de la cité, de la cuisine fine à base de poissons grillés aux fines herbes et de la beauté de l'architecture locale. Une fois n'est pas coutume, c'est Fluiseje qui demanda au magicien de se remettre en route, ayant envie de retrouver l'esprit d'aventure du voyage. De plus, Madrio lui rappelait un peu le confort de Coronal et elle n'aimait pas la nostalgie qui s'installait en elle. Ils prirent donc vers le Sud-Ouest en quittant la ville de bon matin, le soleil éclairant leur chemin. Fluiseje leva les yeux au ciel tandis que le vent emmêlait ses cheveux et elle trouva la sensation particulièrement agréable.

«Vous êtes une véritable aventurière maintenant.

– Vraiment? Cela me plairait bien d'en avoir réellement l'air.

– Vous êtes sur la bonne voie si ça peut vous rassurer.

– Tant mieux. Dis-moi, je me demandais… La rivière de la Mémoire que l'on voit ici, pourquoi s'appelle-t-elle comme ça?

– Eh bien, on raconte qu'elle a connu de nombreuses batailles, dont la Grande Guerre des elfes. Des conflits entre les samalhués et les iriatides aussi. L'eau se souvient.

– Il y a tant de choses à apprendre sur le monde et je me

rends compte que je n'en connais presque rien. Durant l'apprentissage des enfants humains, on reste centré sur notre propre pays.

– Comme dans beaucoup de royaumes. C'est pour ça que je suis parti en voyage : pour découvrir le vaste monde et ne pas me limiter à ma ville.

– C'est une bonne idée. Maintenant, nous allons donc à Soito ?

– En effet. Et nous allons rencontrer les dirigeants si cela ne vous ennuie pas.

– Non, du tout. Je connais mal les rynans, je sais seulement que ce peuple est réputé pour son talent au combat. C'est vrai ?

– Oh oui, ils sont très forts, personne ne peut leur enlever ça. Hum, princesse, est-ce que galoper un peu vous tenterait, pour travailler votre équilibre ?

– Je suis toujours d'accord, tu le sais bien ! »

Fluiseje lança Ella au galop en riant. Peleor lui laissa un peu d'avance, mais la rattrapa très facilement avec Sire. Le temps était parfait pour reprendre la route avec un grand ciel bleu dépourvu de nuages. Direction, le pays des rynans !

Plus ils avançaient vers le Sud-Ouest, plus la végétation se transformait sous les yeux des voyageurs. Les vastes plaines vertes du Croissant laissaient place à une lande aux herbes jaunes et aux buissons épineux, un lieu sec. Peleor expliqua qu'avec les vents, cette zone était indirectement touchée par les cendres des volcans explosifs plus au nord. On y trouvait pourtant une faune variée, dont des lions, des chiens sauvages et aussi des gazelles. En restant prudents, les lieux étaient plutôt sûrs.

Après deux semaines de chevauchée dans l'air plus lourd de la lande, l'herbe verte revint, plus grande que jamais. Parfois, elle montait même jusqu'aux jambes des cavaliers, chatouillant les flancs de leurs montures. Heureusement, la route principale était globalement bien entretenue. Loin au sud, se dessinait une forêt qui semblait ne jamais devoir se rapprocher. C'était le bois pourpre, une des ressources premières du royaume des rynans. Quelques averses ralentirent leur avancée, mais la température demeura agréable, même dans cette période de l'année. Fluiseje avait même pu se permettre de remettre des vêtements plus légers, ce qui lui plaisait bien.

Après la vente du cheval de Telebor, ils se retrouvaient à devoir porter plus d'affaires sur les deux montures restantes, perdant ainsi le confort gagné à Korad. C'était le genre de détail qui rendait Fluiseje nostalgique des avantages qu'elle avait à Coronal, même si elle adorait bien sûr le voyage. Alors, la princesse prenait sur elle et ne rechignait pas devant la difficulté, ce qui faisait sourire Peleor de fierté. Dormir à la belle étoile et chevaucher sous la tempête, c'étaient maintenant des éléments de la route qu'elle connaissait et surmontait sans peur. Après tout, elle avait voulu vivre son aventure, elle ne pouvait pas avoir que des côtés positifs.

Après une autre semaine à cheminer entre les hautes herbes, la forêt apparut beaucoup plus proche et enfin, la ville de Soito se révéla à leurs yeux. Avec un peuple combattant, Fluiseje s'attendait à découvrir une cité fortifiée, faite pour tenir un siège, mais il n'en était rien. Aux alentours de la cité, des enfants rynans s'occupaient de troupeaux de moutons, courant d'un endroit à un autre en riant, saluant les voyageurs au passage. Malgré leur jeune âge, peu d'adultes les surveillaient.

« Peleor, ce n'est pas dangereux de laisser ces enfants seuls comme ça ?

– Les rynans sont beaucoup plus souples avec leurs enfants que bien des peuples. Et puis… même jeune, un rynan demeure extrêmement fort.

– Oh, je comprends. Tout est question de confiance. »

Ils entrèrent dans la ville à cheval sans même se faire arrêter par les gardes. La ville était construite sur un seul niveau, comportant des bâtiments aussi bien de pierres que de bois. Les voyageurs empruntèrent la grande avenue principale qui menait au palais, mais sur les côtés, on voyait un labyrinthe de ruelles pleines de vie. L'existence de ce peuple guerrier avait l'air paisible, bien plus que ce que Fluiseje s'était imaginé. Les autochtones semblaient tous extrêmement sportifs, on n'en voyait aucun se reposer, tout le monde était toujours affairé sur terre et même dans les airs, puisque ce peuple possédait des ailes.

Alors qu'ils passaient à côté du marché, une bonne odeur de pain chaud emplit les rues, de même que celle du métal fondu. Soito abritait quelques forges et sans égaler les nains, leur travail était de très bonne facture. Peleor et Fluiseje arrivèrent dans une grande cour qui faisait face au palais royal. Derrière l'édifice, on devinait un grand parc dont les visiteurs pouvaient apercevoir une partie sur leur droite. La princesse eut même la surprise d'y voir passer une blanche biche. Si le lieu avait l'air paisible, un grand mur et plus de gardes montraient une réglementation bien plus stricte qu'à Soito.

Cependant, la présence de Peleor facilita les choses, puisqu'il était a priori connu ici. Les gardes notèrent simplement l'épée portée par le magicien, puis envoyèrent des palefreniers prendre soin de leurs montures. Les voyageurs purent ainsi découvrir le palais de dimension peu importante, un rectangle avec une avancée sur un côté, pour épouser la forme de la cour. La blancheur des murs et la propreté générale forçaient le respect. Un garde les conduisit sur une terrasse donnant sur les jardins puis se retira. Fluiseje s'émerveillait du lieu, son protecteur demeurait plus calme.

« Vous allez trouver cela étrange, mais c'est la sœur du roi qui a fait construire ces jardins. Sa sœur jumelle, appelée Eïwa.

– Oh, d'accord. Ils sont vraiment magnifiques. J'ignorais que le roi Ridor avait une sœur, mais je suppose qu'il doit beaucoup l'apprécier pour construire cela pour elle.

– Ils sont jumeaux alors forcément, ils sont très liés. On raconte même que la reine fut jalouse de sa belle-sœur au début, mais cela a fini par passer.

– C'est vrai que ce doit être déroutant. Je ne connais personne dans un tel cas, mais j'imagine que le lien entre eux doit être fort.

– En effet. Nous allons rencontrer la princesse Eïwa, ce qui est une chance, car elle apparait peu publiquement. C'est une personne timide, mais agréable, vous verrez. »

Le garde finit par revenir, précédant deux rynans. Fluiseje reconnut immédiatement le souverain Ridor qu'elle avait vu au conseil des nations, mais eut un doute sur la deuxième personne. Est-ce que c'était la reine ou bien sa sœur ? Après une courte analyse, elle décida que c'était forcément sa sœur, ils se ressemblaient beaucoup trop pour que ce ne soit qu'une coïncidence.

Ridor et Eïwa se différenciaient par leurs traits, plus marqués chez le roi que sa sœur, ainsi que des ailes plus grandes chez le souverain. Pour le reste, c'était comme regarder dans un miroir. Leurs peaux rouges, leurs yeux verts, ces petites cornes sur leurs têtes, des habits simples, tous noirs et même ce petit air fier, tout les rapprochait. Ridor portait une légère cicatrice sur la joue gauche que n'avait pas Eïwa, mais à cela près, ils cachaient aussi bien leurs émotions l'un que l'autre, avec un visage parfaitement neutre. Ils s'approchèrent de leurs hôtes d'une démarche souple et synchronisée, puis s'inclinèrent en signe de respect. Peleor et Fluiseje leur rendirent aussitôt la politesse, s'inclinant plus bas encore.

« Bienvenue à Soito, Fluiseje Bléos et Peleor Oïmos, déclara le roi de sa voix grave et calme. C'est un honneur et un bonheur pour nous de vous accueillir.

– Pas aussi grand que le bonheur que nous éprouvons de vous rencontrer, assura le magicien.

– Tu n'as pas changé, Peleor, sourit Eïwa, dévoilant enfin une émotion. Cela faisait bien longtemps que tu n'étais pas venu, tu nous as manqué.

– On dirait presque une déclaration d'amour !

– Rassure-toi, Peleor, ma sœur n'a pas prévu de se marier. Encore qu'avec toi, ça ne me choquerait même pas.

– Je préfère ma liberté, mon cher frère, même si je respecte ton choix. Ta femme Layana est une personne agréable et mon neveu Zaho est adorable. Et vous, princesse Fluiseje ? Comptez-vous rester libre ou souhaitez-vous connaître le mariage ?

– Mon choix importe peu, je suis promis à Roland, le prince des magiciens.

– Oh c'est vrai, j'ai entendu parler de cette alliance, se rappela Ridor.

– Je vois, murmura simplement sa jumelle, son sourire disparaissant.

– Je suis l'héritière du royaume des humains, cela me laisse encore quelques devoirs à accomplir et je suis prête à le faire.

– Si jeune et si brave, souffla Eïwa.

– Je ne mérite pas un tel compliment, pensa Fluiseje, qui ne put s'empêcher de rougir.

– Tu es bien bavarde aujourd'hui, ma sœur.

– Quand la compagnie est bonne, je veux bien discuter, oui.

– On ne te changera pas. Enfin… Peleor, je comptais partir chasser le loup dans la forêt pourpre aujourd'hui. Une meute s'y est installée et elle fait beaucoup de dégâts sur les élevages, je veux y remettre de l'ordre. Tu veux m'accompagner ? »

C'était une tradition rynan d'inviter à la chasse, Peleor le savait et c'était une des marques de respect les plus importantes que le roi Ridor pouvait offrir à un étranger. Cela faisait quelques années que le magicien connaissait les jumeaux et qu'il était en bons termes avec eux. Tout cela, c'était grâce à son maître, Minos, un ami proche de Ridor puisqu'ils avaient participé à de nombreux tournois dans leur jeunesse. Cela aidait bien, même si Peleor avait fait sa place depuis.

« Ce serait un grand honneur, mais je crains que mon cheval ne soit fatigué par la route.

– Qu'à cela ne tienne, je t'en prêterai un de mon élevage. Cela ne vaudra pas ton fidèle étalon, mais c'est ce que j'ai de mieux à t'offrir. Ne t'en fais pas, pendant notre absence,

Eïwa veillera sur la princesse Fluiseje. Est-ce que cela vous convient à tous les deux ?

– Je suis prêt à vous suivre, Sire.

– Et cela me ferait plaisir de rester avec la princesse Eïwa.

– Parfait, en selle monsieur le magicien ! »

Peleor partit avec le roi, laissant Fluiseje derrière lui. Il n'avait pas peur pour la princesse, la jumelle de Ridor saurait prendre soin d'elle et serait une bonne compagnie. Eïwa avait d'ailleurs l'air d'apprécier l'humaine, ce qui se voyait parce qu'elle se montrait bavarde, ce qui lui arrivait peu souvent. Peut-être que la reine et le prince viendraient les rejoindre plus tard.

Le roi confia à Peleor un cheval à la robe baie, de race néhéhor, élevage typique des rynans produisant des montures à la fois solides et rapides, très réactives quoiqu'un peu lentes. Le magicien l'appréciait, même s'il préférait largement Sire, son étalon coronalais. Ridor chevauchait un fier étalon particulièrement imposant à la robe toute noire, nommé Brézien. On racontait que ce cheval était très réticent, mais que le roi en était venu à bout, étant un excellent cavalier.

Les deux hommes se rendirent en galopant vers la forêt. Peleor réalisa alors que le rynan était peu équipé pour la chasse et devina que ce serait plus probablement une discussion qu'une véritable partie de chasse. Ridor ralentit un peu une fois qu'ils furent dans les sous-bois et se plaça aux bottes à botte avec le magicien, tandis qu'ils continuaient d'avancer tranquillement.

« Eïwa déteste que je tue un être vivant, alors nous les chasserons d'ici. Ces maudits loups ont bien de la chance. Ainsi, ma sœur sera contente.

– Oh, je vois. Mais elle avait déjà l'air particulièrement heureuse, par rapport à la dernière fois que je l'ai vue. Un événement particulier ?

– Cela fait quelques jours qu'elle est ainsi, j'ignore pourquoi. Je m'étais dit que tu aurais peut-être une idée justement parce que… tu es comme elle.

– Ah… non, cela n'a rien à voir avec nous autres, désolé.

– Bon, dommage. J'imagine que je devrais me réjouir pour elle, mais je déteste ne pas la comprendre, parce que je suis son frère jumeau et que nous sommes si proches… Enfin, les sentiments, c'est toujours compliqué à gérer pour mon peuple.

– Ridor, voulais-tu me parler de quelque chose en particulier ?

– En effet, mais je digresse, c'est rare. Hum, tu étais-là au grand conseil, tu as vu ce qui s'est passé.

– J'ai vu la réunion et votre participation éloquente.

– Certes. Mais qu'en as-tu pensé exactement ? Tu crois à ma cause ?

– Bien sûr que oui je crois en ce pour quoi vous vous battez, il y a bien trop de preuves. La disparition de Folc Colbaro, pour ne citer que lui, est déjà bien suffisante. Ma voix n'a aucun pouvoir dans ce monde, mais je vous crois, majesté.

– L'ajout des magiciens à ma cause serait une grande aide, je te l'avoue.

– Ce n'est pas si simple à cause des relations avec les relons auxquels mon peuple est trop lié. Le roi Mystral écrase toute décision du roi Aeros et aussi du roi Radoc des humains. Si vous souhaitez les magiciens, il vous faut absolument les relons ou un miracle.

– Un miracle serait plus facile, les relons n'ont clairement pas envie de voir ce qui se passe autour d'eux. Le roi Mystral n'est pas si mauvais en réalité, je le sais, mais il est totalement manipulé par son père, l'ancien roi, et quelques vieux conseillers, ce qui n'arrange pas mon affaire.

– Les relons ne sont pas tous butés. Souvenez-vous de Séraphina.

– Oui, je m'en souviens. Elle était notre espoir, mais hélas, elle n'est plus. Je me demande où est son héritier maintenant, notre nouvel espoir.

– Son petit frère est actuellement à la guilde Lorianeth,

c'est peut-être lui. D'ailleurs, la guilde soutient largement votre cause.

– Je le savais, mais cela fait du bien d'en avoir la confirmation. Et toi, Peleor ? C'est en tant que représentant du peuple magicien que tu me soutiens ?

– Non, je ne pourrais pas me donner un tel titre. Mon soutien pour vous, ce ne sera pas en tant que magicien. Pour cette fois, je préfère utiliser mon autre statut. Je sais que tu le connais, Ridor. »

PROGRÈS
~ Gabriel ~

Après quelques jours de pluie glacée, le soleil pointa à nouveau le bout de son nez sur Sakero et cela redonna de la joie aux membres de la guilde, Gabriel inclus. Les entraînements seraient bien plus agréables s'il ne finissait pas à chaque fois trempé dès les premières secondes. Le relon détestait avoir les ailes humides, la sensation sur ses plumes était par trop désagréable.

Le retour du soleil n'était toutefois pas la seule raison qu'avait Gabriel pour être de bonne humeur. Maintenant, il n'était plus le dernier arrivé à a guilde. Du moins, dans peu de temps, il ne le serait plus. Saphir lui avait annoncé la bonne nouvelle le matin même.

« Pharos a reçu une lettre de Peleor. Il recommande un nouveau membre pour Lorianeth et il devrait arriver sous peu. Un certain Kehron, un modenmé. C'est quasiment certain que notre maître va l'accepter, tu ne seras donc plus le petit nouveau. »

Une telle nouvelle avait de quoi rendre heureux. En plus, avec le retour du beau temps, il n'avait pas d'entraînement magique, mais simplement un duel à l'épée. Gabriel devait reconnaitre que cela le rendait très heureux, sa magie n'ayant toujours pas progressé d'un pouce. Heureusement, le relon était bien meilleur avec une lame et ses heures à apprendre des feintes commençaient à payer pour de bon. Il avait appris à se servir de ses ailes qui n'étaient plus un handicap désormais.

Cette fois, il était prêt. Le relon sortit dans la cour en compagnie de ses mentors. Saphir était encore un niveau au-dessus, elle était simplement là pour observer le combat entre Gabriel et Ajonc. Contre le vierak, il ne faisait pas tout à fait le poids, mais il ne comptait pas se laisser écraser.

« Prêt, Gabby ? demanda Ajonc en dégainant son arme.

– Toujours, répondit son disciple en dégainant son épée à son tour.

– Bon, ce sera un duel classique aujourd'hui. Je te préviens, je serai sans pitié.

– J'y compte bien, Ajonc. Autrement, ce ne serait pas drôle.

– Le premier qui perd son arme ou se retrouve à terre a perdu, annonça Saphir, l'arbitre du jour.

– Très bien, déclarèrent-ils en parfaite synchronisation.

– Qu'est-ce qui se passe ici ? »

Gabriel se hérissa en entendant cette voix. Pourquoi fallait-il que la personne qu'il aime le moins à la guilde soit présente aujourd'hui ? Pourquoi ce ne pouvait pas être Shin par exemple ? Ah non, l'ojiar était en train de faire du rangement avec Pharos dans son bureau, parce que le maître essayait de l'occuper au mieux en l'absence de Crystal. Cette voix, c'était celle de Shugara qui venait de sortir des dortoirs, avec une tenue plutôt provocante selon les critères relons, mais qui lui allait très bien. La démone fixait le jeune homme avec dédain, ce qui l'agaçait. Comment Saphir et Ajonc faisaient-ils pour rester aussi calmes avec elle ? Gabriel aurait bien aimé le savoir.

« Comme tu as dû le remarquer, nous allons nous entraîner à l'épée.

– Merci Ajonc, je ne suis pas si bête.

– Tant mieux pour toi, Shugara, rit le vierak et Gabriel l'aima un peu plus.

– Je trouve simplement triste de se donner autant de mal pour un relon qui n'en vaut pas la peine. À votre place, voilà bien longtemps que j'aurais laissé tomber. Quand la nature ne vous a pas doté de compétence pour le combat, on n'y peut rien, il ne sert à rien de forcer.

– Mais Gabriel se débrouille très bien, assure Saphir.

– Un relon qui se débrouille avec une arme ? Je n'y crois pas.

– Tu vas voir, sourit l'elfe. Les garçons, vous pouvez y aller !

– Regardons ce désastre » ricana Shugara en s'installant à côté de Saphir, les bras croisés dans une attitude volontairement provocatrice.

Le duel d'entraînement commença alors, avec pas mal de pression sur les épaules du relon. Il reprit le contrôle de sa respiration et se concentra sur son adversaire, dont il commençait à connaître le style de combat maintenant. Ajonc adorait les changements de rythme, passant d'assauts lents et puissants à des contres rapides et précis, sans jamais laisser deviner à quel moment il allait le faire. Tout en imposant sa façon de faire, il tournait autour de son disciple, déstabilisant ses appuis en attaquant sous différents angles. Le vierak ne déméritait clairement pas à l'épée et pourtant, il était bien meilleur à l'arc.

Le relon faisait en sorte de garder sa position, utilisant ses ailes pour ne pas perdre l'équilibre et se concentrait pour parer au mieux les attaques de son mentor. Le vierak monta sur sa gauche, avec un coup d'épée venant du haut que Gabriel parvint à esquiver, ripostant immédiatement. Un échange s'ensuivit dans lequel les lames s'entrechoquèrent, mettant leur jeu de jambes à rude épreuve. Ajonc ne laissait aucun temps mort et auparavant, le relon aurait été incapable de suivre ce rythme, mais maintenant, c'était différent. Il pouvait résister et riposter.

Saphir affichait une expression satisfaite tandis que Shugara semblait extrêmement contrariée. Bien fait pour elle ! Cela motiva le relon qui donna plus de puissance à son assaut suivant, surprenant Ajonc qui contra de justesse. Cela ne permit pas à Gabriel de prendre l'avantage, puisqu'il eut le malheur de se concentrer sur l'elfe plutôt que sur le combat pendant une seconde de trop et cela le fit trébucher légèrement. Il ne fallut pas longtemps au vierak pour profiter de la situation et donner un coup d'épaule qui projeta son élève par terre.

« Victoire d'Ajonc ! » annonça Saphir.

Gabriel avait honte, même s'il avait réussi à tenir bien plus longtemps que d'habitude contre son mentor. Perdre pour une faute d'inattention, c'était quand même bien dommage. Son erreur était vraiment bête, il en était conscient, mais il accepta quand même la main d'Ajonc pour l'aider à se relever. Shugara se mit à rire et le relon se sentit mal.

« C'était un bon combat, Gabriel, assura Saphir. Je suis fière de toi.

– Merci, j'ai encore beaucoup de progrès à faire.

– Mais tu as déjà fait beaucoup de progrès, répliqua Ajonc. Bientôt, je pense que tu seras capable de me battre et je dis ça sans aucune moquerie.

– Haha, tu veux rire, Ajonc ? Tu ne t'es même pas donné à fond !

– Pourtant, si, Shugara. L'épée n'est pas vraiment mon point fort.

– Je ne te crois pas. Et vraiment, je ne vois pas ce que vous trouvez à votre relon.

– Ah, Shugara, tu es de mauvaise foi !

– Pas du tout, Saphir. Je me bats bien mieux que lui.

– Alors, prouve-le, chérie ! sourit Ajonc, moqueur.

– Comment ça le prouver ?

– Eh bien, tu peux faire un duel contre Gabriel pour prouver ta supériorité écrasante. À moins que tu ne craignes de te faire battre.

– Non, ne t'inquiète pas, Ajonc, je suis prête.

– Bon courage, Gabby, je crois en toi, lui glissa le vierak.

– Merci, articula le relon, pas très rassuré.

– Tu ne vas pas comprendre ta douleur, pauvre petit. »

Les deux adversaires se positionnèrent face à face au centre de la cour et Gabriel se sentit un peu perdu. Shugara avait sorti deux dagues et non pas une épée comme s'il s'y attendait. Comment allait-il combattre contre ça ? De toute façon, il ne pouvait plus reculer à présent. La démone prit une pause défensive et eut l'air sérieuse. Sa façon de tenir ses armes était étrange, sa technique devait être particulière et ce n'était pas pour rassurer le jeune homme.

« Prépare-toi, pauvre relon ! »

Elle se lança alors, tournoyant avec ses dagues et Gabriel parvint à tout esquiver, en étudiant ses mouvements aussi vite que possible. Avec surprise, il réalisa qu'elle n'était pas si forte que cela ou plutôt que ses émotions l'affaiblissaient. Ses coups étaient loin d'être aussi puissants que ceux d'Ajonc, malgré les deux lames, et elle avait tendance à répéter les mêmes enchaînements, ce qui ne lui permettait pas de surprendre son adversaire.

Quand Shugara feintait sur la droite puis attaquait sur la gauche, Gabriel arrivait facilement à parer le coup. L'avantage supposé de la deuxième dague n'en était pas un. La démone s'acharna, multipliant les coups, mais toujours sur le même schéma. Son style était esthétique, comme une danse, mais cette fois, même ses attaques de front ne parvenaient pas à passer la garde de Gabriel, ce qui ne faisait que l'énerver davantage et rendre ses attaques plus brouillonnes.

Pourtant, la jeune femme était loin d'être mauvaise. Sa stratégie consistait à étourdir son adversaire par des frappes en apparence désordonnées, mais en réalité calculées, sauf que la colère l'empêchait de se concentrer sur le combat. Gabriel campait sur sa position et parvenait à se défendre aisément, faisant rager un peu plus son adversaire. La démone accéléra en vitesse et le relon réalisa que le combat risquait de tourner à son désavantage s'il continuait de parer. Il fallait maintenant prouver à son adversaire qu'il était fort.

En repoussant un assaut, faisant reculer Shugara, Gabriel fit un pas en avant et attaqua de face, avec violence. Elle para de justesse et un échange commença, qui les mit à peu près à égalité. Saphir et Ajonc n'arrivaient pas à déterminer qui allait prendre le dessus.

C'est une erreur qui détermina la fin du duel. Dans sa rage, Shuagara relâcha un peu la tenue d'un de ses poignards et en le projetant contre l'épée de Gabriel, il échappa de sa main pour tomber au sol. Frustrée, elle s'acharna de plus belle, mais c'était trop tard. Le relon profita de cette porte ouverte pour faire valser au loin son autre poignard et la déséquilibrer. Puis, il suffit d'un battement d'ailes pour que la démone tombe au sol, sur les fesses. Shugara demeura choquée un instant par sa propre défaite et surtout par l'identité de celui qui l'avait vaincue.

« Victoire de Gabriel ! »

Saphir et Ajonc souriaient en voyant les progrès accomplis par leur élève, mais ce dernier n'avait pas fini de les rendre fiers. Shugara se trouvait toujours à terre, les yeux humides, mais elle ne pleura pas. Une de ses mains pressait une de ses boucles d'oreilles, comme pour se rassurer. Quand le relon fut proche d'elle, la démone détourna le regard, n'ayant pas envie de supporter les moqueries qu'il ne manquerait pas de lui faire. Il en avait bien le droit à ses yeux.

Pourtant, aucune moquerie ne vint, même s'il était juste à côté d'elle. Shugara releva la tête et découvrit une main tendue vers elle, pour l'aider à se relever. La démone n'arrivait pas y croire. C'était un piège pour l'humilier un peu plus ? Sa méfiance naturelle revint au grand galop, mais c'était pourtant un étonnement sincère qu'on lisait dans ses yeux.

« Qu'est-ce que tu fais ?

– Je t'aide à te relever, comme Ajonc l'a fait pour moi tout à l'heure.

– Mais pourquoi ? Après tout ce que j'ai… j'ai été si…

– Cette fois, c'est moi qui ai gagné, mais cela aurait pu aussi bien être toi, tu es très forte. Et puis, tu es de Lorianeth. Mon but n'est pas de t'humilier davantage, mais de te remercier pour ce combat qui m'a beaucoup appris. »

Gabriel tendit sa main un peu plus proche et il réussit même à sourire sincèrement. Shugara songea qu'il était le relon le plus troublant qu'elle ait jamais vu de sa vie et pourtant, elle en avait déjà rencontré un certain nombre. Dans les yeux du jeune homme, elle ne lisait aucune tromperie. Sa main lâcha sa boucle d'oreille et elle faillit prendre celle du relon.

Faillit. Shugara se reprit et se releva toute seule d'un bond, secouant la poussière qu'elle avait récoltée en tombant. Est-ce qu'il la prenait pour une faible tout comme lui ? Elle n'allait quand même pas s'abaisser à se faire aider par son adversaire, surtout pas de ce peuple.

« Je te félicite pour cette fois, le relon. Sache que je vais retourner m'entraîner et que tu rigoleras moins. De toute façon, contre ma magie, tu n'aurais eu aucune chance. »

Elle le planta là, saluant vaguement Saphir et Ajonc, puis elle partit en direction des écuries. Sa démarche était vive et sèche. Gabriel la fixa, sans comprendre. Il avait été poli, alors pourquoi est-ce qu'elle réagissait aussi mal ? Cette démone était un grand mystère pour lui. Le relon revint vers ses mentors pour savoir s'il avait commis une erreur, mais ces derniers lui souriaient avec tant de gentillesse que cela lui parut impossible. Au moins, ils étaient contents, eux.

« Ne t'inquiète pas, lui dit aussitôt Ajonc. Shugara a toujours eu son petit caractère.

– Tu t'es bien débrouillé, poursuivit Saphir. Surtout ce que tu as fait à la fin. C'était vraiment très bien de lui proposer de l'aide parce que… »

Sa phrase fut interrompue par le puissant son du cor du retour. L'appel se fit entendre deux fois, signalant ainsi le retour de membres à la guilde. La question était la même à chaque fois : de qui s'agissait-il ? La réponse ne fut pas longue à arriver, puisque quelques secondes après la fin de la sonnerie, Shin sortit de la taverne, excité comme une puce. Pharos ne tarda pas à le suivre, le loup Aku sur ses talons. L'ojiar semblait incapable de se calmer et cela pouvait se comprendre.

« Crystal revient, Crystal revient !

– On a compris, je crois, rit Ajonc.

– J'espère qu'elle a réussi sa mission, réfléchit Pharos à voix haute.

– Ne vous inquiétez pas, maître, répondit l'ojiar. Crystal n'échoue jamais ! »

Quelques instants plus tard, Crystal déboulait sur le pont au galop, freinant sa licorne en nage au dernier moment. Le voyage avait dû être rude, car même l'iriatide avait l'air fatiguée, avec des cernes importants sous ses yeux. Cependant, elle gardait son air fier habituel. Gabriel vit alors que Crystal n'était pas seule quand apparut derrière elle un hippogriffe noir comme le charbon, moitié rapace, moitié cheval, avec des yeux jaune vif. Sur son dos se trouvait une cavalière et le relon devina qu'elle avait de l'importance pour que Crystal aille la chercher.

C'était un elfe, mais contrairement à Saphir, un elfe noir, un peuple vivant sur la banquise froide d'Oduin. Elle était de grande taille, avec de longues oreilles et une peau aussi pâle que la neige. Un sourire amical illuminait son visage, mettant en valeur son regard perçant vert clair. Ses traits étaient très fins, caractéristique propre à son peuple, et elle portait une longue robe noire qui montait jusqu'à son cou en recouvrant aussi ses bras, avec un corset autour de sa taille. Des bottes terminaient sa tenue et l'on devinait qu'elle transportait des armes sur elle, à cause d'un léger cliquetis métallique. Peut-être que ce bruit provenait des nombreuses bagues qu'elle portait aux mains.

Alors qu'elle se rapprochait, Gabriel vit qu'elle était musclée, ses vêtements étaient assez près du corps pour le constater. Ses longs cheveux noirs étaient coiffés sous forme d'une longue tresse assez complexe. Au moins, ils ne venaient pas dans son visage. Le relon se demandait qui elle était, car elle semblait avoir un rang relativement élevé, mais ce n'était peut-être qu'une apparence. La jeune femme sauta de sa monture et s'avança directement vers Pharos. De son côté, Crystal avait eu à peine le temps de poser un pied à terre que Shin s'était jeté dans ses bras. Étonnement, ce câlin forcé ne semblait pas lui déplaire, au contraire.

« Bonjour à toi, Pharos de Lorianeth.

– Bienvenue sur l'ile de Sakero, Sika de la Plume Rouge. Je suis heureux que tu aies accepté de venir.

– Remercie plutôt Crystal, c'est elle qui est venue me chercher.

– Tss, ce n'est rien, murmura l'iriatide, gênée, croulant sous l'étreinte de l'ojiar.

– Sika, j'aimerais te parler en privé. Suis-moi.

– Très bien, Pharos. Je sais pourquoi je suis venue. »

Le centaure conduisit l'elfe noir à l'intérieur de la taverne puis dans son bureau, tandis que Shin s'occupait de l'hippogriffe et Crystal de sa propre monture. Le relon se demandait qui était cette fameuse Sika. Le maître avait dit Plume Rouge alors… la connexion se fit dans son esprit. Est-ce qu'elle était réellement une assassine ? Il voulait en avoir le cœur net.

« Hum, Saphir, Ajonc… La guilde veut tuer quelqu'un ?

– Comment ça ? demanda Ajonc avant de comprendre. Ah, mais non !

– Sika est la chef de la Plume Rouge et nous entretenons de bons rapports avec elle, expliqua Saphir. Son réseau d'informations peut nous être utile, surtout en ce moment.

– D'accord… c'est en lien avec les mystérieuses disparitions ?

– Exactement. Heureusement que Crystal et Sika sont amies, ça coûterait cher sinon, avoua Ajonc.

– Je me demandais si… si les responsables des disparitions pouvaient avoir un lien avec ma sœur…

– Ce n'est pas impossible, admis Saphir. Mais rassure-toi, si c'est le cas, Lorianeth ne tardera pas à le savoir. Nous ne sommes plus inactifs désormais. »

Il y avait tant d'assurance dans ses yeux que Gabriel avait envie de la croire. Il réalisa que cela faisait maintenant presque un an qu'il était à la guilde. Tant de choses s'étaient passées entre temps, cela lui paraissait incroyable. Le relon était si heureux de son aventure qu'il n'aurait échangé sa place avec personne au monde. Sauf avec Ajonc peut-être.

RÉVÉLATIONS

~ Fluiseje et Peleor ~

Fluiseje s'était installée pour la deuxième journée consécutive sur le banc de la grande terrasse du palais de Soito, en compagnie d'Eïwa. Cette dernière s'était révélée très gentille, pas du tout envahissante et sa conversation s'avérait riche et variée. La sœur du roi possédait une grande sagesse et montrait à l'humaine que son peuple avait bien plus à offrir que sa réputation de guerrier. La rynan adorait également ce qui était lié à la nature.

Les foules effrayaient beaucoup Eïwa et c'était la raison pour laquelle elle apparaissait rarement en public. Elle savait se montrer très discrète, mais avec Fluiseje, elle était bien plus bavarde que sa timidité ne le laissait présager. Son frère Ridor faisait preuve d'une grande prestance et à côté de lui, elle était secrète, voire inexistante. Cela n'empêchait pas les jumeaux de bien s'entendre tous les deux et d'être amis de Peleor.

La reine Layana appréciait modérément sa belle-sœur d'après les observations de Fluiseje. La souveraine lui coupait facilement la parole, réduisant à néant ses tentatives de s'exprimer lorsqu'il y avait un peu de monde et ne laissait pas son fils passer trop de temps avec elle. Le prince Zaho avait ainsi un emploi du temps de ministre, si bien que lui et sa mère ne profitèrent guère de la présence des deux hôtes. L'humaine restait donc avec la jumelle royale, ce qui n'était pas pour lui déplaire.

« C'est curieux quand même.

– Qu'est-ce qui est étrange, Fluiseje ?

– Peleor m'avait dit que tu étais une personne discrète et de peu de mots, mais tu as une bonne conversation avec moi !

– Je suis un peu bavarde, c'est vrai. Cela te dérange ?

– Ah non, pas du tout ! C'est même mieux ainsi.

– Tant mieux. Ta présence m'est agréable, c'est surement pour cela que je parle tant. Je me sens bien en ta présence… et j'ai d'autres raisons d'être de bonne humeur en ce moment.

– C'est vrai ? Quoi donc ?

– Je suis désolée, Fluiseje, mais c'est un secret.

– Ah, je suis désolée. Ma curiosité m'a un peu emportée.

– Ta question a été induite par mes propos, c'est ma faute.

– Non, pas du tout. Ce qui compte, c'est que tu sois heureuse, Eïwa.

– Tu es très gentille. Dis-moi… est-ce que tu es déjà tombée amoureuse ?

– Comment ? Euh, cette question est bien soudaine…

– Juste une interrogation qui m'est venue. Si tu la juges trop personnelle, ne me réponds pas.

– Ce n'est pas ça, mais… beaucoup de gens me posent des questions en lien avec le sujet.

– Isen est ainsi fait. On nous a tellement bercés d'histoires dans notre enfance qu'on s'attend à ce qu'une princesse ait toujours une histoire romantique à raconter, un grand amour secret. C'est un cliché, mais pour mon malheur, j'y réponds bien.

– Oh… eh bien, je vais vous décevoir, mais je ne crois pas

avoir déjà été amoureuse. Non, je suis même certaine de ne jamais l'avoir été.

– Voilà une réponse bien raisonnable pour une personne de ton âge.

– Pourtant, c'est la vérité. Personne n'a jamais fait battre mon cœur plus fort.

– Pas même votre prétendant magicien ?

– Hélas, non. J'ai essayé d'aimer le prince Roland, mais je ne ressens rien.

– Cela doit être un dur dilemme.

– Je n'ai de toute façon pas le choix que de l'épouser. Peut-être qu'un jour, je finirai par l'aimer.

– L'amour est bien capricieux et ne se commande pas toujours, mais c'est louable à toi d'avoir de l'espoir. Au moins, tu n'as pas envie d'aller voir ailleurs.

– Oui, cela compliquerait beaucoup les choses, j'imagine. C'est mieux ainsi.

– Si c'est ce que tu souhaites, alors j'espère que c'est ce qui arrivera. Mais quand même… je ne peux m'empêcher de trouver ta situation, triste.

– Tu n'es pas la seule à le penser, Eïwa. Mais toi, tu as déjà été amoureuse ?

– Ha ha, tu me poses la question alors que je refuse de me marier ?

– Mais tout à l'heure, tu as dit que tu étais le cliché d'une princesse.

– Tu as bien écouté. En effet, j'ai aimé quelqu'un, il y a déjà quelques années maintenant. Avant de le rencontrer, je n'aurais jamais cru en être capable, et pourtant…

– Qu'est-ce que cela fait ? De tomber amoureux, je veux dire.

– Hum, c'est compliqué à décrire, puisque j'imagine que c'est différent pour chaque personne. Pour moi, c'était un sentiment nouveau, mais, je l'ai reconnu aussitôt. C'était une certitude comme jamais je n'en avais eu dans ma vie. Chaque fois que je le voyais, c'était comme si quelqu'un allumait une petite lumière en moi et cela me réchauffait le cœur. Je ne voyais que ses qualités et j'occultais tous ses défauts, je pensais à lui sans cesse et je voulais toujours être avec lui. Un regard de sa part et j'étais la plus heureuse du monde. Peut-être que c'était un peu idiot, mais c'était aussi pur et vrai. Je l'aimais et c'était tout ce qui comptait.

– Oh… Je n'ai jamais ressenti cela. J'imagine que tu as aimé cette personne de tout ton cœur.

– Oh oui, je l'ai beaucoup aimé. Peut-être même plus que ma propre vie. Enfin, je ne veux pas t'ennuyer avec mes histoires de cœur.

– Tu ne m'ennuies pas du tout, Eïwa. Je suis curieuse, mais… tu pourrais me raconter ? Ton histoire avec cette personne… si tu veux bien ?

– Si tu le souhaites… Tout a commencé il y a quelques années, sept ans peut-être bien. Je devais avoir vingt-cinq ans à l'époque, je ne suis même pas certaine. Ridor était déjà roi à l'époque en tout cas. Moi, j'étais libre et papillonnante, je ne souhaitais pas me marier. Je passais mes journées dans les bois et les jardins, une véritable rynan sauvage. Un jour cependant, une bande de voleurs m'a attaquée alors que je me trouvais dans les bois.

– Ils ont osé attaquer une princesse ?

– L'appât du gain les rendait hardis, je présume. En plus, je suis une piètre rynan en combat et ma magie était trop douce pour les faire fuir. Je n'étais vraiment pas en bonne posture et je me demandais ce qui allait m'arriver quand soudain, surgissant des bois, un preux chevalier sur son fidèle destrier est venu les chasser.

– On dirait le début d'un conte de fées !

– C'est presque cela, même si j'exagère surement un peu, j'en conviens.

– Ce chevalier devait être incroyable, j'imagine.

– Oh oui, il l'était sans aucun doute, et c'était une beauté, selon les critères rynans en tout cas. Non, selon mes critères. C'était la première fois que quelqu'un me faisait autant d'effet. C'était un rynan lui aussi, avec des yeux bleus comme le ciel et un corps musclé, plus encore que mon propre frère. Ses écailles n'étaient pas rouges, mais noires comme la nuit. Il n'avait pas l'air d'un noble, car ses vêtements étaient simples, mais quelque chose en lui était royal pourtant. Il montait un bayard, un cheval-dragon, et il maniait son épée à la perfection, j'étais éblouie.

– Réussir à éblouir un rynan en combat, cela me parait impossible !

– Cet homme a gagné mon cœur avant que je ne le sache. Mon frère l'a admis au palais avec de grands honneurs, puisqu'il m'avait sauvé. Tout le monde l'admirait, il était si fort, mais il savait rester humble. Petit à petit, j'ai fini par comprendre que je l'aimais, lui, le premier à éveiller mon cœur. Cela ne vous dira rien, mais il se nommait Créseos.

– Et il était amoureux de toi aussi ?

– Eh bien, oui. Je l'ignorais au début, mais il m'aimait tout autant. Nous avons passé beaucoup de temps ensemble, à discuter de tout et de rien, sur le même banc où nous sommes toutes les deux aujourd'hui. Il aimait aussi les balades en forêt alors nous nous rendions souvent dans une petite clairière fleurie, plus au sud. Chaque jour qui passait, je le trouvais plus attirant, plus érudit, plus charmant. C'est lui le premier qui m'a révélé ses sentiments, un soir d'été. Cela faisait plusieurs mois qu'il était au palais. La vie n'a jamais été si douce qu'à cette période. Nous étions ensemble et j'avais de plus en plus envie de l'épouser. C'était le bon temps.

– Et ensuite ? Que s'est-il passé ? demanda Fluiseje, avec des étoiles dans les yeux.

– Ensuite, plus rien, souffla Eïwa, tandis qu'une tristesse soudaine se lisait sur son visage.

– Comment ça ? Cela s'est terminé entre vous ?

– C'est un peu plus compliqué. Il a été mêlé à une sombre

affaire de disparition. Je ne sais plus exactement ce que c'était, mais je me souviens des conséquences. Créseos était innocent, mais mon frère a commencé à se méfier de lui. Une autre affaire a eu lieu, puis une autre. Malgré mes suppliques et mes preuves de son innocence, Ridor n'a rien voulu entendre et l'a banni du royaume. Mon frère a même menacé de le tuer s'il s'approchait encore de moi. Tout ce que je pouvais dire ne servait plus à rien. C'était la fin du paradis.

– C'est trop triste, soupira Fluiseje, sincèrement touchée.

– C'est ainsi. Alors qu'il était poursuivi par les gardes qui souhaitaient le mettre dehors en bonne et due forme, il s'est retourné vers moi et il m'a promis qu'un jour, il reviendrait me voir. Je n'ai pas oublié ces mots malgré les années. Il m'a dit qu'il m'aimerait toujours, peu importe ce qu'il pouvait se passer et ce que mon frère pouvait penser de lui. Ses propos étaient si sincères et moi, aujourd'hui, je l'aime encore. Mon Créseos.

– Et tu l'attends encore ? Tu n'as pas pensé à aller le retrouver ?

– Le monde est vaste et je suis faible. Je n'ai aucune idée d'où il est sur Isen et je pourrais passer ma vie à le chercher sans jamais le revoir. En restant ici, j'ai une chance.

– Cela doit être dur d'attendre quand même.

– Pas autant qu'on peut le penser. Avec le temps, j'ai fini par pardonner à mon frère, qui voulait simplement me protéger. Ridor pense même que j'ai fini par oublier Créseos, mais c'est totalement faux. Je ne voudrais jamais personne d'autre que lui.

– C'est vraiment un grand amour. J'espère qu'il reviendra vite te voir.

– Tu es adorable. Je vais prier pour que tu aies raison.

– Il doit t'aimer énormément aussi, j'en suis convaincue.

– Puisse le Panthéon divin t'entendre, princesse. »

Par la suite, Eïwa changea de sujet de conversation, ne parlant plus de Créseos, et Fluiseje ne lui en reparla pas pendant tout son séjour à Soito. L'adolescente était certaine en tout cas de ne jamais avoir eu de coup de foudre aussi intense que la sœur jumelle du roi rynan. L'amour était un beau sentiment, mais il pouvait parfois faire mal visiblement.

Fluiseje et Peleor restèrent encore quelques jours au palais, où ils purent découvrir d'autres richesses de la culture rynan. Ils eurent la chance d'assister à des entraînements, découvrant que la réputation de ce peuple guerrier n'était pas bâtie sur du vent. Ridor était le meilleur combattant que l'humaine ait pu observer, mais Peleor parvenait à se montrer bon, même face à un adversaire de ce niveau. C'était peut-être pour cela que le magicien était aussi bien accueilli à Soito. Après ce séjour agréable, ils décidèrent cependant qu'il était temps pour eux de reprendre la route.

« Vous nous quittez déjà ? s'étonna la reine Layana, qui les avait peu côtoyés.

– Oui, Votre Altesse. Il est temps pour nous de repartir, annonça le magicien.

– Je n'ai pas eu beaucoup le temps de vous voir avec mon emploi du temps chargé. Peut-être que si vous restiez un peu plus, je pourrais me libérer.

– Hélas, noble reine, nous avons encore une longue route à faire pour arriver à notre prochaine destination, Repta, et je souhaiterais que nous y soyons pour la foire des vieraks. Elle ne dure que peu de temps, vous le savez bien et c'est la raison de ma hâte.

– Je comprends mieux, vous allez voir ces chers vieraks, sourit Ridor. Ils sont vraiment très accueillants, vous passerez un bon moment là-bas. Et leur foire est un grand moment.

– J'aimerais bien aller à la foire, avoua le prince.

– Pas cette année, répondit la reine. L'année prochaine peut-être.

– Merci pour votre hospitalité, s'inclina Fluiseje. Que le Panthéon veille sur vous.

– Que le Panthéon bénisse votre voyage », intervint Eïwa

avec une voix chaleureuse.

La famille royale rynan leur dit au revoir puis le duo repartit sur les routes, quittant Soito en ce début du mois de novembre, direction ouest légèrement sud. Eïwa chevaucha un petit peu en leur compagnie, sur son griffon, mais les quitta peu après les portes de Soito, sans avoir prononcé le moindre mot. Fluiseje eut un petit pincement au cœur, car sa nouvelle amie allait lui manquer. Elle espérait la revoir bientôt. Peut-être pourrait-elle l'inviter à Coronal ? C'était une idée à creuser.

Pour le moment, l'humaine comptait bien profiter à fond de son aventure. Après tout, elle avait déjà bien avancé son tour d'Isen, le temps était compté avant son retour chez ses parents et son mariage. Peleor la surprit avec un air pensif et se plaça aux bottes à botte avec elle, prêt à discuter.

« Soito vous manque déjà, princesse ?

– Un peu, oui. Je m'entends vraiment bien avec Eïwa et je suis triste de la quitter.

– Je vous comprends, c'est vraiment une personne incroyable quand on la connaît un peu.

– Elle a beaucoup de charisme… Un peu comme toi, Peleor.

– Arrêtez princesse, je vais rougir si ça continue.

– Mais c'est vrai ! Bon, dis-moi, nous allons vraiment à la foire de Repta ?

– En effet. C'est mon projet, si cela vous convient.

– Tout à fait ! J'ai entendu parler de cette foire et j'aimerais bien y aller. Je connais assez peu les vieraks, mais s'ils sont comme les rynans, cela devrait aller.

– Oh oui, ils sont aussi agréables, vous allez bien les aimer. C'est un peuple plutôt pacifique qui aime vivre au jour le jour. Leur cuisine est épicée, mais très bonne. Leur vin est le troisième meilleur d'Isen, je pense, après les faunes et les fulgos.

– Eh bien, tu en sais des choses, Peleor !

– C'est pour cela qu'on m'a embauché pour vous servir de guide, princesse.

– C'est vrai ! Si les vieraks sont tous comme Ajonc de

Lorianeth, le prince, ce devrait être un séjour très agréable que nous allons vivre à Repta.

– Je ne me fais pas de soucis pour nous de côté-là.

– Tu sais, Peleor… Je me sens vraiment bien avec toi. Par moment, quand je suis à tes côtés, j'ai l'impression de comprendre ce que ça fait que d'avoir un frère.

– Princesse, je suis touchée. Sachez que je vous considère comme une sœur également. Hum, peut-être pourrais-je vous révéler un secret me concernant…

– Un secret ? Plus grand que celui avec Calypso ?

– Arrêtez avec ça, s'il vous plait, ce n'est pas drôle.

– Désolée, j'avais envie de te taquiner. Mais quel est donc ce terrible secret ?

– Je ne sais pas si j'ai encore envie de vous le dire.

– Oh, je t'en prie, ne te vexe pas pour si peu !

– Bon… Ce n'est pas un secret à prendre à la légère, le répandre pourrait me mettre en danger. Mais me promettez-vous de ne jamais le révéler même sous la torture ?

– Cela me parait extrême, mais si c'est aussi important, je le jure sur mon honneur de princesse, au nom d'Orklos et de Dénéia.

– Merci. Maintenant, je ne sais pas comment vous l'annoncer…

– Tu devrais aller à l'essentiel, je pense. Et maintenant, peut-être que tu peux aussi me tutoyer ?

– Si vous… si tu le souhaites. Hum, connais-tu la légende des héritiers de la lumière ?

– Bien sûr, tu me l'as racontée l'autre soir. Et alors ?

– Eh bien, princesse, tu en as un juste sous tes yeux. »

Peleor lui lança cette information et n'aborda plus le sujet durant les deux semaines de route qui suivirent. Fluiseje eut tout le temps d'arriver jusqu'à Repta pour accuser le coup. Le magicien, un héritier de la lumière ? Pour elle, ce secret soulevait plus de questions qu'il ne résolvait de mystères.

ÉPILOGUE

Eïwa souriait alors qu'elle était allongée sur son lit, vêtue de sa robe de nuit préférée, de couleur lilas. La rynan serrait contre elle un bout de papier, une lettre en vérité. C'était la raison pour laquelle elle était si heureuse depuis quelque temps, un secret qu'elle avait caché à Fluiseje et même à son propre frère. Elle n'avait pas envie que quiconque le sache. C'était comme un jeu, réveillant une partie d'elle beaucoup plus joyeuse, en sommeil depuis quelques années.

Un frisson d'excitation la parcourut alors qu'elle repensait à ce qui était écrit sur ce papier qu'elle tenait contre son cœur. Les mots l'avaient enivrée, grâce à une écriture masculine parfaitement tracée à l'encre noire, aux courbes séductrices. La princesse rynan l'avait relu, pour s'imprégner de chaque phrase, au point de connaître le texte par cœur.

« *Ma chère Eïwa,*

Cela fait longtemps que nous ne nous sommes pas vus. Trop longtemps. Je suis terriblement désolé de ne reprendre des nouvelles que maintenant, mais j'ai mis un peu de temps à retrouver une situation stable. Maintenant, tout va bien, j'ai un toit, une activité qui me prend du temps et des subordonnés qui m'aident au quotidien.

Sache que je n'ai jamais cessé de penser à toi, même en trouvant cette nouvelle voie. Je t'aime toujours, mais je comprendrais que tu m'en veuilles pour ce silence si long. Pourtant, je veux croire que tu as encore des sentiments pour moi, ma belle Eïwa. Je me rappelle chaque instant avec toi, chaque minute où nous étions ensemble. Tu es au cœur de mes pensées.

Alors, peu importe ce que ton frère ou le monde en pense, je viendrai te retrouver. Je viendrai en espérant que tu veuilles toujours de moi. Le corbeau qui t'a apporté ce message reviendra à nouveau te prévenir de ma présence toute proche. Cela risque d'être de nuit ma douce, j'espère que tu sauras le comprendre et me pardonner.

Si tu ressens encore quelque chose pour moi, si notre relation a de l'importance à tes yeux, alors rejoins-moi dans la clairière des violettes où nous allions si souvent autrefois. J'espère t'y voir. Je t'aime et je te le prouverai là-bas.

À très bientôt ma chère et tendre Eïwa,

Ton Créseos. »

Depuis qu'elle avait reçu la lettre, un peu avant l'arrivée de Fluiseje et Peleor à Soito, Eïwa attendait désespérément que son chevalier servant vienne la chercher. Elle était prête à briser tous les interdits pour lui. Ainsi, elle passait plus de temps dans la solitude la plus totale, loin de son peuple, guettant le moindre signe qui indiquerait le retour de son amant.

Ridor s'inquiétait de ce changement qu'il ne comprenait pas, mais comme cela avait l'air positif, il ne questionnait pas trop sa sœur. Le roi avait décidé d'agrandir un peu les jardins, il était prêt à tout pour le bien-être de sa jumelle. La reine Layana avait remarqué le comportement des deux et elle prit à part Eïwa un jour, après le départ de l'humaine et du magicien.

« Nous devons remettre certaines choses en ordre, ma chère.

– Que veux-tu dire, Layana ?

– Je ne tolèrerai pas plus longtemps que tu épuises mon mari avec tes caprices. Il en vient à délaisser les affaires du royaume et tout repose sur mes épaules.

– Mais je n'ai rien demandé à mon frère.

– Peut-être, mais Ridor est un homme bon et il se soucie de toi, il t'observe pour s'assurer que tu vas bien. Fais preuve d'un peu de reconnaissance, un merci ne te tuera pas.

– Je ne suis pas ingrate, il le sait. Et il s'occupe de toi tout autant.

– Ne me fais pas jouer la méchante, Eïwa. Tu es sa sœur jumelle, je sais qu'il possède un amour pour toi que je n'aurai jamais.

– Je n'y peux rien si mon frère n'a pas ouvert son cœur à sa femme autant qu'elle l'aurait voulu. En tout cas, votre fils Zaho s'entend bien avec moi, il est très courtois.

– Ma pauvre, je crois qu'il aurait mieux valu que tu sois mariée de force. »

Eïwa n'avait pas réagi et n'avait même pas éprouvé de colère. Pour une personne aussi jalouse, cela n'en valait pas la peine. De toute façon, entre elle et Layana, ça n'avait jamais été l'amour fou, même si la reine restait tout à fait digne de Ridor. La vie est parfois paradoxale. Par chance, la princesse s'entendait bien avec son neveu, un jeune homme curieux marchant dans les traces de son père, quoiqu'un peu plus réservé. Quand elle était avec lui, elle se demandait toujours si elle avait envie d'être mère, mais la réponse n'était jamais certaine.

« Peut-être qu'il faudra que j'en parle à Créseos ? »

Elle se releva soudain de son lit et posa la lettre sur sa table de nuit avec d'inutiles précautions, comme si elle risquait de se briser. Eïwa se sentait oppressée et alla ouvrir la fenêtre de sa chambre. Il faisait nuit et l'arrière du palais baignait dans la pénombre. Les étoiles et la lune éclairaient faiblement le parc, ainsi que la lisière de la forêt. Une brise nocturne apportait toutes les senteurs des bois jusque chez elle. Portant seulement sa fine robe de chambre, la jeune femme frissonna.

« Il fait un peu frais. »

Après tout, c'était l'automne et l'hiver n'était plus très loin. Heureusement, les rynans étaient un peuple plutôt résistant et Eïwa ne faisait pas exception à la règle. Cependant, le vent était quand même très froid, ce qui ne l'empêcha pas de laisser sa fenêtre ouverte. Les dernières braises de sa cheminée s'éteignirent doucement.

La rynan observa sa chambre, si simple et sans la moindre décoration. Cela lui paraissait superflu de la personnaliser, puisqu'elle n'y venait que pour dormir. Eïwa chercha un vêtement pour se couvrir un peu plus et au bout de son lit, ses doigts rencontrèrent une étoffe fine. C'était une cape sans aucun motif, tissée dans un mélange de crins noirs, dont la couleur s'estompait quand on posait la main dessus. La princesse sourit au contact de ce vêtement familier.

« Non, pas toi, jolie cape. »

Son choix se porta sur un châle offert par son frère, dont la couleur était assortie à sa robe. Toutefois, elle ne laissa pas tomber le premier objet. Ses doigts jouaient avec le tissu et un sourire fleurissait sur ses lèvres. Cette cape, ce n'était pas n'importe quel objet, c'était son secret, à elle, son frère et aussi à son père, le défunt roi Mabucond. Le vêtement lui avait d'ailleurs appartenu avant qu'il ne le confie à Eïwa. Si la cape était arrivée jusqu'à elle, ce n'était pas un hasard, mais l'œuvre du destin.

Les yeux de la rynan se posèrent sur ses pieds nus. Sur l'un d'entre eux, malgré le mélange d'ocre rouge qu'elle appliquait chaque jour, on pouvait apercevoir le tatouage qu'elle tentait désespérément de camoufler au monde entier. Un soleil.

« C'est quand même difficile à comprendre, déclara-t-elle à voix haute, comme si elle s'adressait à la cape. Pourquoi ai-je été choisie pour succéder à père en tant qu'héritière de la lumière ? Pourquoi pas mon frère ? Le sais-tu, cape de Lailoken ? Où es-tu dans l'ignorance, comme moi ? »

Dès sa naissance, Eïwa avait été marquée du sceau, prenant

ainsi la place de son père en tant qu'élue de Dénéia. Bien sûr, elle savait que son statut était particulier, mais elle avait quand même pu partager le secret avec Ridor. Mabucond les avait élevés dans le respect des traditions, sans faire de différence, et ils connaissaient tous les deux parfaitement la légende de Naoned. Eïwa avait toujours considéré que son frère était autant un héritier de la lumière qu'elle. Ce secret, elle l'avait protégé plus que tout au monde, même Créseos ne l'avait jamais su. Peut-être qu'elle oserait le lui avouer, quand il viendrait la chercher ?

« Tu lui fais confiance, cape ? »

L'objet resta bien sûr muet. Ce vêtement avait aidé Eïwa dans le passé, pour échapper à des réceptions trop longues ou fuir la colère de Layana. Elle l'avait même prêtée une fois à Ridor, mais son frère avait déclaré que ce bout de tissu ne lui était d'aucune utilité. La princesse gardait donc précieusement la relique qui lui revenait de droit. Malgré les tentations, elle l'utilisait le moins possible, suite à un conseil donné par son père.

« Prends garde, ma fille. Trop utiliser cet objet risquerait de le faire remarquer beaucoup plus facilement. Tu dois préserver le secret de notre famille.

– Je resterai discrète » avait promis Eïwa, tenant parole.

Même avec la fenêtre ouverte, la chambre était bien silencieuse. L'atmosphère nocturne rendait l'ambiance un peu lugubre, mais cela ne dérangeait pas la rynan. Grâce au châle, elle n'avait plus froid et elle se sentait plus proche de la nature ainsi. Son esprit était agité et elle ignorait si elle allait trouver le sommeil facilement ou non. Il fallait qu'elle essaie. Si elle faisait nuit blanche et ne se présentait pas le lendemain, Layana ne la raterait pas.

Reposant châle et cape au pied de son lit, Eïwa s'allongea sur les draps non défaits et se concentra sur sa respiration. Elle devait ne penser à rien, faire le vide dans sa tête, se laisser aller et dormir. Autour d'elle, le silence était interrompu simplement par le bruit du vent au dehors et un petit tapotement, comme un coup donné dans sa fenêtre.

« Un coup donné dans la fenêtre ? »

Elle se redressa vivement, réalisant ce qu'elle venait d'entendre. Près de la vitre, un magnifique corbeau la regardait fixement, comme un signe. Un signe heureux. Eïwa retint à grande peine le cri de joie qui montait dans sa gorge, pour ne pas risquer de réveiller tout le palais. C'était lui, il était revenu, il l'attendait. La lettre n'avait pas menti. La rynan était tellement heureuse, rarement une émotion si vive l'avait traversée. Elle s'approcha du volatile et lui tendit sa main afin qu'il monte dessus. Docile, le corbeau obtempéra.

« Dis-lui de m'attendre ! Dis-lui que j'arrive ! »

Le corbeau croassa doucement et s'envola par la fenêtre, en direction de la forêt. Eïwa attrapa son châle et le remit sur ses épaules, mais ne prit pas le temps de se changer. De toute façon, Créseos se moquerait bien de la façon dont elle serait habillée. Par réflexe, elle repassa un peu d'ocre rouge sur son tatouage et vérifia qu'elle était présentable. Cela faisait longtemps qu'elle n'avait pas voulu se rendre désirable. Elle eut ensuite une hésitation : devait-elle prendre sa cape de Lailoken pour sortir sans être vue du palais ?

« Non, j'y arriverai sans ! »

Oubliant de refermer sa fenêtre, la rynan se glissa hors de sa chambre et entama une course silencieuse dans les couloirs. Elle avait déjà fait des sorties nocturnes de nombreuses fois, alors, elle connaissait les chemins à prendre pour éviter les gardes, ainsi que les horaires de relève et tout autre inconvénient qu'elle pouvait rencontrer sur le parcours. Personne ne la vit ni ne l'entendit, Eïwa était secrète comme une ombre, même si son cœur battait très fort.

« Créseos, j'arrive ! »

Compte tenu de l'heure, elle avait décidé de passer par les écuries, puisque c'était le trajet le plus sûr compte tenu des rondes des gardes de cette heure-là. Il y avait un seul obstacle qui pouvait se révéler dangereux si elle n'y faisait pas attention : Flinnia.

Eïwa tenta de masquer magiquement sa présence, mais il n'était pas facile de duper sa monture, un magnifique gryffon. La créature, une femelle, siffla pour appeler sa maîtresse. La rynan soupira et vint gratter le coin du bec de la créature afin qu'elle fasse moins de bruits. Flinnia couina de plaisir et se montra plus calme. Eïwa l'admira, car c'était un superbe animal, au plumage clair pour la partie oiseau et aux poils blancs pour la partie lion. Son objectif était d'attendrir sa cavalière pour avoir le droit à une promenade. La rynan hésita un moment, mais décida qu'il était préférable qu'elle y aille à pied. L'absence de Flinnia risquait d'être remarquée par les gardes, s'ils changeaient leur ronde et passaient par les écuries.

« Désolée, ma belle, mais pour ce soir, c'est juste moi.

– Pffff, siffla la gryffonne, déçue.

– Je te promets que demain, on ira faire un tour. Ce soir, j'ai un rendez-vous et je dois être discrète, mais demain, nous irons nous promener toutes les deux, d'accord ? »

Cela parut contenter Flinnia qui retourna se coucher au fond de son boxe. Eïwa soupira de soulagement. Sa monture calmée, le plus dur était fait en théorie. La rynan sortit de l'enceinte du château sans problème et pénétra dans le parc. Elle eut peur d'avoir affaire à des gardes encore dans cette zone ou même des promeneurs incongrus, mais le froid semblait avoir découragé tout le monde, de même que la nuit. Une chance ! Eïwa courut, ombre dans le noir, sauta par-dessus le mur et se retrouva dans la forêt.

Sentir la terre sous ses pieds nus était tellement agréable pour elle. La princesse avait l'impression d'avoir rajeuni et elle courut vers le lieu de rendez-vous, guidée par la lueur des étoiles ainsi que le reflet de la lune. Le son de ses pas et son souffle étaient les seuls bruits audibles dans le silence nocturne. Peut-être aurait-elle dû s'inquiéter de ne rien entendre d'autre dans les sous-bois, mais pour l'heure, toutes ses pensées se concentraient uniquement vers son but.

« Courage, tu vas bientôt le revoir ! »

Sa course dura moins d'un quart d'heure parce qu'elle avait emprunté des chemins plus courts connus d'elle seule, pas toujours très praticables, mais assez pour elle. Sa motivation était plus forte que tout quand elle pensait à son chevalier. Eïwa ne ressentait même plus le froid.

Elle arriva dans la fameuse clairière des violettes, vierge de fleurs à cette saison et baignée par la lumière de la lune. Et lui, il était là, tout de noir vêtu, à côté de son éternel bayard.

Il était si beau dans des vêtements taillés pour un prince, une cape flottant derrière lui. Ses yeux bleus semblèrent s'allumer en la voyant et sa bouche dessina un magnifique sourire.

« Alors, tu es venue Eïwa ?

– Créseos, je suis si heureuse de te revoir ! »

Elle se jeta dans ses bras et se serra contre lui. La même chaleur émanait de lui, comme bien des années auparavant, mais elle avait l'impression qu'il était plus musclé. La rynan était si heureuse qu'elle avait l'impression qu'elle allait se mettre à pleurer. Créseos était là, en chair et en os, la serrant dans ses bras. Il était bien vivant. Une foule de questions lui ve-nait, mais elle laissa plutôt durer ce moment de tendresse. Eïwa s'éloigna et s'approcha du bayard, flattant son encolure. L'animal se laissa faire, renâclant doucement.

« Je suis tellement heureuse de te revoir, Créseos, tu n'imagines pas à quel point.

– Oh, mais si, car moi aussi je suis heureux. Je croyais que tu ne viendrais pas.

– Tu doutes de moi ? Tu ne devrais pas enfin. Je n'ai jamais aimé quelqu'un d'autre au-tant que toi et j'ai toujours cru que tu reviendrais, j'avais confiance. Mais je me pose quand même plein de questions : où étais-tu pendant tout ce temps ? Qu'as-tu fait pour avoir de si beaux habits ? Pourquoi es-tu revenu ? Enfin, je sais que j'aurai les réponses en temps utile. Pour l'instant, je veux profiter de ta présence. Créseos ? Pourquoi ne me réponds-tu pas ? »

Elle se retourna vers lui et la princesse fut plongée dans l'incompréhension totale. Son bien-aimé se tenait face à elle, mais son regard avait changé. La lumière de ses yeux avait laissé place à une ombre, comme jamais elle ne l'avait vu. Dans sa main, l'homme tenait un poignard, dont la lune éclairait la lame vierge. Eïwa le fixait sans comprendre. Qu'est-ce qu'il faisait ? Cela n'avait aucun sens. Il l'aimait. Il l'aimait, elle en était certaine.

« Créseos, qu'est-ce que tu… »

Il s'avança vers elle et un rire sortit de sa gorge. Cruel, c'était le seul mot qui lui venait à l'esprit pour le qualifier. La rynan était paralysée, ne sachant que penser. Cela n'avait pas de sens, Créseos l'aimait. Il l'avait écrit. Il le lui avait dit. Ce ne pouvait pas être un mensonge, elle en était certaine. Pourquoi le passé était-il si différent du présent ?

« Créseos, pourquoi ?

– Ton frère doit payer pour ses dangereuses idées. Je ne voulais pas en arriver là, crois-moi, mais il faut qu'il comprenne. Nous devons le faire.

– Nous ? De qui parles-tu ?

– J'appartiens à un groupe et mes intérêts ne sont pas ceux du roi Ridor.

– Un groupe… non, pas toi… est-ce que… tu ne peux pas.

– Cela fait pourtant bien longtemps que j'en fais partie, même à l'époque quand nous nous sommes rencontrés. Tout n'était que de l'intérêt, Eïwa.

– Tu n'es pas Créseos. Qui es-tu ?

– Bien sûr que si je suis Créseos, le rynan noir. Et tu es la seule par qui je peux accomplir ma vengeance.

– Créseos… Ne m'as-tu jamais aimé ?

– Au contraire, Eïwa, je t'aime à la folie et je vais te le prouver. »

Elle ne sentit même pas le premier coup de poignard qui lui transperça le flanc gauche, rapide et précis. La rynan ne sentit pas non plus le sang couler à flot ni les larmes qui dévalaient ses joues. Tout ce qu'elle ressentait, c'était la peine qui tordait douloureusement son cœur. Toute sa joie venait de s'effondrer en un instant, tout comme ses rêves. Eïwa refusait toujours de croire que l'homme qui se tenait en face d'elle était réellement Créseos. Ce n'était pas possible. Elle le connaissait et il n'était pas ainsi. Qu'est-ce qui avait pu lui arri-ver pendant ces années ? Et son groupe…

« Créseos, dis-moi que c'est faux… ce n'est pas toi… je… je t'aime… je t'aime encore.

– Moi aussi, je t'aime, Eïwa, mais je dois passer au-dessus de tout cela, pour le bien des miens. Au revoir, mon amour, fais de beaux rêves. »

Bien loin au nord de Soito et de sa forêt, sur la colline de Naoned dans les plaines d'Angold, une lumière vive émana de la pierre qui portait le symbole de la cape, flottant toujours dans les airs. Les rares voyageurs qui virent cet événement surent qu'il s'agissait d'un mauvais présage et envoyèrent une prière à Dénéia afin qu'elle les protège.

Pendant ce temps, dans le palais des rynans, Ridor se réveillait en sursaut, une douleur fulgurante lui traversant tout le corps. Sur son pied, il découvrit un tatouage. Et il sut.

À suivre dans le tome 2 :
la renaissance de la magie

Votre avis est précieux !

Les commentaires sur ***Amazon*** permettent une meilleure visibilité !

Grâce à eux, le site mettra ce texte en avant, lui permettant ainsi d'atteindre de nouveaux lecteurs.
Alors, si le coeur vous en dit, n'hésitez pas !

Merci pour votre fidélité !

PETIT MOT DE L'AUTRICE

Ecrire un livre, c'est une aventure ! C'est un véritable défi et on sait qu'il est réussi lorsque qu'on arrive au bout de l'histoire. Ce moment marque une fin et aussi un début car il est maintenant temps de partager cette histoire. Lorianeth Guilde a mis plus de dix ans à voir le jour sous sa forme actuelle, je l'ai commencé au lycée le 04 août 2011, poursuivi à l'université et il n'a été fini qu'après mon entrée dans la vie active. Durant cette longue période, j'ai rencontré de nombreuses personnes qui m'ont aidé, chacun à leur manière et je tenais à les remercier.

Tout d'abord, je tenais à remercier ma famille et particulièrement ma mère qui est ma toute première lectrice et correctrice ! C'est grâce à elle que les tréants apparaissent un peu plus ! Je remercie aussi ma sœur qui m'a fourni la majorité des carnets de ce projet ainsi que mon frère qui m'a fait découvrir Heroes of Might and Magic, une grande source d'inspiration pour moi. Je remercie aussi ma marraine et ma super cousine Marine qui m'ont soutenue !

Ensuite, je souhaite remercier toute l'équipe de Doshin Edition qui a donné sa chance à mon ouvrage et ainsi réalisé le rêve d'une vie. Cette rencontre par hasard sur leur stand à la Japan Expo a tout déclenché. Je les remercie pour leur accueil et leur bienveillance !

Je remercie également mes bêtas lecteurs sur Lorianeth Guilde, Thomas et Anne-Claire.

Je tiens à dire un grand merci à mes collègues du master métier du livre et tout particulièrement à la team Pastafari, vous avez rendu mon ouvrage vivant alors qu'il n'était encore que des mots gribouillés sur un papier. Vos personnages sont toujours présents dans l'univers de Lorianeth Guilde !

Je remercie aussi mes amis du lycée, de licence LEA, de l'univers des conventions, du Rocher de la Chouette, de l'hôtel où je travaille et de tant d'autres endroits, tous ceux qui ont pris le temps de m'écouter parler parfois longtemps de mes projets ! Merci pour votre patience et pour votre bienveillance, pour vos mots qui soignent les maux !

Un merci tout particulier à mon bro, tu es une personne incroyable !

Et merci à toi, lecteur, merci d'avoir donné sa chance à ce livre. J'espère que tu as apprécié de te plonger dans le continent d'Isen et que tu as vécu un agréable moment auprès de Gabriel, Fluiseje, Peleor et de tous les autres personnages !

Si tu souhaites me donner ton avis ou me poser des questions, tu pourras me retrouver sur les réseaux sociaux :

Instagram : @sophie.g.autrice
Facebook : @Sophie Grognec – Autrice !

Et je te dis à bientôt pour le prochain tome !

Sophie

ISBN : 9782494565012

94140 Alfortville
Première publication : Mars 2023
Dépôt légal : Mars 2023
Design couverture : © Romain Huet
Correctrice : Scribea
Auteure : © Sophie Grognec

www.doshin-editions.com

Printed in Great Britain
by Amazon

29277535R00219